Melanie J. Kühn

DR. RUSSO
Bis ich dich finde ...

AF285711

Für alle, die unermüdlich lieben
und dadurch die Welt erhellen –
danke, dass ihr euer Licht mit uns teilt.

MELANIE J. KÜHN

Dr. Russo

BIS ICH DICH FINDE...

Band 2 einer Reihe

1. Auflage
Copyright © by Melanie J. Kühn, 2024, Deutschland
Covergestaltung unter Verwendung von Canvas
Bildermaterial: Canvas, iStock

Bibliografische Information der Deutschen Nationalbibliothek:
Die Deutsche Nationalbibliothek verzeichnet diese Publikation
in der Deutschen Nationalbibliografie; detaillierte bibliografische Daten sind im Internet über dnb.dnb.de abrufbar.

Alle in diesem Buch erwähnten Charaktere, Namen und Ereig-
nisse sind fiktiv. Jede Ähnlichkeit mit realen Personen, lebend
oder tot, ist rein zufällig.

Titel: Dr. Russo – Bis ich dich finde ...
Autorin: Melanie J. Kühn
Erstveröffentlichung: 01/2025
ISBN: 978-3-7693-5040-1

Verlag: BoD · Books on Demand GmbH, Überseering 33,
22297 Hamburg, bod@bod.de
Druck: Libri Plureos GmbH, Friedensallee 273, 22763 Hamburg

Playlist

Du möchtest hautnah dabei sein, während du liest?
Dann scanne diesen QR-Code und höre die offizielle
Playlist zum Buch.

Ansonsten findest du hier einen kleinen Ausschnitt aus
der Playlist:

Spicy
Sinners – Ari Abdul, Thomas LaRosa
Shut Up and Listen – Nicolas Bonnin, Angelica
Poison Ivy – Hemi Moore

Sad
It´ll be Okay – Shawn Mendes
Maybe - Sienna Spiro

Dangerous
Horns – Bryce Fox
Therapy – Voilá

Trigger Warnung

Wenn du eine gewöhnliche Liebesgeschichte erwartest, muss ich dich vorwarnen, dass dieses Buch deine Erwartungen nicht erfüllen wird. Dieses Buch bricht bewusst mit konventionellen Tabus und testet die Grenzen des moralisch Akzeptablen. Es enthält intensive und explizite Inhalte, die für manche Leser verstörend wirken können. Zu den Themen, die in diesem Buch behandelt werden, gehören:

Entführung und ihre psychologischen Folgen, extreme Gewalt und körperliche Auseinandersetzungen, explizite Darstellungen sexueller Akte und sexueller Gewalt, Vergewaltigung, Stalking, Beleidigungen, Gewalt, Todesfälle und Trauer, Verlust von Kindern und Angehörigen, emotionale und psychische Manipulation, Drogen- und Alkoholkonsum, detaillierte Beschreibungen von Folter, Verletzungen und Misshandlung, Mord und Tod, Angststörungen und Panikattacken.

Diese Liste soll dir helfen, eine informierte Entscheidung über das Lesen dieses Buches zu treffen. Aufgrund der erwähnten Inhalte wird das Buch für Leser unter 18 Jahren nicht empfohlen. Bitte gehe vorsichtig vor, wenn du dazu neigst, auf bestimmte beschriebene Inhalte emotional stark zu reagieren. Am Ende liegt es an dir, ob du bereit bist, dich den Schatten dieser Geschichte zu stellen und was es bedeutet, sich ihnen zu ergeben.

Im Auge des Sturms

Die Nacht hängt schwer über der Stadt, eine drückende Stille umfängt mich. In meinem Inneren brodelt eine Wut, die mich beinahe erstickt. Die Dunkelheit flüstert mir zu, dass du irgendwo da draußen bist, allein, einem Unbekannten ausgeliefert. Ich, Matteo Russo, ein Herrscher der Unterwelt, finde mich in einem Kampf wieder, den ich nicht gewählt habe – den Kampf, dich, das Licht meines Lebens, zu beschützen.

Die Einsamkeit dieses Raumes ist erfüllt von den Geistern meiner Versäumnisse, jeder Schatten ein Spiegel meiner eigenen Schwächen. Ich bin gefangen in einem Netz aus Schuld und Schmerz, während ich nach jedem Strohhalm der Hoffnung greife.

Die Vorstellung, dass du in Gefahr bist, dass du leidest, zerreißt mich. Doch ich weiß, dass meine Wut, so dunkel und tief sie auch sein mag, der Schlüssel ist. Sie treibt mich an, sie brennt wie ein unaufhaltsames Feuer in meinen Adern. Für dich würde ich die Welt in Brand setzen, die Hölle selbst entfachen und durch die tiefsten Abgründe marschieren.

In dieser Nacht, die keine Sterne kennt, schwöre ich, dass ich alles tun werde, um dich zurück zu mir zu holen. Nichts wird mich aufhalten, kein Preis ist zu hoch. Denn ohne dich ist selbst der Sieg nichts als eine weitere Niederlage. Du bist meine Herausforderung, meine Erlösung – und ich werde dich finden, komme, was wolle.

- Matteo

Kapitel 1

Amelie

Der pochende Schmerz in meinem Kopf überlagert alles andere. Der Raum scheint sich zu drehen, der Boden unter mir fühlt sich wie Wellen an, die mich unaufhaltsam in eine Schlucht ins Nichts ziehen. Einen Moment lang verliere ich jeglichen Bezug zur Realität. Die kratzige Decke unter mir, die feuchten Steine, die meine Haut wie tausend Nadeln durchbohren, holen mich zurück.

Nein, das hier ist kein Albtraum. Es ist real – ich bin noch immer gefangen.

Jede Bewegung verstärkt den Schmerz in meinem geschundenen Körper. Jeder Muskel schreit nach Erlösung, aber ich bleibe still. Der Schmerz ist mein Anker zur Realität, so grausam sie auch ist.

Die Erinnerungen kehren zurück, langsam und gnadenlos.

Sie haben sich an mir vergangen. Wieder und wieder. Ihr dreckiges Grinsen brennt sich in mein Gedächtnis. Der Gedanke, dass sie zurückkommen, um mir noch mehr anzutun, lässt mein Herz schneller schlagen. Ich spüre, wie sich Panik in meiner Brust ausbreitet, aber ich zwinge mich, sie zu unterdrücken. Panik wird mich nicht retten.

Matteo. Sein Name schwirrt durch meinen Kopf wie ein verzweifelter Hilferuf, der nirgendwo ankommt. Wäre ich weniger blind gewesen, hätte ich mehr über seine Feinde gewusst – seine Rivalen, die verdammten Machtspiele, in die er mich hineingezogen hat. Vielleicht wäre es dann nicht so weit gekommen. Doch jetzt ist es zu spät für Vorwürfe. Jetzt muss ich einen Weg finden, hier rauszukommen.

Sobald ich entkommen bin, wird sich einiges ändern. Ich werde nicht länger das naive Mädchen sein, das er beschützen muss. Seine Welt ist meine Welt, dass bedeutet, dass ich sie kennen lernen werde. Die Geheimnisse und die Gefahren, ich werde Teil davon sein. Ich bin stark genug, um mich selbst zu schützen. Hier habe ich gelernt, dass mir niemand helfen kann. Ich bin auf mich selbst angewiesen.

Wie lange ich noch habe, bis meine Entführer mich foltern, weiß ich nicht. Ich weiß nicht einmal wie lange ich hier bin. Die Zeit ist mein Feind geworden. Anfangs habe ich versucht, durch den Sonnenaufgang und -untergang die Tage zu zählen, doch das war nicht immer möglich. Ab einen bestimmten Zeitpunkt habe ich mich dazu entschieden, dass es egal ist, wie lange ich bereits hier bin, wichtiger ist es, einen Weg nach draußen zu finden. Ich muss so schnell wie möglich hier raus, bisher stand ich zu sehr unter Schock, um zu reagieren, und hatte gehofft gerettet zu werden, doch jetzt muss ich mir selbst helfen.

Die Kette an meinem Handgelenk ist das Einzige, was

mich davon abhält, aufzustehen und zu fliehen. Ihr leises Klirren bei jeder Bewegung ist mein ständiger, gnadenloser Begleiter.

Es muss doch eine Möglichkeit geben, diese Fessel loszuwerden.

Ich taste den Boden ab, in der Hoffnung etwas zu finden, einen Nagel oder etwas Spitzes, doch nichts. Mein Blick wandert verzweifelt durch den Raum. Der Eimer in der Ecke, die schmutzige Decke – nichts davon wird mir direkt helfen. *Oder doch?*

Verzweiflung lässt mich nach jedem noch so kleinen Strohhalm greifen. In einem Film habe ich mal gesehen, wie sich jemand die Hand gebrochen hat, um aus seinen Fesseln zu entkommen. Ein absurder Gedanke, aber wenn das meine einzige Chance ist? Der Eimer ist schwer genug, um es zu versuchen.

Ich habe keine andere Wahl. Doch jetzt kann ich meinen Plan noch nicht umsetzen. Ich muss auf den richtigen Moment warten. Wenn sie das nächste Mal kommen, werde ich fliehen, doch vorher muss ich sie gut analysieren. Einige ihrer Schwächen kenne ich bereits. Eine davon bin ich, sie wollen Sex und sind unersättlich.

Wie auf Kommando hallen Schritte durch den Gang. Mein Körper spannt sich an, bereit für das, was kommt.

Mit einem markerschütternden Quietschen wird die Gittertür aufgerissen.

Teufelsfratze der größere von beiden tritt als Erster ein, sein überheblicher Ausdruck liegt wie ein schwerer Schatten über dem Raum. Wie immer hat er Pisser im Schlepptau, meinen persönlichen Toilettenbediensteten.

In seiner Hand erkenne ich die mir allzu gut vertraute Schale Kartoffelbrei. Der bloße Anblick löst Übelkeit in mir aus. Kalter, abgestandener Brei, der nach nichts schmeckt und jedes Mal wie Sand in meiner Kehle stecken bleibt.

„Iss", befiehlt Teufelsfratze, seine Stimme schlägt mit unnachgiebiger Härte in die Stille ein. Ich halte meinen Blick gesenkt, gebe ihnen nichts. Keine Emotionen, keinen Widerspruch. Sie sollen denken, dass sie mich in der Hand haben.

Langsam greife ich nach der Schale. Der Brei schmeckt, als hätte er die Kälte des Raumes in sich aufgesogen, aber ich zwinge ihn hinunter. Sie dürfen nicht merken, dass ich noch nicht aufgegeben habe.

Ihre Augen durchbohren mich, suchen nach einem Funken Widerstand. Aber sie sehen nur leere in mir. Der Gedanke, dass sie davon ausgehen ihr Ziel erreicht zu haben, gibt mir Kraft. Wenn sie das glauben, werden sie nachlässig und das werde ich zu meinem Vorteil nutzen.

„Gut gemacht," sagt Pisser und seine widerliche Stimme trieft vor Selbstzufriedenheit. Ich spüre seine kalten Hände in meinem Nacken, wie sie mich packen und meinen Kopf grob nach hinten reißen. Alles in mir schreit danach, sich zu wehren, zu schlagen, zu kratzen, doch ich halte mich zurück. Ich bin das brave, zerstörte Mädchen. Das ist meine Rolle – *für jetzt.*

„Macht's dir langsam Spaß?", höhnt Teufelsfratze, sein hässliches Grinsen in meinem peripheren Blick. Der Schmerz steigt in mir auf, doch ich beiße mir fest auf die Lippe. Sollen sie sich wieder an mir vergehen. Sie wissen nicht, was ihnen noch bevorsteht. Sie haben mich gestärkt, mit allem, was sie mir angetan haben. Ich wurde so verletzt, dass niemand anderes mir jemals einen schlimmeren Schaden zufügen kann – denn den erlebe ich hier tagtäglich.

Sie zerren mich von der Decke hoch, und ich lasse es geschehen. Jede Berührung brennt auf meiner Haut, als wäre sie mit Feuer bedeckt. Aber ich gebe keinen Laut von mir, bleibe still. Keine Widerworte, keine Fluchtversuche.

Während sie mit mir beschäftigt sind, wandern meine Gedanken weiter, beobachten jeden Moment, jedes Detail. Teufelsfratze trägt einen Revolver am Gürtel. Vielleicht könnte ich ihn nutzen, wenn ich schnell genug bin. Pisser hingegen ist unbewaffnet. Das macht ihn schwächer, leichter zu manipulieren. Der Plan formt sich in meinem Kopf und gewinnt immer mehr an Klarheit.

Als sie sich endlich zurück, lachen sie hämisch, als hätten sie wieder gewonnen. Doch diesmal ist etwas anders. Diesmal wird das Martyrium enden. Es heißt nicht mehr Überleben – es herrscht Krieg. Und ich bin die, die das Schlachtfeld als Gewinnerin verlässt.

Ich gehe meinen Plan immer und immer wieder durch, jedes Detail, jede Bewegung. Wenn sie morgen den Eimer der mir als Toilette dient leeren, werde ich bereit sein.

Meine Augen werden immer schwerer, ich muss mich hinlegen und schlafen, ich brauche meine Kräfte.

Mein Herz rast, während die ersten schwachen Lichtstrahlen des neuen Tages durch das winzige Fenster dringen. Es ist früh, und die Schritte der Männer sind noch nicht zu hören. Ich habe genug Zeit, mich vorzubereiten. Es gibt kein Zurück mehr. Der Eimer, mein einziger „Luxus" in diesem Kerker, ist längst gefüllt, ich muss aufpassen, dass ich nichts verschütte, wenn ich zuschlage.

Ich ziehe die Decke zu mir und wickle das Ende um meinen Daumen. Vielleicht wird sie den Schmerz dämpfen oder zumindest das schreckliche Knacken meiner Knochen. Mein Atem geht flach und schnell. Es gibt keinen anderen Weg. Ich weiß, was ich tun muss. Meine Lippen beben, „du musst das tun. Es ist deine einzige Chance," flüstere ich mir selbst zu um nicht den Mut zu verlieren.

Ich sehe mich noch einmal um. Vielleicht gibt es doch eine andere Möglichkeit – *nein*. Hier gibt es einfach nichts. Ich muss das jetzt durchziehen. Ich schließe die Augen und zähle innerlich. *Eins ... Zwei ... Drei!*

Ich presse meine Zähne aufeinander, hebe den Eimer mit meiner rechten Hand hoch und lasse ihn mit voller Wucht auf meinen linken Daumen fallen. Der Schmerz ist augenblicklich und allumfassend, als hätte mich ein Blitz getroffen. Mein Magen dreht sich, und ich kämpfe gegen den Drang, mich zu übergeben. Tränen schießen mir in die Augen, aber ich halte durch. Ich darf jetzt nicht schwach werden. Ich kann die Fessel bereits ein wenig weiter von meinem Handgelenk schieben, doch noch reicht es nicht.

Wieder hole ich tief Luft, schließe die Augen und schlage erneut zu.

Die Kette bewegt sich, meine Hand gleitet ein Stück weiter, doch noch nicht genug. *Noch ein Mal. Nur noch ein Mal.* Ein Knacken ertönt, gefolgt von einem durchdringenden Schmerz, der durch meinen gesamten Arm schießt.

Mein linker Daumen ist gebrochen. Ich schiebe die Kette von meinem Handgelenk über meinen Handrücken hinunter. Das Gefühl der Erleichterung durchströmt mich und betäubt meine körperlichen Empfindungen. *Ich bin frei* – vorerst nur von den Ketten, aber den Rest den schaffe ich. Niemand wird mich mehr entführen oder unterschätzen, wenn ich diesem ganzen Scheiß hier den Rücken kehren werde.

Meine linke Hand ist nicht meine dominante – ich kann mit meiner rechten weiterkämpfen. Nichts hält mich mehr auf.

Der Raum fängt an sich zu drehen. Mir wird schwindelig. Mein Körper ist zu schwach. Ich merke, dass ich kurz davor bin, das Bewusstsein zu verlieren.

Mit zittrigen Händen breite ich die Decke wieder aus und setze mich darauf, wickele die Kette vorsichtig über mein Handgelenk, damit es so aussieht, als wäre nichts geschehen.

Ich lege mich wieder hin, drücke mein Gesicht in die Decke und zwinge mich, die Augen zu schließen. Ich muss schlafen, wenn auch nur für einen Moment. Ich muss stark sein, für das, was bevorsteht. Doch mein Geist rotiert. Der Gedanke, dass sie bald zurückkommen werden, lässt mich nicht zur Ruhe kommen.

Ein lauter Knall weckt mich aus einem tiefen, traumlosen Schlaf. Es ist bereits dunkel – so lange habe ich noch nie zuvor geschlafen. Die Aufregung erfasst mich sofort. Ich bleibe liegen, atme tief ein und aus, um meine Nerven runterzufahren. Der Eimer steht dicht hinter mir. Die Schritte ... ihre Fußsohlen knallen bereits durch das Gebäude. Dieses verdammte Geräusch verfolgt mich schon in meinen Träumen. Es ist ein Takt, den ich nie vergessen werde.

Die Gittertür klickt und wird wie immer nicht zugesperrt. *Sie sind da.* Teufelsfratze und Pisser treten ein. Teufelsfratze lehnt sich wie gewohnt an die Wand, während Pisser mir das Tablett mit dem widerlichen Brei hinschiebt.

„Du siehst blass aus. Iss etwas, sonst bist du bald zu nichts mehr nütze," sagt Pisser mit einem verächtlichen Grinsen.

Ich greife nach dem Tablett, zwinge mich zu essen. Ich mache eine Pause und streife mit meiner rechten Hand die Träger meines BHs von meinen Schultern. Ich sehe die beiden Männer verrucht an und ziehe den BH aus, während ihre Augen gierig auf meinem Körper ruhen. Sie lachen leise und beginnen, ihre Hosen herunterzuziehen. Jetzt habe ich sie da, wo ich sie haben wollte.

Teufelsfratze legt seine Hose mitsamt Gürtel an dem die Waffe und der Schlüssel hängt, in die Ecke. Alles läuft so, wie immer.

„Heute musst du nicht aufessen, bevor du deine Nachspeise bekommst, Häschen," sagt er grinsend.

Pisser leckt sich mit seiner Zunge über seine Lippen. Was normalerweise erotisch aussehen würde, wirkt bei ihm einfach nur abartig. „Sie hat wirklich Gefallen daran gefunden.", bestätigt er seinem Kumpanen.

Sie nähern sich mir, der Raum wird enger, die Luft stickiger. *Jetzt oder nie.*

In einem raschen, fließenden Moment schnappe ich mir den Eimer und schütte den Inhalt über die beiden Männer. Der Gestank von Urin und Kot breitet sich aus, während sie schockiert aufschreien. Teufelsfratze schüttelt sich, Pisser taumelt zurück. Ich nutze die Gelegenheit, drehe mich zur Seite und schnappe mir Teufelsfratzes Gürtel. Sie versuchen, mich zu packen, doch ich bin klein und schnell. Ich weiche ihnen aus, renne zur Kerkertür und schließe das Schloss hinter mir.

Mein Atem geht schnell, ich ziele mit der Waffe auf sie, meine Hand zittert, doch ich halte sie so fest ich kann. „Keine Bewegung!", rufe ich, meine Stimme ist heiser vor Adrenalin. „Ein Ton und ich bringe euch beide um!"

Ich weiß nicht, ob es hier weitere Männer gibt, ich darf es nicht riskieren, dass sie Verstärkung holen.

Teufelsfratze tritt näher an die Kerkertür heran und umschließt mit seinen klammen Fingern die Gitter der Tür, seine Lippen sind zu einem schmierigen Lächeln verzogen. „Hätte ich gewusst, dass du so gut schmeckst, hätte ich dich vielleicht auch besser behandelt, du kleine Schlampe."

Etwas in mir entfesselt sich mit einer unbändigen Klarheit. Ohne zu zögern, ziehe ich den Abzug des Revolvers durch. Der Schuss durchdringt die Luft, und ich sehe, wie Teufelsfratzes Augen für einen letzten Augenblick weit aufgerissen sind, bevor sein Körper in sich zusammensackt und schwer zu Boden stürzt. Der Klang seines Aufpralls – das dumpfe Echo, das knirschende Geräusch von Knochen auf Stein – hinterlässt eine unauslöschliche Spur in meinem Gedächtnis, als wollte es sicherstellen, dass ich diesen Augenblick nie vergesse. *Ich habe ihn getötet. Mein erster Mord.*

Und doch empfinde ich keine Reue, kein Zögern, nur eine seltsame, brutale Befriedigung. Dieses düstere Vergnügen sickert durch mich hindurch, so intensiv, dass es alles andere überdeckt. *Er ist tot. Endlich.* Er hat es verdient, und ich werde diese Erinnerung wie ein kostbares Juwel in mir bewahren.

Ja, grausam mag sie sein – aber sie ist mein erster Befreiungsschlag in einer Welt, die mich bis hierher in Ketten gelegt hat.

Ich blicke zu Pisser, der sich in die Ecke gedrängt hat, die Hände zitternd erhoben, als könnte er sich so vor dem Unvermeidlichen schützen. Der Mut, mit dem er sonst so großspurig gesprochen hat, scheint wie weggeblasen. „Bitte … schieß nicht", stammelt er. „Ich wollte das alles nicht. Mein Cousin … er wollte nur Rache."

„Nur Rache?" Meine Stimme gleitet scharf durch den Raum. „Ist dir klar, was ihr mir hier angetan habt? Jeden. Verfluchten. Tag." Er hebt beschwichtigend die Hände, ein erbärmlicher Versuch, sich zu erklären.

„Wir, das sind nicht wir. Wie würdest du reagieren wenn ...“

Ohne ein weiteres Wort ziehe ich den Abzug durch und halte den Lauf direkt auf ihn gerichtet. „Kein Wort mehr. Kein Schritt. Oder du bist der Nächste.“ Die Pistole wiegt schwer in meiner Hand, aber das Adrenalin durchströmt mich wie ein Schutzschild, lässt alles andere verblassen. „Glaub nicht, dass ich auch nur eine deiner kranken Ausreden hören will. Niemand hat das Recht, so über mich zu entscheiden. Keiner.“

Ich drücke ab, und der Schuss durchbohrt sein Bein. Sein Aufschrei erfüllt den Raum, ein leises, gequältes Wimmern, als er auf die Knie sinkt, die Hand auf die klaffende Wunde gepresst. „Hast du die Botschaft jetzt verstanden?“ Meine Stimme ist leise und doch unmissverständlich.

Er nickt hektisch und duckt sich noch tiefer in die Ecke. Ich verschwende keinen weiteren Gedanken an ihn. Ihn werde ich nicht töten, er kann hier in der Zelle verrotten. Was auch immer er tut, es ist mir egal. Mein einziger Fokus ist jetzt, aus diesem verdammten Gefängnis zu entkommen. Ich hoffe, dass ich durch die Schüsse nicht aufgeflogen bin, aber ich musste das tun, sonst hätten sie mich verfolgt, bis in meine Träume.

Ich beginne zu rennen. Der Dreck und der Staub, der sich auf den Bodenplatten angesammelt hat, klebt an meiner Haut, aber ich ignoriere es. Ich habe keine Wahl. Jeder Muskel in meinem Körper ist angespannt, meine Nerven brennen vor Anspannung, als ob sie jeden Moment reißen könnten.

Meine Füße hinterlassen Spuren im Staub, als ich den

langen, dunklen Gang entlang renne. Die Zellen auf beiden Seiten sind leer, verfallen und von Schimmel überzogen. Der Putz bröckelt von den Wänden, als hätte dieses Gefängnis seit Jahrzehnten keinen Menschen mehr gesehen. Die Dunkelheit verschlingt mich fast, nur das schwache Flackern einer kaputten Glühbirne irgendwo in der Ferne lässt mich erahnen, wo ich bin.

Als ich eine Treppe erreiche, stütze ich mich kurz an der Wand ab, um nicht das Gleichgewicht zu verlieren. Meine Hände sind feucht vor Schweiß, obwohl die Luft hier so eiskalt ist, dass jeder Atemzug schmerzt. Die Treppe vor mir ist steil, ich zwinge mich, einen Fuß vor den anderen zu setzen.

Oben angekommen, bleibe ich kurz stehen. Meine Brust hebt und senkt sich heftig, als ich versuche, meine Atmung unter Kontrolle zu bringen. Ich sehe zwei Abzweigungen und einen geraden Flur, drei verfluchte Möglichkeiten, und ich habe keine Ahnung, welche die Richtige ist. Alles in mir schreit, dass ich stillstehen soll, dass ich nachdenken muss, aber dafür ist keine Zeit. Mein Instinkt schreit, mich zu bewegen, mich von diesem Ort zu entfernen.

Ich schließe die Augen für einen kurzen Moment, versuche zu hören. Vielleicht gibt es Geräusche, Stimmen, irgendetwas. Aber da ist nichts. Nur Stille. Es gibt keinen einzigen Hinweis, den ich nutzen könnte. Dann entscheide ich mich auf gut Glück.

Geradeaus. Ohne nachzudenken, stürme ich vorwärts. Meine Beine fühlen sich an, als wären sie aus Blei, aber ich zwinge sie, weiterzulaufen. Der Gang ist schmal und dunkel, und ich habe das Gefühl, dass die

Wände immer näher kommen, als wollten sie mich zerquetschen. Meine Gedanken sind ein einziges Durcheinander, mein Kopf dreht sich vor Panik. Doch ich renne weiter, bis ich an eine weitere Abzweigung komme.

Ich biege schnell nach rechts ab, ohne nachzudenken, doch ich spüre sofort, dass etwas nicht stimmt.

Licht. Ein schwaches Licht kommt aus einem Raum in der Mitte des Gangs.

Mein Herz setzt einen Schlag aus. Ich bleibe abrupt stehen, die Waffe noch immer fest in der Hand.

Mein ganzer Körper kribbelt, mein Gesicht brennt, meine Beine zittern unter mir. *Was jetzt? Zurücklaufen? Oder mich dem stellen, was in diesem Raum auf mich wartet?*

Ich kann nicht einfach stehen bleiben. Ich muss mich entscheiden. Mein Herz rast, als ich einen weiteren Schritt nach vorne mache.

Vorsichtig lehne ich mich gegen die Wand, direkt neben dem Raum, aus dem das Licht flackert. Die kalte Oberfläche drückt gegen meinen Rücken. Ich versuche, einen Blick in den Raum zu werfen, ohne gesehen zu werden. Was auch immer mich dort erwartet, es könnte mein Untergang sein.

Vorsichtig schiebe ich mich näher an den Türrahmen heran und werfe einen Blick hinein. Ein bitteres Ziehen breitet sich in mir aus, als ob mein Körper sich selbst abstößt. In der Mitte des Raumes steht ein Stuhl – mit Fesseln für Arme und Beine. Mir wird schlagartig übel, als mir klar wird, dass dieser Raum für etwas Schreckliches vorbereitet wurde. Das hier wäre also mein Folterzimmer gewesen. Die Kälte kriecht noch tiefer in meine Knochen, und ein Zittern breitet sich in meinen Gliedern aus.

Ich löse mich vorsichtig von der Wand, halte die Waffe bereit und betrete den Raum. Keine Bewegung. Kein Laut. Nur diese drückende Stille, die den Raum erfüllt wie überall in dieser verfluchten Hölle. Auf einem Tisch in der Ecke entdecke ich verschiedene Gegenstände – eine Axt, mehrere Messer, Zangen – alles Werkzeuge, die nur einem Zweck dienen: Schmerz zuzufügen. Ich kann nicht fassen, was ich sehe. Ich gehe ein paar Schritte weiter. In der Ecke des Raumes entdecke ich einen Glaskasten. Eine Ratte läuft darin nervös umher. Mir läuft ein kalter Schauer über den Rücken. Diese Ratte ist nicht nur irgendein Tier. Sie ist ein weiteres grausames Folterinstrument. Alles hier ist darauf ausgelegt, Menschen zu zerstören.

Plötzlich spüre ich, wie sich eine Hand brutal in meine Haare vergräbt. Ich schnappe nach Luft, mein Kopf wird nach hinten gerissen, und bevor ich realisiere, was geschieht, werde ich mit einem heftigen Ruck zu Boden geworfen. Schmerz schießt durch meinen Körper, als ich hart auf dem Boden aufschlage. Die Waffe rutscht aus meiner Hand und gleitet außer Reichweite. Ich bekomme keine Luft mehr, mein Herz rast, während ich spüre, wie mich jemand an den Haaren weiter durch den Raum zerrt.

Ich höre das scharfe Klicken einer Waffe, dann spüre ich den kalten Lauf, der gegen meine Schläfe drückt. Die Angst, die mich überkommt, ist lähmend. Ich dachte, ich hätte es geschafft. Ich dachte, ich hätte endlich eine

Chance, doch jetzt finde ich mich in einer noch schlimmeren Situation als zuvor wieder.

„Nein ...", flüstere ich kaum hörbar. Dann höre ich, wie die Tür hinter mir zuknallt.

Auf einmal beugt sich jemand zu mir hinunter und geht in die Hocke. Mein Herz hämmert so laut in meiner Brust, dass ich denke, es könnte aussetzen, als mein Blick in das Gesicht des Mannes fällt, der vor mir kniet. *Ich kann es nicht glauben.*

„Du?", bringe ich mit erstickter Stimme hervor. Der Mann, der mich hierhergebracht hat. Der Mann, der mich in diese Hölle geschickt hat.

Sein kaltes Lächeln verzieht sich zu einem diabolischen Grinsen, als er mich ansieht. „Du Dummerchen dachtest wirklich, du könntest entkommen?" Seine Stimme ist gefährlich ruhig, fast sanft. „Wir haben doch gerade erst angefangen."

Kapitel 2

Matteo

Die Fahrt zu deinem Büro fühlt sich für mich an wie ein endloser Albtraum, aus dem ich nicht erwachen kann. Gedanken rauschen unaufhörlich durch meinen Kopf, jeder so drückend, als würde eine unsichtbare Last meine Sinne beschweren.

Wer könnte hinter deiner Entführung stecken? Warum wurde an deinem Arbeitsplatz nach dir gefragt? War es wirklich nicht Vacchio oder gaukelt er mir nur etwas vor? Die Fragen kreisen unablässig, während ich auf die überfüllten Straßen von New York starre, die in der Nacht verschwimmen. Ich kann nicht aufhören, an dich zu denken – deine grünen, leuchtenden Augen, die wie ein Feuer in der Dunkelheit glühen und alles in mir in Brand setzen. Dein Lächeln, das wie eine Droge auf mich wirkt, mich betört und jede klare Entscheidung zunichte macht. Ich sehe dich vor mir, höre dein Lachen, spüre die Wärme deines Körpers, als wärst du hier – so real, dass es mich quält. Selbst jetzt, inmitten dieses Wahnsinns, bist du der einzige Gedanke, der mein Chaos ordnet, und die einzige Sehnsucht, die mich zerstört und zugleich am Leben hält.

Doch jetzt ist nichts mehr so, wie es war. Jede Sekunde ohne dich ist unerträglich. Du bist der erste Mensch in meinem Leben, der das Gefühl von Angst in mir auslöst. Angst dich zu verlieren. Die Vorstellung, dass du nicht mehr hier bist, reißt eine Wunde in mir auf, die nicht mehr verheilt.

Ich spiele nervös mit den Ringen an meinen Fingern – ein untrügliches Zeichen dafür, dass ich bereit bin, wieder Blut zu vergießen. Du bist schon viel zu lange weg. Die Zeit, die vergangen ist, fühlt sich an wie ein tiefer Abgrund, der meine Gedanken verschlingt. Ich kann mir vorstellen, was du gerade durchmachen musst. Ich bin selbst mordsüchtig, doch ich hoffe inständig, dass dein Entführer nicht dieselbe unbarmherzige Vorliebe für Grausamkeit teilt wie ich.

Den Schmerz, jemanden zu verlieren, den man liebt, kenne ich nur zu gut. Der Tod meines Vaters hat mich innerlich verwüstet und jede Spur von Menschlichkeit ausgelöscht. Doch du ... du hast mir einen Funken davon zurückgegeben. Seit du weg bist, bin ich wieder der Matteo geworden, der nur eine Sprache kennt und das ist die harte. Keine Nacht habe ich ruhig geschlafen, und jede Minute, jede Sekunde habe ich verwendet, um dich zu finden. Jetzt führt jede Spur, jeder Weg zu diesem einen letzten Ort.

Salva lenkt das Auto an den Straßenrand, er parkt und dreht sich zu mir. „Wir werden sie finden, Matteo. Ich verspreche es dir," sagt er, während er das silberne Kreuz seiner Halskette an seine Lippe legt. Sein Gesicht ist ernst, doch voller Optimismus. Ich sehe, wie der Glaube ihn stärkt, doch mir selbst hat Beten nie geholfen. Unsere Familie ist tief religiös, aber für mich gab es nie die Unterstützung, die ich mir erhofft hatte. Ich trage meine Kreuzkette nur zu Ehren meines Vater. Trotzdem sage ich nichts, weil ich seine Hoffnung nicht zerstören möchte.

Wir steigen aus dem Auto, der Wind peitscht uns eisig ins Gesicht, doch das ist nichts im Vergleich zu der Kälte, die in mir wütet. Wir betreten das Bürogebäude, der Aufzug fährt in die Höhe und das leise Summen der Kabine erfüllt den Raum. Mit jedem Stockwerk, das wir näherkommen, wächst die Wut in mir. Ich versuche, sie im Zaum zu halten, aber es fällt mir schwer.

Als wir das richtige Stockwerk erreichen, sehe ich es sofort – das Gedenkgesteck an Mike. Der Mann, den ich für dich getötet habe. Die Erinnerung an das, was er dir angetan hat, quält mich. Ich balle meine Fäuste, am liebsten würde ich das verdammte Gesteck von der Wand reißen. Doch bevor ich dazu komme, tritt Salva näher. „Hast du mal daran gedacht, dass Mikes Tod etwas damit zu tun haben könnte?", fragt er mit ernster Stimme.

Ich halte inne, drehe mich zu ihm. „Ja, gerade eben. Aber ich habe nie daran gedacht, dass ihn jemand rächen könnte. Schließlich war es offiziell John, nicht Amelie."

„Aber was, wenn du beobachtet wurdest?" Seine Worte treffen mich wie ein Schlag. Vielleicht hat er Recht. Ich ziehe mein Handy aus der Sakkotasche und wähle die Nummer meiner Hacker. „Findet alles über Mike heraus. Egal was – alle Kontobewegungen, Social-

Media, Kontakte. Ich will alles wissen, was mit ihm und seinem Umfeld zu tun hat."

Während Salva und ich an deinem Schreibtisch vorbeigehen, fällt mein Blick auf etwas Ungewöhnliches. Ein schwarzer Umschlag liegt dort, genau wie der aus deinem Briefkasten. Sofort halte ich Salva zurück. „Warte. Hier liegt ein Brief." Ich greife danach und wollte ihn öffnen, doch in dem Moment erscheint dein Chef Mr. Miller.

„Dr. Russo, willkommen," sagt er und streckt mir die Hand entgegen.

„Hallo, Mr. Miller." Ich erwidere den Handschlag, die Anspannung in meiner Stimme kann ich kaum verbergen. Was dir passiert ist, macht mich schwach, nie hätte ich einem Menschen meine Emotionen gezeigt, doch ich bin nicht mehr Herr meiner selbst. „Haben Sie einen Ort, an dem wir ungestört sprechen können?"

Er nickt und führt uns in sein Büro. Er deutet uns an, uns zu setzen, doch weder Salva noch ich haben die Geduld dafür. „Wir haben nicht viel Zeit," sagt Salva knapp.

„Sie haben erwähnt, dass jemand nach Ms. Moore gefragt hat. Wer war das?", frage ich direkt, ohne Umwege.

„Als Sie mit Ms. Moore nach Italien gereist sind, ist hier einiges passiert." Mr. Miller senkt kurz den Blick, dann fährt er fort. „Das mit Mike, es war tragisch. Ms. Moore hat Ihnen sicher davon erzählt. Kurz danach kam Valentin, Mikes Bruder, in mein Büro. Er fragte nach ihr."

Bei dem Namen werde ich hellhörig. Das *V* auf den

Briefen könnte auch von ihm stammen. Ich habe nie von ihm gehört, aber jetzt, in diesem Moment, fügt sich alles zusammen.

Valentin muss hinter der Entführung stecken. „Und was wollte er von ihr?" Meine Geduld ist am Ende.

„Er meinte, er wollte in der Nähe seines Bruders sein und verstand sich gut mit Ms. Moore. Deshalb hat er Abigail Smiths Stelle übernommen, als sie gekündigt hat. Nach dem Vorfall mit Mike dachte ich, ich sei ihm das schuldig. Wenn unsere Sicherheitsmaßnahmen höher gewesen wären, wäre so etwas hier nicht passiert."

Ich versuche mich zurück zuhalten, doch die Wut brodelt in mir. In einem Anflug von Zorn schlage ich gegen die Wand, so heftig, dass die aneinandergereihten Auszeichnungen von Mr. Miller in einem einzigen Stoß hinunterfallen. Der Schock steht ihm ins Gesicht geschrieben. „Was soll das?" In seiner Mimik spiegelt sich Verwirrung und Angst.

Ich atme tief ein, versuche, mich zu beruhigen, und richte mein Sakko. „Verzeihen Sie. Es ist ... viel los momentan. Schicken Sie mir eine Rechnung für den Schaden, ich werde Ihnen alles ersetzen."

Er nickt, sein Blick ist verunsichert, aber verständnisvoll. „Sie haben mir sehr geholfen," sage ich, dann drehe ich mich um und gehe, Salva ist dicht hinter mir.

„Es war also dieser Valentin," murmelt Salva, als wir das Büro verlassen.

Ich zerquetsche die Zigarette unter dem Absatz und spüre das Knirschen des Asphalts, als könnte ich den Boden selbst zermalmen, so wie ich es mit Valentins verdammtem Hals tun werde. „Dieser Bastardo ist so gut wie tot," knurre ich leise und wähle erneut die Nummer meiner Hacker.

„Es war Mikes Bruder Valentin. Ihr findet mir seinen Aufenthaltsort, sofort! Zapft alles an, was nötig ist – ich will ihn heute noch. Klar?" Ich lege auf, warte keine Antwort ab. Jede Sekunde zählt. Ohne ein Wort schwinge ich mich zurück ins Auto, Salva auf dem Beifahrersitz, sein Kiefer angespannt, die Augen schmal. Er kann es wie ich kaum erwarten, dass das alles hier endlich ein Ende hat und du wieder in Sicherheit bei uns bist.

Als wir das versteckte Lager erreichen, reißt Salva die Tür auf, die krachend gegen die Wand schlägt. Er greift in den Schrank mit den schusssicheren Westen und wirft mir eine zu, die ich mir über die Schultern streife. Jede Bewegung fühlt sich an wie die Vorbereitung auf eine Schlacht – und genau das ist es. Niemand, absolut niemand, entkommt mir, wenn er es wagt, dir auch nur ein Haar zu krümmen.

„Alle herkommen!" Die Männer setzen sich sofort in Bewegung. Salva und ich marschieren in den Bunker, und meine Präsenz reißt den Raum in eine lautlose Erwartung. Jeder Blick hängt an mir, gespannt auf jedes Wort.

„Also, was habt ihr?" Einige Schlucken nervös vor Angst etwas Falsches zu sagen, und ich genieße es. Heute wird es keine Schwäche geben, keinen Fehler. Und meine Leute wissen es.

Einer der Hacker tritt vor, sein Kopf geneigt, als würde das Display in seinen Händen ihn völlig in

Anspruch nehmen. Seine Aufmerksamkeit scheint mehr an den leuchtenden Ziffern und Buchstaben zu hängen, als es die Situation erfordert. „Boss, wir haben die Spur aufgenommen." Zögerlich hebt er das Tablet, zeigt mir den Bildschirm, ohne den Mut aufzubringen, mir in die Augen zu sehen. „Kontobewegungen, verdeckte Transaktionen, viel Geld für ... Waffen, Apotheken ..." Er stockt, die Worte scheinen ihm im Hals zu stecken, als müsste er jedes Wort abwägen.

„Und? Komm zum Punkt! Ich will jeden verdammten Meter wissen, auf dem dieser Bastard sich bewegt hat!" Salvas Muskeln zucken neben mir, seine Geduld reißt ebenfalls an den Fäden, aber er hält sich zurück. Der Hacker nickt hektisch, seine Finger fliegen über die Tasten.

„Wir haben ... seine Position orten können. Es war schwer, aber wir konnten das System durchbrechen. Das ist der Standort." Er dreht das Display zu mir, und der blass blinkende Punkt auf der Karte brennt sich in mein Gedächtnis ein. *Endlich.*

„Perfekt." Ich richte mich auf, Salva sofort an meiner Seite. „Zwanzig Männer draußen, voll bewaffnet. Wir wissen nicht, was uns erwartet, aber niemand, und ich meine absolut niemand, nimmt sich diesen Valentin vor. Er gehört mir."

Kein Mensch hat nur die geringste Chance uns aufzuhalten. Nicht umsonst sind wir der gefürchtetste Clan in Italien. Meine Männer sind alles hochausgebildete Killer, niemand hat ein Gewissen.

Als ich in den Wagen steige, sehe ich Lorenzos gestressten Blick, irgendetwas ist anders. Normalerweise kennt er solche Situationen, er ist seit Jahren mein Fahrer. Kein anderer Mensch auf dieser beschissenen Welt könnte diesen Job so gnadenlos perfekt erledigen wie er. Ich werde schon noch herausfinden, was mit ihm los ist.

Ich tippe auf meinem Handydisplay und sehe mir Bilder von dir an, um ein wenig runterzufahren. Eine wutgeladene tickende Zeitbombe ist eher kontraproduktiv, ich muss klar denken können.

„Matteo, was ist mit dem Brief?" Salva sieht mich fragend an. „Cazzo, du hast recht," murmle ich und lege mein Handy beiseite.

Der Brief – vor lauter Zorn habe ich ihn vergessen. Das war´s dann wohl mit runterfahren.

„Ich kann kaum noch klar denken, Salva. Ich hoffe so sehr, dass wir sie endlich finden." Salva legt seine Hand fest auf meine Schulter, seine Augen voller Überzeugung. „Vertrau darauf. Dieses Mal werden wir sie da raus holen. Wir waren noch nie so nah dran."

„Eben das. Wenn sie nicht da ist … ich weiß nicht, was ich dann tun werde. Alles würde in mir zerbrechen. Jeder positive Gedanke, jedes bisschen Freude – alles verschwindet. Ohne sie … ich kann nicht mehr. Alles, was ich will, ist, dass es ihr gut geht." Tränen brennen in meinen Augen, doch ich halte sie zurück. Ich will die Kontrolle nicht verlieren.

Salva schweigt kurz, seine Miene nachdenklich. „Ich weiß, was du fühlst. Sie könnten ihr alles antun. Der Gedanke daran frisst einen auf." Er schaut in die Ferne, wie jemand, der bereit ist, alles aufs Spiel zu setzen.

Er ist einer der wenigen, vor dem ich meine Gefühle zeigen kann, der wirklich versteht, was in mir vorgeht.

Salva, du, vielleicht noch meine Mutter ... aber sonst niemand. Niemand weiß, wie weit ich bereit bin zu gehen.

„Jeder, der in das hier verwickelt ist, wird dafür bezahlen – und zwar ohne Gnade. Das verspreche ich dir, Matteo. Und dann wirst du Amelie wiederhaben, gesund und sicher."

Ein Lächeln legt sich auf meine Lippen. Doch das Lächeln ist nicht für dich, sondern für Valentin und all die, die an deiner Entführung beteiligt waren.

„Nein, Salva," sage ich ruhig, meine Worte wie ein Versprechen, das niemand brechen kann. „Wir haben sie zurück."

Salva versteht sofort, was ich ihm sagen möchte, die Message trifft ihn wie ein Stich. Seine Augen verengen sich ein wenig, und ich sehe, wie sich sein Kampfgeist weiter entfacht – als ob er überhaupt noch mehr angeheizt werden könnte.

Er würde ohne zu zögern durchs Feuer gehen, um die Menschen zu schützen, die er liebt – und ich weiß, dass er genauso für dich empfindet wie ich. Das, was ihn antreibt, ist Gerechtigkeit, nicht Blutdurst, und wenn die Zeit kommt, wird nichts seine inneren Dämonen aufhalten. Für jeden, der an deiner Entführung beteiligt ist, wird das hier zur Hölle auf Erden werden. Ich vertraue ihm. Kein Zweifel – Salva wird an meiner Seite sein, bereit, bis zum letzten Atemzug für dich zu kämpfen.

Ich greife in meine Anzughose und ziehe den schwarzen Umschlag hervor, den ich auf deinem Schreibtisch gefunden habe. Mit einem schnellen Riss öffne ich ihn. Doch was ich darin sehe, jagt mir das Blut in die Ohren – weitere Haarsträhnen von dir, herausgerissen samt der Wurzeln, an denen noch Reste von Blut kleben.

Ein unkontrolliertes Brüllen entweicht mir, und ich schlage so fest gegen den Vordersitz, dass Lorenzo zusammenzuckt. „Dieser elendige Wichser," schreie ich. „Ich werde ihm die Haut abziehen und sie seiner Familie zum Fraß vorwerfen!"

Lorenzo beobachtet mich durch den Rückspiegel, aber er sagt nichts. Stattdessen greift er in das Handschuhfach und holt eine Flasche Whiskey heraus. Wortlos reicht er sie mir, und ich nicke ihm dankbar zu, nehme die Flasche und ziehe einen tiefen Schluck. Der brennende Alkohol ist wie Benzin, das das Feuer in mir nur noch weiter entfacht.

Ich ziehe die Notiz aus dem Umschlag:

Tick Tack. – V

Zwei Worte, die eine klare Botschaft senden. Valentins kleine Herausforderung bringt mich zum Grinsen. Er spielt mit der Zeit, als wäre es ein Spiel – doch dieses Spiel wird ihm sein Leben kosten.

Bilder schießen durch meinen Kopf: Valentin, blutend, verzweifelt, flehend. Und ich werde Moment seiner Schmerzen genießen. Es gibt keine Grenzen mehr, keine Hindernisse, die mich aufhalten können.

Lorenzo geht vom Gas runter und schaltet die Scheinwerfer aus – wir sollten nicht mehr weit von dir entfernt sein. Eine unheimliche Stille senkt sich über uns, schwer und undurchdringlich. Das verlassene Gefängnis vor uns erhebt sich wie ein finsteres Monstrum. Seine Mauern sind umgeben von einer Bedrohung, die in den Schatten lauert. In meinem Kopf pocht ein einziger Gedanke: bald. Bald wirst du wieder bei mir sein.

Im Rückspiegel fängt Lorenzo meinen Blick auf. Ohne ein Wort greift er nach der schusssicheren Weste auf dem Beifahrersitz und steigt aus.

Ich wusste doch, dass er etwas vor hat. Ich spüre Salvas prüfenden Blick, bevor auch wir aussteigen. Lorenzo tritt neben mich, die Schultern zurückgezogen, ein Zeichen seiner Entschlossenheit. „Ich will dabei sein, Matteo. Sie hat es nicht verdient, das hier durchzumachen." Seine Worte sind fest und klar, eine unmissverständliche Forderung. Ich überlege einen Moment, dann gebe ich mein Einverständnis mit einem knappen Nicken. „In Ordnung, du bist drin. Aber wir halten uns genau an den Plan. Keine Alleingänge, verstanden?"

„Verstanden", bestätigt Lorenzo.

Für ihn bist du wie eine Freundin geworden, das habe ich bereits bemerkt. Du gehörst nicht nur zu mir, sondern auch zur Familie. Sie sehen dich alle, so wie ich dich sehe. Dein Licht, deine Stärke. Die Klarheit, die du uns gibst – das alles werden wir dir zurückholen.

Ich gehe einen Schritt zurück und richte mich an meine Männer. „Keiner verlässt dieses Gebäude, bevor sie in Sicherheit ist."

Ihre angespannten Gesichter spiegeln die Wut wider, die sich wie ein Strom in mir ausbreitet.

Die Kälte der Nacht findet ihren Weg durch meine Haut, doch sie ist nichts im Vergleich zu dem Frost, der meine Adern durchzieht. Salva öffnet den Kofferraum, reicht mir und Lorenzo eine Waffe. Diese Nacht endet erst, wenn das Gleichgewicht wiederhergestellt ist, und ich werde mir nehmen, was mir gehört. Ein letztes Nicken von mir, und wir setzen uns in Bewegung.

Meine Handbewegung gibt das Zeichen: Jeder nimmt seine Position ein. Sie wissen, was sie zu tun haben.

Vor uns erhebt sich der zerrissene Maschendrahtzaun, verrostet und zerfetzt, Zeuge zahlloser Ausbruchsversuche. Old Joliet – ein Geisterort, vergiftet von verrottendem Stahl. Der Geruch von altem Eisen und Schimmel frisst sich in meine Lungen.

Das ist ganz sicher kein Platz für dich kleine Fiore. Du bist so unschuldig, zart, so unberührt und rein, doch Valentin hat dich beschmutzt. Es ist, als würde man auf eine schöne weiße Pfingstrose treten. Er hat deine Seele befleckt, und ich werde dich von seinem Dreck befreien und ihn mit seinem eigenen Gift ersticken.

Wir betreten den Haupteingang, Salva eng an meiner Seite, sein Kiefer fest zusammengebissen. Die Tür ist bereits offen, als ob die Geister des Ortes uns willkommen heißen.

Mit jedem Raum steigt die Anspannung. Ich spüre, wie die Mordlust in mir immer weiter wächst.

Jeder leere Raum ist ein weiteres leeres Versprechen, noch ein Zimmer ohne dich. Salvas Kiefer mahlt, und ich sehe, wie sich seine Hände fester um die Waffe schließen. „Dieser figlio di puttana wird für jedes Haar, dass er ihr gekrümmt hat büßen," murmelt er in die Finsternis.

Wir stoßen die nächste Tür auf, und die verrotteten Scharniere schreien, als wären auch sie gefangen.

Nichts. Wieder nichts. Der Atem der Männer ist das einzige Geräusch, das die Leere füllt, doch in der Ferne höre ich ein leises Scharren – *eine Ratte*. Salva schnappt nach Luft, und ich sehe die Anspannung in seinem Blick. Wir kommen näher, ich spüre es.

Und dann, endlich, sehe ich es – ein schwaches Licht, das wie ein bösartiges Leuchtfeuer aus der Ferne schimmert. Ein Raum in der Mitte des Korridors. Lorenzo hebt das Kinn, als er kurz zu mir herübernickt. Ich trete an die Tür heran und lege die Hand auf den Griff. Mit einem schnellen Ruck reiße ich die Tür auf.

Das, was uns im Inneren erwartet, ist eine Szenerie des Grauens: blutverschmierte Wände, metallene Folterwerkzeuge – und in der Mitte des Raumes liegt ein lebloser Körper.

Valentin.

Sein Gesicht ist eingefallen und grau verfärbt, die Haut beginnt bereits, sich straff über die Wangenknochen zu spannen. Ein klaffendes Loch in seiner Stirn zeugt von dem tödlichen Einschlag, aber das Blut, das einst herausströmte, ist inzwischen zu dunklen, krustigen Linien erstarrt, die sich wie feine Risse über den staubigen Boden ziehen. Seine leeren Augen starren mich stumpf an, glasig und trüb – ohne Reue, ohne Furcht, nur die kalte Ruhe des Todes in ihnen.

Die Welt wird still. Ein dumpfes Rauschen schwingt in meinen Ohren, und die Erkenntnis trifft mich wie ein Stich in die Brust:

Du bist nicht hier. Und der Leiche zu urteilen, bist du das schon eine ganze Weile nicht mehr.

Kapitel 3

Amelie

Der Albtraum ist vorbei. Ich wache auf und spüre nicht mehr den harten Boden unter meinem Körper.

Langsam finde ich aus einem tiefen Schlaf zurück zu mir. Doch kaum habe ich die Augen geöffnet, spüre ich den stechenden Schmerz auf meiner Stirn. Ich will die Hand heben, will sie gegen meine Stirn pressen, die brennt, als hätte sie Feuer gefangen – doch etwas ist falsch. Ein Gefühl der Panik kriecht in mein Bewusstsein, als ich versuche, meine Finger zu bewegen.

Nichts. Sie gehorchen mir nicht, und meine Beine … nichts. *Keine Reaktion.* Alles ist taub, gelähmt. Ich kann mich nicht bewegen. Mein Atem geht schneller, kommt in kleinen, gehetzten Stößen aus meiner Kehle. Ein kribbelndes Taubheitsgefühl frisst sich über mein Gesicht. Meine Lippen… es ist, als würden winzige, unsichtbare Ameisen über meine Haut krabbeln und sich tief in meine Nerven bohren. Ich versuche, ruhig zu bleiben, nicht zu schreien, aber es ist, als ob ich einen Damm errichten müsste, um den Fluss meiner Angst zurückzuhalten.

Ein Flüstern der Verzweiflung breitet sich in meinem Kopf aus – bis ich es nicht mehr zurückhalten kann.

„Hilfe!" Meine Stimme ist brüchig, kaum ein Flüstern, das sich im Raum verliert. Aber ich schreie trotzdem. Lauter, verzweifelter.

Tränen brennen in meinen Augen, ein verschwommener Schleier legt sich über meine Sicht, verschmilzt die Linien und Formen um mich herum zu einem einzigen blutroten Fleck. Ich versuche, zu begreifen, was passiert ist, versuche, irgendwo Halt zu finden, an irgendetwas Festem. Aber es gibt nur das Gefühl der Taubheit, das mich gefangen hält.

Der Raum um mich herum sickert langsam in mein Bewusstsein – ein riesiges Bett, das mit tiefrotem Samt bezogen ist, so samtig, dass es aussieht, als wäre es aus der düsteren Pracht eines Mittelalterfilms gerissen worden. Goldene Kronleuchter glitzern von der Decke herab, werfen ein schwaches Licht, dass die Dunkelheit des Raums kaum durchdringt. Die Möbel sind schwer und prunkvoll. Alles hier schreit nach einer luxuriösen, aber bedrückenden Vergangenheit, die mich erstickt.

Ich zwinge meinen Kopf zur Seite, so gut es geht, und dann sehe ich es: einen Infusionsbeutel, der an einem Ständer hängt. Der Schlauch führt direkt in meinen Arm. Kalter Schweiß rinnt mir über die Stirn, als mir klar wird, dass ich mich deswegen nicht bewegen kann. Mein Körper wird betäubt. Mein Atem beschleunigt sich noch mehr, das Gefühl in meiner Brust ist jetzt unerträglich.

Durch einen Spalt der Vorhänge kann ich die Gitter hinter den Fenstern erkennen, eiserne Barrieren, die jedes Entkommen unmöglich machen. Mein Blick wandert tiefer, bis ich die Handschellen an meinem linken Handgelenk und meinem Fuß entdecke.

Ich bin wieder eingesperrt. Erneut habe ich Fesseln an meinem Körper. Ich war so kurz davor zu entkommen. Aber dann kam Valentin. *Doch wo bin ich jetzt?*

Das Gewicht dieser Erkenntnis drückt wie eine eiserne Hand auf meinen Brustkorb, und mein Blick verschwimmt vor Tränen. Der letzte Rest meiner Beherrschung zerbricht, und ich schreie erneut, die Stimme rau, verzweifelt und fremd in meinen eigenen Ohren.

Die Tür geht auf, und jemand tritt seelenruhig ein. Erst ist mir nicht klar, wer sich da an mein Bett setzt. Dann erkenne ich ihn. Emilio. Ein Grauen durchzieht mich, während mir klar wird, was das bedeutet. „Guten Morgen, Amelie Moore. Du bist früher wach, als ich dachte." Seine Stimme ist bedrohlich ruhig, doch seine Augen flammen vor Hass.

„Was willst du von mir?" Ein höhnisches Grinsen huscht über sein Gesicht. Er trägt Tarnkleidung, seine Hände blutverschmiert, als käme er direkt aus einer Schlacht. Er streift mit der blutbespritzten Hand eine Strähne aus meinem Gesicht, und mir wird schlecht.

„Ach, Fiore, dein Matteo war nicht der Einzige, der dich gesucht hat."

Wie kann er es wagen, mich so zu nennen? Er weiß genau, dass Matteo mich so nennt. Das ist kein Zufall – er tut es absichtlich. Sein widerlicher Blick ruht auf mir, und bevor ich überlegen kann, spucke ich ihm ins Gesicht. Doch er wischt die Spucke mit einer Langsamkeit ab, die mir Angst macht. Jede seiner Bewegungen wirkt kalt und kalkuliert. Statt der erwarteten Ohrfeige bleibt er ruhig, sieht mich an, als wäre ich ein Tier, das er längst gezähmt hat.

„Du hast wohl nicht begriffen, dass es dir nichts nützt, dich aufzuspielen," höhnt er. „Du hast nicht die geringste Chance, hier irgendetwas zu bewirken."

Mit einer sadistischen Ruhe greift er nach der Bettdecke und zieht sie von mir.

Ich sehe meinen Körper, nackt und gezeichnet. Mein Herz schmerzt, als ich auf die Abdrücke der Hände auf meinen Oberschenkeln blicke, auf die Farbpalette des Grauens auf meiner Haut – rote blutige Schürfwunden, blaue Flecken in allen Schattierungen, grüne, gelbe Male von den Momenten, an denen ich mich gestoßen habe, rosa Ausschläge von der kratzigen Decke, die mir die Haut aufgescheuert hat.

„Merkst du es jetzt?", fragt Emilio, während er sich über mich beugt. Seine Finger streifen die Verletzungen auf meinem Körper, und dann leckt er über meine Haut. Entlang der Spuren, die von den anderen hinterlassen wurden. Zum ersten Mal bin ich froh über die Betäubung meines Körpers. „Was willst du von mir?", frage ich mit zitternder Stimme.

Er antwortet nicht, ignoriert die Frage, schiebt meine Beine auseinander und drängt seine Hand dazwischen.

„Ich könnte dich hier und jetzt nehmen, weiter an dir herumspielen, wo die anderen aufgehört haben," zischt er und führt einen Finger in mich ein.

Der Schmerz schießt sofort durch meinen Körper, zu meinem Entsetzen spüre ich es. Sein ekelhaftes Grinsen ist das Letzte, was ich sehe, bevor ich die Augen abwende und mir auf die Wange beiße. „Hast du gehofft, dass du das nicht spürst?", fragt er stolz.

Als ich nicht antworte, schreit er: „Ignorier mich nicht und sieh mich gefälligst an, wenn ich mit dir spreche!"

Ich tue, was er sagt. Emilios Gesicht kommt mir jetzt noch klarer vor Augen. Ich zwinge mich, seine Züge zu studieren, jeden Winkel, als könnte ich ihn so dazu bringen, aufzuhören. Doch seine Augen sind kalt, ein Abgrund, der alles Gute verschlingt.

„Das Zeug, das durch deine Adern fließt, ist unser eigenes Meisterwerk," raunt er mit einer fast stolzen Verachtung. „Es macht dich hilflos und lässt dich dennoch alles spüren. Wir verkaufen es an die Männer, die nichts als Hass in sich tragen. An Vergewaltiger. Sie haben freie Bahn – und die Opfer erleben jeden qualvollen Moment. Ist das nicht fantastisch?"

„Ja, wirklich super," erwidere ich, den Hauch von Sarkasmus in meiner Stimme, trotz allem, was sich in mir zusammenzieht. „Du solltest stolz auf dich sein." Sein Gesicht zuckt, nur kurz, und dann spüre ich seine Augen auf mir ruhen, wie ein Raubtier, das seine Beute mustert.

„Immer noch so ein vorlautes Mundwerk." Er bewegt sich langsam, fast genüsslich, höher, bis er neben mir liegt. Jeder Muskel in meinem Körper will fliehen, sich aufrichten und wegrennen, aber nichts regt sich, ich bin gefangen.

Emilio ist ein gut aussehender Mann, das lässt sich nicht leugnen. Doch das Böse, das aus ihm strahlt, macht jede anziehende Regung zunichte.

Sein Aussehen ist bedeutungslos. Er ist wie eine Krankheit, eine dunkle Macht, die nur Zerstörung im Sinn hat.

„Warum bin ich hier?", stoße ich hervor. „Valentin hat mich entführt, nicht du." Die Erinnerung durchzuckt mich plötzlich, zersplittert, doch in ihrer Klarheit unerbittlich. Ich brauche Antworten, will verstehen, wie ich hier gelandet bin.

„Neugierig, hm?" Er grinst, ein kaltes, berechnendes Lächeln. „Was hältst du davon, wenn ich das lieber für mich behalte?" Seine Finger wandern über meine Lippen, berühren sie wie etwas, das er zähmen und kontrollieren will. Sein Blick flackert, und ich erkenne das lodernde Verlangen in seinen Augen. Ein Gefühl der Abscheu breitet sich in mir aus, doch ich sehe, dass er mehr will. Das muss ich ausnutzen.

„Ich werde alles tun, was du möchtest, wenn du es mir nur verrätst," flüstere ich.

Ich sehe, wie sich seine Miene verändert, wie sein Blick gierig auf meinem Gesicht ruht. Seine Hand gleitet über meine Haut und er schiebt sich etwas zurück, ich kann seine Erektion durch seine Hose sehen. Sie ist unübersehbar.

Aber was bleibt mir anderes übrig? Ich muss wissen, was geschehen ist, wie es so weit kommen konnte. Wie lange ich schon hier bin und was das alles mit Emilio zutun hat.

Er erhebt sich, geht zur Infusion, und ohne ein weiteres Wort dreht er das Gerät ab. Ein Triumph liegt in seinem Blick, als er sich wieder zu mir setzt. „Es wird nicht lange dauern, bis du dich wieder bewegen kannst."

Binnen weniger Minuten hat das Mittel aufgehört zu wirken, und ich spüre wieder alles, wie er es gesagt hat. Fliehen kann ich nicht, da ich ans Bett gefesselt bin. Aber wenigstens bin ich wieder Herrin über meinen Körper.

„Also ... wie bin ich hierher gekommen?" Meine Stimme ist kaum mehr als ein heiseres Wispern, doch in seinem Blick sehe ich das kalte Glitzern, das mir jede Antwort verweigert. Seine Lippen krümmen sich zu einem boshaften Lächeln, und dann spüre ich es – seine Zunge, die warm und nass über meine Haut gleitet. Eine Gänsehaut jagt über meinen Körper, als sein Atem an meinem Hals verweilt. Diese Berührung hinterlässt eine Spur, die sich wie ein Fluch anfühlt.

„Du musst noch einiges lernen, Amelie," flüstert er, während seine Lippen über meine Haut wandern, über meine Schultern, meinen Hals, als würde er mich mit jedem Kuss weiter in seinen Bann ziehen. „Niemand wird dir alles verraten, nur weil du einfach danach fragst. So läuft das nicht in unseren Kreisen. Erst gibst du, dann bekommst du das, was du willst."

Ich zucke mit den Schultern, so leicht wie ich kann, und hebe meine freie Hand zögerlich, es funktioniert. Ich kann mich wieder bewegen.

Ein winziger Funke Hoffnung entfacht sich in mir, und ich weiß, dass ich mitspielen muss.

Ich fahre mit meiner Hand seinen Rücken entlang, spüre die Kälte seiner Kleidung und das Pochen meines eigenen Herzschlags in meiner Brust. „Du könntest mir vertrauen," flüstere ich, und meine Stimme bricht, als ein tiefes Grollen aus ihm hervorbricht.

„Das kann nur von einem Menschen kommen, der naiv ist," knurrt er. Ich verenge meine Augen, komme seinem Gesicht näher, bis ich seinen Atem auf meinen Lippen spüre. „Das ist nicht Naivität," raune ich. „Das ist Hoffnung – und ich habe immer Hoffnung."

Er mustert mich, als versuche er, meine Worte zu durchdringen. Unsere Blicke verheddern sich, ein gefährliches Spiel beginnt. Zögernd nähere ich mich ihm weiter und schiebe meine Hand unter seine Jacke, um sie zu öffnen. Ich sehe, wie seine Aufmerksamkeit auf meine Lippen gerichtet ist, und ich lege alles in diesen Moment. Ich lasse meine Lippen seine treffen, mein ganzer Körper spannt sich unter dieser gezwungenen Nähe an, doch ich weiß, dass ich ihn verführen muss, dass ich ihn manipulieren muss, wenn ich es hier raus schaffen möchte.

Er erwidert den Kuss, und ich spüre die dunkle Macht, die von ihm ausgeht, den leisen Wahnsinn in seinen Bewegungen. „So schade," murmelt er in mein Ohr, als er den Kuss bricht und auf mich hinabsieht, als sei ich nichts weiter als sein Spielzeug.

„Du hast für mich nur einen einzigen Wert." Ich erkenne die Gefahr in seinen Worten. „Du bist nur dazu da, Matteo zu zerstören. Hättest du anders zu mir gefunden, wärst du vielleicht meine persönliche Hure geworden. Aber du hast dich für meinen Erzfeind entschieden."

Ein Schauder jagt durch mich, doch ich unterdrücke die aufkommende Wut und die tiefe Übelkeit, die sich in mir breitmacht.

Mit einem Ruck packt er mich an den Schultern und

dreht mich, auf den Bauch. Die Härte des Bettes presst sich gegen meinen Körper, und mein Atem stockt, als ich spüre, wie er hinter mir kniet und sich auf mich senkt. Ich will mich wegdrehen, fliehen, doch ich bin gefesselt. Mein Geist klammert sich an den winzigen Rest von Widerstand, doch mein Körper liegt da, bewegungslos.

Ich hatte gehofft, ich könnte ihn irgendwie in der Hand haben, doch Emilio ist tot – tot in jedem Gefühl, das einen Menschen ausmacht. Er ist eine Hülle, ein Schatten ohne Seele, eine Person, die geboren wurde, um Schmerz zu verursachen und Qualen zu verbreiten.

Tränen steigen mir in die Augen, und ich fühle, wie die Verzweiflung sich in mir ausbreitet. Ich lasse es über mich ergehen, ich kann mich sowieso nicht wehren.

Plötzlich hält er inne. Ich höre, wie er sich vom Bett entfernt, und das Knarzen einer Tür bricht die Stille. Ich wage es nicht, mich zu bewegen.

Seine Schritte nähern sich erneut, und ich spüre, wie er meine Beine zusammenpresst, sich daraufsetzt und die gesamte Last seines Körpers auf mich drückt. Seine eiskalten Hände berühren meinen Rücken, und ich kann seine warme Härte auf meinen Oberschenkeln spüren. Ich halte die Augen geschlossen, atme flach, doch die Angst zerrt an mir.

„Erzähl mir alles über Matteo, was du weißt," fordert er. Ich sage nichts, bleibe einfach liegen, während mein Körper angespannt bleibt.

Niemals würde ich Matteo verraten. Auch wenn er nicht ganz unschuldig an meiner Situation ist, bin ich die gewesen, die sich für dieses Leben entschieden hat.

Ich kann und will nicht wütend auf ihn sein. Ich weiß noch nicht, was ich tun werde, wenn er das erste mal wieder vor mir steht. Aber in den Rücken fallen werde ich ihm niemals. „Bevor ich dir was sage, sterbe ich lieber," keife ich.

„Falsche Antwort." Diese beiden Worte sind wie das Tor zur Hölle, das sich in diesem Augenblick öffnet. Ein Zischen durchbricht die Luft, und ein scharfer, brennender Schmerz durchfährt meinen Rücken, so heftig, dass mir der Atem stockt. Meine Finger graben sich in das Bettlaken, und ich höre Emilios dunkles Lachen in meinen Rücken.

Er zwingt meine Beine ein Stück auseinander, dringt erneut in mich ein. Es ist ein Karussell, in dem ich gefangen bin. Stöße, Fragen, Peitschenhiebe – es ist ein Rausch aus Schmerz und Schrecken, und alles verschwimmt zu einem Wirbel aus Dunkelheit.

Es klopft an der Tür, und Emilio hält inne, als würde er sich über meine Folterung hinweg amüsieren. Er steht keuchend auf und öffnet die Tür.

„Was soll das? Ich dachte, du hättest kein Interesse an ihr?" Höre ich eine weibliche Stimme. Ihre Worte dringen kaum in mein Bewusstsein. Ich kann ihre Identität nicht erkennen, ich bin viel zu schwach, um klar zu denken.

Kapitel 4

Matteo

Du bist nicht hier. Die karge Stille des Raumes, das eiserne Geräusch meiner eigenen Schritte – alles scheint plötzlich zu laut. Valentin liegt reglos auf dem Boden. Sein Blick ist leer, sein Gesicht gefroren in einem Ausdruck, der keine Antworten mehr bieten kann.

Wo zum Teufel bist du? Das war mein letzter Anhaltspunkt, und jetzt stehe ich wieder mit leeren Händen da. Ich weiß nicht mehr, was ich tun soll. Ich habe die besten Männer, die besten Hacker – und trotzdem führen alle Spuren ins Leere. Mit jedem Misserfolg kommt die Angst in mir hoch, dass du nicht mehr am Leben sein könntest.

Neben mir faucht Salva leise, seine Fäuste sind geballt. Dann bricht es aus ihm heraus. „Questo figlio di puttana! (Dieser Hurensohn)". Ein rohes, heiseres Flüstern, aber ich spüre, wie seine Wut die Luft erfüllt.

Ich lege eine Hand auf seine Schulter. „Calmati, fratello. (Beruhig dich, Bruder) Das hilft uns jetzt auch nicht." Ich höre meine eigene Stimme, ein tiefer Ton, der kontrollierter klingt, als ich mich fühle. Doch Salva schüttelt meine Hand ab und wirbelt herum, seine

Augen ein Sturm aus Verzweiflung und Zorn. „Wie zur Hölle sollen wir sie finden? Sie war hier – und jetzt ist sie weg!" Er ist genauso ratlos wie ich. Wir beide spüren, wie die Chance, dich zu finden, uns mit jeder Sekunde weiter entgleitet.

„Ruhig", sage ich noch einmal, meine Stimme härter. „Wir müssen nachdenken. Wer auch immer das getan hat, er wollte, dass wir das hier finden. Es gibt immer Spuren, und wir finden sie."

Er atmet scharf ein, seine Schultern sacken leicht nach unten, doch sein Kiefer bleibt angespannt, als er endlich nickt. Ich sehe, wie seine Brust sich hebt und senkt, jeder Atemzug ein stummer Schrei, den er in sich einschließt. Er schließt kurz die Augen, und als er sie wieder öffnet, hat sich ein Schatten von Hoffnung darin gebildet. Wir dürfen uns jetzt nicht in der Niederlage verlieren.

Ich lasse die Hand sinken, während ich mich im Raum umsehe, jede Kante und jeden Schatten prüfe, als könnte der Boden selbst uns ein Zeichen hinterlassen.
Ein Teil meiner Männer betreten den Raum, ihre Blicke starr auf die Leiche in der Ecke gerichtet. Giuliano geht als Erster vor. „Boss," sagt er knapp, „wir haben zwei weitere Leichen gefunden. Sie waren in einem Kerker eingesperrt – Valentins Cousins, das konnten wir bereits herausfinden."

Sofort fügt sich alles zusammen. Ein Lächeln legt sich auf meine Lippen. „Das muss Amelie gewesen sein."

Lorenzo hebt eine Augenbraue, seine Miene ist ernst. „Was meinen Sie, Boss?"

„Die beiden Leichen… das war bestimmt ihr Kerker. Sie hat es geschafft, sich selbst zu befreien," sage ich, mein Blick wandert über den Raum, und in Gedanken sehe ich dich – clever, stark, zu allem bereit, um hier rauszukommen.

Ein weiteres Clanmitglied tritt einen Schritt näher und nickt zögernd. „Ja, das stimmt. Die Zelle war die einzige, die mit einem Eimer, einer Decke und einer Kette mit der sie Amelie festgehalten haben müssen ausgestattet war."

„Und?", frage ich und lehne mich ein Stück nach vorne. „Habt ihr weitere Infos die uns helfen können?"

Der Mann zögert nur einen Moment. „Die Leichen waren… über und über mit Urin und Kot bedeckt." Er spricht ruhig, ohne den Blick abzuwenden.

Salva zieht scharf die Luft ein, und in seinem Gesicht spiegeln sich Schock und eine Spur von Stolz. „Hat sie etwa ..." Seine Stimme verhallt, doch ich sehe, wie seine Gedanken das Bild formen.

Ein amüsiertes Lächeln breitet sich auf meinem Gesicht aus. „Sie ist so klug. Das war ihr Ablenkungsmanöver."

Salva nickt langsam, fast respektvoll, während sein Blick noch einmal durch den Raum streift. „Die Frau gibt nie auf, Matteo. Sie kämpft."

Die Männer sind still, aber ich spüre, wie sich die Stimmung hebt. Jeder hier weiß, dass du eine Kämpferin bist. Und dass wir dir jetzt so nahe sind.

Ich sehe noch einmal in die Runde, dann fahre ich fort. „Was ist mit Valentin?" Giuliano schüttelt leicht den Kopf und wirft einen Blick auf die Leiche am Boden. „Glaubst du, dass sie ihn getötet hat?"

Es wäre möglich, dass du es warst, aber ich will mir sicher sein. „Vielleicht. Aber wir prüfen alles. Ich will jede Information, jeden Hinweis, verstanden?"

„Ja, Boss." Die Antwort kommt geschlossen, und jeder macht sich daran, das Gelände weiter abzusuchen. Niemand hier zögert oder zweifelt. Alle wissen, was auf dem Spiel steht.

Zusammen mit Salva und Lorenzo verlasse ich den Raum, und während wir ins Freie treten, bemerke ich, dass der Morgen bereits anbricht. „Wir fahren zum Bunker," sage ich. „Wir sammeln alles, was wir haben und durchleuchten jede Einzelheit. Ich glaube nicht, dass Amelie ihn getötet und dann einfach verschwunden ist. Sie hätte uns irgendwie ein Zeichen gegeben."

Salva zündet sich eine Zigarette an und reicht mir ebenfalls eine. Ich nehme einen tiefen Zug, der Rauch sticht in meiner Lunge, ein willkommenes Brennen, das mich im Moment hält.

„Du hast recht," murmelt er und betrachtet den Nebel, der sich über das gesamte Gelände legt. „Es wäre zu riskant für sie, mitten im Nirgendwo einfach so loszurennen."

Salva und ich nutzen die Zeit während wir auf den Wagen warten, um den Platz vor dem Gefängnis abzusuchen. Überall ziehen sich Reifenspuren über den Boden, einige frisch, andere kaum noch zu erkennen. Es ist beinahe unmöglich, zu sagen, ob jemand kürzlich hier war – unsere eigenen Spuren mischen sich chaotisch unter die anderen. Doch ich kann nicht loslassen, dass hier irgendwo ein Hinweis sein muss. Wir gehen weiter, und plötzlich höre ich ein leises Knacken unter meiner Schuhsohle.

Ich hebe den Fuß und sehe ein Armband im Schlamm, Gold mit kleinen Saphirsteinen besetzt. Die Gravur am Verschluss lässt mein Blut in den Adern gefrieren:

Ein *A* - Antonia. Mein Vater hatte ihr dieses Armband geschenkt, als Zeichen dafür, dass sie zur Familie gehört. Ich weiß, dass sie es vor einer Weile zum Reparieren bringen wollte – doch jetzt ist der kaputte Verschluss ihr zum Verhängnis geworden. *Sie war hier.*

„Salva," rufe ich und halte ihm das Armband entgegen. Er tritt näher, nimmt es in die Hand und betrachtet es mit zusammengezogenen Brauen. Dann wandelt sich sein Gesichtsausdruck – der Schock ändert sich in blanken Hass.

„Diese kleine Schlampe Antonia hat damit etwas zu tun?" Seine Stimme zittert vor unterdrückter Wut. Ich sehe ihm an, wie sehr ihm die Erkenntnis zusetzt, dass du das alles durchmachst, während eine von *unseren eigenen* dir das antut.

„Wir müssen sofort los," sage ich knapp, als Lorenzo mit dem Wagen vorfährt. Kaum sitzen wir, ziehe ich mein Handy heraus und wähle die Nummer meiner Mutter. Sie hebt sofort ab, und die Besorgnis in ihrer Stimme ist unverkennbar.

„Buongiorno, Matteo. Habt ihr sie gefunden?"
„Noch nicht, Mamma, aber wir wissen jetzt etwas anderes." Ich atme tief ein, zwinge mich zur Ruhe. „Halte dich von Antonia fern. Sie ist in die Entführung von Amelie verwickelt."

Am anderen Ende herrscht kurz Stille, und dann höre ich meine Mutter scharf einatmen. „Wie kannst du da so sicher sein? Matteo, das ist …"

„Ich bin mir sicher," sage ich, während ich ungeduldig auf meinem Knie trommle. Salva hört ebenfalls aufmerksam zu, da ich den Lautsprecher aktiviert habe.

„Wo ist sie jetzt?"

„Hier im Haus," antwortet meine Mutter, und ich höre die Enttäuschung und den Schmerz in ihrer Stimme. „Sie war in den letzten vier Tagen tatsächlich immer öfter unterwegs … Ich verstehe das nicht. Ich habe sie aufgenommen wie eine Tochter."

„Ich weiß, Mamma. Aber wir müssen vorsichtig sein. Sei niemals allein mit ihr und informiere nur Lucia. Niemanden sonst – wer weiß, wer noch in das Alles verwickelt ist." Neben mir zückt Salva bereits sein eigenes Handy und beginnt, unsere Männer und Hacker in Italien zu mobilisieren.

„Überall Wanzen und Peilsender, hört ihr?", knurrt er ins Telefon. „Ja, den Nano-Sender in ihre Birkin-Tasche, die hat sie immer dabei. Wir wollen jeden ihrer Schritte verfolgen."

„Und sollen wir sie festhalten, damit sie nicht weglaufen kann?", fragt meine Mutter besorgt.

„Noch nicht," erwidere ich. „Wir lassen sie verwanzen und werden sie dann genau beobachten. Sie wird uns zu Amelies Standort führen. Wir machen uns auf den Weg zurück nach Italien, aber wir sind immer noch hier in den Staaten, es wird ein wenig dauern."

Ich höre, wie meine Mutter am anderen Ende der Leitung leise flucht, eine seltene Regung von ihr. „Dann passt auf euch auf, meine Jungs, okay?"

„Immer, Mamma," antworten Salva und ich im Chor.

Salva und ich stehen vor der prächtigen Villa des Russo-Clans, die in das warme, goldene Licht des späten Abends getaucht ist. Die feinen Steinsäulen und das geschwungene Mauerwerk wirken wie aus einem alten italienischen Märchen – ruhig und erhaben. Der Flug hat sich angefühlt wie eine Ewigkeit, in Angesicht dessen, wo du dich befindest, ist das auch so. Ich weiß nicht wie lange ich es noch ohne dich aushalte es zerfleischt mich innerlich zu wissen, dass weiß Gott was gerade mit dir passiert.

Die schwere Eichentür öffnet sich. Antonia tritt heraus, als hätte sie uns erwartet. Ihr Gang ist leicht, beinahe schwebend, und das Lächeln, das ihre Lippen umspielt, wirkt sorglos – aber ich sehe, wie sie uns beide mustert.

„Hey, ihr zwei," begrüßt sie uns mit ihrem allzu glatten Charme und wirft uns ein Lächeln zu, das vor Selbstbewusstsein nur so strotzt. Ich muss mich beherrschen, um ihr nicht direkt an die Kehle zu gehen. Stattdessen zwinge ich mir ein Lächeln ins Gesicht, während ich mir denke, wie leicht es wäre, diesen Anflug von Selbstsicherheit in eine stumme Angst zu verwandeln.

„Hallo Antonia," erwidert Salva, seine Stimme samtig, während sein Blick sich prüfend über ihr glitzerndes Kleid schiebt. „Hast du eine Verabredung?" Er klingt neugierig, beinahe spielerisch, und doch liegt eine Schärfe in seinem Ton.

Sie dreht sich, lässt das teure Kleid mit seiner goldenen Stickerei leuchten. Sie badet förmlich in der Aufmerksamkeit, saugt jeden Blick auf, als wäre sie die Göttin, für die sie sich hält. „Du siehst umwerfend aus," Ich nähere mich ihr und lasse meine Finger zart über ihren Hals gleiten. Meine Hand wandert sanft an ihrer Kehle entlang, bis ich die Konturen ihrer Lippen erreiche. Sie schließt kurz die Augen, ein leises Seufzen entkommt ihr. In meinen Händen hat sie keine Chance, schon immer war ihr größter Wunsch, dass ich sie begehre.

„Wie wäre es, wenn wir drei ein wenig Spaß haben, bevor du von hier verschwindest?", flüstere ich, die Worte dicht an ihrem Ohr, und spüre, wie sie sich vor Lust aufrichtet. Ihr Atem wird schwerer, und sie drückt ihren Körper an mich, als wollte sie beweisen, dass sie uns gewachsen ist.

„Mit euch beiden?" Ihre Augen leuchten, die Stimme eine Oktave tiefer, und ihr Stolz steigt ins Unermessliche – endlich ist sie die Frau, die die Kontrolle hat, die Macht über die beiden Männer, die jeder im Clan fürchtet.

Salva tritt hinter sie, seine Hand auf ihrem Rücken, die Fingerspitzen streifen forschend über ihre Taille, tiefer, bis er ihre Hüfte erreicht. „Oh ja, meine Schönheit, wir haben den ganzen Weg über von dir geschwärmt." Ich sehe, wie die Spannung in ihr nachlässt, wie ihre Augen sich leicht glasig vor Gier und Arroganz schließen.

„Ihr beide … ich wusste, dass ihr eines Tages einsehen würdet, was ich wert bin," flüstert sie und schlingt ihre Arme um meinen Nacken, ihre Finger graben sich in mein Haar. Sie schwelgt in ihrer Rolle, im Rausch der Aufmerksamkeit, die sie sich so sehr ersehnt.

„Du bist besser als all die anderen Frauen, die wir jemals hatten." Ich nähere mich, küsse sie, ein kurzer, fester Kuss, der sie glauben lässt, sie hätte alles erreicht, was sie sich je erträumt hat. Ihre Lippen weichen meinen nur widerwillig, als ich mich löse.

„Und warum der Sinneswandel?", fragt sie und hebt skeptisch eine Augenbraue, während sie uns mustert. „Seid ihr euch wirklich sicher, was ihr da sagt?"

Ich lächle und streiche eine lose Haarsträhne aus ihrem Gesicht. „Am Ende des Tages gibt es nur eine Königin, und das bist du," flüstere ich in ihr Ohr.

„Komm, meine kleine Blüte, du hast doch sicher noch etwas Zeit." Ich lege eine Hand sanft auf Antonias Rücken, spüre den dünnen Stoff ihres Kleides, und schiebe sie mit einem Lächeln in die Villa. Sie lächelt zurück, eine Spur von Genugtuung in ihren Augen – sie denkt, sie hätte bereits gewonnen. Dass diese Nacht ihr das bringen wird, wovon sie immer geträumt hat. Doch was sie erwartet, wird nicht ihre Sehnsüchte erfüllen, sondern ihren Stolz in der Luft zerreißen.

Jedes meiner Worte, jede Geste in ihre Richtung ist nur Fassade. Für das, was sie Amelie angetan hat, würde ich ihr jeden Zahn einzeln ziehen, damit sie sieht, wie hässlich sie wirklich ist. Doch ich weiß, dass ich mich gedulden muss. Der Zeitpunkt ist nicht gekommen. Ich muss wissen, wer noch bei deiner Entführung beteiligt ist. Alleine könnte Antonia das nie durchführen, dafür hat sie zu wenige Kontakte. *Ist es Vacchio? Emilio? Oder hat Tommaso doch ein größeres Problem mit dir, als ich dachte?* Vielleicht arbeiten alle drei zusammen. Vertrauen ist ein Luxus, den ich mir nicht leisten kann.

Wir gehen die geschwungene Treppe hinauf, und ich kann jeden einzelnen ihrer Schritte auf dem teuren Marmor hören. Plötzlich bleibt sie stehen, dreht sich zu mir um und streicht mit den Fingern über meine Brust. Ihre Nägel kratzen leicht durch den Stoff meines Hemdes, und ich spüre den beißenden Hauch ihrer Berührung.

„Nicht in deinem Zimmer, Matteo," raunt sie verführerisch. „Ich will in Amelies Zimmer." Ein spöttisches Lächeln zieht über ihre Lippen, und sie fährt mit den Fingern zu meinem Kinn. „Zeig mir dort, wie sehr du mich willst."

Dein Zimmer? Der einzige Raum, der noch nicht beschmutzt wurde, indem noch deine Wärme wohnt. Doch ich muss ihr geben, was sie will – damit sie mir alles gibt, was ich brauche.

„Alles, was du willst, Fiore." Die Worte sind kaum über meine Lippen, da sehe ich, wie sich ihre Haltung ändert. Ihre Schultern lockern sich, ihr Lächeln wird selbstgefälliger, als ob sie gerade einen Sieg errungen hätte. Sie denkt, sie ist meine Blume, meine *Fiore*. Sie ahnt nicht, dass wenn ich sie so nenne, ich das Bild von dir, vor Augen habe – meiner wahren Blume inmitten all der Finsternis, die mich umgibt. Nicht sie.

Ihre Schritte werden bestimmter, in ihrem Kopf hat sie mich schon längst unter Kontrolle. Aber sie weiß nichts von dem Plan, der längst läuft. Meine Männer wissen bereits, wo du bist – Amelie. Sie haben Antonia, bevor wir angekommen sind, gehackt und alles herausgefunden. Sie beobachten die Burg, in der du gefangen gehalten wirst aus der Ferne und warten auf mein Signal. Aber zuerst wird Antonia singen, jedes Geheimnis preisgeben, das sie versteckt. Diesmal werde ich mir Zeit lassen. Keinen Fehler riskieren. Wir wissen nicht, mit wem sie zusammenarbeitet, nur dass es jemanden gibt. Ich möchte mich dieses Mal vorbereiten.

„Endlich erkennst du, wer die richtige Frau an deiner Seite ist, mein Pate." Sie lehnt sich nah an mein Ohr, flüstert mir die Worte zu, die sie für die Krönung ihrer Macht hält. Ich lächle kalt, packe sie an der Hüfte, hebe sie über meine Schulter und genieße den kurzen Moment, in dem ich ihre falsche Selbstsicherheit spüre. Sie will, dass ich sie behandle wie dich, will, dass ich sie auf das Podest hebe, das sie dir weggenommen hat – zumindest glaubt sie das.

Ich trage sie in dein Schlafzimmer, das Bett, das deine Wärme kennt. Die Erinnerungen an dich fluten für einen Augenblick mein Bewusstsein, aber ich zwinge mich, sie zu verdrängen. *Nicht jetzt.*

Ich lasse Antonia auf das Bett fallen, sie sieht mich mit lüsternen Augen an, ihre Lippen sind leicht geöffnet.

In aller Ruhe ziehe ich meine Krawatte aus, halte ihren Blick fest, sehe, wie sie sich auf dem Bett räkelt.

Salva tritt näher, seine Präsenz wie eine dunkle Wolke, die sich über sie legt. Er setzt sich neben sie, zieht ihr die Felljacke von den Schultern und lässt einen Träger ihres Kleides zur Seite rutschen, um ihre Brust freizulegen.

Ich platziere mich zwischen ihre Beine und beuge mich über sie. Meine Hand über ihren schmalen Körper gleiten, spüre ihre Haut, spüre, wie ihre Brust sich unter meinen Fingern hebt, spüre, wie das Leben durch ihre Adern läuft, auch wenn sie es nicht verdient. Salva hinterlässt einen Kuss nach dem anderen auf ihrem Hals, ihren Schultern, und sie seufzt. Sie denkt sie hat gewonnen. *Wie arrogant kann ein Mensch sein?*

Als meine Hand ihren Arm erreicht, packe ich ihn, halte ihr Handgelenk fest. Es dauert einen Moment, bis sie begreift, dass das nicht Teil des Vorspiels ist. Sie öffnet ihre Augen und ich ihr Handgelenk vor ihr Gesicht.

„Wo ist dein Armband?"

„Der Verschluss war kaputt, das weißt du doch. Es ist in der Reparatur." Sie lächelt leicht, hat keine Ahnung, wie sich die Schlinge um ihren Hals immer enger zieht.

„Ach ja?" Mein Blick wird hart, ich ziehe das verschmutzte Armband aus meiner Jacke, halte es vor ihr hoch, während ich ihren überraschten Ausdruck genieße. Das Blut weicht aus ihrem Gesicht, ihre Lippen zittern, und ich sehe, so langsam wie der Groschen fällt. Wie all ihre Lügen in einem Moment zusammenbrechen.

Sie versucht, sich zu befreien, zerrt an ihrem Arm, aber ich liege auf ihr, drücke sie mit meinen Körper fester auf die Matratze. Salva übernimmt ihre Arme, hält sie weiter über ihrem Kopf fest. Ich rutsche nach unten und drücke ihre Knöchel gegen die Matratze. Sie liegt unter uns, hilflos, gefangen.

„Giuliano," rufe ich. Er tritt ein und schließt die Tür hinter sich. Als Antonia den Koffer in seiner Hand erkennt, breitet sich Panik in ihrem Gesicht aus. Ihr ist bewusst was als Nächstes passiert. Er legt ihn auf das Bett ab, packt Antonia an der Hüfte und befördert sie auf den Ledersessel, in dem du mir einst einen geblasen hast. Jede Erinnerung an dich befleckt diese Hure. Doch es wird sich lohnen.

Antonia wird wild, versucht, sich loszureißen, kratzt und schreit, doch ich halte sie fest, fest wie ein Schraubstock, der sich nie wieder lösen wird. Giuliano befestigt sie währenddessen mit dem Panzertape an dem Sessel. Er zieht es über ihren gesamten Körper. Es haftet sehr stark, und da wir ihre Nippel nicht ausgelassen haben, freue mich schon auf dem Moment, wenn wir es ihr wieder vom Leib reißen. Sollten ihre Nippel nicht dadurch von ihren Brüsten gerissen werden, werde ich sie ihr höchstpersönlich abschneiden. Ich werde dafür sorgen, dass sie so entstellt ist, dass sie sich selbst hasst, sobald sie sich im Spiegel sieht.

Ihre Schreie füllen den Raum, doch so gerne ich ihre Verzweiflung auch höre, brauche ich mein Gehör noch.

„Sei still!", fahre ich sie an, doch sie hört nicht auf. „Warte nur, bis ich das meinem Vater erzähle!" Sie bäumt sich auf und ich packe ihr Kinn, zwinge sie, mich anzusehen.

„Was dann, hm? Was soll dann passieren?" Sie begreift schnell, dass ihre Drohungen nichts nützen.

„Dein Vater ist nichts ohne mich," zische ich. „Er ist nur eine Marionette, die tanzt, wie ich es will. Er würde dich verraten, seine eigene Tochter, wenn ich es ihm befehle. Also halt endlich deinen Mund du elendige Verräterin. Du hast verloren. Akzeptiere es."

Sie zerrt an dem Panzertape, rüttelt mit ihrem gesamten Körper nach links und rechts, in der Hoffnung, dass sich etwas davon löst. Doch keine Chance, sie entkommt mir nicht.

„Du hast Glück, dass ich nicht viel Zeit für dich habe.", sage ich, während ich zum Koffer, auf dem Bett gehe. Ich öffne ihn, sehe Salva an, der am anderen Ende des Zimmers steht.

„Willst du anfangen, Bruder?" Salva braucht diesen Moment, um den Zorn herauszulassen, den er für dich, unterdrückt hat. Kaum habe ich die Worte ausgesprochen, geht Salva wortlos auf sie zu und schlägt ihr mit voller Wucht ins Gesicht. Sie weint, ein leises, klägliches Wimmern, doch Salva beugt sich nur vor.

„Mit wem arbeitest du zusammen?" Ihre blutunterlaufene Wange und die Tränen in ihren Augen verraten ihre Schwäche, doch sie bleibt stur, schweigt.

„Das werde ich euch nicht sagen." Ihre Worte sind kaum verklungen, da tauschen Salva und ich einen kurzen Blick aus. Sie hat gerade selbst bestätigt, dass sie nicht allein war.

Salva packt ihren Kopf, zieht ihn hoch holt mit seinem Knie aus und stößt es gegen ihr Gesicht. Sie schnappt nach Luft, ein Laut entweicht ihren Lippen, als Salva leise flucht. Er kann genauso grausam sein wie ich.

Antonia ist zwar eine Frau - es passiert selten, dass wir Frauen foltern, aber sie ist zu weit gegangen. Sie ist die Art Mensch, die selbst ein Kind im brennenden Haus zurücklassen würde, damit sie überleben kann. Ich nehme die Gartenschere aus dem Koffer und gehe auf sie zu. „Na, kleines Püppchen," ich umkreise den Sessel.

„Könntest du nur erkennen, wie tief deine Hässlichkeit wirklich reicht. Offenbar muss ich sie dir an deinem eigenen Leib vor Augen führen. Was hältst du davon, wenn du plötzlich ohne Finger dastehst?" Ihr Atem geht schneller, ihre Brust hebt und senkt sich hektisch. Ich lasse die Schere an ihrer Wange entlang gleiten, sehe, wie sich die Spitze in ihre Haut frisst.

„Matteo … bitte, warte." Ihre Stimme ist kaum mehr als ein heiseres Flehen, ihre Fassade aus Stolz und Stärke bröckelt wie morscher Stein. Ich halte kurz inne, lasse sie denken, dass ich auf ihr Flehen eingehe.

„Ich höre?", sage ich ruhig und knie mich zu ihr runter. Ihren kleinen lackierten Finger positioniere ich quälend langsam in den Klingen der Schere. Sie ruht in meiner Hand, bereit, jeden Moment zuzudrücken, sollte sie weiter schweigen.

„Ich wollte doch nur an erster Stelle stehen," wimmert sie und schließt die Augen, als hätte sie diesen Satz nur für sich selbst gesprochen. „Ich… ich kann dir nicht sagen, wer es ist. Er wird mich umbringen."

„Ach wirklich?" Ich beginne meine Hand stück für Stück zuzudrücken. Die Klingen schneiden bereits in Ihre Haut. Sie beginnt zu zittern, kleine Schweißtropfen glänzen auf ihrer Stirn. „Und was denkst du, wird hier mit dir passieren, wenn du weiter schweigst?"

Da sie nicht antwortet, drücke ich zu. Der Finger rollt die Lehne entlang und fällt zu Boden. Sie weint und schreit, doch das ist mir egal. Ich bin im Blutrausch. Ich setze an ihrem Ringfinger an. „Wolltest du nicht noch heiraten?" Sie bäumt ihren Körper auf, versucht sich mit allem zu wehren, was sie hat. Giuliano muss sie nach unten drücken, damit sie nicht so rumzappelt. Ich sehe ihr tief in ihr verheultes Gesicht, „uno, due.."

„Hört auf, bitte! Ihr müsst mich nicht quälen … Amelie lebt, ihr geht es gut!"

„Wo ist sie?" Die Schere halte ich immer noch an ihrem Ringfinger. Sie blinzelt überrascht, hatte wohl erwartet, dass ich mehr auf ihr Wimmern eingehen würde.

„Wenn du willst, kann ich jetzt aufhören. Dich beschützen." Ich streiche zärtlich über ihr Haar, wische eine Träne von ihrer Wange. Sie klammert sich an diesen Funken Hoffnung, als wäre er das Einzige, was sie noch vor dem Abgrund bewahrt.

Salva ist inzwischen ins Badezimmer gegangen. Er weiß genau, wie er jede letzte Information aus einem Menschen herausholen kann. Ich sehe ein flüchtiges Lächeln in seinem Blick, als er zurückkehrt. Er hat einen elektrischen Rasierer in der Hand.

„Wenn wir deinen Daumen einfrieren, lässt er sich vielleicht wieder annähen," säuselt Salva, während er den Rasierer auf und ab dreht. „Aber mit diesem Rasierer… nun, ich fürchte, dein Haar wächst nicht so schnell nach." Ein dunkles Flackern durchzieht Antonias Augen, und ich sehe, wie sich die Verzweiflung tiefer in ihr festsetzt.

„Das würdet ihr nicht tun." Sie wendet sich hilfesuchend zu mir. Sie hat keine Ahnung, dass sie für uns längst verloren ist.

Salva kniet sich vor ihr hin, hebt den Rasierer an ihren Haaransatz und sieht mich dabei an. „Eine Perücke könnte dir sicher stehen. Klar, du müsstest dann nachts mit Glatze schlafen, und Haare ziehen beim Sex – das wird wohl auch nichts mehr." Die Worte lassen sie zusammenzucken. Sie schnellt mit einem Schrei vor und krallt ihre Finger in die Lehnen des Stuhls. Doch ihr Stolz und ihre Eitelkeit brechen, und endlich höre ich das, worauf ich gewartet habe.

„Emilio."

Salva und ich sehen uns an. Wir brauchen keine Worte – in diesem Moment ist alles klar.

Salva erhebt sich und reicht Giuliano den Rasierer. „Bring es zu Ende."

„Aber … aber ich habe euch doch alles gesagt!" Ihre Finger klammern sich panisch in die Lehnen des Stuhls, während das Blut aus der Wunde an ihrer Hand zu einer kleinen Pfütze auf dem Boden wird.

Ich beuge mich zu ihr herunter, „du hättest hier leben können, ohne Ärger, ohne Drama." Meine Stimme ist ruhig, eiskalt. „Aber deine Gier hat dich alles gekostet."

Ich drehe mich zu Salva, nicke ihm zu, und gemeinsam verlassen wir das Zimmer. Antonias Schreie hallen uns nach. Sie denkt, sie stirbt, während ihr nur das genommen wird, was ihr am wertvollsten ist. Ich könnte alle Personen, die sie liebt vor ihren Augen erschießen, das wäre für sie weniger schlimm, als eine Glatze. Das war immer der Grund, warum ich absolut kein Interesse an ihr hatte.

Das ist für dich Amelie. Doch das endgültige Urteil – das überlasse ich dir.

Kapitel 5

Amelie

Wieder einmal fühle ich das Kribbeln, die Taubheit, die durch meinen Körper fließt und mich immer noch an diesem Bett festhält. Kein Entrinnen. Kein Spielraum. Ich hasse dieses Gefühl der völligen Machtlosigkeit, der Stille, die nur von meinen gehetzten Atemzügen durchbrochen wird. Und trotzdem weigere ich mich, das letzte bisschen Hoffnung aufzugeben, dass Matteo und Salva mich finden.

Als die Tür heute Morgen aufging und ich Antonia in dem Raum gesehen habe, schien es mir, als würde die Luft noch schwerer werden. Sie war sauer, kochte innerlich vor Eifersucht, weil Emilio mich gefickt hatte.

Der Anblick ihrer eifersüchtigen Miene war das Einzige, was mir in diesem Moment ein winziges Lächeln abringen konnte.

Sie wird nie verstehen, was er mir wirklich angetan hat. Sie sieht nur sich, dass sie erneut nicht die volle Aufmerksamkeit eines Mannes erhält, sondern wieder ich. Doch, dass er mich vergewaltigt und gefoltert hat, damit ich ihm alles über Matteo erzähle, kommt ihr nicht in den Sinn.

Jetzt liege ich hier, den Kopf voller Gedanken. Ich weiß, Matteo und Salva würden Himmel und Hölle in Bewegung setzen, um mich zu finden, und das gibt mir den einzigen Halt, der mir geblieben ist.

Ihre Gesichter tauchen vor meinem inneren Auge auf. Matteo, der alles geben würde, um mich zu beschützen – selbst wenn es bedeutet, jeden meiner Herzschläge zu überwachen, nur um sicherzugehen, dass mir nichts passiert. Und Salva, der immer dafür sorgt, dass mein Glück an erster Stelle steht.

Mein Blick schweift durch den Raum auf der Suche nach einer Fluchtmöglichkeit. Die Gitter an den Fenstern, die Fesseln, die Infusion. Emilio hat das gut geplant. Wie der Rest dieses Gebäudes aussieht, weiß ich nicht. Wenn ich Pech habe, sind hier weitere Anhänger von Emilio. Selbst wenn ich es aus diesem Zimmer schaffen würde, bedeutet es nicht, dass ich dann frei bin.

Es ist spät, die Nacht hat sich längst über das Haus gelegt. Die Tür öffnet sich leise, und Emilio tritt mit seiner allzu bekannten, unerschütterlichen Ruhe ein.

„Es ist Zeit für eine Dusche." Emilio dreht den Schlüsselbund mit dem Schlüssel für meine Fesseln lässig um den Finger. Die kühle Spitze des Metalls meiner Freiheit so nah, dass sie mich fast verspottet.

Er tritt an die Infusion und schaltet sie aus. An seinem Gürtel schimmert seine Waffe, eine stille Drohung, die mir klarmacht, dass er auch jetzt jede Kontrolle besitzt.

„Wage es ja nicht, irgendetwas zu versuchen." Seine Stimme lässt keine Widerworte zu. Ich nicke, als ob ich jede Gegenwehr längst aufgegeben hätte. „Werde ich nicht."

Emilios Augen wandern über mein Gesicht, seine Miene finster, fast als suche er nach dem leisesten Zeichen, dass ich lüge. Doch ich halte die Maske fest, das leise Zittern in meinem Inneren lasse ich ihn nicht sehen.

Er geht um das Bett herum, und legt seine Hand auf meinen Knöchel, während er die Fessel öffnet. „Emilio?" Der Klang meiner Stimme überrascht mich selbst. Sie klingt weich, zu weich, wie ich ihn nie angesprochen habe. Aber ich muss ihn in eine falsche Sicherheit wiegen.

„Ja?" Er hält meinen Knöchel fester, als würde er erwarten, dass ich zutrete, sobald ich frei bin.

„Kannst du mir bitte sagen, warum ich hier bin? Was ist mit Valentin passiert?", frage ich und lege die ganze Verwirrung, die in meinem Kopf tobt, in diese Worte.

Er hält in seiner Bewegung. „Warum kannst du nicht einfach froh sein, dass du jetzt hier bist, anstatt in einer stinkenden Zelle zu vergammeln?"

Ich versuche, wie jemand zu klingen, der aufgegeben hat. „Ich bin dir ja dankbar. Wirklich." Ich mache eine Pause, atme ein, lasse meine Schultern leicht sinken. „Aber mein Kopf... es brummt immer noch, und ich will einfach verstehen, was hier passiert."

Die Matratze gibt unter seinem Gewicht nach und ich spüre wieder seine Präsenz, die mir einen Schauer über meinen Rücken laufen lässt.

„Wie ich schon sagte," beginnt er, mit der Selbstzufriedenheit eines Mannes, der sich für unantastbar hält, „ich habe auch nach dir gesucht – und Antonia." Er zieht den Namen lang, wie einen Faden, den er aus mir herauszerren will.

„Sie ist nur ein Werkzeug gewesen, das ich benötigt habe. Sie erzählt mir alles, was ich wissen muss. Wann ihr in New York seid, was Matteo plant, jede Kleinigkeit. Ich wusste, dass Matteo dich in dem Moment deiner Entführung verloren glaubte."

Ich schlucke schwer. Der Gedanke daran, wie er jede Bewegung von Matteo und mir überwacht hat, ist einfach wahnsinnig.

„Ich wusste alles über euch," fährt er fort, seine Augen bohren sich in meine wie Dolche. „Den letzten Streit, euer ganzes persönliches zuckersüßes Drama. Er ist in dieser abgelegenen Hütte versackt, du hast ihn gebrochen. Das war mein Moment. Und dann habe ich gemerkt – ich kann ihm mehr Schaden zufügen, wenn ich ihm dich nehme. Was bringt mir sein schneller Tod? Nichts. Rache muss man genießen."

Er lehnt sich vor, seine Hand wandert gierig über meinen Oberschenkel, und sein Lächeln – das ist das Gesicht eines Wahnsinnigen, nicht eines Siegers.

„Und dann?", frage ich und versuche, den Abscheu, der in mir aufsteigt, hinunterzuschlucken. „Wie hast du mich gefunden?"

Er lacht, ein kehliges, dunkles Geräusch, das meine Nerven zum Zerreißen spannt. „Das war ziemlich einfach, eigentlich," erklärt er mit einer Spur Selbstzufriedenheit. „Dadurch, dass dieser Möchtegern Russo Clan den größten Teil unsere Leute ausgelöscht hat, habe ich angefangen, Matteos Männer auf meine Seite zu ziehen.

Das war nicht einfach. Sie sind alle loyal. Ich habe ihnen gedroht ihre Kinder und Frauen zu töten und schon hatte ich sie in meiner Hand. Sie erzählen mir das Richtige und ihm das Falsche. Der Idiot hat sogar Vacchio aufgesucht, weil er Valentin nicht kannte. Er war so stur dich zu finden, dass er nur in eine Richtung gedacht hat. Ich jedoch habe auch in New York gesucht. Die Hacker von Matteo sind sehr gut und einer von ihnen gehört jetzt zu mir und hat die anderen auf die falsche Fährte gelockt."

Ich halte den Atem an, mein Gesicht fest und reglos. Innerlich tobt der Hass, aber ich zwinge mich, ruhig zu bleiben. „Interessant," sage ich, sanft und voller Ehrfurcht. „Ich muss sagen, ich finde es erstaunlich, wie du das alles arrangiert hast." Ein Lächeln umspielt meine Lippen, so unverfänglich, dass er einen Moment innezuhalten scheint.

„Glaub nicht, dass dein Charme bei mir zieht," knurrt er.

Er löst das Schloss an der Kette, die meine Hand umschließt. Ein Hauch von Freiheit prickelt in mir auf, doch ich weiß, dass ich das jetzt nicht zeigen darf.

„Eines muss ich dir lassen Amelie," sagt er, fast bewundernd, „dir selbst den Daumen zu brechen, um zu entkommen, dazu wäre nicht jeder fähig. Du hast Glück, dass der Bruch relativ schnell heilt, so wie du es angestellt hast." Er mustert mich, als ob ich ein Rätsel wäre, das er lösen möchte. „Bist du sicher, dass du bei Matteo bleiben willst? Du wärst eine gute Ergänzung an meiner Seite."

Ein Test. „Ich bin offen," sage ich mit einem unschuldigen Lächeln. „Mir ist längst aufgefallen, dass du der Intelligentere von euch beiden bist."

Zum ersten Mal sehe ich ein echtes Lächeln auf seinem Gesicht, eine Geste, die fast menschlich wirkt. Aber in seinen Augen flackert das gleiche Arrogante wie bei Antonia – ein absurder Stolz, als würde er denken, die Welt schulde ihm etwas.

„Gut erkannt, Sherlock," sagt er spöttisch. Sein Ton wechselt, aber der kalte, kontrollierende Ausdruck bleibt. Soll er sagen, dass er auf meinen Charme nicht reinfällt, aber ich merke, wie sehr ihm es gefällt, wenn ich ihn anhimmele. Er greift ins Nachtkästchen und zieht eine breite Halsfessel hervor, die er mir achtlos auf den Schoß wirft.

„Leg sie dir an," fordert er. Meine Hände zittern leicht, aber ich gehorche. Meine Finger schließen das Schloss mit einem leisen Klicken.

„Also … warum bin ich hier? Meine letzte Erinnerung war, dass Valentin mich in diesem Folterzimmer gefunden hat." Er nimmt die Kette, die an meinem neuen Halsband hängt in seine Hand und lehnt sich leicht zurück, als würde er eine gute Geschichte erzählen, und genießt es, mich in Spannung zu halten.

„Wie bereits erwähnt, einer von Matteos Hackern hat mir verraten, wo Valentin dich gefangen hält," beginnt er, mit einem unbarmherzigen Grinsen auf den Lippen. „Dann bin ich zu dir gekommen. Und da war Valentin, der gerade dabei war, dich an diesen Folterstuhl zu fesseln, während du bewusstlos warst." Er dreht die einzelnen Glieder der Kette in seiner Hand, ein

Geräusch, dass ich allzugut von dem Keller kenne. „Ich habe ihm eine Kugel in den Kopf gejagt. Dann habe ich dich hierher gebracht. Ich musste noch einiges erledigen, daher habe ich dich erstmal in ein künstliches Koma versetzt, damit du kein Ärger machst."

Ins Koma? *Wie lange bin ich schon hier?* Valentin ist also auch tot. Wie viele Personen mussten, seit meiner Entführung noch sterben? Seine Worte hallen nach, doch ich zwinge mich, mein Gesicht unbewegt zu halten, mich nicht anmerken zu lassen, wie sehr mir das alles zusetzt.

„Ach und Antonia sie war auch da." Er lacht, ein leises, böses Lachen, das mir das Blut in den Adern gefrieren lässt. „Sie wollte unbedingt sehen, wie du leidest. Ihr hat es gefallen, dich so zu sehen. Sie hasst dich, Amelie. In ihrer Vorstellung hast du ihr Matteo weggenommen."

Ich spüre, wie mir der Magen umdreht. „Ich habe diesem Miststück Matteo nicht weggenommen. Wenn sie das meint, ist das ihr eigenes Problem." Die Worte zischen zwischen meinen Lippen hervor, schärfer als ich wollte, und für einen Moment vergesse ich meine Fassung. Emilio sagt nichts. Seine Augen fixieren mich, eine Gier darin, die mir die Kehle zuschnürt, wie die Kette um meinen Hals.

Er steht auf und zieht ruckartig an der Kette, so dass ich nach vorn schieße, die Haut am Hals brennend, als würde sie gleich nachgeben. Ein lautloses Signal. Ich soll gehorchen, aufstehen.

„Verzeih mir," sage ich sanfter und bemühe mich, die

Wut in meinem Inneren zu unterdrücken. „Ich wollte nicht … so aus der Haut fahren."

Er kommt mir näher, seine Schritte schwer auf dem Holzboden. Sein Blick saugt sich an mir fest, sein Atem – heiß und nach Alkohol riechend – prallt gegen meine Wange, als er sich vorbeugt und seine Hand langsam an meinem Hintern entlanggleiten lässt. Seine Finger sind rau, stark. Sie bohren sich in mein Fleisch. Ein beschämendes Gefühl schießt durch meinen Körper. Ich stehe nackt, verwundet vor ihm und ihn interessiert es einen Scheiß, wie ich mich fühle.

„Es gefällt mir, wenn du aus der Haut fährst," Er kneift fest in meinen Hintern, ohne Rücksicht. Ein sadistisches Lächeln zieht sich über seine Lippen, als meine Muskeln sich unwillkürlich anspannen.

Diese gottverdammte Arroganz – er nimmt sich, was er will, ohne zu fragen. Aber in diesem Moment weiß ich, dass ich ihn benutzen kann, wie ich ihn manipulieren muss. Ich muss nur dasselbe machen wie mit den anderen Männern. Meine Weiblichkeit nutzen.

Ein verführerisches Lächeln kriecht auf meine Lippen, ich lasse meine Lider halb sinken, schiebe mich etwas dichter an ihn heran. „Vielleicht wäre es wirklich besser gewesen, hätte ich dich anstelle von Matteo kennengelernt."

Ein Funken triumphierenden Glanzes flammt in seinen Augen auf. „Oh Baby," sagt er, die Worte von purer Selbstzufriedenheit getränkt. „Das wäre es definitiv gewesen."

Unsere Gesichter sind so nah, dass ich seine Hitze spüren kann. Unsere Blicke verhaken sich, und für einen

Moment scheint die Luft zu beben, ein unausgesprochener Machtkampf. Wer zuerst nachgibt, hat verloren.

„Wie wäre es, wenn wir gemeinsam duschen gehen?", schlage ich vor, so sanft wie nur möglich. Es ist meine einzige Chance. Ich muss ihn dazu bringen, die Waffe irgendwo abzulegen, sie unerreichbar für ihn zu machen. Das könnte mein einziger Ausweg sein.

Er neigt den Kopf und ein kaltes, Lächeln krümmt seine Lippen. „Damit du mich verführst und dann abhauen kannst?" Seine Augen gleiten über mich, gierig und wertend. Meine Hand wandert zögerlich über seinen Hals, spürt den Puls unter seiner Haut, bewegt sich tiefer, bis hinunter zwischen seine Beine, wo ich die Härte seines Verlangens spüre.

„Ich bin es leid, ständig ums Überleben kämpfen zu müssen. Lass mich an deiner Seite sein. Ich würde alles für dich tun." Ohne Vorwarnung ziehe ich ihn in einen Kuss. Seine Hände krallen sich fester in meine Hüften, sein Griff ist schmerzhaft. Er hebt mich hoch und ich schlinge meine Beine über seine Hüfte, während er mich ins Badezimmer trägt.

Er stellt mich ab, und meine Augen gleiten durch den Raum – alles ist aus altem Stein, die Wände düster, aber elegant, die Badewanne riesig, wie ein schwarzes Loch, das alles Licht verschluckt, eine begehbare Dusche, die das einzige moderne in diesem Gebäude zu sein scheint.

Er schiebt mich auf die Toilette und bleibt vor mir stehen, das kehlige Keuchen, das ihm entfährt, löst ein unheilvolles Gefühl in mir aus.

„Mach keine Dummheiten," seine Stimme ist so ruhig, dass sie mir die Nackenhaare aufstellt. „Sonst trenne ich deinen hübschen Kopf von deinem Hals." Er zeigt auf ein Schwert, das auf einer Kommode liegt. Die Klinge ist lang und dünn, scharf genug, um durch Fleisch und Knochen zu schneiden.

Mein Herz hämmert in meiner Brust, doch ich blicke nicht weg, lasse meine Augen forschend über ihn wandern, bis sie an dem Punkt ruhen, an dem sich sein harter Schwanz gegen den Stoff seiner Hose drückt.

Provozierend lecke ich mir über die Lippen, lasse meine Hand zu seinem Gürtel wandern – doch er greift mich am Handgelenk und hält mich fest.

Mit einer langsamen Bewegung zieht er die Waffe hervor, richtet sie an mein Kinn, sodass sich der kalte Lauf gegen meine Haut presst. Seine Lippen verziehen sich zu einem grausamen Lächeln, während sein Daumen den Abzug streichelt. „Mund auf."

Ich gehorche, öffne ihn, spüre das kalte und harte Metall auf meinen Lippen. Er würde mich nicht umbringen, dann hätte er nichts gegen Matteo in der Hand. *Oder doch?* Ich bin noch nicht bereit zu sterben. So habe ich mir meinen Tod nicht vorgestellt. Doch ich kann nichts mehr unternehmen, es ist bereits zu spät. Eine falsche Bewegung und es ist aus.

Sein Finger zuckt – ein Klicken, das meine Sinne bis in die Knochen erschüttert. Ein tödliches Echo in meinem Kopf. Doch nichts passiert. Der Schuss bleibt aus, doch der Geschmack des Metalls bleibt zurück, bitter und unverzeihlich.

Ich ziehe meinen Kopf zurück, starre ihn an, Schock und Hass in meiner Stimme. „Was zur Hölle soll das?", schreie ich.

Doch er lächelt nur, süffisant. „Ich wollte das schon immer mal machen. Wenn du nur dein Gesicht gesehen hättest," sagt er mit einem selbstgefälligen Grinsen. Er lässt die Waffe mit einem dumpfen Klacken auf den Boden fallen. „Denkst du, ich würde eine geladene Waffe zu dir mitnehmen?" Seine Augen bohren sich in meine, dunkle Vorfreude leuchtet darin auf.

„Ich weiß, was du mit den Männern im Old Joliet-Gefängnis gemacht hast. Mir ist klar, wie gut du mit Waffen umgehen kannst. Aber das hier ..." Er streicht mir mit einer kühlen Hand genüsslich über meine Wange. „Das ist meine Rache für den Streifschuss am Schießstand. Denk nicht, ich hätte das vergessen."

Dieser Mistkerl findet das witzig. Er spielt mit mir. Ich werde ihm mit dem Schwert seinen Schwanz abhacken.

„Emilio," hauche ich, schmeichlerisch, „du bist so mächtig, *du* bist der Mann, den ich brauche." Ein kleines Zittern findet den Weg in meine Stimme, bewusst von mir platziert, um ihn zu besänftigen.

Er zieht an der Kette, befiehlt mir, aufzustehen. Ich folge ihm. „Bring zu Ende, was du begonnen hast.", befiehlt er. Ich nicke, öffne den Knopf seiner Hose, während er Stück für Stück aus seiner Kleidung steigt, bis er nackt vor mir steht.

„Rein mit dir," befiehlt er, zieht den Duschvorhang zur Seite und dreht das Wasser auf. Eiskaltes Wasser prasselt auf meine Haut, so kalt, als würde es direkt aus der Antarktis kommen. Eine weitere Art, mich zu foltern, denn nur ich stehe im Wasserstrahl.

Ohne Vorwarnung drückt er mich auf die Knie, zieht meinen Kopf in Position und zwingt mich zu einem unmissverständlichen Akt. „Du wirst gehorchen. Deine Lippen wirst du heute Abend nur noch für meinen Schwanz benutzen," seine Stimme ist hart, bedrohlich, „und wenn du mich hintergehst, dann wirst du sehen, was ich deiner Schwester Cleo antue. Denke nicht ich verschone deine Familie."

Seine Worte schwingen nach, doch ich halte mir Matteos Bild vor Augen. Er würde niemals zulassen, dass meiner Familie etwas passiert. Den meine Familie ist auch seine geworden. Niemals würde er in einer solchen Situation Emilios Leute auch nur eine Meile zu nah an die wichtigsten Personen in meinem Leben lassen.

„Ich würde meinen König niemals enttäuschen. Und erst recht nicht, wenn ich dann den Tod meiner Schwester auf dem Gewissen hätte." Ich sehe ihn an, lasse genau das durchscheinen, was er erwartet – eine Spur Angst, gerade genug, um ihn glauben zu lassen, dass ich mich ihm bedingungslos unterwerfe.

Ich öffne den Mund, bereitwillig, wie er es verlangt. Die Kälte des Wassers prasselt weiter auf mich nieder, beißt sich wie tausend Nadelstiche in meine Haut, doch er bleibt außerhalb des Wasserstrahls, ein unerbittlicher Schatten, der mein Leid genießt. Die Erregung in seinen Augen glüht immer weiter auf. Ich arbeite mich vor, meine Bewegungen hypnotisch, während ich jeden seiner Laute aufnehme, jede ungewollte Reaktion, die er preisgibt. Ich sehe es in seinen Augen – die Anspannung lässt nach, seine Atmung wird schwerer, die Beherrschung schwächer. Der Rhythmus, den ich beibehalte, bringt ihn immer mehr aus dem Gleichgewicht.

Dann ist der Moment da. Seine Hände gleiten in meine Haare, greifen meinen Kopf. Beide Hände, die Kette liegt unbewacht und fällt rasselnd zum Boden. Ich spüre, wie seine Muskeln sich entspannen, wie er sich mir vollkommen ausliefert. Es ist der Bruchteil einer Sekunde, aber genug.

Mit einem einzigen, brutalen Biss sinken meine Zähne in sein Fleisch, spüre den Geschmack seines Blutes, der auf meiner Zunge explodiert. Sein Schrei durchdringt die Luft, die Wände vibrieren unter seinem Schmerz, und ich nutze die Sekunde des Schocks. Ich reiße mich los und stürze nach vorn. Mit meiner rechten Hand greife ich nach dem Schwert und renne aus dem Badezimmer mit dem Echo seiner hasserfüllten Schreie im Rücken.

Mein Körper funktioniert nur noch, ich bin in einem Tunnelblick. Raus, raus aus diesem Albtraum. Ich renne, doch meine Füße sind noch zu nass, ich rutsche auf dem glatten Boden aus und stürze. Das Schwert schlittert außer Reichweite davon – doch in diesem Moment fliegt die Tür auf. Ich kann kaum Glauben, wen ich sehe.

Matteo steht da, und seine Augen bohren sich in mich, erfüllt von einer unkontrollierbaren Wildheit, die nach Vergeltung schreit.

Hinter mir höre ich Emilios schnaufende Schritte. Matteo hebt den Arm mit seiner Waffe in der Hand, und ein Schuss fällt. Das Echo des Knalls vibriert in meinen Knochen, die Zeit scheint stillzustehen. Ich drehe mich nach hinten, aber Emilio steht noch.

Kapitel 6

Salva

Es ist das reinste Gemetzel. Einer nach dem anderen bricht unter unseren Angriffen zusammen. Einige von Emilios Männern wurden bereits durch gezielte Treffer unserer Scharfschützen ausgeschaltet – jeder Schuss lautlos, gedämpft, mit der Präzision, die nötig ist, um unsichtbar zu bleiben. Emilio darf keinen Verdacht schöpfen, darf keinen Moment Zeit gewinnen, um dir etwas anzutun. Deshalb bewegen wir uns geräuschlos und so unauffällig wie möglich.

Matteo ist die Treppen nach oben gegangen, während ich mit Lorenzo und Tommaso, die unteren Flure absuche. Jeder Schritt wird genau geplant, jede Ecke vorsichtig umrundet – jeder von uns hat die höchste Wachsamkeit. Tommaso wollte unbedingt dabei sein, als Wiedergutmachung für das, was er dir in der Villa angetan hatte. Also ließ Matteo es zu. Wir können ihm nicht blind vertrauen, dennoch ist er unser Onkel. Wer der eigenen Familie Schaden zufügen wollen würde, wird wegen Hochverrat direkt getötet und das ist Tommaso bewusst.

Mit meiner Waffe fest im Griff, setze ich mich in Bewegung. Emilios Männer haben kaum eine Chance, jeder von uns ist bereit, ohne einen Hauch von Zögern zuzuschlagen. Wir wissen, dass wir dich in diesen Mauern finden werden, und wir werden nicht ruhen, bis du sicher bist.

Ein Schuss reißt mich aus meiner Konzentration. *Ein verdammter Schuss.* Mein Herzschlag setzt aus. Das war keiner von uns – jeder hat Schalldämpfer drauf. Ohne auch nur eine Sekunde zu verlieren, reiße ich mich los und stürme die Stufen hoch. Meine Füße fliegen über die Treppe, doch mein Kopf ist eine einzige Flut aus Chaos und Angst. Als ich oben ankomme, sehe ich ihn – einen von Emilios Männern, im Türrahmen, ein Hindernis, das sich mir in den Weg stellt, als wäre er der letzte Wächter zwischen mir und dir. Ich ziele, und ohne zu zögern, drücke ich ab. Der Schuss trifft ihn direkt in den Hinterkopf, und sein Körper sackt vor mir zusammen.

Und dann sehe ich es. Sehe dich und dann Matteo.

Für einen Sekundenbruchteil erstarrt alles. Matteo liegt am Boden, Blut strömt aus seinem Oberschenkel, seine Hände pressen verzweifelt auf die Wunde, seine Augen halb geschlossen, müde. Aber mein Blick bleibt an dir hängen – und plötzlich ist alles andere nur noch ein verschwommener Nebel. Mein Atem bleibt mir in der Kehle stecken. *Da bist du.*

Du bist auf Knien, nackt, dein Körper übersät mit blauen Flecken, als hätte jemand versucht, jeden Hauch von Leben aus dir zu schlagen. Die Angst in deinen Augen trifft mich wie ein Schlag. Unsere Blicke treffen sich, und in diesem Moment fällt alles von mir ab – die

Wut, die Anspannung, der Schmerz. Es ist, als würde ich endlich wieder atmen können.

Du lebst. Du bist hier. Ein Teil von mir hatte schon daran gezweifelt, dich jemals wieder lebendig zu sehen, aber jetzt bist du hier, direkt vor mir.

Doch der Moment der Wiedererkennung wird brutal zerrissen, als ich ihn sehe. Emilio. Ebenfalls nackt, blutend, doch mit einem selbstgefälligen Grinsen auf den Lippen. Seine Hände presst er zwischen seine Beine – du musst ihm das angetan haben. Mein Körper spannt sich an, jeder Muskel zittert vor blankem Hass. Aber ich halte den Abzug nur für einen Herzschlag länger, bis du dich zu Matteo gekniet hast, bis ich weiß, dass du außer Reichweite bist – und dann schieße ich.

Sein Körper kippt nach hinten, als hätte er niemals existiert, als wäre er nur ein widerlicher Albtraum. Endlich ist es vorbei.

Doch kaum habe ich das realisiert, sehe ich, wie du dich zu Matteo hinabbeugst, deine Hände zittern, Tränen laufen dir über das Gesicht. Dein ganzer Körper vibriert, aber du klammerst dich an ihn, verzweifelt, als wäre er das Letzte, was dich auf dieser Welt hält. Deine Stimme, flehend, es bricht mir das Herz dich so zu sehen. „Salva, wir brauchen einen Arzt! Matteo muss hier weg, sofort!"

Matteo blinzelt, seine Augenlider flimmern, „Amelie, endlich habe ich dich wieder." Mit seiner Hand fährt er deine Wange entlang. Ich sehe ihm an, wie sehr er kämpft. Er hat bereits zu viel Blut verloren. Die Kugel muss seine Hauptschlagader getroffen haben.

Mein Atem stockt. Ich entsichere mein Handy und

rufe die Helikopter her, die wir eigentlich für dich organisiert haben. Einen für uns und einen um dich zu transportieren und direkt zur Not zu versorgen. „Lorenzo! Tommaso! Kommt her, sofort," brülle ich. Meine Stimme klingt selbstsicher, aber tief in mir bin ich zerrissen.

Ich will dich festhalten, dich in meine Arme ziehen und nie wieder loslassen. Aber Matteo, mein Bruder, mein Freund. Du liegst vor mir, entkräftet, wie ein Schatten deiner selbst, und ich weiß nicht, was ich zuerst tun soll. Matteo verarzten, oder dich in die Arme nehmen und dir sagen, dass es vorbei ist?

Doch dann entschließe ich mich, zu handeln. Ich reiße meinen Gürtel von der Hüfte und knie mich neben Matteo, schlinge ihn um seinen Oberschenkel und ziehe ihn so fest wie möglich zu. Der Schmerz in seinem Gesicht ist unübersehbar, aber ich muss die Blutung stoppen. Doch während ich ihn versorge, wandert mein Blick immer wieder zu dir. Dein Anblick zerreißt mich.

Du bist ein Bild des Leidens, auf deinem Körper sind überall Zeichen dieser Hölle eingeprägt – blaue Flecken, Striemen, Wunden, und ich erkenne die halbherzige Bandage an deiner Hand. Die Schrammen auf deinem Rücken sind wie offene Wunden in meinem Herzen, die Striemen an deinem Handgelenk und Knöchel. An deinem Mund und Dekolleté sind Blutreste von Emilio. Mir wird schlecht, als ich begreife, was du durchgemacht haben musst, wie viel Qual du erlitten hast.

Dein Körper ist blass, deine Augen leer, die Unschuld darin – als wäre sie ausgelöscht. Etwas ist in dir gestorben, und ich spüre einen tiefen, stechenden Schmerz, der mich fast in die Knie zwingt. „Es ist vorbei Bella. Kannst du laufen?" Ich sehe, wie schwach du auf den Beinen bist. Du richtest dich auf, deine Stimme ist kaum hörbar, aber ich liebe es sie endlich wieder hören zu können.

„Ja, alles gut." Ich sehe es in deinen Augen – du versuchst stark zu bleiben. Für uns. Für Matteo. Für dich selbst.

Du nimmst meine Hand, und ich halte sie so fest, als könnte ich die Zeit zurückdrehen und alles ungeschehen machen, was dir angetan wurde. Mein Herz ist ein Chaos aus Freude und Schmerz. Ich zwinge mich zu einem Lächeln, will dir zeigen, dass wir es gemeinsam schaffen werden, dass ich dich nicht noch einmal verlieren werde.

„Wir müssen uns beeilen," sage ich schließlich, meine Stimme rau. „Matteo bleibt nicht viel Zeit."

Ich schnappe mir eine Decke vom Bett, wickele sie behutsam um dich, damit du nicht vollkommen entblößt durch das Gebäude gehen musst.

In diesem Moment stürmen Tommaso und Lorenzo ins Zimmer. Ohne ein Wort zu verlieren, heben sie Matteo vorsichtig hoch. Seine Hand rutscht von seinem Oberschenkel, und Blut tropft auf den Boden.

„Wir fliegen ihn ins Krankenhaus," sagt Tommaso ernst, und seine Stimme hallt in dem Raum wider.

„Nein, ich lasse ihn nicht alleine," entgegnest du, deine Stimme fest und unmissverständlich. „Ich will nie wieder von euch beiden getrennt sein." Deine Augen sind voller Tränen, aber die Entschlossenheit darin ist ungebrochen – kein Raum für Diskussionen.

„Alles, was du willst," sage ich, und ohne weiter zu fragen, hebe ich dich sanft in meine Arme.

Du meintest zwar, du könntest laufen, aber ich merke, dass dein Körper kurz davor ist, unter der Last der Erschöpfung zusammenzubrechen. Ich halte dich fest und werfe einen letzten Blick zurück in das Zimmer. Emilios lebloser Körper auf dem Boden ist ein Bild, das sich in mein Gedächtnis brennt. Der Tod mag grausam sein, doch in seinem Fall ist er ein Zeichen der Gerechtigkeit. Sein Blut hat das meiner Familie gefordert, und Matteo schwebt noch immer in Lebensgefahr. Der Gedanke daran reißt an mir, doch ich spüre, wie du dich an meine Brust drückst, und für einen Moment kehrt Wärme in mein Herz zurück.

Tränen brennen in meinen Augen, und ich ziehe dich fester an mich, während ich deinen vertrauten Duft tief einatme. Endlich kann ich das feine Muster deiner Sommersprossen auf deiner blassen Haut sehen.

„Alles wird hier auf den Kopf gestellt," sage ich zu Luigi, einem der wenigen Männer, denen ich noch vertraue. „Finde alles über Emilio heraus, bis ins kleinste Detail. Sobald es um Papiere oder Laptops geht, machst das bitte nur du. Ich will kein Risiko eingehen – wir haben zu viele schwarze Schafe in der Familie."

Draußen höre ich das dröhnende Rattern der Helikopter. Ich beeile mich, die Treppen hinunterzugehen und verlasse die Burg, die nur noch ein Leichenschauhaus ist.

Die Nacht ist tief und schwer, die Bäume biegen sich unter dem Wind, den die Rotoren der Helikopter verursachen. Zwei Ärzte sind bereits an Bord, die Besten aus Italien, bereit, Matteo sofort zu behandeln.

„Fahrt ihr nach Hause und informiert die Familie," sage ich zu Lorenzo und Tommaso. „Ich fliege mit ihr und Matteo. Es ist nicht genug Platz für alle."

Die beiden nicken und übergeben Matteo den Sanitätern, die ihn sofort versorgen. Ich steige mit dir in den zweiten Helikopter, der nur zur Personenbeförderung organisiert wurde. Matteo wird in den medizinischen Helikopter gebracht.

Als der Helikopter abhebt und wir uns in die Nacht erheben, schaue ich wieder zu dir.

Plötzlich sehe ich, wie Panik in deinen Augen aufblitzt. Du zitterst, dein Atem wird schneller, und ich sehe, wie du gegen die aufkommende Angst kämpfst. „Es … es tut mir so leid," stammelst du, während die Panik immer stärker durchbricht. Dein Gesicht verzieht sich, und ich greife sofort nach dir, halte dich fest, meine Daumen streichen über deine Wangen.

„Du hast nichts falsch gemacht. Es gibt keinen Grund, dass du dich entschuldigst," sage ich und versuche, den Schmerz aus deinem Blick zu vertreiben. „Matteo wird es schaffen," füge ich leise hinzu und drücke meine Stirn gegen deine. „Er ist ein Kämpfer, genau wie du." Dann küsse ich dich sanft auf die Stirn und greife in meine Tasche, hole eine Tablettenbox hervor und öffne sie. „Nimm das," sage ich, während ich eine Beruhigungstablette aus der Box ziehe. „Ich habe sie extra für dich mitgebracht. Sie wird dir helfen."

Ich sehe einen Anflug von Misstrauen in deinen Augen, ein kurzer Moment des inneren Kampfes. Doch die Panik überwiegt, und schließlich nimmst du die Tablette an. „Danke," flüsterst du kaum hörbar.

Sanft streiche ich über deinen Arm, bewege meine Hand beruhigend und beständig. „Atme mit meinem Rhythmus," sage ich ruhig.

„Einatmen…" Meine Hand gleitet an deinem Arm hinauf, bis ich die Bewegung anhalte.

„Halten." Ich sehe dir tief in die Augen und suche nach einem Funken deiner alten Stärke.

„Und ausatmen." Meine Hand gleitet hinab, und wir wiederholen die Übung, bis sich deine Atmung beruhigt.

Erschöpft lässt du deinen Kopf auf meine Schulter sinken, während ich weiter sanft über deinen Rücken streiche, um dir Halt zu geben. „Alles wird gut, du bist in Sicherheit, und Matteo wird es schaffen. Wir haben dich wieder, und nichts auf der Welt wird uns je wieder trennen."

Nach einer kurzen Flugzeit setzt der Helikopter zur Landung an. Durch das Fenster sehe ich bereits, wie Matteo auf einer Trage ins Krankenhaus gebracht wird, umringt von Ärzten und Sanitätern. Der Anblick schnürt mir die Kehle zu. Er hat kaum noch Farbe im Gesicht. Es sieht wirklich schlecht für ihn aus, ich kann nur beten, dass er den Schuss übersteht.

Ich drehe mich zu dir um, lege sanft eine Hand auf deine Schulter. „Amelie, wir sind da." Doch du reagierst kaum, zu erschöpft, um wirklich aufzuwachen. Als die Rotoren sich beruhigen, stehen bereits mehrere Krankenschwestern am Landeplatz bereit.

Ich helfe dir aus dem Helikopter und setze dich vorsichtig in einen Rollstuhl. Doch du schüttelst den Kopf, versuchst dich aufzurichten. „Nein, Salva, ich will nicht, ich will zu Matteo." Deine Stimme klingt brüchig, und ich kann die Verzweiflung in deinem Gesicht sehen.

Ich knie mich vor dir hin, halte deine Hand fest in meinen, versuche dich zu beruhigen. „Du kannst jetzt nicht zu ihm. Matteo muss operiert werden, und du wirst selbst untersucht und behandelt. Vertraue mir, er braucht diese Hilfe. Und du musst auch stark genug sein, um an seiner Seite zu bleiben."

„Bitte, ich kann ihn nicht alleine lassen," flüsterst du, dein Griff wird fester um meine Hand. Dein Blick fleht, doch ich muss hart bleiben, selbst wenn es mir das Herz zerreißt.

„Nein." Ich halte deine Hand, weiß zugut, was du gerade durchmachst, aber ich bleibe standhaft. „Er schafft das, Amelie. Du musst ihm vertrauen. Bis wir vollständig desinfiziert und angekleidet sind, vergeht sowieso zu viel Zeit. Wir können nicht einfach so in den Operationssaal." Meine Worte treffen dich. Du kämpfst gegen die Einsicht, du kannst jetzt nichts mehr für ihn tun.

„Du bist selbst verletzt, verstehst du? Deine Hand, dein Rücken – und wer weiß, was dir noch angetan wurde. Du wirst jetzt versorgt. Keine Widerrede mehr."

Du nickst schwach, die Erschöpfung überwältigt dich. „Okay," murmelst du.

Ich richte mich auf und nicke den Krankenschwestern zu. „Bringt sie zu meiner Großcousine. Sie soll sich um sie kümmern."

Deine Hand klammert sich fester an meine, als sie dich wegschieben wollen, und ich beuge mich ein letztes Mal zu dir.

„Geh du zu Matteo," sagst du, mit bebender Stimme. „Er braucht dich mehr als ich. Ich komme zurecht."

Jetzt habe ich dich wieder und soll dich direkt wieder verlassen? Aber ich sehe, wie ernst du es meinst, so schwer es mir fällt, lasse ich deine Hand los.

Ich ziehe ein Handy aus der Tasche und drücke es dir in die Hand. „Melde dich, sobald irgendetwas ist. Ich bin sofort bei dir. Und wenn ich mehr weiß, komme ich in dein Zimmer."

Die Krankenschwestern bewegen sich und fahren dich ins Krankenhaus. Die Trennung von dir schmerzt sehr, reißt eine klaffende Wunde in das Gewebe meiner Seele. Matteos Leben, so zerbrechlich aufgehängt an dem dünnsten aller Fäden, schwebt im Ungewissen. Jedes seiner flüchtigen Atemzüge hallt wie ein Countdown in meinem Kopf wider. Ich zwinge mich selbst, mich von dir loszureißen, doch als ich ein letztes Mal in dein Gesicht blicke, zittert alles in mir. Du bist hier, atmest, lebst – während er, mein Bruder, am Rande des Abgrunds taumelt.

Ich hätte niemals zulassen dürfen, dass er allein geht. Selbst als Anführer des Clans, getrieben von seiner eigenen sturköpfigen Wut, hätte ich seine Seite nicht verlassen dürfen. Aber Matteo folgt oft blind seiner inneren Glut, setzt sich selbst aufs Spiel, ohne die Konsequenzen zu bedenken.

Nicht nur ich würde einen Bruder verlieren. Unsere Mutter würde ihren Sohn verlieren, unsere Schwester ihren großen Beschützer. Du deine Liebe. Dieser Gedanke allein droht, mich zu überwältigen. Doch ich darf nicht zulassen, dass die Angst mich lähmt. Ich muss stark bleiben, für ihn, für dich, für unsere Familie.

Mit festem Schritt folge ich nun den Ärzten, jede Faser meines Seins auf das Warten gespannt, auf das Hoffen. Ich klammere mich an den Glauben, dass er durchkommen wird, dass wir zu dritt, dieses Krankenhaus verlassen werden, bereit, alle Schatten unserer Vergangenheit endgültig hinter uns zu lassen.

Kapitel 7

Amelie

„Ms. Moore?" Die Stimme einer Frau durchdringt meine Gedanken wie ein ferner Ruf, den ich kaum verarbeiten kann. Matteo ist alles, was in meinem Kopf existiert. Sein Gesicht, sein Grübchen, wenn er schmunzelt, die Momente, die wir hatten, und die, die uns vielleicht für immer genommen wurden. Ich wollte so wütend auf ihn sein, wollte ihm die Schuld an all dem geben. Aber ich kann es nicht. Mein Herz verwehrt sich gegen diese Gedanken, egal, wie sehr ich es versuche.

„Hören Sie mich, Ms. Moore?" Die Stimme ist sanft, ruhig, wie ein Seufzen des Windes, das für einen Augenblick den Nebel meiner Verzweiflung durchbricht. Als ich den Blick hebe, sehe ich sie – eine Frau, die sich vor mir runterbeugt. In ihren Augen ist ein Licht, das mir unerklärlich vertraut vorkommt.

„Amelie, ich bin Raffaela Russo," sagt sie mit einer Wärme, die mich in meiner Fassungslosigkeit erreicht. Ihr Lächeln ist ruhig und aufrichtig, und plötzlich fühlt es sich an, als ob das Gewicht der letzten Tage für einen Moment nachlässt. „Hallo, Raffaela," seufze ich, und in diesem einen Moment bricht alles aus mir heraus – die

Tränen, die Worte, die ich nie laut sagen konnte. „Ich ...
ich habe es geschafft."

„Ja, das hast du, meine Liebe," antwortet sie, und ihr
Lächeln ist wie eine Umarmung. „Ich werde dich begleiten, wir machen alles in deinem Tempo, und nur das,
was du zulässt. In Ordnung?" Ihre Hand ruht beruhigend auf meiner Schulter, und es fühlt sich an, als wäre
ich nach langer Zeit wieder sicher. Zum ersten Mal seit
Tagen gelingt es mir, tief durchzuatmen, die Kälte aus
meiner Brust zu verbannen.

„Ja," bringe ich schließlich hervor. „Bitte kannst du
mir Bescheid geben, wenn es Neuigkeiten über Matteo
gibt?"

Raffaela nickt und deutet auf den Pager an ihrem
Gürtel. „Ich habe direkten Kontakt zum OP-Team. Ich
werde sofort informiert, wenn sich etwas ändert. Matteo
ist bei den besten Ärzten. Sie tun alles, was sie können.
Er wird es schaffen, Amelie. Er ist zu stark, um dich
zurückzulassen."

Ein leises Lächeln kriecht auf meine Lippen. „Das ...
das haben schon viele gesagt." Aber ein kleines Flackern
von Zuversicht bleibt. Ich klammere mich daran, so fest
ich kann.

„Wir kennen ihn," sagt Raffaela sanft. „Matteo würde
für dich bis ans Ende der Welt gehen." Die Verzweiflung
drückt schwer auf meine Brust, raubt mir den Atem. Der
Gedanke, ihn nicht mehr bei mir zu haben, löst ein tiefes
Beben in mir aus, das mich vollkommen aus der Bahn
wirft. „Ich hoffe, ihr habt recht."

Langsam schiebt sie den Rollstuhl den Flur hinunter,
und das Krankenhaus um uns verschwimmt.

„Übrigens," beginne ich stockend, „Krankenhäuser und ich, sind nicht die besten Freunde."

Sie grinst, und ein feiner Anflug von Humor färbt ihre Stimme. „Denk nicht an ein Krankenhaus. Betrachte es als Arena. Ein Ort, an dem die Starken kämpfen und die Gebrochenen heilen. Und du gehörst zu denen, die das Leben nicht bezwingen konnte."

„So habe ich das noch nie gesehen," sage ich leise, und ihre Worte hallen in mir nach, beruhigend, stärkend.

Im Behandlungszimmer zieht Raffaela sich Handschuhe an, ihre Bewegungen sind sanft und respektvoll, anschließend tritt sie auf mich zu. „Ist es in Ordnung, wenn ich dich berühre?"

Ich nicke schwach und merke, wie das Zittern sich wieder in meinen Körper schleicht. Das warme Rosa der Wände, das beruhigende Licht des Raumes – nichts erinnert hier an ein steriles Krankenhauszimmer. Es ist ein Ort für Menschen, die gezeichnet sind. Die gebrochen und dann wieder zusammengesetzt wurden. Der Gedanke schmerzt, doch ich lasse ihn zu, lasse den Raum mich halten, so wie Raffaela es tut.

Als sie die Decke vorsichtig von meinen Schultern nimmt, sehe ich wie sich ihre Mimik schlagartig verändert. Tränen schießen mir in die Augen, und ich spüre, wie alles, was ich durchgemacht habe, auf einmal auf mich einstürzt, als ob die Last mich auf den Boden drücken könnte.

Raffaela sieht es, spürt es und legt eine Hand auf meine Schulter. „Brauchst du eine Pause?"

„Nein ich schaffe das," sage ich mit brüchiger Stimme und versuche, mich zu fassen. Die Tränen fließen weiter, aber ich lasse sie zu, lasse sie den Schmerz hinfortspülen.

Sie nickt, holt ein Klemmbrett und beginnt behutsam mit der Untersuchung. „Erinnere dich daran – wir haben alle Zeit, die du brauchst."

Ich nicke dankbar, blicke ihr in die Augen und sehe, wie sie die Worte formt, die ich fürchte, auszusprechen. „Dein Körper hat viel durchgemacht. Wann wurden dir die Wunden auf dem Rücken zugefügt?"

Das Bild schießt mir durch den Kopf – die Peitschenhiebe, das Brennen, das metallische Geräusch der Kette, die mich an Ort und Stelle hielt. „Ich glaube gestern," flüstere ich, die Zeit verliert sich in einem endlosen Nebel der Schmerzen und Demütigung. „Ich habe das Zeitgefühl verloren."

Raffaela schreibt die Antwort auf. „Haben sie dir irgendwelche Substanzen verabreicht?"

Ein Knoten bildet sich in meiner Kehle. „Ja … Emilio hat mir etwas gegeben über eine Infusion. Ich konnte mich dadurch nicht mehr bewegen."

„Okay, wir werden herausfinden, was es war," sagt sie und schreibt weiter. Sie sieht mich ernst an, und ich merke, dass die Frage kommt, die ich am meisten gefürchtet habe. „Ich muss dich das leider fragen, wurdest du sexuell missbraucht?"

Das Wort liegt schwer in der Luft. Alles in mir schreit, dagegen anzukämpfen, es nicht auszusprechen, es nicht wahr werden zu lassen.

Ich beiße mir auf die Innenseite der Wange, um den Schmerz zu verankern, den ich sonst nur in meinem Inneren spüre.

„Amelie," spricht sie leise, „ich bin hier, um dich zu schützen. Niemand, der dir das angetan hat, wird ungestraft davonkommen. Niemand kann das Geschehene rückgängig machen, aber du bist hier, und du hast überlebt. Das macht dich stärker."

Die Worte lassen etwas in mir bröckeln, und ich erinnere mich an das, was ich Salva einmal über das Überwinden von Schmerz gesagt habe. Ein Gedanke, der sich in mein Hirn eingebrannt hat, den ich jetzt zurückbekomme. „Ja," antworte ich schließlich. „Ja, mehrfach."

„Danke, dass du mir das anvertraut hast. Ich muss dich leider weiter untersuchen, auch gynäkologisch, und wir brauchen eine Blutprobe."

Ein leises Seufzen entfährt mir, doch ich nicke, lasse sie mich zum Untersuchungsstuhl führen. Ihre Hände arbeiten vorsichtig, ihre Worte sind beruhigend, als ob sie jede Träne, die in mir brennt, verstehen würde.

„Du machst das gut," sagt sie ruhig. „Matteo wäre stolz auf dich."

Diese Worte helfen, mir das Geschehene zu verarbeiten. Sie weiß genau, wie sie mit mir umgehen muss, und ist dabei sehr einfühlsam.

Nachdem sie fast mit allen Untersuchungen fertig ist, sieht sie sich meine linke Hand an. Ihre Lippen sind leicht aufeinandergepresst, die Augen konzentriert auf die Verletzung gerichtet, aber ich sehe das Mitgefühl darin. Sie hebt das Röntgenbild an und betrachtet es eingehend, bevor sie spricht.

„Du hast dir den Daumen gebrochen," sagt sie schließlich, ihre Stimme so sanft wie ihre Bewegungen, doch ihre Augen verraten eine tiefe Ernsthaftigkeit. „Der Bruch sieht aber bereits erstaunlich gut verheilt aus. Deine Hand muss aber unbedingt geschient werden."

Etwas in mir gerät ins Wanken. „Wie ... wie lange war ich bei Emilio? Kannst du das herausfinden?"

Raffaelas Stirn legt sich in Falten, als sie die Worte formt. „Mindestens eine Woche, wenn man dem Heilungsprozess deiner Hand glauben darf." Ihr Blick gleitet prüfend über mein Gesicht, als wollte sie mich auf mögliche Risse in meinem Selbstschutz abklopfen. „Warum fragst du?"

„Emilio hatte gesagt, dass er mich in ein künstliches Koma versetzt hat. Ich weiß aber nicht für wie lange."

Sie geht zum Schreibtisch, die Finger sacht auf die Tastatur legend, und ruft die Informationen auf, die Matteo ihr zugeschickt hat. Ihre Augen huschen über den Bildschirm, und sie spricht mit einem gedämpften Ton, als ob die Worte zwischen uns lieber unsichtbar bleiben sollten. „Du warst sechs Tage in Valentins Gefangenschaft ... vielleicht hat er dich in einen künstlichen Schlaf versetzt, um dich zu stärken. Dein Körper müsste so erschöpft gewesen sein. Wenn du den Bruch erst nach deiner Flucht hattest, müsstest du ca. vier Tage im Koma gewesen sein."

Ein bitterer Schauer zieht durch meinen Körper. Das Bild, dass er das nur getan hat, um seine kranke Macht über mich weiter auszudehnen, bringt mich an meine

Grenzen. „Ja, das könnte sein," murmele ich, als würde ich das Puzzle meines eigenen Lebens zusammensetzen. Ich kann es nicht fassen, wie diese Menschen mit meinem Körper gespielt haben.

Raffaela tritt zu mir, legt mir eine Hand auf die Schulter, „willst du dich ein wenig frisch machen? Du bist jetzt durch – ich habe alles, was ich für den Moment brauche."

„Ich möchte lieber zuhause duschen, wenn das in Ordnung ist."

Raffaela nickt, geht zum Waschbecken und benetzt ein weiches Handtuch mit Wasser. Die sanfte Art, mit der sie es mir reicht, lässt mich ein wenig entspannen. „Dann hier," sagt sie mit leiser Bestimmtheit. „Du hast noch etwas Blut im Gesicht und auf der Brust."

Mein Blick gleitet an mir hinunter, und erst jetzt nehme ich die getrockneten, dunklen Flecken wahr. Der Anblick lässt mich erschaudern. Ich wische mich ab, bis das Blut verschwunden ist und ich die Spuren wenigstens oberflächlich auslöschen konnte.

Raffaela reicht mir frische Kleidung, ein schwarzer dicker Pullover und eine bequeme Hose – Dinge, die Matteo anscheinend im Krankenhaus für mich hinterlegt hat.

Ein Lächeln berührt meine Lippen, und mein Herz zieht sich zusammen bei dem Gedanken, wie er immer an alles denkt, immer für mich sorgt. Doch bevor ich den Moment voll auskosten kann, dringt ein hoher Piepton in den Raum – Raffaelas Pager. Ich erstarre, mein Herzschlag stockt. Es könnte alles bedeuten. Gute Nachrichten. Schlechte Nachrichten.

Ein Klopfen an der Tür lässt uns beide aufhorchen, und Raffaela hebt den Kopf, öffnet die Tür, während sie auf den Pager blickt. Salva steht davor, und sein Blick wandert über uns beide, ehe er bei mir hängen bleibt. Er lächelt auf eine Weise, die alles in mir wachrüttelt, ein warmes, breites Lächeln, das die Antwort verrät, noch bevor Raffaela spricht.

„Er hat überlebt," sagt sie erleichtert. Salva ist binnen einer Sekunde bei mir, zieht mich in seine Arme, so fest, dass ich das Pochen seines Herzens spüren kann. *Matteo lebt.* Und ich bin endlich nicht mehr allein.

„Können wir zu ihm?" Die Worte kommen stockend, beinahe wie ein Seufzen, während ich mich an Salvas Brust lehne, die Wärme und Vertrautheit in mich aufnehme, die mir so lange gefehlt haben. Es fühlt sich an wie ein Traum.

Salva drückt seine Lippen sanft an meinen Scheitel, die Nähe seines Atems beruhigt mich. „Er schläft," sagt er mit einem sanften Lächeln, das tiefere Schichten seiner Erleichterung verrät, „aber wir können ihn besuchen."

Zusammen gehen wir den Flur entlang, Raffaela führt uns still, jeder ihrer Schritte sicher und fest, fast beschützend. Jeder Schritt bringt mich näher zu Matteo, und die Erleichterung in meiner Brust wächst, als ob ich nach einer endlosen Zeit endlich aufatmen könnte. *Er lebt. Auch wenn er schläft – er lebt.* Und mit jedem Schritt spüre ich, wie ein unsichtbarer Teil von mir endlich loslassen kann.

Wir betreten das Zimmer, und der Anblick überrascht mich. Es sieht weniger aus wie ein Krankenhauszimmer, eher wie eine Oase aus Ruhe und Stil. An der Wand hängen teure Gemälde, die Sitzlounge wirkt gemütlich, mit weichen Kissen und einer stillen Eleganz. Matteo trägt keinen typischen Krankenhauskittel, sondern hochwertige Kleidung, die ihn wirken lässt, als würde er nur eine kurze Auszeit nehmen.

Mein Herzschlag bleibt für einen Moment stehen, als mein Blick auf sein Gesicht fällt. Seine Haut ist nicht mehr aschfahl; die Farbe ist zurückgekehrt. Langsam treten Salva und ich an sein Bett, ich lege mich vorsichtig an seine Seite. Meine Hand lege ich über seine Brust, um seinen Herzschlag zu spüren, um die Realität dieses Moments in mich aufzunehmen.

Ich atme tief ein, lasse die Anspannung los, die mich seit Tagen gefangen hält. Auch hier, in der sterilen Reinheit des Zimmers, riecht er nach ihm selbst. Nie wieder werde ich ihn loslassen.

Kapitel 8

Salva

„Meine kleine Amelie." Meine Mutter zieht dich in eine Umarmung, die so fest ist, dass es mich fast schmerzt, zuzusehen. Du erwiderst sie, wie du es immer tust – höflich, mit einem sanften Lächeln, das deinen inneren Sturm nur dürftig verdeckt.

„Wir hatten solche Angst um dich." Ihre Stimme bricht, während ihre Finger über deine Schultern fahren, als wollte sie sicherstellen, dass du wirklich hier bist. Dein Gesicht verzieht sich kurz. Sie fährt über deine Striemen, doch du beißt die Zähne aufeinander. Du willst nicht, dass sie alles wissen. „Du musst etwas essen, Liebes. Sag uns einfach, was du möchtest."

Du lächelst, aber ich sehe, wie deine Schultern sich versteifen. *Es ist zu viel. Zu viele Augen, zu viele Worte, zu viel Nähe.* Ich kenne dich gut genug, um zu spüren, dass du auf Autopilot bist. „Danke, das ist wirklich lieb, Camilla. Ich brauche gerade nichts," sagst du leise und versuchst, die Kontrolle zu bewahren, während ihre Hände immer noch deine umschließen.

Bevor ich eingreifen kann, erscheint Lucia im Eingangsbereich. Sie trägt einen Bund voller Pfingstrosen, doch als ihr Blick auf dich fällt, erstarrt sie. Die Blumen rutschen aus ihren Händen und verteilen sich wie ein violetter Teppich auf dem Boden – ein Bild, das seltsam falsch wirkt in seiner Schönheit. Wenn das kein böses Omen ist. Die Blumen, die zu deinen Ehren aufgestellt werden sollten, liegen jetzt zerstreut auf dem Marmorboden. Zerbrochen, wie so vieles, das du ertragen musstest.

„Amelie!" Lucias Stimme zerreißt die Luft, bevor sie auf dich zuläuft. Ihre Freude ist so greifbar, dass ich unwillkürlich die Hände balle. *Zu viel. Wieder zu viel.*

Sie fällt dir um den Hals, ihre Arme klammern sich an dich, als könntest du jeden Moment wieder verschwinden. „Sie haben dich gefunden!" Ihre Worte brechen in ein Schluchzen aus. „Ich weiß nicht, was ich ohne meine neue beste Freundin gemacht hätte," flüstert sie, während Tränen ihre Wangen hinunterlaufen.

Über ihre Schulter hinweg suchst du meinen Blick. Es ist ein stummer Hilferuf. Ich trete näher und lege Lucia eine Hand auf die Schulter. „Lucia," sage ich ruhig, aber mit einem Ton, der keinen Widerspruch duldet. „Sie ist hier. Sie ist sicher. Aber sie braucht jetzt Ruhe."

Lucia nickt zögerlich, ihre Finger lösen sich vorsichtig von dir. „Natürlich. Wenn du irgendetwas brauchst, Amelie, wir sind für dich da."

„Ich weiß, danke," antwortest du, wieder dieses höfliche Lächeln, das deine Augen nicht erreicht. Es ist ein Lächeln, das mich jedes Mal trifft wie ein Schlag.

„Wir gehen nach oben," sage ich und führe dich zur Treppe. Ich will deine Hand nehmen, dich näher bei mir spüren, aber ich weiß, dass du das jetzt nicht brauchst. Du brauchst Raum. Als wir an der Tür zu deinem Zimmer vorbeikommen, bleibst du stehen. Deine Augen verengen sich, dein Blick bleibt auf der Tür haften, als wüsstest du bereits, dass etwas nicht stimmt.

„Warum gehen wir nicht in mein Zimmer?" Deine Stimme ist ruhig, aber ich höre die Schärfe dahinter.

Ich atme tief ein. „Wir mussten etwas tun." Mein Blick wandert zur Tür, und ich trete einen Schritt näher zu dir. „Die Tür bleibt vorerst geschlossen, bis wieder alles in Ordnung ist."

Deine Stirn legt sich in Falten. „Was ist passiert?"

Ich kann dich nicht ansehen. Nicht jetzt. „Bella, entspann dich erst einmal. Komm an, ruh dich aus. Danach erzähle ich dir alles, versprochen."

Du verdrehst die Augen, und ein leises Lachen dringt aus meiner Kehle, bevor ich es zurückhalten kann. Matteo hasst es, wenn du das machst. *Ich hasse es auch.* Aber gleichzeitig habe ich es vermisst – jede Kleinigkeit an dir, die dich zu der Frau macht, die ich mehr beschützen will, als mich selbst.

„Warum grinst du so?" Deine Stimme sickert durch meine Gedanken.

Ich trete näher, bis nur noch ein Atemzug zwischen uns liegt. „Weil ich deine wunderschönen Augen vermisst habe. Selbst dann, wenn du sie so genervt verdrehst."

Dein Blick wird weich, aber die Traurigkeit bleibt.

Es tut mir weh, sie zu sehen, und ich wünschte, ich könnte sie einfach wegwischen. Doch dann senkst du den Blick „Ich habe euch auch vermisst. Du hast recht, lass uns langsam anfangen."

Ich mache Platz, trete zur Seite und verbeuge mich leicht, während ich die Hand ausstrecke und zu meinem Zimmer weise. „Darf ich bitten?"

Endlich, ein echtes Lächeln. Es ist klein, fast schüchtern, aber es ist da. Und das reicht mir für den Moment.

Als wir mein Zimmer betreten, sehe ich, wie du dich umsiehst. Dein Blick wandert über die hellen Wände, die hohen Regale voller Bücher, die Pflanzen, die Licht und Leben in den Raum bringen. Es ist ein Ort, der das genaue Gegenteil von Matteos dunklem, mysteriösen Stil ist.

„Überrascht?", frage ich und beobachte jede kleine Regung in deinem Gesicht.

„Nicht überrascht," antwortest du mit einem winzigen Lächeln. „Nur beeindruckt. Du hast gesagt, du liebst historische Romane und dein Weingut, aber ich hätte nicht gedacht, dass du auch so wohnst."

„Ich schätze, ich bin Matteos Gegenpol." Ich lehne mich an den Türrahmen und lasse den Satz kurz wirken, bevor ich mich abwende und ins Badezimmer gehe. Du folgst mir, zögerlich, mit diesen vorsichtigen Schritten, die mehr über deinen Zustand verraten, als du sagen würdest. Ich beobachte aus den Augenwinkeln, wie du stehen bleibst, unsicher, deine Finger verschränkt, als würdest du dich davor scheuen, irgendetwas zu berühren. *Typisch.*

Du bist eine von den Frauen, die man regelrecht dazu auffordern muss, sich in fremden Räumen wohlzufühlen. Als ob alles hier zu zerbrechlich für dich wäre.

Ich öffne den Schrank, ziehe zwei weiche, cremefarbene Handtücher hervor und lege sie auf den kleinen Tisch neben der freistehenden Badewanne. Die Oberfläche der Wanne glänzt im gedämpften Licht, während ich das Wasser einlasse und die Temperatur prüfe. „Was ist dein Lieblingsduft?", frage ich beiläufig, ohne den Blick von der Wassertemperatur zu nehmen.

Du zögerst. „Jasmin? Ich weiß nicht. Ich bin offen," antwortest du leise, fast unsicher. Deine Stimme ist so sanft, dass sie fast in dem leisen Plätschern des Wassers untergeht.

Ich öffne eine kleine Schublade neben der Wanne, nehme eine der Badekugeln heraus – Jasmin, wie es der Zufall will – und lege sie ins Wasser. Ein feiner, floraler Duft breitet sich aus, während die Kugel zerfällt und das Wasser milchig schimmert.

Dann drehe ich mich zu dir um, trete näher. Meine Hände streichen sanft über deine Arme, bis ich an deinen verschränkten Fingern ankomme. Behutsam löse ich sie. „Du musst dich hier nicht unsicher fühlen. Nicht bei mir," sage ich leise, und mein Blick sucht deinen, um sicherzugehen, dass du mich verstehst. „Du gehst jetzt erstmal entspannt baden. Möchtest du frische Kleidung? Deine eigene? Etwas von mir? Was zu essen oder trinken?"

Dein Blick wandert zur Wanne, dann wieder zu mir. „Was von dir wäre schön," murmelst du, und ein winziger Funke Vertrauen taucht wieder in deinen Augen auf. „Und eine Cola, wenn's geht."

Ich nicke, beuge mich vor und drücke einen leichten Kuss auf deine Stirn. „Alles, was du möchtest. Ich bringe dir die Sachen gleich." Mit diesen Worten verlasse ich das Zimmer, schließe die Tür leise hinter mir und mache mich auf den Weg in die Küche.

Dort finde ich meine Mutter, Tomasso, Lorenzo und Lucia, die alle um die Kochinsel versammelt stehen. Ihre Stimmen sind gedämpft, ihre Gesichter ernst. Ich höre Lucias Worte, bevor sie mich bemerkt. „Sie sah so mitgenommen aus." Ihre Stimme bricht, und ich sehe, wie meine Mutter nickt.

Ich will so unsichtbar wie möglich bleiben, während ich Brot, Käse, Weintrauben und deine Cola zusammensuche. Doch Lucia entdeckt mich.

„Salva?", ruft sie, und ich seufze innerlich. *Mist.* Ich dachte, ich könnte unbemerkt bleiben und schnell wieder bei dir sein. „Ja?", antworte ich, den Kopf im Kühlschrank, während ich die Cola greife.

„Du weißt, was passiert ist, oder?"

Ich stelle die Sachen auf dem Tablett ab und drehe mich zu ihnen um. „Nein. Und das muss ich auch nicht. Lasst sie erstmal ankommen. Sie braucht Zeit." Mein Ton ist ruhig, aber unmissverständlich.

„Sie hatte so eine Kraft, als sie gegangen ist," flüstert Lucia. „Aber jetzt, sie wirkt so zerbrechlich."

Ich sehe auf das Tablett vor mir, dann auf meine Familie. „Was erwartet ihr? Ihr versteht nicht, was sie durchgemacht hat. Unter ihrer Kleidung – Striemen, blaue Flecken, jede Menge Erinnerungen, die sie nicht so leicht abschütteln kann. Sie ist eine Meisterin darin, ihre Emotionen zu unterdrücken. Aber innerlich ... wenn ihr gesehen hättet, wie sie da lag ... und ihr Blick, als Matteo in den OP geschoben wurde."

Meine Mutter tritt näher, in ihrer Hand hält sie ein Stück Brot, das sie mir reicht. „Wir verstehen was du uns sagen möchtest. Wir sind einfach nur froh, dass sie wieder hier ist."

Ich nicke, nehme das Brot entgegen und platziere es auf dem Tablett. „Ich auch. Aber drängt sie nicht. Gebt ihr Raum. Und Mitgefühl – das habe ich bei ihr gemerkt – lässt alles wieder hochkommen. Sie braucht jetzt Stabilität, keinen Mitleidszirkus."

Ich nehme das Tablett und mache mich auf den Weg zurück zu dir, während ihre Blicke mir folgen.

Ich klopfe sanft an die Badezimmertür, und deine Stimme ruft ein leises „Herein." Als ich eintrete, liegst du inmitten von Schaum, dein Kopf ruht entspannt am Wannenrand, und ein schwaches Lächeln huscht über dein Gesicht.

„Wenn du dich nur sehen könntest," sage ich, während ich die Tür hinter mir schließe. Meine Mundwinkel zucken, und ich kann den Anflug eines Grinsens nicht unterdrücken.

Deine Augen öffnen sich leicht, und ich erkenne den Funken Humor darin. „Machst du dich etwa lustig über mich?" Du richtest dich auf und spritzt ein wenig Wasser in meine Richtung.

„Ein klein wenig vielleicht," antworte ich und forme mit den Fingern ein winziges Maß. Ich trete näher, öffne dir die Cola und reiche sie dir.

Du trinkst einen tiefen Schluck, während ich mich kurz abwende und das Tablett mit Snacks auf einem kleinen Tisch abstelle.

„Gott tut das gut," murmelst du leise, während du die Flasche auf den Rand der Wanne stellst und tiefer ins Wasser sinkst.

„Ich habe dir auch ein paar Snacks mitgebracht, falls du Hunger hast."

„Danke, das ist wirklich lieb von dir." Ich will dir Raum lassen und wende mich zum Gehen, doch dann höre ich, wie du dich im Wasser aufrichtest. „Kannst du nicht hierbleiben?"

Ich halte inne, drehe mich stockend zu dir um. In deinem Blick liegt eine Verletzlichkeit, die mich trifft. „Wenn du das möchtest, natürlich," Ich stecke meine Hände in die Taschen, um mich zu sammeln. Es ist nicht die Situation, sondern die Nähe – deine Nähe – die meinen Puls beschleunigt.

„Willst du zu mir in die Wanne kommen?", fragst du plötzlich, fast zaghaft, aber mit einer Offenheit, die mich überrascht. „Ich war lange genug allein. Deine Nähe tut mir gut."

Ich presse die Lippen zusammen und senke kurz den Blick. Mein Körper reagiert auf eine Weise, die ich kaum kontrollieren kann, doch ich sehe dich an. „Ich weiß nicht, ob das so eine gute Idee ist," murmle ich, bemüht, die Spannung zu überspielen.

Du hebst eine Braue und wirfst einen schnellen Blick in meinen Schritt, bevor du mich ansiehst. „Ich habe kein Problem damit. Ich vertraue dir." Deine Stimme ist fest, fast beruhigend, und ich merke, dass du diesen Moment genauso ernst nimmst wie ich.

„Das ist menschlich," fügst du hinzu, mit einem Unterton, der meine letzten Zweifel beiseite wischt. Ich atme tief ein, ziehe die Hände aus den Taschen und breite sie aus. „Sag nicht, ich hätte dich nicht gewarnt. Ich will nicht, dass du dich bedrängt fühlst."

Langsam gehe ich zum Waschtisch, ziehe mein Hemd aus und lege es beiseite. Dann folgen die restlichen Kleidungsstücke, bis ich nur noch meine Kreuzkette trage. Sie bleibt immer bei mir, egal was passiert. Ich blicke kurz an mir herab und sehe immer noch meine Erektion. Dann sehe ich in den Spiegel, wo sich dein Gesicht abzeichnet. Deine Augen sind ruhig, aber ich sehe, dass sie jede Bewegung beobachten. „Bist du dir sicher?", frage ich, mehr für mich selbst als für dich.

Du nickst, ohne zu zögern, und ein Anflug von Erleichterung überkommt mich. Ich drehe mich zu dir, steige in die Wanne, und das warme Wasser schwappt über den Rand.

Du sitzt mir gegenüber, bedeckt von Schaum, der dich wie ein Schutzmantel umhüllt.

Ich schiebe dir etwas mehr davon zu. „Falls du dich bedecken möchtest," sage ich leise.

„Danke," flüsterst du, und für einen Moment herrscht Stille. Die Luft ist erfüllt von Jasmin und dem leisen Plätschern des Wassers.

Ich nehme einen Schwamm aus dem Korb, tropfe etwas Duschgel darauf und sehe dich an. „Darf ich?", frage ich, meine Hand über deinen Arm schwebend.

Du nickst leicht, und deine Stimme ist kaum mehr als ein Hauch. „Ja."

Ich führe den Schwamm vorsichtig über deinen Arm, und die blauen Flecken, die ich schon vorher gesehen habe, stehen jetzt in einem schmerzhaften Kontrast zu deiner blassen Haut. Mein Griff ist so sanft wie möglich, aber innerlich kämpfe ich.

„Sie haben mich immer wieder zu Boden gedrückt," sagst du plötzlich, und deine Stimme klingt brüchig. „Während sie ... während sie mich vergewaltigt haben." Deine Augen suchen nicht meinen Blick, sie bleiben auf dem Wasser haften.

Meine Hand hält inne, und ich spüre, wie etwas in mir zerbricht. Ich sage nichts, denn ich weiß, dass du jetzt reden musst, und ich will dich nicht unterbrechen.

„Wenn ich nicht gemacht habe, was sie wollten, haben sie mich geschlagen. Es gab keinen Ausweg, keinen Moment, in dem ich Ruhe hatte."

Ich nehme den Schwamm, tauche ihn erneut ins Wasser und spüle den Schaum ab. „Die blauen Flecken kann ich nicht wegwischen," sage ich schließlich, mit rauer Stimme. „Aber ich schwöre dir, Bella, nie wieder wird dir so etwas passieren."

Du siehst zu mir, und in deinen Augen liegt Dankbarkeit und Schmerz.

Ich deute auf deinen Arm und deine geschiente Hand. „Und das? Was ist mit deiner Hand passiert?"

Du erzählst mir alles. Von deiner Flucht, von dem Moment, in dem dein Körper versagte, von dem Schrecken, der dich gelähmt hat. Jedes Detail, jedes Bild.

Es kostet dich Kraft, das sehe ich, aber ich lasse dich reden, bis du alles gesagt hast.

„Möchtest du dich umdrehen?", frage ich schließlich, als ich den Schwamm erneut eintauche. Du nickst, und als ich deinen Rücken sehe, verschlägt es mir den Atem. Ich habe sie zwar schon gesehen, aber durch das Wasser leuchten sie noch stärker auf deiner Haut. Striemen ziehen sich über deine Haut, einige verblasst, andere frisch. Meine Finger umklammern den Schwamm fester, und ich atme tief durch. „Gesù Maria," murmele ich, und du hörst die Wut, die ich zu unterdrücken versuche.

„Das war Emilio," sagst du, ohne dich zu mir umzudrehen. „Das, was er mir angetan hat, war schlimmer. Er hat mit meiner Psyche gespielt."

Ich schließe die Augen für einen Moment, „wenn er nicht schon Tod wäre, hätte er kein schönes weiteres Leben gehabt."

Du drehst den Kopf leicht und siehst mich an. Deine Augen spiegeln all das, was du durchgemacht hast, und ich weiß: Dies ist der Moment, in dem du mir alles gibst – dein Vertrauen, deine Angst, deine Stärke. Und ich werde alles nehmen, um dich zu schützen.

Kapitel 9

Salva

Dein Kopf liegt schwer auf meiner Brust, und ich spüre jeden deiner gleichmäßigen Atemzüge. Dein Duft, der mir seit Wochen so gefehlt hat, umgibt mich und beruhigt meinen eigenen Atem. Es ist ein vertrauter, leiser Trost, der mich an all die Momente erinnert, in denen Matteo und ich deine Anker waren. Dass du dich hier sicher fühlst, bei mir, während die Welt draußen noch immer gefährlich ist, gibt mir mehr Kraft, als ich zugeben würde. Ich werde alles dafür tun, dass das so bleibt.

Deine Hand ruht locker auf meiner Seite, als wäre sie genau dafür gemacht, hier zu liegen. Dein Atem streift meine Haut, und ich sehe zu dir hinunter. Deine Lippen sind leicht geöffnet, deine Wimpern werfen weiche Schatten auf deine Wangen, und in diesem Moment bist du nicht nur friedlich, sondern auch wunderschön. Vor allem da du mein Shirt trägst. Ein Gedanke stiehlt sich in meinen Kopf: Matteo würde dich genauso betrachten, voller Stolz und Sorge zugleich.

Ich habe dir gerade aus einem meiner Lieblingsbücher vorgelesen, und irgendwann bist du eingeschlafen. Dein Griff hat sich gelöst, dein Körper hat nachgegeben, und ich wusste, dass du endlich etwas Ruhe gefunden hast. Doch dann vibriert das Handy in meiner Tasche, und ich presse die Lippen zusammen, während der Bildschirm hell im Dunkeln leuchtet. Ein leiser Fluch entweicht mir – ich will nicht, dass dich irgendetwas aus diesem Frieden reißt.

Vorsichtig schiebe ich deine Hand zur Seite, hebe mich leicht an und schüttele den Kopf über den Gedanken, dich zu wecken. Ich ziehe die Decke über deine Schultern, achte darauf, dich nicht zu stören. Ein leises murmeln entweicht dir, etwas Unverständliches, das mich kurz innehalten lässt. Dann stehe ich auf, greife nach meinem Handy und schleiche mich auf den Balkon hinaus. Die kalte Nachtluft trifft mein Gesicht, als ich die Tür leise hinter mir schließe.

Das Display zeigt einen Anruf aus dem Krankenhaus. Mein Magen zieht sich zusammen, und ich nehme den Anruf entgegen. „Pronto," sage ich, meine Stimme gedämpft.

„Hey, kleiner Bruder." Die Stimme am anderen Ende klingt heiser, müde, aber lebendig. *Matteo.*

„Matteo, sei sveglio! Come stai?", frage ich, und meine Stimme wird automatisch etwas lauter, bevor ich mich wieder fange. Ich blicke durch die Balkontür zurück ins Zimmer, wo du noch immer ruhig daliegst, nur von den Lichterketten in ein sanftes Licht getaucht.

„Außer dass ich mich fühle wie ausgekotzt, geht's mir ganz gut," sagt Matteo trocken. „Wir haben sie zurück, oder? Ich kann mich nicht mehr an alles erinnern."

Ich lehne mich an die kalte Balustrade und lasse meinen Blick wieder auf dich fallen. Du liegst unter der Decke, dein Gesicht friedlich und entspannt. „Ja," sage ich leise, mehr zu mir selbst als zu ihm. „Ja, sie schläft. Wir haben es endlich geschafft."

„Grazie a Dio," murmelt Matteo, und ich höre ihn tief ein- und ausatmen. Für ihn war es unerträglich, ohne dich zu sein, genauso wie für mich.

„Wann kommst du zurück? Können wir dich besuchen?" Die Worte drängen sich aus mir heraus, bevor ich es stoppen kann. Ich weiß, dass er noch Zeit braucht, aber ich will, dass du ihn siehst – dass er dich sieht. Er muss wissen, dass es dir gut geht.

„Ich wollte direkt gehen, aber sie lassen mich nicht. Raffaela musste sich einmischen. Nur wegen ihr bleibe ich noch bis morgen. Sie werden mich in der früh entlassen," antwortet er schließlich. „Ihr könntet mich besuchen, aber ich will, dass du sie schlafen lässt. Ich sehe euch morgen. Aber es wäre gut, wenn ihr nicht mit dem ganzen Clan aufkreuzt. Nur du und Amelie das reicht."

Ich nicke, obwohl er es nicht sehen kann. „Das machen wir. Du wirst sehen, sie braucht dich, Matteo. Sie hat dich vermisst. Sie braucht dich."

Seine Stimme wird sanfter, und ich höre ein Lächeln hindurch. „Ich bin froh, dass du bei ihr warst, Salva. Dass sie nicht allein war."

Die Worte treffen mich, und ich ringe innerlich mit mir, ob ich ihm von der Badewannenszene erzählen soll. Die Stille zieht sich. „Alles in Ordnung?", fragt Matteo. Er kennt mich einfach zu gut.

Ich fahre mir mit der Hand durch die Haare. „Ja, es gibt nur etwas, das ich dir erzählen muss."

Ich höre, wie er sich auf seinem Bett aufrichtet. „Jetzt bin ich gespannt."

„Na ja, Amelie war baden und ..." Ich atme tief aus, versuche, meine Worte zu sortieren. „Sie wollte nicht alleine sein und hat mich gebeten, mit reinzukommen."

„Dein Ernst? Da bin ich einmal weg und schon nutzt du deine Chance?" Matteos Ton ist ernst, zu ernst, und mein Herz setzt einen Schlag aus.

„Habe ich nicht," erwidere ich schnell. „Ich habe sie nicht nackt gesehen, nur sie mich. Ich habe immer darauf geachtet, dass genug Schaum da ist, und bin rausgegangen, bevor sie aus der Wanne gestiegen ist, damit sie sich nicht unwohl fühlt nachdem, was alles passiert ist."

Matteo schweigt kurz, dann beginnt er zu lachen, ein tiefes, ehrliches Lachen, das ich nicht erwartet habe. „Salva. Ich dachte, du hättest verstanden, dass ich dir schon längst das ‚Go' gegeben habe."

„Ja, schon," sage ich, während ich durch die Balkontür auf dich sehe. „Nur wusste ich nicht, wie ernst es ist."

„Ich sehe doch, dass sie auch Gefühle für dich entwickelt hat, und du für sie. Amelies Zufriedenheit steht bei mir an erster Stelle, auch wenn es bedeutet, dass sie meinen weniger attraktiven kleinen Bruder liebt."

Ich lache und schüttle den Kopf. „Du Großmaul, so schlecht kann es dir ja gar nicht gehen, wenn du mich gleich beleidigst."

„Auf einmal geht es mir ziemlich gut, muss ich zugeben."

„Das glaube ich dir." Ich ziehe die Schultern gegen die Kälte hoch. „Ich geh wieder rein, ich friere mir hier sämtliche Gliedmaßen ab."

„Zieh dir doch mehr an, wenn du schon mit ihr im Bett liegst. Keinen Respekt hast du vor mir."

„Werde ich machen," sage ich trocken und schüttle den Kopf. „Ich muss das ausnutzen, wenn ich sie mal für mich alleine habe."

„Alles gut. Pass gut auf sie auf."

„Immer, Matteo."

Ich lege auf, stecke das Handy in die Tasche und gehe zurück ins Zimmer. Dort liegst du noch immer, eingerollt unter der Decke, so friedlich, dass ich nicht anders kann, als stehen zu bleiben und dich anzusehen. Vorsichtig lege ich mich wieder neben dich, ziehe dich sanft in meinen Arm und atme ein letztes Mal tief durch. Was auch immer kommt – wir schaffen das.

Kapitel 10

Matteo

Ich lasse meinen Kopf ins Kissen sinken und massiere mit den Fingerspitzen meine Schläfen. Der Schmerz in meinem Oberschenkel pocht wie ein ständiger Taktgeber, der mich daran erinnert, wie schwach ich geworden bin. Mein Blick wandert hinunter zu dem Verband, der mein Bein umschließt, und das Wort hämmert in meinem Kopf: *Krüppel.*

Wie zum Teufel soll ich den Clan führen, wenn ich nicht einmal laufen kann, ohne diese verdammten Krücken zu benutzen? Die Wut schießt mir heiß durch die Adern, überdeckt nur für einen Moment die dumpfe Leere in meiner Brust. Mein Blick bleibt an dem Infusionsschlauch an meinem Arm hängen, der mir Schmerzmittel durch die Adern pumpt. Sie betäuben alles, was ich fühlen will. Alles, was mich am Leben hält.

Aber nicht genug. Nicht, wenn du da draußen bist – frei, nach all der Zeit. Und ich hier feststecke wie ein Hund, der an eine Kette gelegt wurde. Ich atme tief ein, halte den Atem, bis sich meine Lungen beschweren, und lasse ihn langsam wieder entweichen. Der Kampf in mir tobt. Doch dann gewinnt das Verlangen, dich zu sehen.

Mit einem festen Ruck ziehe ich die Infusion aus meinem Arm. Ein kurzer, scharfer Schmerz brennt in meiner Haut, aber es ist mir egal. Meine Hand greift nach den Krücken. Sie fühlen sich schwerer an, als sie sollten, als ob sie wissen, wie sehr ich sie verachte. Ich schwinge die Beine aus dem Bett, zwinge mich zum Aufstehen. Der erste Schritt schmerzt. Der zweite auch. Aber ich bewege mich.

Als ich die Tür öffne, steht sie da. Raffaela. Natürlich. Ihr Blick sagt alles, was sie noch nicht ausgesprochen hat.

„Wo willst du hin?" Ihr Ton ist ruhig, aber jedes Wort ist eine Hürde, die sie vor mir errichten will. Ihre Augen bohren sich in meine. *Sie kennt mich zu gut.*

„Nach Hause," antworte ich und richte mich auf. Die Krücken stützen mich, aber ich hasse sie, hasse, was sie über mich aussagen. „Ich kann nicht hierbleiben, während ich weiß, dass Amelie ... dass meine Liebe endlich frei ist. Und ich bin nicht da."

Ihre Mappen landen auf dem Rollwagen, und sie verschränkt die Arme vor der Brust. „Ich habe sie untersucht, Matteo. Nicht nur du brauchst Ruhe, auch sie. Du kannst nur für sie da sein, wenn du selbst fit bist."

„Ob ich heute oder morgen früh zu ihr komme, macht keinen Unterschied." Meine Worte klingen schärfer, als ich beabsichtige, aber ich spüre, wie die Geduld aus mir weicht.

„Du sagst es," entgegnet sie, ihr Ton wird kühler. „Also geh zurück in dein Zimmer. Sie schläft hoffentlich, und wenn du jetzt auftauchst und sie weckst – was dann?"

Ein Grinsen schleicht sich auf mein Gesicht, nicht aus Freude, sondern aus Trotz. „Dann nehme ich sie in den Arm und schlafe neben ihr ein." Meine Stimme wird tiefer, ernster. „Ich gehe jetzt, Raffaela. Vergiss nicht, wer vor dir steht. Niemand kann sie mir nehmen. Auch nicht dieses verschissene Krankenhaus."

Für einen Moment schweigt sie, mustert mich, und ich weiß, dass sie abwägt, wie weit sie gehen soll, um mich aufzuhalten. Schließlich greift sie in den Rollwagen und reicht mir ein paar Tabletten. „Nimm die mit. Gegen die Schmerzen. Aber Matteo?" Ihre Stimme wird weicher, fast nachgiebig. „Kein Bettsport in den nächsten Tagen."

Ich ziehe eine Augenbraue hoch und zwinkere ihr zu. „Jawohl, Chefin."

Mit einem Nicken gibt sie den Weg frei, und ich halte mein Handy fest in der Hand, während ich Lorenzo anrufe. „Hol mich ab," sage ich nur, und er versteht sofort.

Die Fahrt zur Villa verläuft schweigend. Mein Blick bleibt auf die vorbeiziehende Dunkelheit gerichtet, während meine Gedanken sich nur um eines drehen: *dich.* Als wir ankommen, ist alles still. Ich schleppe mich durch die Tür, die Krücken schlagen leise auf den Boden, während ich die Treppen hinaufgehe.

Oben ist mein Zimmer leer. Ich gehe zu deinem Zimmer, die Tür ist abgesperrt. Gut, Salva hat dich in sein Zimmer gebracht. *Na klar der kleine Romantiker.*

Also gehe ich weiter. Schließlich stehe ich vor Salvas Tür. Ohne zu zögern lege ich die Hand auf die Klinke und öffne sie.

Da liegt ihr nun, in Löffelchenstellung, wie ein kleines Liebespaar. Dein Gesicht ist entspannt, deine Lippen umrahmt von einem friedlichen Lächeln. Du siehst zufrieden aus, und das ist alles, was zählt. Es geht dir gut. Salva hat es verdient, diese Nähe zu dir zu erleben, nach allem, was er für dich getan hat. Aber dennoch ... ich kann euch nicht alleine lassen. Ich muss bei dir sein. Mein Platz ist hier, bei dir.

Salva spürt meine Anwesenheit, bevor ich auch nur ein Wort sage. Seine Augen öffnen sich langsam, und er ist sofort hellwach. „Was machst du hier?" flüstert er, seine Stimme angespannt, aber leise, um dich nicht zu wecken.

Ich gehe auf das Bett zu, setze mich an die Kante und sehe ihn an. „Denkst du, ich halte es wirklich aus, weiterhin von ihr getrennt zu sein?" Meine Stimme ist ruhig, aber die Schwere der letzten Wochen schwingt darin mit. Ich wende mich dir zu, streiche sanft mit meinem Handrücken über deine Wange, spüre die Wärme deiner Haut, die Vertrautheit, die mir so lange gefehlt hat. Du regst dich, streckst dich wie eine Katze, und dann öffnen sich deine Augen.

Es dauert einen Moment, bis du begreifst, was passiert. Doch als die Erkenntnis in deinem Gesicht aufblitzt, bricht ein Lächeln über dein ganzes Gesicht aus, das jeden dunklen Gedanken in meinem Inneren verscheucht. „Matteo!"

Dein Aufschrei ist leise, aber voller Freude, und bevor ich reagieren kann, springst du auf und wirfst dich in meine Arme.

„Fiore," flüstere ich, während ich dich halte. Tränen sammeln sich in meinen Augen, und ich versuche, dich so lange wie möglich zu umarmen, damit du sie nicht siehst. Aber es ist unmöglich, sie zurückzuhalten. Die ganze Zeit, die du weg warst, die Angst, was sie dir angetan haben, die Schuldgefühle, weil ich nicht da war – all das stürzt auf mich ein wie eine Welle, die ich nicht aufhalten kann. Doch es ist nichts im Vergleich zu dem, was du durchstehen musstest.

Als du dich aus der Umarmung lösen willst, ziehe ich dich noch fester an mich. „Noch nicht," hauche ich in dein Ohr. Meine Stimme ist brüchig, und ich merke, wie mein ganzer Körper gegen die Flut der Emotionen kämpft.

Salva, der hinter dir im Bett sitzt, sieht mich an und erkennt, was in mir vorgeht. Ohne ein Wort legt er eine Hand auf meine Schulter, eine Geste, die mehr sagt, als Worte es je könnten. „Wie wäre es, wenn wir weiter schlafen und den Tag morgen in Ruhe angehen und über alles sprechen?" Meine Tränen finden den Weg zurück, und ich lockere meinen Griff, nur um dich ansehen zu können.

Ich nehme dein Gesicht in meine Hände, meine Daumen streichen über deine Schläfen. Dann küsse ich dich – sanft, voller Liebe und ohne Hast. Es ist kein Kuss, der etwas fordert, sondern einer, der dir sagt, was Worte nicht können. Als ich mich zurückziehe, sehe ich dir tief in die Augen. „Ich liebe dich, Kleines."

Eine Träne kullert über deine Wange, und du lächelst. „Ich liebe dich auch, Matteo."

Ich wische die Träne weg, drücke sanft mit meinen Daumen gegen deine Wange, als könnte ich damit verhindern, dass jemals wieder Tränen über dein Gesicht laufen müssen. „Ich kann es nicht glauben. Es ist vorbei."

Du nickst, dein Blick wird weich. „Ja. Wie geht es dir?"

Ich lege meinen Kopf leicht zur Seite und sehe dich fragend an. „Wie es mir geht? Super! Ich bin das blühende Leben, jetzt wo wir wieder zusammen sind!" Meine Worte klingen ernst, doch das Lächeln, das sich über mein Gesicht stiehlt, entwaffnet die Stimmung.

Du lachst, und sogar Salva kann sich ein Grinsen nicht verkneifen. „Aber Salva hat recht. Wir sollten schlafen. Morgen ist auch noch ein Tag. Du bist müde."

Beide nicken, und ich beginne, meine Kleidung auszuziehen. Nur die Boxershorts lasse ich an, bevor ich mich zu euch lege. Du rollst dich sofort in meine Arme, dein Kopf findet seinen Platz auf meiner Brust, dein Bein schwingt sich über mein unverletztes Bein. Ich schließe die Augen, die Wärme deiner Nähe erdet mich, und Salva umarmt dich von hinten, wie ein stiller Wächter.

Es ist das erste Mal seit Wochen, dass ich das Gefühl habe, wieder atmen zu können. Und in diesem Moment, mit dir und meinem Bruder, finde ich den Frieden, den ich so lange vermisst habe.

Die Sonne dringt durch die weißen Vorhänge und taucht den Raum in ein sanftes, goldenes Licht. Es ist ein schöner Frühwintertag, die letzten warmen Tage in Italien brechen an. Das Licht spielt auf deiner Haut, während du noch immer auf meiner Brust liegst, tief in deinem Schlaf versunken. Dein Atem ist ruhig, gleichmäßig, und ich spüre jede Bewegung deiner geschienten Hand, die auf meiner Brust ruht.

Ich nutze den Moment, um dich zu betrachten. Du siehst so verletzbar aus. Deine Wangen sind schmaler, deine Augenringe dunkler. Die Spuren, die sie dir hinterlassen haben, schreien mich an, selbst jetzt, in der Stille des Morgens. Meine Hand gleitet über dein Haar, zärtlich und achtsam. Haare haben sie dir ausgerissen. Sie haben dir so viel genommen. Und trotzdem bist du hier. Tapfer, stark.

Du bist wie ein Phönix, der aus seiner Asche auferstanden ist. Niemand, wirklich niemand, hätte das durchstehen können, was du erlebt hast, und dabei noch den Willen gefunden, weiterzumachen. Doch du bist stärker als jeder, den ich kenne. Stärker, als du selbst weißt. Mein Schatz. Mein wertvollster Besitz.

Von dem Moment an, als ich dich das erste Mal gesehen habe, wusste ich, dass du die Richtige bist. Seitdem sind die Monate wie im Flug vergangen, aber es fühlt sich an, als hätten wir Jahre miteinander verbracht. Es ist nicht die Zeit, die uns verbindet, sondern das, was wir durchlebt haben. Und jeden Tag mit dir liebe ich dich mehr. Du bist meine Fiore, die Liebe meines Lebens.

Ich denke an John, an das, was passiert ist, unser Streit. Ich muss dir noch alles erzählen. Du hast mich verändert. Du hast mir gezeigt, dass auch ein Mistkerl wie John nicht verdient hat, dass seine Familie leidet. Ich habe meinen Fehler korrigiert, so gut ich konnte. Und es war dein Einfluss, dein Mitgefühl, das mich gelehrt hat, achtsamer mit den Menschen umzugehen – zumindest mit denen, die es verdienen.

Plötzlich regst du dich. Deine Augen öffnen sich, und Salva wacht hinter dir auf, als hättet ihr euch abgesprochen. Du siehst mich an, und ich bin sofort gefangen in dem Wald deiner grünen Augen. Ich habe sie so vermisst – diese Tiefe, dieses Leben. Ich küsse deine Stirn, ziehe dich enger an mich. „Guten Morgen, Schönheit."

„Guten Morgen," murmelt Salva hinter dir, aber ich grinse nur. „Dich habe ich nicht gemeint."

„Ja, ja, danke," kontert er trocken. „Geht es jetzt weiter mit den Beleidigungen?"

Ich sehe zu ihm, ziehe ihm mit einem schnellen Ruck die Decke weg und grinse. „Da unsere Kleine hier zwei Verehrer hat, muss ich ihr jetzt zeigen, wer nach wie vor der Bessere ist."

Du blinzelst überrascht, siehst mich an, dann Salva. „Ich habe was?"

Ich zupfe an dem Shirt, das eindeutig Salvas ist. „Wenn das nicht ein eindeutiges Liebesgeständnis ist."

Dein Blick fliegt zu Salva, und du öffnest den Mund, aber keine Worte kommen heraus. „So ist es nicht.", sagst du.

Ich lege dir eine Hand auf die Wange, halte dich

ruhig. „Fiore, alles gut. Ich habe kein Problem damit. Ich sehe doch, wie du ihn ansiehst."

Dein Gesicht läuft rot an, und verflucht, das ist es, was ich am meisten vermisst habe – dieses schüchterne, demütige Glühen deiner Wangen. Du ziehst die Decke über deinen Kopf. Aber dann merke ich, wo du gelandet bist. Genau dort, wo meine Gedanken ohnehin nicht hingehören sollten. *Meine Morgenlatte.* Ich presse die Lippen zusammen, um nicht laut zu lachen. „Fühlst du dich wohl da unten?", frage ich, meine Stimme tief, ein Hauch von Belustigung darin.

„Ja, es ist hier besser als dort oben bei euch," erwiderst du leise, und Salva nimmt dir die Decke schließlich ab.

„So, jetzt sage ich auch mal was," er setzt sich auf und nimmt deine Hände in seine. „Ich hätte es dir lieber unter anderen Umständen gesagt, aber wir haben hier nicht gerade den größten Romantiker an unserer Seite." Er nickt zu mir, und du kannst nicht anders, als zu grinsen.

„Er hat recht, Bella," fährt Salva fort. „Ich habe dich vom ersten Moment an gemocht. Und ja, was soll ich sagen. Ich empfinde sehr viel für dich. Ich wusste nicht einmal, dass das geht. Schließlich haben wir uns noch nie geküsst. Aber deine Art, deine Anwesenheit – all das hat gereicht, um meinen Kopf zu verdrehen."

Dein Blick ist unsicher, aber deine Wangen glühen. „Mir geht es genauso," sagst du schließlich, leise und schüchtern.

Ich klatsche in die Hände. „Brava! Dann haben wir das ja endlich geklärt." Ich setze mich auf, rutsche zur

Bettkante und spüre, wie der Schmerz in meinem Ober-schenkel wieder aufflammt. Die Schmerzmittel haben nachgelassen. Ich schnappe mir eine der Krücken, gehe zu Salvas Barschrank und hole mir einen Whiskey und eine Schmerztablette. Mit einem großen Schluck spüle ich sie herunter.

„Ähm, ist das nicht ungesund?", fragst du, deine Augenbraue hebt sich skeptisch.

Ich stelle den Whiskey zurück und ziehe mir meine Hose an. „Bestimmt. Aber ich muss einen Clan anführen und mit Schmerzen geht das nicht so einfach." Ich sehe dich an, mein Blick wird weicher. „Wie wäre es mit Frühstück? Willst du es ans Bett, oder bist du bereit für die Familie?"

Du atmest tief ein, dann nickst du. „Ich komme mit runter. Mit euch an meiner Seite geht es mir viel besser."

Du gibst Salva einen Kuss auf die Wange und mir ebenfalls. Bevor du dich abwendest, halte ich dich sanft fest. „Hey," sage ich leise und sehe dich ernst an. „Du bist die stärkste Frau, die ich kenne. Nur du bist der Grund, warum wir alle heute hier stehen."

Dein Lächeln ist so warm, dass es die Kälte in mir fast vollständig vertreibt. „Ich hatte den besten Lehrer," antwortest du, während du dir eine Hose von Salva überstreifst.

Ich gebe dir die Zeit, die du brauchst, folge dir aber mit meinem Blick, wie du zur Tür gehst und sie öffnest. Salva und ich gehen hinter dir, wie Leibwächter hinter ihrer Königin.

Die Treppen hinunterzugehen ist eine Herausforde-rung. Jeder Schritt erinnert mich an die Wunde, die ich mit mir trage, aber es geht. Zwei Tage noch. Dann bin ich diese verdammten Krücken los. Selbst Sex ist wieder erlaubt – wenn wir vorsichtig sind. Doch daran sollte ich jetzt nicht denken. *Fuck.* Mein Blick gleitet zu dir.

Was machst du nur immer mit mir? Du gehst vor uns, dein Schritt ist leicht, fast schwebend, als würdest du den Raum mit deiner Stärke und Eleganz füllen. Ich zwinge mich, meine Gedanken zu ordnen, doch mein Körper reagiert anders. Meine Faust umklammert die Krücke fester, während ich mich auf die nächste Stufe konzentriere.

Als wir in der Küche ankommen, drehst du dich schockiert zu mir, als könntest du nicht glauben, was du dort siehst.

Kapitel 11

Amelie

„Nein, du träumst nicht. Geh ruhig," sagt Matteo mit einer Stimme, die sanft wie eine warme Umarmung ist. Seine Augen halten meinen Blick, geben mir den Mut, den ich brauche.

Meine Beine bewegen sich von allein. Für einen Moment bleibt alles still. Die Welt um uns herum hält den Atem an. Ihre Gesichter sind von der Zeit gezeichnet, doch es sind ihre Augen, die mich treffen, so voller Schmerz, dass ich für einen Moment das Gefühl habe, ich könnte keine Luft holen. Ihre Lippen beben, ihre Blicke flackern, als könnten sie nicht glauben, was sie sehen. Als wäre ich ein Geist.

Dann bricht der Bann. „Amelie!" Cleo stürzt vor, ihre Arme schlingen sich um mich, und ich spüre, wie mein ganzer Körper in ihrer Umarmung zittert. „Du bist hier!" Ihre Stimme bricht, sie schüttelt den Kopf, als wolle sie sich selbst davon überzeugen, dass ich wirklich vor ihr stehe. „Ich habe so Angst gehabt, dich nie wiederzusehen!"

Bevor ich antworten kann, sind auch meine Eltern da. Meine Mutter schluchzt laut auf, während sie mich an sich zieht, ihre Arme um mich legt, als könnte sie mich mit bloßer Kraft vor der Welt schützen. Mein Vater schließt uns ein, sein Körper bebt, seine Tränen treffen meine Schulter. Ich bin plötzlich so klein wie damals, als ich mit einem Albtraum in ihr Schlafzimmer gerannt bin.

„Mein Kind," flüstert sie mir zu, ihre Stimme erstickt vor Tränen. Ihre Finger fahren über mein Haar, zittrig, so vorsichtig, als könnte ich in tausend Stücke zerfallen. „Ich dachte ... ich dachte, ich hätte dich verloren. Wir dachten, du wärst ..." Sie bricht ab, ihre Worte ersticken in einem leisen Schluchzen, das direkt durch meine Brust sickert.

„Wir dachten, du wärst tot," sagt mein Vater. Seine Stimme klingt rau, ungewohnt zerbrechlich. Seine Hände vibrieren, als er mein Gesicht in diese nimmt, als müsse er jeden Zentimeter davon überprüfen, um sicherzugehen, dass ich wirklich hier bin. Seine Tränen laufen frei, und ich habe meinen Vater noch nie so weinen sehen. Es zerfleischt mir das Herz.

„Wir haben uns vorgestellt, wie sie dir alles genommen haben," flüstert er, seine Stimme bricht bei jedem Wort. „Dein Lachen, deine Lebensfreude ... und wir konnten nichts tun. Nichts. Wir haben uns selbst gehasst, weil wir nicht da waren."

Meine Knie geben nach, und wir sinken gemeinsam zu Boden, alle vier. Ihre Umarmungen umschließen mich wie eine Mauer, die alles fernhalten will, was jemals wieder versuchen könnte, mich zu verletzen. Meine Mutter hält mein Gesicht zwischen ihren Händen, küsst immer wieder meine Stirn, meine

Wangen, als müsse sie die Zeit zurückholen. „Ich habe jeden Abend für dich gebetet," flüstert sie. „Jede Nacht. Dass du zurückkommst. Dass du lebst."

Cleo klammert sich an mich, ihre Tränen vermischen sich mit meinen. „Es war so leer ohne dich," sagt sie, ihre Stimme bebt. „Ich wusste nicht, wie ich ohne dich weitermachen soll. Du bist mein Anker. Du bist alles."

Ich schließe die Augen, und endlich brechen die Tränen auch aus mir heraus. Alles, was ich zurückgehalten habe, alles, was ich verdrängen wollte, strömt aus mir heraus. Ich halte sie fest, so fest, dass meine Finger schmerzen, aber ich kann sie nicht loslassen. Ich will nicht loslassen.

„Matteo." Ich flüstere seinen Namen, mein Blick sucht ihn, und er steht in der Tür. Seine Augen sind schwer, voller unausgesprochener Emotionen. „Hat er euch alles erzählt?" Meine Stimme ist kaum mehr als ein Krächzen.

Mein Vater nickt, seine Hand liegt schwer auf meiner Schulter. „Alles. Er hat uns alles erzählt. Über den Clan. Über dich. Über sich selbst." Seine Stimme zittert, aber er spricht weiter. „Er wollte, dass wir dich verstehen. Dass wir für dich da sein können. Ohne Geheimnisse. Ohne Lügen."

Ich atme tief ein, meine Kehle zieht sich zusammen. Er hat ihnen alles erzählt. Für mich. Er hat die Mauern eingerissen, die mich von ihnen getrennt haben.

„Du bist wieder bei uns," sagt meine Mutter, ihre Stimme ist leise, fast wie ein Gebet. Sie hält meine Hände fest in ihren, als wolle sie mich nie wieder loslassen. „Und wir werden nie wieder zulassen, dass dir etwas passiert."

Cleo nickt, ihre Arme schlingen sich um meinen Hals. „Nie wieder," wiederholt sie. „Nie wieder."

Ich blicke zu Matteo, und unsere Augen treffen sich.

Die Worte, die ich sagen will, sind schwer, aber ich weiß, dass er sie versteht. Es ist Liebe. Die reinste, tiefste Form davon. Und in diesem Moment weiß ich, dass ich nicht nur eine Familie habe, die mich liebt, sondern auch einen Mann, der bereit ist, alles für mich zu tun.

Und zum ersten Mal seit Wochen fühle ich mich sicher. *Zuhause.*

Die Umarmungen lösen sich, und plötzlich verschwimmen alle Grenzen. Matteo zieht mich an seine Seite, und meine Familie, seine Familie – wir werden eins. Ich spüre die Hände meiner Eltern auf meinem Rücken, Lucias Arm, der sich fest um meinen schlingt, während auch Salva näher tritt. Die Wärme der Menschen um mich herum vertreibt den Schatten, der mich so lange begleitet hat.

„Danke," sage ich leise, mein Blick fest auf Matteo gerichtet. Meine Stimme bricht fast, aber ich lasse die Worte nicht ungesagt. „Das bedeutet mir so viel, das kannst du dir gar nicht vorstellen."

Er sieht mich an, dann richtet sich sein Blick auf meine Familie. „Ich würde alles für dich tun. Und deine Familie hat ein Recht, alles zu erfahren." Seine Worte sind ruhig, klar, und doch liegt so viel Tiefe darin, dass mein Herz schwer wird vor Dankbarkeit.

In diesem Moment erscheinen die Bediensteten in der Küche. „Das Frühstück ist fertig," sagt einer von ihnen und deutet zum Speisesaal. Ich wische mir schnell die Tränen von den Wangen, und gemeinsam mit allen anderen treten wir ein.

Der Tisch ist, wie immer, perfekt gefüllt. Schokoladencroissants, frischer Schinken, Obst, frisch gepresste Säfte – alles ist da, und doch ist es nicht der Luxus, der mich überwältigt. Es ist die Harmonie, die ich in dieser Runde spüre, das Gefühl, angekommen zu sein. An dieses Leben werde ich mich wohl nie gewöhnen.

Während die Gespräche leiser werden, erhebt sich plötzlich Tommaso. Seine Gabel klirrt gegen das Glas, und alle Blicke richten sich auf ihn. Mein Herz zieht sich zusammen. Ich erwarte Kritik, einen bissigen Kommentar – wie immer. Doch was er sagt, überrascht mich.

„Ich möchte auch etwas loswerden." Seine Stimme ist klar, ohne die übliche Schärfe. „Wir hatten unsere Differenzen, Amelie. Aber ich muss dir sagen: Wir alle sind froh, dass du wieder zurück bist. Du hast gezeigt, dass du genau die Richtige an Matteos Seite bist." Er macht eine Pause, sieht mich an, und zum ersten Mal erkenne ich keinen Spott in seinen Augen, sondern etwas Echtes. „Die Familie wird dafür sorgen, dass dir nie wieder etwas zustößt. Wobei wir auch gelernt haben, dass du dich selbst sehr gut verteidigen kannst – wie eine Donna des Paten es auch können muss."

Einen Moment herrscht absolute Stille, bevor alle gleichzeitig aufstehen und ihre Gläser heben. „Auf Amelie!", ruft Tommaso, und die anderen stoßen ein zustimmendes Tuscheln aus.

„Danke," sage ich, meine Stimme ist leise, aber ich sehe alle an. „Danke, dass ihr hinter mir steht. Und dass ihr mich und meine Familie so liebevoll aufgenommen habt." Meine Worte kommen aus tiefstem Herzen, und als ich Tommaso ansehe, merke ich, dass selbst er ein kleines Lächeln nicht unterdrücken kann. Etwas Nettes aus seinem Mund in Bezug auf mich hätte ich nie erwartet.

Alles fühlt sich für einen Moment vollkommen an. Links neben mir sitzt Matteo, seine Hand ruht sanft auf meinem Oberschenkel. Rechts von mir ist Salva, der mir ein beruhigendes Lächeln schenkt. Ich bin glücklich wie noch nie zuvor. Zum ersten Mal weiß ich, dass alles gut wird.

Doch dann tritt einer der Bediensteten an Matteo heran und flüstert ihm etwas ins Ohr. Matteo nickt, erhebt sich und richtet das Wort an alle. Seine Präsenz füllt sofort den Raum – eine unmissverständliche Erinnerung daran, wer hier das Sagen hat.

„Wie die meisten wissen, findet in neun Monaten unsere Spenden-Gala statt." Seine Stimme ist ruhig, doch in den Raum breitet sich gespannte Aufmerksamkeit aus. „Wir alle sind froh, dass Amelie wohlauf ist und es ihr gut geht. Aber unsere Verpflichtungen warten nicht. Wir beginnen heute mit den Vorbereitungen. Diese Gala benötigt viel Planung. Dieses Mal wird sie in Italien stattfinden – in dem Haus, das Amelie für mich entworfen hat."

Sein Blick wandert zu mir, und ich sehe den Stolz in seinen Augen. „Bevor es komplett eingerichtet wird, nutzen wir es für die Gala. Wir werden nach New York reisen, um die Einladungen persönlich zu verteilen – bei den wichtigsten Personen. Auch die Praxis wird in dieser Zeit bis zur Gala weitergeführt. Wir müssen Präsenz zeigen. Ihr alle wisst, wie wichtig das für unser Image ist und für die Pflege unserer Kontakte. Morgen reisen wir ab. Heute nutzen wir die Zeit, um uns zu erholen."

Ein leichtes Flüstern geht durch die Runde, aber keiner widerspricht. Matteo ist der Boss, und das spürt man in jeder seiner Bewegungen. Handys werden gezückt, Gespräche flüstern leise auf, Pläne werden geschmiedet.

Matteo setzt sich wieder und legt seine Hand zurück auf meinen Oberschenkel. Die Wärme seiner Berührung beruhigt mich, während ich in seine Augen sehe. „Ich hoffe, es ist für dich in Ordnung," sagt er leise, nur für mich. „Ich dachte, Ablenkung tut dir gut."

Ich lege meine Hand auf seine und lächle. „Du hast meine Gedanken gelesen. Danke."

Matteo hat immer die Kontrolle, aber jetzt gibt er sie mir. Und ich weiß, wie schwer das für ihn ist.

Ein heftiges Husten vom linken Ende des Tisches unterbricht die friedliche Stimmung. Mein Blick fährt sofort zu dem alten Herrn, der sich nach vorne beugt, die Hand vor den Mund gepresst. Seine Brust hebt und senkt sich hektisch, und er versucht, Luft zu schnappen. Es ist der Mann, der mein Kreuzverhör geleitet hat. Seine Augen weiten sich vor Panik, während sein Sitznachbar ihm auf den Rücken klopft. Doch das Husten wird nur schlimmer.

„Halt! Keiner isst mehr!" Matteos Stimme ist scharf und befehlend, und alle erstarren, die Gabeln mitten in der Bewegung.

In dem Moment beginnt eine Frau auf der anderen Seite des Tisches zu würgen. Ihr Gesicht läuft rot an, ihre Hände greifen an ihre Kehle, und dann hustet sie Schaum aus ihrem Mund. Eine zweite Frau fällt kurz darauf in dasselbe Würgen, ihre Bewegungen werden ruckartig, panisch. Der Raum füllt sich mit Schreien und hektischem Stühlerücken.

Matteo springt auf, schnappt sich eine Krücke, während Salva gleichzeitig in Bewegung gerät. „Amelie, steh auf und bleib da drüben!", ruft Matteo mir zu, seine Stimme fest, und ich kann nur nicken, während ich wie angewurzelt an der Wand stehe und zusehe, wie das Chaos sich entfaltet.

Matteo kniet sich neben die ältere Frau, die röchelnd auf ihrem Stuhl zusammensinkt. „Leg dich hin! Jetzt!" Er hilft ihr vorsichtig, sich auf den Boden zu legen, und dreht ihren Kopf seitlich, damit der Schaum ablaufen kann. Seine Finger tasten nach ihrem Puls, während er ihr beruhigend zuspricht. „Bleib bei mir, hörst du? Atme weiter, ich bin hier."

Salva ist bereits bei dem alten Herrn, der sich verzweifelt die Kehle hält. „Lass mich sehen!", sagt Salva und greift nach seiner Hand, um sie wegzuziehen. Sein Ton ist streng, aber seine Bewegungen sind vorsichtig. „Öffne den Mund, ich muss reinsehen." Er beugt sich vor, prüft die Atemwege und blickt dann zu Matteo. „Schwacher Atem. Wir brauchen Aktivkohle."

„Holt welche!" Matteo deutet zum Ausgang, und die Bediensteten rennen los. Matteo dreht sich um, sieht jeden am Tisch an, „keiner rührt etwas an! Das Essen ist vergiftet. Alles bleibt stehen."

Der Raum ist in aufgewühlter Stille gefangen, bis die Bediensteten mit mehreren Dosen zurückkehren. Matteo reißt sie auf, greift nach einer Karaffe Wasser und mischt das Pulver, seine Hände bewegen sich schnell, doch sicher. „Trink das," sagt er der Frau, die jetzt schwach auf dem Boden liegt. Er hebt ihren Kopf leicht an und führt das Glas an ihre Lippen. „Langsam. Kleine Schlucke."

Salva ist bereits bei dem alten Herrn, der zitternd das Glas hält, das Salva ihm reicht. „Trink, Stück für Stück. Es wird dir helfen." Seine Stimme ist ruhiger, aber angespannt.

Die Sirenen der Krankenwagen heulen in der Ferne auf. Matteo blickt kurz zu mir, seine Augen sind hart, voller unausgesprochener Sorge. Er bleibt neben der Frau, hält ihre Hand, bis die Sanitäter eintreffen. Schnell erklärt er die Situation: „Vergiftung, wahrscheinlich im Essen. Wir haben Aktivkohle gegeben. Puls schwach, aber stabil."

Salva unterstützt die Sanitäter, hilft, die Patienten auf die Tragen zu legen, während Matteo sich wieder dem Rest des Raumes zuwendet. „Wir überprüfen alles: die Küche, die Zutaten, die Lieferung. Niemand geht, bevor wir wissen, was passiert ist."

Dann richtet er sich an meine Familie. Seine Stimme ist leiser, aber bestimmt. „Es tut mir leid, aber ich kann euch nicht hierlassen. Ihr seid in Gefahr."

Meine Mutter sieht ihn mit geweiteten Augen an. „Was meinst du? Wir haben gerade erst ..."

„Ich schicke euch nach New Jersey zurück," unterbricht Matteo sie sanft. „Dort seid ihr sicher. Hier kann ich es nicht garantieren." Er sieht meinen Vater an. „Bitte. Ich mache das nur, weil ich will, dass Amelie sich keine Sorgen um euch machen muss."

Meine Mutter sieht zu mir, ihre Augen sind feucht. „Amelie ... kommst du mit?"

Die Frage trifft mich wie ein Schlag, doch meine Antwort ist klar. „Nein," sage ich, meine Stimme fester, als ich erwartet hätte. „Ich bleibe. Matteo braucht mich hier. Und ich ... ich brauche ihn."

Meine Mutter nickt langsam, und mein Vater legt ihr beruhigend eine Hand auf die Schulter. „Wir verstehen es," sagt er. „Wir müssen ihm vertrauen und Amelie ihren Weg gehen lassen." Seine Augen treffen Matteos, und die unausgesprochene Anerkennung zwischen ihnen ist greifbar.

Matteo nickt. „Danke. Ihr werdet sicher ankommen. Ich lasse euch von meinen Männern begleiten. Sie werden bei euch bleiben und eure persönlichen Schützer sein, solange wir hier alles geklärt haben." Seine Stimme bricht für einen Moment, bevor er sich wieder fängt. „Es tut mir leid, dass es so sein muss."

Die Familie wird still verabschiedet. Matteo zieht mich in eine kurze Umarmung, flüstert in mein Ohr: „Ich verspreche dir, dass ich alles tue, damit sie und du sicher seid."

Kapitel 12

Matteo

Ich sehe jeden Einzelnen in dem Speisesaal ins Gesicht. Sie wissen, wenn ich erfahre, wer diesen Anschlag auf uns vorgenommen hat, wird er nicht mehr lange auf dieser Erde weilen. Die Luft ist schwer, voller unausgesprochener Fragen und der Unsicherheit, die ich so verachte. Unordnung. Chaos. Zwei Dinge, die in meinem Haus nichts zu suchen haben – und doch sind sie gerade eingezogen.

„Niemand verlässt den Raum, bis ich herausgefunden habe, wer dahinter steckt," Ich sehe zu den Bediensteten, die sich an der Wand aufgereiht haben. „Ihr alle werdet als Erste befragt. Wie konnte euch so etwas entgehen? Ihr seid hier nicht nur zum Kochen. Ihr tragt auch eine große Verantwortung. Normalerweise sollte ich euch alle erhängen! Wegen euch sind Familienmitglieder zu schaden gekommen. Ich bezahle euch nicht umsonst so gut." Meine Worte sind scharf, wie ein Skalpell, und ich sehe, wie einige von ihnen die Köpfe senken.

In diesem Moment tritt einer der Bediensteten nach vorne, ein älterer Mann, der schon seit Jahren für uns arbeitet. Er hält ein kleines, glänzendes Objekt in der Hand. „Signore Russo," nachdem ich ihm die Erlaubnis zu sprechen gegeben habe, tritt er näher an mich heran und legt das Objekt mit wackeligen Händen auf den Tisch. Es ist ein kleiner Metallzylinder, kaum größer als ein Finger. „Ich habe das in der Nähe der Speisen gefunden. Es lag unter dem Tisch, wo die Servierplatten vorbereitet wurden."

Diese Leute haben einen großen Fehler begangen, sie haben ihre Arbeit nicht ordentlich gemacht. „Eines ist klar. Ihr seid alle gekündigt." Schockiert heben einige von Ihnen ihre Hand vor dem Mund. Eine Frau um die vierzig kniet sich auf den Boden und beginnt zu beten.

Mein Magen zieht sich zusammen, während ich das Ding aufnehme und es mir genauer ansehe. Ein kleiner Schlauch ist daran befestigt, fast unsichtbar, aber eindeutig darauf ausgelegt, Flüssigkeit zu transportieren. *Ein Giftinjektor. Verflucht.*

Ich zeige es Salva, der es mit zusammengepressten Lippen betrachtet. „Das erklärt einiges," murmelt er, während er zu den Bediensteten sieht. „Ich werde heute nachsichtig sein mit euch und niemanden töten. Vorerst. Wenn ich herausfinde, dass einer von euch es war, seid ihr alle tot!" Ich habe durch meine kleine Fiore zwar gelernt, zweimal hinzusehen, bevor ich jemanden töte. Doch bei Gift, hört das Gefasel von Gerechtigkeit auf. Es hätte auch Amelies Croissant gewesen sein, dass vergiftet ist. „Wer hatte Zugang zur Küche in den letzten 24 Stunden?"

Ich drehe das Objekt in meiner Hand.

„Matteo." Deine Stimme reißt mich aus meinen Gedanken, und ich sehe zu dir. Du sitzt auf deinem Platz, deine Hände umklammern deine Serviette, doch deine Augen haben diesen Ausdruck, den ich kenne. Du willst mir etwas sagen, das ich nicht hören will.

„Was ist los?", frage ich.

Du atmest tief durch und siehst mich an. „Emilio hat etwas gesagt, bevor er ..." Du hältst inne, suchst nach den richtigen Worten. „Er hat gesagt, dass einer deiner Hacker und weitere Männer gegen dich arbeiten. Ich kenne die Namen aber nicht. Einige deiner Leute mussten für ihn arbeiten. Sie wurden dazu gezwungen, er hat sie mit den Tod ihrer Familie bedroht."

Ich spüre, wie meine Finger sich um den Injektor verkrampfen. Der Gedanke, dass jemand aus meinem engsten Kreis sich erneut gegen mich wendet, macht mich wahnsinnig. *Wann haben diese Idioten beschlossen, nicht mehr gegenüber der Familie loyal zu sein?* „Hat er gesagt, wie viele?"

Du schüttelst den Kopf. „Nein. Er hatte mir nur gesagt, dass sie dir falsche Informationen zu meiner Entführung gegeben haben und ihm die richtigen. Das war auch der Grund, warum du mich nicht gefunden hast, er aber schon. Es muss nicht bedeuteten, dass dieselben jetzt hier den Angriff gemacht haben, da Emilio ja nicht mehr lebt. Ich dachte dennoch, dass diese Info wichtig sein könnte."

Salva beginnt bereits das Holz des Tisches aufzukratzen. Er ist wütend - genauso wie ich. *Was haben wir falsch gemacht, dass uns alle hintergehen?* „Dieser Bastardo geht mir so auf den Sack," er steht auf und wandert den

Raum auf und ab. „Wir müssen herausfinden, wer es war. Jeder der Schuld an deinem Leid trägt, muss dafür bestraft werden."

Bevor ich etwas sagen kann, tritt Luigi in den Raum. Seine Bewegungen sind ruhig, methodisch, doch ich erkenne den Schatten in seinem Gesicht. Er bleibt vor mir stehen und neigt leicht den Kopf. „Boss. Wir sind mit der Untersuchung von Emilios Burg fertig. Wir haben Aufzeichnungen gefunden. Alles Mögliche. Der Typ war geisteskrank. Er hat minderjährige Kinder gehandelt. Verrückte Drogen gebraut. Und wir haben die Namen der Verräter-Ratten."

Mir war bewusst, dass die Familie Moretti absolut kein Gewissen hat, und alles zu Geld macht, was nur geht, aber Kinderhandel? Wie erbärmlich muss man sein. Ich lehne mich zurück, lasse den Injektor auf den Tisch fallen und verschränke die Arme vor der Brust. „Sprich."

„Drei von deinen Leuten. Ein Hacker und zwei Schützen. Sie standen auf seiner Liste." Luigi hält kurz inne, bevor er fortfährt: „Einer von ihnen war involviert bei der Sicherung seiner Kommunikationswege. Die anderen haben an der Manipulation von Informationen gearbeitet und Emilio alles über dich erzählt."

Ich schließe die Augen, spüre, wie der Zorn in mir aufsteigt, heiß und schwer. *Verräter. In meinem System.* „Und wer war es?", ich ziehe mein Butterfly aus der Hosentasche. Diese Mistgeburten werde ich direkt umlegen. Salva hat recht, hätten sie mich nicht hintergangen, wäre Amelie früher befreit worden.

Luigi nickt. „Gianni, Luca und Alessio."

Die Namen sind wie eine Faust in meinem Gesicht. Ich vertraue ihnen seit Jahren. Oder, ich dachte, ich hätte es getan.

„Holt sie her," sage ich knapp. Meine Augen gleiten zu Salva, der mich prüfend ansieht. Wir brauchen keine Worte, um zu wissen, was der andere denkt. *Das hier endet heute.*

„Du musst sie nicht töten!" Du stehst auf und stellst dich vor mich, stolz und stark als wärst du die Anführerin. „Sie waren verzweifelt und wurden bedroht."

Ich stehe auf, wütend, und schleudere den Stuhl zurück. „Das entschuldigt aber nicht ihr Verhalten! DU bist die größte Leidtragende, ist dir das eigentlich bewusst?" Ich fahre mir mit der Hand über den Mund und zeige zu Salva und den anderen am Tisch sitzenden.

„Wir haben uns Sorgen gemacht, aber du hast alles eingesteckt. Sieh dich doch an! Hast du schon gesehen, was dir angetan wurde? Nur wegen diesen Verrätern konnte es überhaupt erst so weit kommen!"

Ich schnaufe. Vor Zorn habe ich fast vergessen zu atmen. Wie kannst du nur immer das gute für alle Menschen auf dieser beschissenen Welt wollen? Du kannst nicht jeden retten. Die Grenze ist erreicht. Du bist zu gut für diese Welt, für meine Welt. Ich hoffe das wird dir nicht noch zum Verhängnis werden. Mir fällt jetzt erst auf, wie ich dich angeschrien habe. Doch du kommst auf mich zu, nimmst meine Hand. „Komm, lass uns das in Ruhe klären. Lass uns nach oben gehen." *Du bist nicht sauer? Nicht verletzt?*

„Beruhige dich erstmal. Ich bin ja wieder da, und ich werde nicht mehr gehen. Aber hier das auszudiskutieren ergibt keinen Sinn."

Du hast recht. Ich atme und schnappe mir meine Krücken. „Ist gut." Ich lotse Luigi und Giuliano zu mir. „Befragt trotzdem alle. Amelie hat recht, nur weil sie uns schonmal hintergangen haben, muss es nicht heißen, dass sie hinter diesem Anschlag ebenfalls stecken. Die Verräter kommen erstmal ins Verlies zu Antonia, solange wir uns zurückziehen."

Jeder geht dem nach, was ihm aufgetragen wurde, und du und ich gehen nach oben in mein Zimmer. Ich lasse mich aufs Bett fallen und klopfe neben mich, um dir zu signalisieren, dass du dich neben mich setzen sollst.

„Es tut mir leid, dass ich dich eben so angeschrien habe. Aber vergiss nicht, wer dir das angetan hat."

„Ich weiß, das mache ich nicht. Aber bitte lass mich erstmal sagen, was ich zu sagen habe." Du setzt dich neben mich und nimmst meine Hand in deine. „Diese Männer jetzt zu bestrafen wäre falsch, sie haben es für ihre Familie getan, wie du es auch machen würdest. Was wichtiger ist, dass du deinen Leuten erneut klarmachst, dass sie immer noch unter deinem Schutz stehen, egal was passiert. Du bist der stärkste Clananführer in ganz Italien. Fast ganz Italien steht unter deiner Hand, und das wissen sie. Aber sie wissen nicht, wie weit dein Schutz geht." Du redest wie ein Profi, sachlich, aber mit Herz. *Das macht mich so verdammt an.*

„Aber was erwartest du von mir? Soll jeder seinen eigenen Leibwächter bekommen, damit er keine Angst haben muss? Sie wissen, worauf sie sich hier einlassen."

Du schüttelst den Kopf. „Nein, ich möchte, dass, wenn jemand ein Problem hat, wenn irgendwer bedroht wird, diese Person zu mir kommt. Ich weiß, wie weit sie gehen, und es ist nicht das erste Mal, das weißt du. Es gibt immer noch Rivalen, und solange diese nicht besiegt sind, müssen wir unsere Leute schützen."

Du sollst also mit allen mordsüchtigen Männern alleine sprechen, wenn sie bedroht werden? Sie könnten dich auch als Druckmittel gegen mich verwenden. Dich einsperren, dich bedrohen. *Niemals.* „Das ist zu unsicher. Das kann ich nicht machen. Ich will nicht, dass du allein mit ihnen bist. Ich vertraue ihnen nicht mehr. Nur noch einer kleinen Anzahl von Personen."

Ich ziehe mir eine Zigarette aus der Schachtel, zünde sie an und reiche Sie dir. Du nimmst sie an, und ich zünde mir selbst noch eine an. „Wie wäre es, wenn ich das mit Salva mache? Du bist der Böse und wir die Guten," schlägst du vor.

„Ihr zwei gegen mich?" Ich drücke gegen meine Brust mit meiner Hand, als hätte ich einen Stich durch diese Aussage bekommen. „Bin ich so böse?"

„Ja und das weist du. Niemand würde sich trauen, dich um etwas zu bitten.", sagst du grinsend.

Da muss ich dir erneut recht geben. Keiner kommt wegen Problemen zu mir. Es sei denn, sie brauchen Geld, Frauen, Drogen. Sie wollen nicht schwach wirken. „Na gut, und was schlägst du vor? Was machen wir jetzt mit denen, die uns bereits betrogen haben?"

„Die Ausnahme. Sie davonkommen lassen für das, was sie getan haben. Aber sie gehören nicht mehr zur Familie. Sie stehen ab jetzt nicht mehr unter deinem Schutz."

Ich zucke mit den Schultern. „Ich hätte sie getötet, damit jeder weiß, er sollte sich niemals trauen, sich gegen mich zu stellen. Aber wenn du denkst, dass das der richtige Weg ist, dann probieren wir es aus."

Du stehst auf und drückst deine Zigarette aus. „Vertrau mir. Sollte es nicht der richtige Weg sein, gebe ich dir freie Bahn." Du bist eine gute Verhandlerin.

„Abgemacht. Ich habe dir ebenfalls noch etwas zu sagen." Du setzt dich wieder neben mich und hörst mir aufmerksam zu.

„Zuerst einmal möchte ich dir sagen, dass du mir durch unseren Streit ein wenig die Augen geöffnet hast. Ich habe direkt, nachdem ich gegangen bin, alles rückgängig gemacht. John geht es gut, er hat eine Menge Geld von mir erhalten. Als ich dir das erzählen wollte, warst du leider bereits weg."

Du stehst da und sagst nichts. Ich sehe, wie es in deinem Kopf arbeitet. Du verschränkst deine Arme vor der Brust. Ich bin gespannt, was jetzt kommt, wenn du bereits jetzt in die Abwehrhaltung gehst.

„Ich habe während meiner Gefangenschaft immer wieder überlegt, ob ich dich hassen soll oder lieben. Immer wieder war ich an einem Punkt, wo ich gesagt habe, ich kann das alles nicht mehr, will nicht mehr mit dir sein. Nicht, weil du schlecht bist, das bist du ganz gewiss nicht. Vor allem nicht mir gegenüber. Deshalb tut es mir auch leid was ich zu dir wegen deinem Vater gesagt habe. Ich war sauer wegen der Sache mit John.

Ich konnte nicht wahrhaben, dass du so wenig Gewissen hast. Das hat mich richtig abgeschreckt vor dir. Du hast Glück, dass ich dich, Salva und deine Familie bereits so ins Herz geschlossen habe."

Ich sehe dir tief in die Augen. *Du wolltest mich verlassen.* Allein der Gedanke bricht mir das Herz. Du gehörst mir und das für immer. Ich streife mit meinem Daumen deine Lippe entlang.

„Ich habe ein Gewissen, ich hatte es nur verloren. Der Tod meines Vaters hatte alles in mir zerrissen. Ich hatte lange keine Gefühle mehr für eine Frau und schon gar nicht so wie für dich. Ich habe alles weggedrängt, ich wollte nicht mehr fühlen. Und manchmal ist das, was damals in mir gestorben ist, so stark, dass ich diesen Dämon nicht abhalten kann, Dinge zu tun, die nicht der Norm entsprechen. Aber ich gebe mein Bestes, um für dich zu funktionieren."

Tränen sammeln sich in meinen Augen. Die Erinnerung an meinen Vater schmerzt. Noch nie habe ich über das, was passiert ist, gesprochen. Doch du, du bringst mich dazu, mich zu öffnen. „Als du weg warst, war es, als würde es kein Leben mehr in mir geben, wie damals als mein Vater gestorben ist. Jeden verfickten Stein habe ich in den Staaten und Italien umgedreht. Ich habe viele Dinge getan, die grausam sind, doch das Schlimmste war, dass ich dich überhaupt in diese Situation gebracht habe." Du streichelst meinen gesunden Oberschenkel. Ich nehme dein Gesicht in meine Hände. „Und jetzt bist du wieder hier. Ich weiß, dass ich dich nicht verdient habe. Aber sag mir nie wieder, dass du mich hassen wolltest." In deinen Augen sammeln sich ebenfalls kleine Tränen. Dir ist so viel passiert, doch du hast alles überstanden. „Du bist meine Kämpferin, die stärkste Frau, die ich kenne. Keiner meiner Männer hätte das überstanden, was du erlebt hast. Jetzt sitzt du hier und willst sogar noch Gnade für sie." Ich fange eine Träne mit meiner Zunge auf.

„Ich liebe dich." Diese Worte. Diese drei kleinen Worte aus deinen Lippen ist Symphonie für meine Ohren. „Ich liebe dich auch Kleines."

Vorsichtig stehe ich auf und gehe auf die schwarze Kommode zu, auf der sich mein Whiskey befindet. „Tust du mir einen gefallen?" Frage ich und öffne die Flasche, um einen großen Schluck mit einer Schmerztablette zu nehmen.

„Natürlich. Welchen?" Du sitzt noch immer an der Bettkante. „Leg dich in die Mitte des Bettes." Du zögerst einen Moment, doch dann setzt du dich in Bewegung. „Schließ deine Augen," fordere ich.

„Was hast du vor?" Du bist unsicher. Du drückst deine Beine zusammen. Ich merke, wie nervös du bist. „Vertraust du mir?" Du beißt dir auf die Unterlippe, musterst mich kurz und dann nickst du.

Als du deine Augen schließt, öffne ich die Kommode und ziehe eine große Pfauenfeder heraus. Bei dem Knacken der Schublade zuckst du leicht zusammen. Sie haben dich gebrochen, doch du weißt es noch nicht. Du verdrängst das, was du erlebt hast. Das ist keine gute Idee. Das wird dich noch übermannen.

Ich gehe um das Bett herum und lege mich neben dich. Der Alkohol wirkt. Ich spüre keinen Schmerz von der Schusswunde. Mein Blick gleitet an deinem Gesicht entlang, das vor Anspannung zuckt. Meine Hand legt sich auf deinen Oberschenkel, und ich spüre, wie du unbewusst zurückzuckst.

„Alles ist gut. Ich bin hier. Was haben sie dir hier angetan?", frage ich gegen deine leicht geöffneten Lippen. Du beißt dir in die Wange und suchst meinen Blick, doch deine Augen sind glasig. Es dauert einen Moment, bis du dich überwinden kannst.

„Er hatte mich betäubt, mit einer Droge für Vergewaltiger, die er selbst hergestellt hat. Ich konnte mich nicht bewegen, habe aber innerlich alles gespürt. Und er ... er hat jeden blauen Fleck mit seiner Zunge nachgefahren." Deine Stimme bricht, als du dich den Worten hingibst, als ob sie dich schwerer atmen lassen würden.

Ich streichel deine Wange. „Schließ deine Augen. Dir kann nichts passieren," versichere ich dir und küsse sanft deine Schulter. Ich nehme die Feder und drehe sie in meinen Fingern.

„Hat er das nur an deinen wunderschönen Oberschenkeln gemacht?", frage ich dich. Dein Nicken ist kaum spürbar, aber ich merke, wie sich deine Atmung verändert, schwerer wird.

„Weißt du," beginne ich und fahre liebevoll mit der Feder dein Schienbein entlang, „er wollte dich brechen damit. Aber du bist stärker als er. Stärker als wir. Stärker als alles, was sie dir angetan haben."

Die Feder gleitet über deine Beine. Leichte Berührungen, die kaum spürbar sind, sich jedoch wie Stromstöße durch deinen Körper ziehen. Du beginnst deine, um die Laken gekrallten Finger zu lösen.

„Deine Wunden und Erinnerungen werden mit der Zeit verblassen," flüstere ich, „aber deine Entführer werden niemals wieder unter den Lebenden sein." Du nickst erneut, und dieses Mal spreizt du deine Beine leicht, zögernd, aber entschlossen. Ich nutze das nicht aus – ich warte, will, dass du dir sicher bist.

Meine Berührungen gleiten sanft nach oben, bis zu deinem Bauchnabel. Deine Haut reagiert mit einer Gänsehaut, als ich die Feder über deine Arme fahren lassen. Ich neige mich zu deinem Ohr, „und hier? Was ist hier passiert?"

Deine Arme hatten ebenfalls Blutergüsse. Deine Lippen beben, als du antwortest. „Hier haben sie mich festgehalten, wenn sie sich ... an mir vergangen haben." Ich sehe dich an. Sie haben dich vergewaltigt. Zorn trübt meine Sicht. Aber ich muss ruhig bleiben. Ich lege die Feder zur Seite und mache mit meinen Händen weiter. Mit leichtem Druck fahre ich über deine Arme. Die Gänsehaut breitet sich weiter aus. „Wie fühlt sich das an?", frage ich dich.

„Beruhigend," antwortest du mit einem leichten, fast schüchternen Lächeln, das sich auf deinen Lippen zeigt.

Ich nehme deine verletzte Hand in meine und beginne deine kleinen Finger zu küssen. Jeden Einzelnen davon. Meine Küsse wandern weiter bis zu deinem Schlüsselbein.

Du erstarrst einen Moment, als ich die Stelle erreichen, an der einst die Halskette aus Metall lag. „Hier war die Kette, nicht wahr?", frage ich, und du nickst erneut.

Meine Hand wandert weiter bis zum Ansatz deines T-Shirts, ich schiebe es nach oben, um deine Brust freizulegen. Meine Finger streichen über deine bloße Haut, vorsichtig, aber mit einer Intensität, die dein Atem unregelmäßig werden lässt. Meine Lippen folgen der Bewegung, hinterlassen sanfte Küsse auf deinem Schlüsselbein, bevor ich zu deiner Brust hinabgleite.

Meine Zunge umkreist deinen harten Nippel, und dein leises Aufkeuchen verrät mir, wie sehr du dich in diesem Moment fallen lässt.

„Du machst das gut, Fiore. Alles okay?" Meine Stimme ist weich, zärtlich. Du nickst.

Ich streiche an deinem Dekolleté entlang. Meine Finger umschließen deinen Hals, sanft, aber mit einer Dominanz, die dir zeigt, dass du sicher bist – und trotzdem kontrolliert.

Deinem süßen Mund entweicht ein leises „Fuck", als ich meinen Unterkörper gegen deine Oberschenkel drücke, damit du spürst, was du mit mir machst. Ich bin so verdammt scharf auf dich. Ich würde dich in Stücke zerreißen, würde ich dich jetzt ficken. Aber ich mache es nach deinem Tempo, nicht nach meinem. Auch wenn dein Körper mir bereits erzählt, dass du dir nichts mehr wünscht, als dass ich mich in dich versenke. Du bist mein Fokus, mein Halt in diesem Chaos.

„Wo wurdest du gefesselt?", frage ich dich schließlich, während meine Hand wieder zu deinem Oberschenkel gewandert ist.

„An der linken Hand und dem linken Fuß," wimmerst du und drückst dein Becken tiefer in die Matratze.

Dein Körper ist ein offenes Buch, deine Anspannung und dein Vertrauen tanzen in einem gefährlich aufregenden Rhythmus.

Ich öffne meine Krawatte und nehme deine geschiente Hand und fixiere sie vorsichtig am Pfosten meines Bettes. „Ich bin stolz auf dich," flüstere ich gegen deine Lippen. Ich spüre deinen erhitzten Atem, fahre mit meiner Zunge deine Lippen entlang. Du willst mir entgegenkommen doch ich weiche zurück. Spiele mit dir. Mit deiner Lust. Die bloße Nähe heizt dich an.

„Matteo ... bitte," flehst du leise, dein Körper zittert unter meiner Aufmerksamkeit.

„Was denn, Kleines?" Ich grinse, du drehst dich zu mir und drückst deinen Unterkörper gegen meinen harten Schwanz, der gleich in meiner Hose platzt.

„Fick mich.", wimmerst du. Ich ziehe dich näher zu mir, greife sanft, aber bestimmt in dein Haar und forme es zu einem Zopf, den ich um mein Handgelenk wickele. Dein Hals ist nun vollständig freigelegt, und ich lasse meine Lippen über deine empfindliche Haut wandern. „Bist du dir sicher?", frage ich und drücke mich noch enger an dich.

„Oh ja," keuchst du, bevor ich dich fest küsse, tief und fordernd. Ich spüre, wie deine Beine sich leicht öffnen, wie du mich stumm einlädst, weiterzugehen.

Ich ziehe mich langsam aus, du spürst, wie sich die Energie im Raum verändert.

„Matteo," hauchst du meinen Namen, dein Körper gibt sich meinen Griff hin.

„Fiore weist du noch, wie ich schmecke?", frage ich, und dein schüchternes Nicken lässt mich auflachen.

„Zu gut," flüsterst du. Ich nähere mich dir und führe meinen harten Schaft langsam an deine Lippen. Ein Lusttropfen hat sich bereits auf der Spitze meiner Eichel gesammelt. Dein Atem wird unregelmäßig, doch du öffnest dich für mich. Du treibst mich in den Wahnsinn. Dein Vertrauen.

Ich nehme meine Hände und presse sie um deine Kehle, ich würge dich sanft und beschleunige meine Bewegungen.

„Fanculo, Amelie, du bist so verdammt perfekt," Ich schiebe mich tiefer in deinen Mund, mein Tempo fordernder, aber nie zu rau. Deine Kehle gibt ein gedämpftes Stöhnen von sich. Ich nehme meinen Schwanz aus deinem Mund. Die Adern springen stark hervor. Meine Spitze glänzt rot. Deine Lippen sind geschwollen.

Ich befreie dich von deinem Höschen und schiebe meinen Schwarz entlang deiner Klitoris auf und ab, was dich immer weiter zum Wimmern bringt. Das Bett knarzt unter meiner Bewegung, und die Hitze im Raum scheint alles andere als erdrückend – sie ist befreiend, reinigend. Es ist, als würden wir gemeinsam deine Narben glätten, die Schatten in deinem Inneren vertreiben.

Ich erhöhe das Tempo, schiebe meinen Schwanz schneller an deiner Perle entlang. Bis dein Aufschrei in einem Moment der absoluten Hingabe die Geräusche erstickt.

Doch ich gebe dir keine Pause.

Ich binde dich los und drehe dich sanft auf den Bauch. Deine Haut glänzt vor Schweiß, und deine

Wangen glühen in einem tiefen Rot. Ich ziehe dein Shirt komplett aus „Was haben sie hier getan?" Frage ich liebevoll, während ich mit den Fingern die Striemen nachzeichne.

„Emilio hat mich ausgefragt. Er wollte alles von dir wissen. Und weil ich nie geantwortet habe ... hat er mich bestraft. Mit Peitschenhieben." Mein Herz zieht sich zusammen. Du bist so unglaublich loyal. So stark. Du hast all diese Schmerzen für mich ertragen. „Fuck ich liebe dich so sehr," raune ich, während ich mit meinen Fingern deinen Hintern entlangfahre. Sanft ziehe ich deine Pobacken auseinander. Meine Härte drückt gegen deinen Eingang, doch ich halte mich zurück, lasse dich spüren, wie sehr ich mich nach dir verzehre, ohne die Grenze zu überschreiten. Ich greife erneut nach der Feder und streiche sie über die Striemen, die sich auf deinem Rücken abzeichnen. Dein Körper zuckt bei jeder Berührung, und deine Atmung wird tiefer. Sobald sich die Gänsehaut über dein Rücken ausgebreitet hat, dringe ich tief in dich ein.

Dein Aufschrei hallt durch den Raum. Ich halte inne, gebe dir Zeit, dich anzupassen, bevor ich meine Bewegungen fortsetze. Deine Hände greifen nach der Matratze, und deine Beine zittern unter mir. Ich ziehe ihn raus und stoße nochmal kräftig in dich ein.

„Scheiße, er ist zu groß" keuchst du, und es ist wie Musik in meinen Ohren. „Schrei Kleines, schrei alles raus," sage ich und hebe deine Hüften nach oben, damit du auf allen vieren kniest. Ich greife fest in deine Pobacke, hole mit meiner Hand aus und schlage zu. Sofort zeichnet sich meine Handfläche auf deinen Hintern ab. „Fester," schreist du. Die Geräusche deiner feuchten Haut, die auf meine trifft, das Stöhnen, das den Raum erfüllt – es ist ein Orchester, das uns verbindet.

Ich ziehe mich aus deinem Hintern zurück und dringe dann bis zum Anschlag in deine feuchte süße Verführung ein. Meine Hände an deinen Hüften, meine Finger graben sich in deine Haut. „Oh Gott, ja," stöhnst du, und ich spüre, wie dein Körper sich anspannt, sich um mich verengt.

Mein Griff wird fester, meine Bewegungen intensiver, ich halte es nicht mehr länger aus. So lange habe ich auf dich und deine perfekte Vagina gewartet. Das Glück, dich endlich wieder in meinen Armen zu halten, überkommt mich. Ich beuge mich nach vorne, noch immer in dir und beginne deine Perle zu massieren. Du wirfst deinen Kopf in den Nacken. Fest und dominierend massiere ich dich. Deine Schreie werden immer lauter. Meine Stöße umso fester. Ich spüre, wie du dich anspannst, wie du enger wirst. Du erwürgst meinen Schwanz und kommst. Innerhalb einer Sekunde komme ich ebenfalls. Ich drücke ihn tief in dich. Mein Saft schießt in dir hoch bis zum Anschlag.

Schnaufend lasse ich mich neben dich fallen und ziehe dich in meine Arme. „Geht es dir gut?", hauche ich, meine Hände streichen sanft über deine Seiten. Du nickst, beißt dir auf die Lippe und flüsterst, „Es ging mir nie besser." Es gibt Momente, in denen Worte überflüssig sind, in denen die Stille zwischen uns mehr sagt als alles andere. Dieser Moment gehört dazu.

Ich lehne mich vor, mein Blick ruht auf dir. Meine Finger streifen über deine Wange, verweilen an deinem

Kinn. „Amelie," flüstere ich, meine Stimme ist weich, voller Ehrlichkeit. „Ich habe vieles falsch gemacht. Aber ich schwöre dir hier und jetzt, ich werde alles tun, um dich zu beschützen. Niemand wird dir jemals wieder etwas antun."

Du schließt kurz die Augen, als würdest du die Worte tief in dich aufnehmen.

Dann verändert sich deine Mimik. Dein Kinn zittert, „lass es raus." Ich streichle dein Gesicht.

„Es tut so weh, daran zu denken, was war. Aber mit dir ... fühlt es sich an, als könnte ich heilen."

Ich streiche über deinen Oberschenkel, sanft, wie um dich daran zu erinnern, dass du hier sicher bist. Deine Haut reagiert auf jede Berührung. Ich lehne mich vor, meine Lippen berühren deine Stirn. „Du musst nichts alleine tragen. Lass mich ein Teil deiner Heilung sein."

Du lächelst zaghaft, ein Lächeln, das all die Schwere der letzten Tage nicht wegwischen kann, aber einen Funken Hoffnung bringt. „Zusammen," flüsterst du.

Ich nehme deine Hand, ziehe sie an meine Lippen und küsse sie, länger, zärtlicher, als ich es je zuvor getan habe.

Kapitel 13

Amelie

„Pass auf, hier kommen Stufen," ruft Salva, ohne sich umzudrehen. Seine Stimme hallt dumpf an den kalten Steinwänden wider und zieht einen Hauch von Nervosität in meinen Magen. Der Keller der Russo-Villa hat etwas Unausweichliches an sich – wie ein Labyrinth, das einen erstickt, je tiefer man hineinsteigt.

Matteo und Salva gehen voraus, ihre Schritte rhythmisch. Hinter mir höre ich Tommaso, Lorenzo und die anderen Clanmitglieder, doch ihre Präsenz wird von der Schwere des Moments überdeckt. Kein Laut, außer dem Knirschen von Schuhen auf dem rauen Steinboden und dem dumpfen Pochen meines Herzschlags.

Die Frauen nehmen einen anderen Eingang. Aber ich? Ich gehe mit den Männern. Mein Platz ist an ihrer Seite, immer an der Front.

Die schwarze Spitze von Matteos Hemd lugt unter seinem perfekt geschnittenen Anzug hervor, ein Kontrast aus Eleganz und Gefahr. Salva trägt etwas Ähnliches, aber bei ihm wirkt es, als würde es ihn weniger verhüllen und mehr verstärken – als wäre er die Klinge, während Matteo die Hand ist, die sie führt. Beide zusammen? Eine unaufhaltsame Macht.

Ich ziehe den Umhang enger um meine Schultern, lasse den schweren Stoff meiner Robe meine Nervosität verbergen. Das Kleid, das ich trage, ist ein wahres Kunstwerk. Schwarze Spitze, so fein und detailreich, dass sie fast zerbrechlich wirkt – ein Trugschluss. Genau wie ich. Der Stoff bedeckt mich nur dort, wo es sein muss, und der Rest ist ein Spiel aus Transparenz und Edelsteinen, die wie dunkle Sterne auf meiner Haut funkeln.

Matteos Schritte verlangsamen sich, und er hält mir seine Hand hin. Seine Finger sind warm, fest, eine stille Versicherung inmitten der Kälte dieses Ortes. „Ich bin noch nicht dazu gekommen, dir zu sagen, wie umwerfend du aussiehst." Seine Stimme ist tief. „Du bist die Königin der Unterwelt, Amelie. Ich wusste, dass du in dem Kleid gut aussehen würdest, aber du hast alles übertroffen, was ich mir vorgestellt habe."

Mein Mundwinkel zuckt nach oben. „Das kann ich nur zurückgeben, *mein Pate.*"

Sein Lächeln ist kaum sichtbar, aber es strahlt eine Wärme aus, die nur mir gehört. Das gedämpfte Licht schmeichelt seinem Gesicht, lässt die Schatten entlang seiner Wangenknochen tanzen und seine Augen tiefer und gefährlicher wirken. *Ich werde mich nie an ihm sattsehen.*

„Bevor es losgeht, gibt es noch etwas, das du erledigen musst." Seine Stimme wird dunkler, ernster. „Da kommst du nicht drum herum, Kleines."

„Muss das wirklich sein?" Ich verdrehe die Augen, aber meine Schritte bleiben fest.

Matteo bleibt abrupt stehen. Die Männer hinter uns kommen beinahe ins Straucheln. Ein einziger Blick von ihm, und sie treten zurück, als hätten sie ein unsichtbares Seil um ihren Hals. Dann wendet er sich zu mir um.

„Das ist nicht verhandelbar."

Er erwartet von mir dass ich mich um die Verräter kümmere und um Antonia.

„Mir ist egal, was du mit ihnen machst. Aber wenn du es nicht beendest, lasse ich sie verhungern. Glaub mir, das ist ein Tod, den du ihnen nicht wünschen wirst."

Ich halte seinem Blick stand. In seinen Augen liegt keine Wut, keine Spur von Unsicherheit. Nur eine eiskalte Entschlossenheit, die mich zwingt, die Situation für das zu sehen, was sie ist: notwendig.

„Es wird dir helfen, abzuschließen," fährt er fort, seine Finger fest um meine Hand geschlossen. „Diese Menschen sind der Grund, warum dir das alles passiert ist. Ohne sie wäre nichts von dem, was du durchmachen musstest, geschehen."

Er hat recht. In den letzten zwei Monaten habe ich gelernt, mit dem, was passiert ist, umzugehen. Die Traurigkeit, die Angst – all das hat sich langsam, aber unaufhaltsam in etwas anderes verwandelt: Wut. Nicht das unkontrollierte Feuer eines Ausbruchs, sondern eine leise, glühende Wut, die mich antreibt, statt mich zu überrumpeln.

Die Therapie hat geholfen. Mein Geist und mein Körper hatten Zeit zu heilen, Risse zu kitten, Narben zu akzeptieren. Doch am meisten hat Matteo mich geheilt. Sobald er die Krücken loswurde, hat er mich in das Haus geschleppt, das ich für ihn entworfen habe. Und er hat keine Sekunde gezögert, mich daran zu erinnern, was wir beide sind – ein Paar, das in der Dunkelheit lebt und sich davon nährt.

Wir sind wieder glücklich, so sehr es in unserer Welt möglich ist. Meine Familie ist seitdem öfter in Italien, sie haben gelernt, dass diese Welt, so schrecklich sie auch sein mag, meine Welt ist. Mein Vater akzeptiert es, so wie er alles akzeptiert, was ich tue – aber trotzdem halte ich ihn fern von dem, was heute noch passieren wird. Er ist der Letzte in der Schlange der Russo-Männer, und ich habe dafür gesorgt, dass er nicht mitbekommt, was mich erwartet.

Etwas in mir hat sich verändert. Ich bin härter geworden. Mein Leben ist immer noch schön, und ich halte an meinem positiven Blick fest, doch ich habe akzeptiert, dass es in dieser Welt keine Klarheit gibt. Und ich komme damit zurecht. Mehr als das. Ich stehe an vorderster Front, wenn es darum geht, die auszulöschen, die Leid verursachen.

Aber das hier? Das ist anders. Das hier ist keine gerechte Vergeltung. Es ist eine andere Art von Abgrund.

Ich habe einen Menschen getötet und einen schwer verletzt – bisher. Die Cousins von Valentin und Mike. Bei ihnen war es leicht. Sie hatten das verdient, jeden einzelnen schmerzhaften Moment davon. Sie haben mich zerstört, mich gebrochen. Doch diese Männer hier unten in den Zellen, sie haben im Hintergrund gegen mich gearbeitet. Sie haben mich nicht selbst berührt, doch sie haben alles erst möglich gemacht. Mein Hass auf sie ist ... kühler. Nicht brennend, sondern eisig. Aber je näher ich den Zellen komme, desto mehr Erinnerungen drängen sich in meinen Kopf, bis ich kaum noch atmen kann.

Ich spüre, wie die weiche, freundliche, gerechte Amelie Stück für Stück verschwindet. Die Amelie, die immer an das Gute geglaubt hat, an eine Welt ohne Blut. Diese Amelie wird verdrängt, unterdrückt von einer anderen Seite von mir. Die dunkle Donna des Paten nimmt ihren Platz ein, und ich lasse sie.

Denn sie ist es, die heute gebraucht wird.

„Du hast recht." Meine Stimme ist leiser als ein Flüstern. „Ich bin bereit."

Wir setzen uns wieder in Bewegung, Matteo, Salva und ich, Hand in Hand. Die Treppe führt immer tiefer in die Enge dieses Ortes. Die Luft wird kälter, dichter, schwerer mit jedem Schritt. Das Licht meiner Fackel flackert gegen die Wände, und die Schatten tanzen wie Geister aus einer anderen Welt.

„Hier vorne links," murmelt Matteo. „Dann sind wir da."

Zwei Wachmänner stehen vor der letzten Kurve, ihre Gesichter regungslos, ihre Maschinengewehre auf den Boden gerichtet, aber bereit. Matteo nickt ihnen zu. „Wachsam bleiben."

Dann gibt er mir die Fackel. „Es ist dein Moment. Wir warten hier."

Ich nicke, lasse die Wärme seiner Hand los und gehe allein weiter. Die Kälte umschließt mich wie eine zweite Haut. Links und rechts reihen sich Zellen auf, jede ein Käfig, der mehr wie eine Folterkammer als ein Gefängnis wirkt.

In der ersten Zelle ist niemand. Wenigstens haben sie hier eine Toilette, ein Waschbecken und Betten. Ein Luxus, der mir verwehrt wurde. Ich gehe weiter, tiefer, bis ich in der zweiten Zelle drei Männer entdecke.

Einer ist dünn, trägt eine Brille und hält sich die Hand vor das Gesicht, um das Licht meiner Fackel abzuwehren. Die anderen beiden sind riesige Muskelpakete, ihre Kleidung verdreckt, ihre Gesichter verschwitzt und blass. Der Schweiß auf ihrer Stirn lässt auf Fieber schließen.

„Bitte, tu mir nichts, bevor du mich tötest, lass mich erklären, was passiert ist," schluchzt der Dünne und macht einen vorsichtigen Schritt auf mich zu.

Ich stelle die Fackel in eine Halterung und grinse. „Du stellst jetzt bereits Forderungen an mich?" Mein Ton ist kühl wie Stahl. „Das würde ich mir zweimal überlegen, Gianni."

Die anderen beiden werfen ihm einen scharfen Blick zu, spüren sofort, wie dünn die Luft hier unten wird.

„Nein, bitte," stammelt Gianni und kniet sich hastig auf den Boden. Seine Hände sind fest ineinander verschränkt, als würde ein Gebet ihn vor dem retten können, was unausweichlich scheint.

Ich bleibe reglos, mein Blick kalt. „Mit dir rede ich als Letztes." Dann richte ich meinen Blick auf den Mann in der Mitte. „Luca," sage ich ruhig, „komm her."

Er gehorcht sofort, senkt den Blick und bewegt sich vorsichtig auf mich zu, als könnte jede Bewegung ihn ins Verderben stürzen. Er war derjenige, der mich und Lucia in Mailand hätte schützen sollen – und stattdessen Emilio die Information zugespielt hatte.

Seine Stimme zittert. „Es tut mir so leid, Amelie. Wirklich. Hätte ich gewusst, was er mit dir vor hat, hätte ich es niemals getan. Ich dachte, er würde dich nur festhalten, um Matteo zu sich zu holen."

Ich gehe einen Schritt näher, die Stille zwischen uns dröhnt wie ein Donnern in meinen Ohren. „Das hat er auch," sage ich kühl. „Nur, dass er mich nicht nur festgehalten hat. Er hat mich gefoltert. Er und Valentin. Und seine Cousins."

Luca presst die Lippen zusammen, Tränen laufen seine Wangen hinab. „Wenn ich die Zeit zurückdrehen könnte, würde ich es tun. Bitte … ich mache alles, was du willst, wenn du mich verschonst. Emilio hat damit gedroht, meine Familie auszulöschen, wenn ich ihm nicht helfe. Ich habe so viele kleine Nichten. Und wir alle wissen, dass Emilio seine Drohungen wahr macht."

Neben ihm tritt Alessio, der zweite Muskelprotz, näher an die Gitter heran. Seine Hände zittern, doch seine Stimme bleibt ruhig. „Bei mir war es genauso. Er hat gedroht, meine Familie zu zerstören, wenn ich ihn nicht unterstütze."

Ich spüre Matteos Präsenz hinter mir, einen Hauch von Bewegung, der verrät, dass er näherkommen will. Mein Kopf dreht sich leicht zur Seite, meine Hand hebt sich, ein stummer Befehl, dass ich alles unter Kontrolle habe.

„Warum habt ihr nicht bei eurem Boss um Hilfe gebeten? Ihr hättet es ihm sagen können. Er hätte euch beschützt."

Ich ziehe langsam den Schlitz meines Kleides zur Seite und entblöße den Gürtel an meinem Oberschenkel, aus dem ich eine Waffe ziehe. Ihre glänzende Oberfläche spiegelt das Zittern in ihren Gesichtern wider, als ich sie locker in meiner Hand halte. Ich richte sie nicht auf sie, doch ihre Schritte weichen wie von selbst zurück.

„Wir hatten Angst," sagt Luca. „Matteo ist eiskalt. Er hätte uns getötet, weil das Risiko zu hoch gewesen wäre, dass wir doch plaudern."

Gianni, der Hacker, drängt sich ans Gitter. Seine Augen funkeln panisch, als er die Hand nach mir ausstreckt. „Jetzt lass uns doch endlich raus! Wir haben aus unseren Fehlern gelernt!"

Ich drehe mich abrupt zu ihm um, die Waffe fest in meiner Hand. Mein Blick brennt sich in seinen. „DU HAST MIR NICHTS ZU BEFEHLEN!", schreie ich, der Klang meiner Stimme lässt selbst die beiden Muskelpakete zusammenzucken.

Mein Arm hebt sich, die Mündung der Waffe zeigt direkt auf Giannis Stirn. „Gib mir einen Grund, warum ich dich nicht jetzt auf der Stelle töten sollte."

Sein Gesicht verzieht sich, und dann spuckt er mir entgegen. Reflexartig weiche ich seinem Rotz aus. Es ist das Letzte, was er je tun wird.

Ein Schuss. Laut, ohrenbetäubend in der Stille des Kellers. Giannis Kopf fällt zur Seite, eine blutige Wunde mitten in seiner Stirn.

„Er trägt die größte Schuld an dem Ganzen," sage ich leise, ohne die Waffe zu senken. Luca und Alessio beginnen zu zittern, ihre Gesichter blass, ihre Augen weit vor Angst.

„Bitte, Amelie. Hab Erbarmen mit uns."

Meine Augen verengen sich. „Wie habt ihr Emilio unterstützt?" Meine Stimme ist gefährlich ruhig, eine klare Warnung, dass es keine Lügen geben darf.

„Wir haben ihm gesagt, dass du in Mailand bist," murmelt Luca.

„Und was zwischen dir und Matteo passiert," fügt Alessio hinzu. „Aber wir haben nicht alles verraten. Manchmal haben wir ihm falsche Informationen gegeben, um dir Zeit zu verschaffen. Deshalb warst du überhaupt so lange bei Valentin. Wir wollten Matteo helfen. Wir können dir das auch beweisen."

Das lässt mich innehalten. „Wie wollt ihr das beweisen?"

„Unsere Handys," sagt Alessio hastig. „Dort findest du die Nachrichten. Wir haben eine zweite SIM-Karte benutzt, die müsste noch drinstecken."

Ich sehe über meine Schulter zu Matteo, der mir ein knappes Nicken gibt. Ein Zeichen, dass sie die Wahrheit sagen.

Ich senke die Waffe, lasse sie jedoch nicht los. „Ich werde euch verschonen," sage ich schließlich. „Aber ich will euch nie wieder in meinem Gebiet sehen. Eure Familien verlassen Italien. Wenn ich euch noch einmal hier finde, werde ich nicht zögern euch zu töten."

Die Erleichterung in ihren Gesichtern ist nicht zu übersehen.

Sie nehmen sich gegenseitig in die Arme und weinen vor Freude. Ich drehe mich um, und mein Atem bleibt schlagartig stehen.

Da steht sie.

Antonia.

Ihr abgemagerter Körper ist in ein schmutziges, weißes Nachthemd gehüllt, das an ihren Knochen hängt wie ein schlaffer Lappen. Ihre Augen – rot unterlaufen, mit bläulich-lilanen Schatten darunter – starren mich an, und es ist, als würde ihr Blick mich greifen und festhalten, noch bevor ich mich bewegen kann.

Ein groteskes Lächeln zieht sich über ihre Lippen, während sie den Kopf zur Seite neigt, als würde sie mich aus einem völlig anderen Blickwinkel betrachten. Ihr abrasiertes Haar ist ungleichmäßig, einzelne Strähnen stehen wirr ab, und ihr bleiches Gesicht ist von Kratzern überzogen, tief und frisch, wie von einer besessenen Hand selbst zugefügt.

Ich schlucke hart, doch meine Kehle fühlt sich an, als wäre sie zu Staub geworden. Meine Finger umklammern die Fackelstange so fest, dass ich die raue Kälte des Metalls in meine Haut drücken spüre.

Antonia bewegt sich nicht. Sie steht da, ganz still, wie ein Marionettenkörper, der nur darauf wartet, dass jemand die Fäden zieht.

„Amelie."

Mein Name verlässt ihre Lippen wie ein Echo, ein leises, geisterhaftes Flüstern, das den Raum zu durchdringen scheint. Ihre Stimme – brüchig und voller Wahnsinn – hat etwas an sich, das mich tiefer trifft als alles andere in diesem Keller.

Sie macht einen kleinen Schritt nach vorn, ihre Füße nackt, lautlos auf dem Stein. Die Art, wie sie sich bewegt, lässt mir das Blut in den Adern gefrieren. Langsam, viel zu langsam. Jeder Schritt wie eine Warnung, als würde sie jeden Moment zusammenbrechen – oder auf mich losgehen.

„Was verschafft uns die Ehre?"

Mein Atem wird flacher, als sie ihren Kopf wieder zur Seite legt. Ihre Augen verengen sich leicht, und ihr gestörtes Lächeln wird breiter. Sie sieht mich an, als wäre ich ein Spielzeug, das sie zu zerbrechen plant.

„Du ... siehst beschissen aus," sagt sie plötzlich und zieht die Unterlippe durch ihre Zähne. Ein kehliges, boshaftes Lachen bricht aus ihr heraus, hallt an den Wänden wider und durchdringt mich bis ins Mark.

Ich reiße mich zusammen, straffe die Schultern und trete einen Schritt näher an die Gitter ihrer Zelle heran. Ihre Worte können mich nicht treffen, nicht mehr.

„Immer noch eifersüchtig?" Frage ich ohne Emotion.

Antonia neigt den Kopf noch weiter, als hätte ich einen Nerv getroffen. Ihre Augen funkeln gefährlich, und ihre Lippen zucken, bevor sie wieder in dieses abstoßende Lächeln zurückfallen. „Eifersüchtig? Ich?"

Sie lacht erneut, doch dieses Mal klingt es schrill.

„Lass mich raus, Amelie. Lass mich raus, und wir klären das wie Erwachsene." Sie drückt sich gegen die Gitterstäbe, ihre knochigen Finger umklammern das Metall, und ihre Nägel – abgebrochen, blutig – kratzen leise daran entlang.

Ich bleibe reglos, richte die Fackel in ihre Richtung, und der Schein des Feuers lässt ihre Haut unnatürlich blass wirken, fast durchscheinend. Antonia zuckt zurück, nur einen halben Schritt, als hätte sie Angst, dass die Flammen sie berühren könnten.

„Das ist unfair," sagt sie, ihre Stimme plötzlich leise, fast flehend. „Du stehst da draußen, frei, während ich hier drin verrotte. Was hast du, was ich nicht habe?"

Ich spüre, wie ein bitteres Lächeln meine Lippen umspielt. „Du bist hier genau richtig, einen schnellen Tod hast du nicht verdient. Viel Spaß hier mit den Ratten du gestörtes Miststück."

Antonia blinzelt, als müsste sie die Worte erst verstehen. Dann lehnt sie sich wieder nach vorne, presst ihr Gesicht an die Gitterstäbe und starrt mich an. Ihr Lächeln verschwindet, und in ihren Augen sehe ich etwas, das mich auf eine Weise trifft, die ich nicht erwartet habe.

Wahnsinn. Reiner, ungefilterter Wahnsinn.

„Ich schwöre, Amelie," flüstert sie, ihre Stimme kaum hörbar. „Wenn du mich hier lässt, werde ich dich verfolgen. Egal, wo du bist. Egal, wie lange es dauert. Ich werde dich finden."

Ich spucke ihr vor die Füße, wende mich ab und gehe zurück in die Richtung, aus der ich gekommen bin.

Hinter mir höre ich, wie sie gegen die Gitterstäbe schlägt. „LASS MICH RAUS, DU DUMME HURE!", schreit sie, ihre Stimme überschlägt sich vor Wut und Verzweiflung.

Ich strecke meine Hand nach oben, ohne zurückzusehen, und zeige ihr den Mittelfinger.

Als ich um die Ecke biege, treffe ich auf Matteo und Salva. Ihre Gesichter sind eingefroren, aber ich sehe das leise Funkeln von Stolz in Matteos Augen.

„Sehr gut gemacht," sagt Matteo ruhig. „Ich hätte zwar gedacht, du tötest alle, aber ich habe dir versprochen, dass du entscheiden darfst, was mit ihnen geschieht."

Salvas Hand legt sich auf meine Schulter. „Und du hast dich entschieden."

Ich nicke. Mein Herz rast, aber ich lasse es mir nicht anmerken. „Das habe ich."

Kapitel 14

Matteo

Da sitzt du, vollkommen in Schwarz gehüllt, zwischen den in Weiß gekleideten Frauen unserer Familien. Das Zusammenspiel von Kontrasten macht dich zum stillen Mittelpunkt, der alle Aufmerksamkeit auf sich zieht. Dieses Bild wird sich in mein Gedächtnis einbrennen. Du bist mein – und wirst es für immer bleiben.

Unser Zeremonienmeister, der Älteste unter uns, hat den Giftanschlag überlebt, ebenso wie die anderen. Die Quelle des Angriffs bleibt ein Rätsel, aber seither herrscht zum Glück wieder Ruhe. Die Bediensteten habe ich auf deinen Wunsch verschont.

„Wir beginnen mit der Aufnahme von Amelie Moore in die Familie Russo," verkündet er mit einer Stimme, die die Stille füllt wie das Glockenspiel einer Kathedrale.

Die stärksten Männer der Familie – darunter Salva, Tommaso, Giuliano und Luigi – erheben sich synchron. Ihre aus dunklem Holz geschnitzten Zepter schlagen im gleichen Rhythmus auf den Boden, der dumpfe Klang scheint von den Wänden widerzuhallen. Währenddessen werden die Kerzen auf dem Altar entzündet, ihr Licht flackert geheimnisvoll im dämmrigen Raum.

Ich sitze auf dem Thron, der seit Generationen den Paten der Russo-Familie gehört. Bald wird der zweite, kleinere Thron an meiner Seite ebenfalls besetzt sein – von dir.

Bevor wir diesen Schritt gehen, habe ich deinen Vater und deine Mutter um ihre Zustimmung gebeten. Für mich war das selbstverständlich. Ihre Einwilligung kam ohne Zögern, sie wissen, dass ich alles für dich tun werde. Sie kennen die dunklen Seiten unserer Welt, haben jedoch auch erkannt, dass sie dir Sicherheit bietet.

Mit Bedacht erhebe ich mich und gehe in Richtung Altar. Der schwere Stoff meines Anzugs raschelt leise bei jedem Schritt, während du mir entgegenkommst. Die endlos lange Schleppe deines Gewands gleitet majestätisch über den Boden. Es wirkt beinahe wie ein Omen, als wäre dies keine Zeremonie, sondern ein Pakt, der mit der Ewigkeit selbst geschlossen wird.

Eine Hochzeit des Teufels könnte man meinen. Doch unsere Ehe wird ein anderes Kapitel schreiben – eines, das die Welt nie vergessen wird.

Mit jedem Schritt, den wir gemeinsam machen, strahlt eine ungeahnte Kraft von dir aus. Ein Funkeln, das nicht nur Schönheit, sondern auch Macht verkörpert.

Der Zeremonienmeister hebt ein altes Buch empor, dessen lederner Einband die Spuren vergangener Generationen trägt. Mit bedächtiger Geste schlägt er es auf und beginnt zu sprechen:

„Wir sind heute hier versammelt, um einen ewigen Bund zu schmieden. Du hast dich entschieden, Teil unserer Familie zu werden – nicht durch Geburt, sondern durch Wahl und durch das Blut, das heute fließen wird." Er fixiert dich mit einem Ausdruck, der die Tragweite jedes seiner Worte unterstreicht.

„Bevor du diesen Schwur leistest, musst du die Gebote verstehen, die du einhalten wirst. Die zehn Gesetze unserer Familie:

1. Loyalität zur Familie über alles
2. Schweigen über die Geheimnisse
3. Respekt gegenüber den Älteren und Befehlshabern
4. Mut im Angesicht der Gefahr, niemals zu weichen
5. Gerechtigkeit für die Verräter unserer Familie
6. Ehre in deinen Handlungen, rein wie unser Blut
7. Schutz für die Unschuldigen unter unserem Dach
8. Wahrheit in deinen Worten
9. Treue zu deinem Gefährten
10. Opferbereitschaft, wenn die Familie es fordert

Verstehst du diese Gebote und schwörst du, sie zu halten, solange du lebst?"

Seine Worte wirken wie ein unsichtbares Gewicht, das sich über den Raum legt. Du atmest tief ein, dann antwortest du mit klarer, fester Stimme: „Ich verstehe sie, und ich schwöre, sie zu halten. Mein Blut sei Zeuge meines Eides."

Der Zeremonienmeister nickt feierlich. Er hebt ein silbernes Ritualmesser vom Altar und reicht es mir. Ich nehme es, spüre das kühle Metall in meiner Hand und ziehe eine feine Linie über deine Handfläche. Ein Tropfen Blut fällt auf den Altarstein, ein Symbol für die Verbindung, die du heute eingehst.

Ich führe dieselbe Geste an meiner eigenen Hand aus und lege meine gegen deine. Unsere Blutstropfen vermischen sich, ziehen uns in einen Bund, der untrennbar ist.

„Mit diesem Blut, das heute fließt, seid ihr nun eins, für immer verbunden. Mögen die Schatten euch schützen und das Licht euch den Weg weisen."

Ein leises Murmeln geht durch den Raum, das die Worte des Zeremonienmeisters wie ein Echo begleitet. Ich sehe zu dir hinüber, und deine Haltung hat sich verändert. Da ist mehr als nur Stolz. Du wirkst, als würdest du die Kraft der Familie jetzt durch jede Faser deines Körpers spüren.

Das Ritual ist vollzogen. Die Männer und Frauen erheben sich, Weinkelche werden herumgereicht, und die ersten Anstöße hallen durch den Raum.

Salva tritt an dich heran, mit einem verschmitzten Ausdruck. „Amelie, bist du bereit?"

Verwirrung huscht über dein Gesicht. „Wofür?"

„Für dein Tattoo."

Du ziehst die Augenbrauen hoch. „Ihr macht Witze."

Ich lege meinen Arm um deine Schulter und führe dich zu Salvas Tattoozimmer. „Und wie wir das ernst meinen. Wer Teil der Familie ist, trägt auch das Zeichen."

Du verschränkst die Arme vor deiner Brust und wirfst mir einen herausfordernden Blick zu. „Aber keine Frau hat eins!"

Ich neige mich zu dir, bis meine Lippen fast dein Ohr berühren. „Du wolltest dazugehören. Mit uns kämpfen.

Nicht nur die Frau in unserer Welt sein, sondern ein Teil davon. Also bekommst du unser Tattoo."

Deine Lippen ziehen sich in einem leisen Lächeln nach oben, und du beißt dir auf die Unterlippe – ein Zeichen, das ich längst kenne. Deine kleine Kapitulation.

Ich schiebe dich in Salvas Tattoozimmer. Dort angekommen löse ich den Verschluss deines Umhangs mit einem fließenden Griff, lege den schweren Stoff über einen Stuhl. Ich betrachte dich, meine Augen wandern unaufhaltsam über dich, während ich dein Kleid langsam ausziehe. Du trägst nur noch einen kleinen Stringtanga. „Du siehst so verdammt heiß aus," flüstere ich, doch meine Stimme ist kaum mehr als ein Hauch, der nur für dich bestimmt ist. Salva, der neben uns beschäftigt wirkt, bemerkt nichts.

„Du gehörst mir, Fiore. Für immer," murmle ich, meine Hand streift deinen Arm flüchtig, und ich genieße, wie deine Haut sich leicht anspannt. „Ich bin gespannt, was Salva auf deine schöne Haut zaubert."

Du atmest scharf ein, und ich spüre, wie mein Einfluss dich einnimmt. Doch bevor du etwas erwidern kannst, bewegt Salva sich.

„Hier," sagt er plötzlich, zieht seine Anzugjacke aus und reicht sie dir. „Damit du nicht frierst – und dein Rücken frei bleibt."

Du nimmst die Jacke dankbar entgegen und legst sie dir über die Schultern. Der weiche Stoff fällt locker über deine Arme, während die Vorderseite deines Körpers so arrangiert ist, dass sie deine Brust bedeckt.

„Leg dich hin, Amelie," fordert er dich auf. Du legst dich auf die Liege, während Salva seine Maschine vorbereitet. Das Surren füllt den Raum, und ich sehe, wie sich deine Muskeln unter der ersten Berührung seiner Handschuhe anspannen.

„Bereit?", fragt er sanft.

Du nickst, und er beginnt.

Die Nadel gleitet über deine Haut, deine Atmung verändert sich. Anfangs ist sie unregelmäßig, doch mit jeder Linie wirst du ruhiger. Salva arbeitet konzentriert, seine Bewegungen präzise und bedacht. Es ist, als würde er dich nicht nur tätowieren, sondern eine Geschichte auf deiner Haut erzählen.

Die Zeit scheint stillzustehen, bis das Surren verstummt. Salva legt die Maschine zur Seite, wischt mit einem Tuch über die frisch gestochenen Linien und tritt dann beiseite, um dir Raum zu geben, das Ergebnis zu betrachten.

„Fertig," sagt er schließlich.

Du setzt dich auf, greifst nach dem Spiegel, den er dir reicht.

Als du das Tattoo zum ersten Mal siehst, bleibt deine Hand mitten in der Bewegung stehen. Deine Lippen öffnen sich leicht, aber keine Worte kommen heraus.

Auf deinem Rücken windet sich das Symbol unserer Familie – die Schlange. Sie ist kunstvoll, in feinen Linien gestochen, und doch umspielt sie deine Narben, die die Peitschenhiebe hinterlassen haben. Die Linien verlaufen an den Rändern leicht verwischt, als würde das Zeichen mit den Narben verschmelzen und sie nicht verstecken, sondern in etwas Mächtiges verwandeln. Kleine Pfingstrosen reihen sich minimalistisch an der Schlange, als Symbol deine Sanftheit.

Deine Augen füllen sich mit Tränen, und du hebst eine Hand an deinen Mund, als würdest du den Anblick kaum fassen können. „Das …" Deine Stimme bricht, du atmest tief ein, bevor du weitersprechen kannst. „Das ist wunderschön."

Salva steht neben dir, ein sanftes Lächeln auf seinen Lippen, seine Hände in den Taschen. „Ich wollte, dass es mehr ist als ein Zeichen. Es sollte dich nicht nur erinnern, sondern auch zeigen, wie stark du bist. Und was zu uns gehört, wird nie mehr schwach sein."

Eine Träne läuft deine Wange hinunter, und ich trete näher. Mit einem Finger wische ich sie fort, bevor ich mich zu dir beuge. „Du bist meine Donna, Amelie. Kein Schatten aus der Vergangenheit wird dich je wieder brechen können."

Du nickst, unfähig, etwas zu erwidern, und ich weiß, dass dieser Moment mehr ist als ein einfaches Ritual. Es ist ein neues Kapitel, und du bist bereit, es zu schreiben.

Ein Klopfen an der Tür unterbricht den Moment zwischen uns. Ich spüre, wie sich mein Kiefer anspannt. „Herein," rufe ich.

Lucia tritt mit einem Tablett in den Raum, auf dem sie vier Weingläser balanciert. Sie wirkt wie immer viel zu entspannt. „Wie weit seid ihr? Was ist das für eine Party ohne die Veranstalter selbst?"

Salva geht auf sie zu, nimmt sich eines der Gläser und nippt daran. „Sorry, Schwester, aber für Amelies Tattoo musste ich mir ein wenig extra Zeit nehmen."

Lucia stellt das Tablett auf einem Tisch ab, dann eilt sie direkt zu dir, ihre Energie wie ein unkontrollierter Wirbelwind. „Oh mein Gott, zeig her!"

Du drehst dich vorsichtig um, und ich beobachte, wie Lucias Augen aufleuchten. „Wow. Das ist das Schönste, was du je gestochen hast, Salva!" Sie zieht ihr Handy hervor, ihre Finger fliegen förmlich über das Display, um die Kamera zu aktivieren.

„Das müssen wir festhalten!" Sie macht ein Foto und stupst dich mit ihrem Ellbogen an. „Jetzt überlege ich ernsthaft, ob ich nicht auch an die Front gehe, nur um so ein Tattoo tragen zu dürfen."

Du lachst leise, während Lucia eine Hand in die Hüfte stemmt und dramatisch in eine nachdenkliche Pose verfällt. „Warum nicht? Dann wären wir die Powerfrauen, die die Familie schützen."

Lucia nickt, als würde sie tatsächlich darüber nachdenken. „Klingt nicht schlecht. Vielleicht überlege ich es mir wirklich mal."

Ein amüsiertes Schnauben entweicht mir, aber meine Stimme wird härter, als ich spreche. „Das habt ihr beide nicht zu entscheiden, sondern ich. Und ich halte das nicht für eine gute Idee."

Lucia ignoriert meinen Ton und schlingt ihren Arm um meine Schulter. Da sie kaum 1,63 m groß ist, muss sie sich auf die Zehenspitzen stellen, um mich zu erreichen. „Lass uns das in Ruhe besprechen, Bruderherz."

Sie sieht mich mit diesem Hundeblick an, dem ich normalerweise nicht widerstehen kann. Aber diesmal verziehe ich nur die Augenbraue und kneife sie leicht in die Wange. „Du brauchst gar nicht erst diesen Blick aufzusetzen. So werde ich dich erst recht nicht Blut vergießen lassen."

In diesem Moment zerreißt ein lauter Knall die Stille. Der Boden unter uns bebt, und die Gläser klirren, als Staub von der alten Decke rieselt. Du klammerst dich reflexartig an Salva, während Lucias Finger sich in meinen Anzug krallen.

„Was zum Teufel war das?", rufe ich, meine Stimme scharf vor Alarmbereitschaft. Ein weiterer Knall folgt, noch lauter als der erste.

„Los, raus hier!", brülle ich. Panik bricht aus, als alle Anwesenden sich hektisch in Bewegung setzen. „Tommaso, bring sie alle raus!"

Die Gruppe bewegt sich schnell, wir lassen alles stehen und liegen. Salva und ich sichern die Runde ab, folgen als Letzte, um sicherzustellen, dass niemand zurückbleibt. Der Weg ist zum Glück nicht weit, und wir erreichen bald den Hinterhof der Villa.

„Matteo, da steigt Rauch aus der Küche," sagst du und klopfst gegen meine Seite, während dein Blick in den Himmel geht. Der Rauch hat bereits eine riesige schwarze Decke gebildet, die sich bedrohlich über uns legt.

„Geht alle vom Grundstück! Es könnte noch mehr passieren," befehle ich, aber Salva hält mich zurück, seine Hand auf meiner Schulter.

„Was ist, wenn das eine Falle ist? Vielleicht will die Person genau das – uns aus dem Haus treiben."

Seine Worte bringen mich ins Grübeln, aber ich kann nicht riskieren, dass hier noch mehr geschieht. Kein Personal ist aus dem Gebäude geflüchtet. Das kann nur eines bedeuten: Sie sind alle tot.

„Du hast recht," sage ich schließlich. „Aber wir müssen erst nachsehen, was passiert ist. Vielleicht war es nur eine Gasexplosion."

„Bist du verrückt? Das ist kein kleines Feuer! Die komplette Hauswand ist weg! Da drinnen hat bestimmt jemand Sprengstoff verteilt. Das wäre ein Selbstmordkommando, wenn ihr jetzt hineingeht."

Ich sehe dich an, dein Atem ist schwer, aber ich kann deine Argumente nicht zulassen. „Das ist mir gerade egal Kleines. Es ist meine Verantwortung, die Familie zu schützen." Ich wende mich an Salva. „Wir gehen rein."

Salva und ich ziehen unsere Sakkos über Nase und Mund, um den Rauch so gut es geht zu filtern. Als ich mich zu dir umdrehe, sehe ich, wie du dich uns näherst.

„Was soll das werden?", frage ich scharf.

„Ich komme mit."

„Ganz sicher nicht," erwidere ich, meine Stimme gefährlich ruhig. „Du bleibst hier, an Ort und Stelle. Verstanden?"

Widerwillig nickst du, deine Lippen fest zusammengepresst. „Brav," murmle ich, während ich mich abwende.

Im Haus erwartet uns das Grauen. Die Küche ist ein Trümmerfeld. Körperteile liegen verstreut, Überreste von Möbeln ragen aus den Trümmern. Auf dem einzigen intakten Tisch liegen Leichenteile.

„Cazzo," flüstert Salva, seine Stimme bebt. „Wer könnte so etwas tun?"

Er kniet sich zu einer der Leichen, deren Körper noch halbwegs intakt ist. „Sie hat zwei kleine Mädchen zu

Hause. Matteo, wir müssen herausfinden, wer dafür verantwortlich ist."

Ich fahre mir durch die Haare, die Anspannung in mir entlädt sich. „Aber wie? Wer sollte uns derart hassen?"

Mein Handy vibriert in der Tasche. „Pronto?"

Die Stimme der Wachleute aus den Kerkern klingt schwer. „Boss, wir haben ein großes Problem."

„Was ist passiert?", frage ich, am Ende meiner Geduld.

„Wir haben den Knall gehört. Alles hat gewackelt, wir dachten, die Decke stürzt ein."

„Ja den haben wir auch gehört. Was dann? Spann mich nicht auf die Folter, dafür habe ich gerade keine Zeit."

„Wir waren fünf Minuten weg und als wir zurückkamen, war Antonia verschwunden."

Ich lege auf, meine Hand schlägt gegen die staubige Küchenzeile. Die Platte zerbricht unter meinem Schlag. „Diese kleine Schlampe!"

Salva sieht mich entsetzt an. „Was ist?"

Der Zorn in mir kocht über. „Antonia ist entkommen. Es war alles ein Ablenkungsmanöver, damit sie freikommt."

Wir eilen zurück nach draußen, und sobald ich die Türschwelle überschreite, kommst du mir entgegen.

„Wie schlimm ist es?", fragst du, während du mich ansiehst.

„Niemand hat überlebt," sage ich knapp. „Die Kinder der Angestellten werden wir in der Villa unterbringen, bis wir eine Lösung für sie finden. Wir reisen so bald wie möglich ab."

„Warum?" Du hältst mich auf, verlangst eine Antwort. „Was ist los?"

Ich bleibe stehen, sehe dich an. „Antonia ist entkommen."

Ich erwarte einen Schock, Angst, vielleicht sogar Tränen. Doch deine Augen bleiben ruhig, deine Haltung fest. „Ich habe keine Angst vor ihr. Wenn es sein muss, werde ich sie höchstpersönlich töten."

Ich bleibe stehen, starre dich für einen Moment an. Dein Mut, dein Wille – sie rauben mir den Atem. „Fiore, wenn du wüsstest, wie stolz ich auf dich bin." Ich strecke meine Hand nach dir aus. „Lass uns zusammen das hier klären."

Kapitel 15

Amelie

Mein Herz schlägt schneller, während Matteos Worte immer noch in meinem Kopf widerhallen: *Fiore, wenn du wüsstest, wie stolz ich auf dich bin.*

Für einen Moment bleibe ich stehen, versuche, mich zu sammeln. Der Rauch, die angespannten Stimmen der Familie, das Flüstern der Kinder – alles verschwimmt um mich herum. Doch als ich meine Eltern und Cleo am Rand des Hinterhofs stehen sehe, holt mich die Realität zurück.

Meine Mutter hält Cleo an der Schulter, wie um sie vor allem zu schützen, was hier gerade geschieht. Mein Vater wirkt angespannt, seine Stirn in tiefe Falten gelegt, während er den Rauch beobachtet, der aus der Villa aufsteigt.

Ich gehe zu ihnen, und Cleo ist die Erste, die spricht. Ihre Stimme zittert. „Amelie, was ist los? Was passiert da drinnen?"

Ein Schwall von Schuld überrollt mich. Cleo hat nie darum gebeten, Teil dieses Lebens zu sein, und doch ist sie jetzt hier, mitten im Chaos. „Es gab einen Anschlag," sage ich ehrlich, aber so ruhig wie möglich. „Wir klären das. Du bist hier sicher."

Mein Vater legt eine Hand auf meinen Arm, seine Augen sind streng, voller Besorgnis. „Sicher? Das sieht nicht sicher aus, Amelie."

Ich drücke seine Hand leicht, sehe ihn fest an. „Wir kümmern uns darum, euch wird nichts passieren. Vertraut mir. Es ist meine Verantwortung, Dad. Ihr bleibt erstmal hier draußen, bei den anderen."

„Bleib du doch auch hier!" Cleos Stimme überschlägt sich, die Angst in ihren Worten ist nicht zu überhören. „Das ist gefährlich! Ich will meine Schwester nicht schon so früh verlieren, nur weil sie sich über den ernst der Lage nicht im Klaren ist."

Ich knie mich vor sie, nehme ihre Hände in meine. „Cleo, hör mir zu. Ich bin hier, weil ich es will. Weil ich weiß, dass ich stark genug bin. Ich kann die Situation gut einschätzen und weiß, dass mir nichts passiert. Ich wurde sehr gut von den Russos ausgebildet. Bitte vertraut mir."

Ihre Augen glänzen, und für einen Moment denke ich, sie würde etwas erwidern, doch sie nickt nur. Meine Mutter tritt näher, ihre Stimme ist leise, fast flehend. „Wir vertrauen dir. Aber bitte, pass auf dich auf. Ich könnte es mir selbst niemals verzeihen, wenn ich dich hier gelassen habe und dir etwa zustößt."

Ich nicke, drücke ihre Hand und richte mich wieder auf. Als ich mich umdrehe, steht Matteo neben Salva und gibt ihm leise Anweisungen. Als er mich sieht, deutet er mir, zu ihnen zu kommen.

„Unsere Männer organisieren, dass hier alles aufgeräumt wird," sagt Matteo ruhig, aber bestimmt. „Wir gehen jetzt gemeinsam ins Wohnzimmer, um uns mit allen Clanmitgliedern zu besprechen. Die anderen werden per Video zugeschaltet. Deine Familie wird nach Hause gehen, Amelie."

Meine Familie muss in ihr gewohntes Umfeld, um zu verarbeiten, was passiert ist. Matteos Mutter Camilla tritt zu uns, ihre Haltung wie immer makellos. „Ich werde unsere Leute so lange in ein anderes Haus einquartieren. Ich kümmere mich darum, mein Sohn. Dann habt ihr freie Bahn, um den Rest zu klären."

Ohne auf eine Antwort zu warten, beginnt sie, die Gruppe zu organisieren, und führt die Mitglieder durch den Vordereingang ins Haus, damit sie die Zerstörung in der Küche nicht sehen müssen.

Wir versammeln uns im Wohnzimmer. Salva betätigt einen versteckten Knopf in der Wand. Mehrere riesige Flachbildschirme fahren aus der Wand, und Sekunden später reihen sich zig kleine Bildschirme darauf auf. Weitere Anhänger des Russo-Clans erscheinen per Video. Der gesamte Raum hat sich in einen digitalen Besprechungsraum umfunktioniert.

Nachdem sich alle Anwesenden versammelt haben, schließen Tommaso, Lorenzo und Giuliano die Türen. Matteo tritt in die Mitte des Raums, seine Präsenz unverkennbar.

„Männer," beginnt er, seine Stimme durchdringt die Gespräche wie ein donnernder Schlag, der alle Aufmerksamkeit auf sich zieht. „Ich wünsche mir, dass endlich wieder Frieden in unser Leben einkehrt. Ich habe genug von den ununterbrochenen Angriffen auf unsere Familie. Wer von euch weiß mehr darüber?"

Niemand antwortet. Der Raum ist totenstill, und die Spannung ist fast greifbar.

„Was sagen die Kameras?" Matteo wirkt zunehmend genervt, zündet sich eine Zigarette an und zieht tief daran.

Schließlich traut sich einer der Hacker, das Schweigen zu brechen. „Es ist eine Gestalt zu sehen, vor zwei Tagen in der Küche. Aber man erkennt nicht, was sie genau macht. Sie trägt einen Kapuzenpullover."

Matteo tritt näher an den Bildschirm, fixiert den Hacker mit einem durchdringenden Blick. „Sag mal, was verdienst du?"

Der Hacker weicht leicht zurück, unsicher. „Äh … 25.000 Euro im Monat."

Matteo nickt langsam. „Das ist richtig. Und wo wohnst du?"

Der Hacker zögert. „Ich… weiß nicht, warum—"

„Beantworte einfach meine Fragen," unterbricht Matteo ihn ungeduldig, seine Augen verengen sich.

„In einer Wohnung, die du bezahlst."

Matteo zieht aus seinem Sakko eine durchsichtige Tüte hervor. Kokain. Ich habe noch nie gesehen, dass er Drogen nimmt, und für einen Moment bin ich wie erstarrt. Matteo legt ein kleines Häufchen auf den Handrücken und zieht es sich durch die Nase, langsam, fast genießerisch.

„Das war doch nicht so schwer zu beantworten, oder?", fragt er, seine Stimme bedrohlich leise.

Der Hacker sieht zu Boden, nuschelt ein unsicheres „Nein."

„Dann erklär mir, warum es so schwer ist, seinen verschissenen Job zu machen, wenn du alles von mir bekommst, damit du sorglos leben kannst!" Matteo schreit jetzt, seine Stimme hallt durch den Raum.

Der Hacker zuckt zusammen. „Es tut mir leid."

Matteo lacht trocken, zieht erneut an seiner Zigarette und verlässt wütend den Raum. Die Luft bleibt angespannt, niemand wagt, etwas zu sagen.

Kurz darauf kehrt Matteo zurück. Ich kann nicht glauben, was er in der Hand hält. Der abgetrennte Kopf einer Bediensteten, fest an den Haaren gepackt. Er hält ihn vor die Kamera.

„Tut dir das auch leid?" Seine Stimme ist leise, aber die Worte treffen härter als jede Drohung. „Diese Frau hatte eine Familie. Kinder. Sie hat uns jahrelang gedient. Und jetzt ist sie tot. Deinetwegen."

Der Hacker hat Tränen in den Augen. „Ich dachte, es wäre einer von uns der sich nur, was zu trinken geholt hat."

Matteo knurrt, seine Stimme eisig. „Du trägst die Verantwortung! Ihr solltet mich gerade in der jetzigen Situation bei jeder noch so Kleinigkeit informieren, damit so etwas nicht passiert." Er wackelt mit dem Kopf vor der Kamera. „Du wirst dich um ihre Kinder kümmern. Sie bekommen das beste Leben. Habe ich mich damit klar und deutlich ausgedrückt?"

Der Hacker nickt hastig. Matteo legt den Kopf auf das Klavier, die toten Augen scheinen uns zu beobachten.

Mein Magen zieht sich zusammen, aber ich zwinge mich, ruhig zu bleiben.

Matteo wischt sich das Blut an einem Tuch ab, tritt zu mir und sagt mit einem Blick in die Runde: „Amelie hat euch etwas zu sagen."

Was? Ich soll mich jetzt an ca. 4.000 Männer richten. Alle Augen fixieren sich auf mich. Mein Puls beschleunigt sich, ich stelle mich in die Mitte des Raums.

„Nach den letzten Vorfällen haben wir beschlossen, dass ihr bei Bedrohungen – sei es durch Rivalen oder sonst jemanden – direkt zu mir oder Salva kommt. Eure Sicherheit hat für uns oberste Priorität. Niemand wird ohne Konsequenzen bedroht, und egal, was geschieht, wir sind für euch da. Was auch immer ihr uns anvertraut, bleibt zwischen mir und Salva. Wir entscheiden dann gemeinsam, ob Matteo davon unterrichtet wird. Wir sind eure erste Anlaufstelle bei Problemen. Sollte ein solcher Anschlag erneut aus Gründen wie bei den letzten Verrätern passieren, die von Emilio bedroht wurden, könnt ihr euch auf uns verlassen – wir werden eine Lösung finden."

Ich halte inne, atme tief durch.

„Antonia ist auf freiem Fuß. Wir müssen alles daransetzen, sie zurückzubringen. Irgendjemand arbeitet mit ihr zusammen, und wenn wir sie nicht rechtzeitig stoppen, könnte das, das Ende der Familie bedeuten – und damit auch eures. Versteht ihr das?"

Die Männer nicken, die Atmosphäre bleibt angespannt, doch ich spüre den Respekt, den sie mir entgegenbringen.

Matteo ergreift das Wort. „Das hier ist eine Warnung. Jeder von euch, der auch nur im Ansatz mit diesem Verrat zu tun hat, wird die Konsequenzen spüren. Wir haben bereits zu viele Verluste hinnehmen müssen, und das wird nicht ungestraft bleiben. Aber eines sage ich euch: Wir lösen das. Für die Familie. Für euch alle."

Matteo lässt seinen Blick durch die Reihen wandern, eine unmissverständliche Schwere in seiner Haltung. „Ihr seid nicht nur Mitarbeiter, ihr seid Familie. Dass ich das überhaupt sagen muss, ist beschämend. Aber die Intrigen, die Morde – das hat jetzt ein Ende. Wer mich kennt, weiß, dass Verrat bei mir keine zweite Chance bekommt."

Er macht eine knappe Bewegung, ruft Giuliano und Luigi zu sich. Seine Stimme ist leise, aber sie trägt das Gewicht einer unbezwingbaren Macht. „Diese beiden werden jeden Einzelnen von euch befragen. Wir verlieren keine Zeit. Der Schuldige wird gefunden, und zwar bald."

Matteos Gesicht verfinstert sich, als er weiterspricht. „Ich will, dass ihr Vacchio aufsucht. Der Kerl hält sich zu lange bedeckt. Findet heraus, was er treibt, und klärt jedes Missverständnis, das da draußen kursiert. Jeder Mensch unter unserem Schutz wird wissen, dass er sicher ist. Aber jeder, der sich mit uns anlegt, wird genauso enden wie ein Schwein auf der Metzgerbank. Ohne Ausnahme."

Ein langsames, zustimmendes Raunen geht durch die Männer, einige klatschen, andere bleiben still.

„Jeder von euch hat eine Aufgabe. Sichert die Familie. Fragt nach, hört euch um. Und macht klar: Wir sind die Russos. Uns legt niemand das Handwerk."

Wir haben uns gerade von unseren Familien verabschiedet. Die Villa fühlt sich so leer an ohne Camilla und Lucia. Ihre Stimmen, ihre Präsenz – sie fehlen. Die Aufräumarbeiten laufen auf Hochtouren, die Villa ist voller Bewegung, aber dennoch spüre ich ihre Abwesenheit.

Die Gefangenen aus dem Kerker wurden befreit und gezwungen, Italien zu verlassen. Niemand wird verschont bleiben. Alle sind auf der Suche nach dem Schuldigen. Doch wer wäre fähig, so viele Menschen auf einen Schlag zu töten?

Das war keine impulsive Tat, kein Akt der Willkür. Es war eine Warnung. Der Angreifer hat gewartet, bis wir uns alle zur Zeremonie versammelt hatten.

Wir wissen nichts. Diese Ungewissheit, wer oder was das eigentliche Ziel des Angreifers ist, frisst sich in mich hinein, treibt meine Gedanken an den Rand des Wahnsinns.

„Hey, Amelie." Tommaso tritt an mich heran. Seine warme Stimme holt mich aus meinen Überlegungen. Er sieht mich mitfühlend an und streicht mit einer Hand leicht meinen Arm entlang.

Er ist ein stattlicher Mann, etwas kleiner als Matteo und Salva, aber genauso markant. Breite Schultern, scharfe Gesichtszüge, die unverkennbare Stärke der Russos.

„Geht es dir gut?", fragt er mit aufrichtiger Sorge.

Ich verschränke die Arme vor der Brust, versuche, meine innere Unruhe nicht nach außen dringen zu lassen. „Es geht mir gut. Ich hätte nur nicht gedacht, dass es wieder zu einem Angriff kommt. Und dass Antonia wieder etwas damit zu tun haben könnte."

Seine Stirn legt sich in Falten, und ich sehe, wie sehr ihn die Situation belastet. „So viele Angriffe gab es noch nie. Eigentlich erst, seitdem du hier bist. Das soll kein Vorwurf sein, aber es ist auffällig."

Seine Worte treffen mich härter, als ich zugeben möchte. Mein Blick senkt sich kurz, bevor ich ihn wieder ansehe. „Meinst du, es hat etwas mit mir zu tun?"

Er hebt die Schultern, seine Haltung entspannt, doch sein Gesicht bleibt ernst. „Ich weiß es nicht. Antonia war immer schon eifersüchtig auf dich. Aber so weit zu gehen, die Familie anzugreifen? Nein, das glaube ich nicht. Wenn überhaupt, dann ist sie nur eine Marionette. Jemand nutzt sie für seine Zwecke."

Seine Worte klingen logisch. Wenn jemand mich wirklich beseitigen wollte, könnte er das direkt tun. Er müsste nicht solch einen Aufwand betreiben und so viel Chaos stiften. „Was denkst du denn, wer dahintersteckt?", frage ich schließlich, meine Neugier kaum zügelnd.

Tommaso sieht sich kurz um, als wolle er sicherstellen, dass uns niemand zuhört. Dann senkt er seine Stimme. „Seid ihr euch hundertprozentig sicher, dass Emilio tot ist?"

Der Name trifft mich wie ein Faustschlag. Mein Körper wird starr, meine Gedanken überschlagen sich.

„Natürlich ist er tot," sage ich schnell, fast zu schnell. „Salva hat ihn erschossen."

Tommaso breitet die Arme aus, seine Stimme bleibt ruhig, aber seine Worte tragen ein Gewicht, das nicht zu ignorieren ist. „Ich meine ja nur. Ihr wart alle gestresst, emotional. Was, wenn euer Verstand euch einen Streich gespielt hat? Ich habe nicht darauf geachtet, ich war bei Matteo. Und es wurde keine Leiche geborgen."

Das Blut rauscht in meinen Ohren, als seine Worte durch mich hindurchfahren. *Das kann nicht wahr sein.* Matteo hätte es mir gesagt. Er hätte mir niemals verschwiegen, wenn Emilio noch lebt.

„Bist du dir da sicher?" Meine Stimme ist kaum mehr als ein Flüstern.

Tommaso nickt, seine Augen voller Ernst. „Leider ja."

Ich spüre, wie sich Wut von meinen Zehenspitzen bis in meinen Oberkörper ausbreitet, heiß und unkontrollierbar. Ohne nachzudenken, drehe ich mich um, fest entschlossen, Matteo zur Rede zu stellen.

Doch Tommaso greift nach meiner Hand, hält mich zurück. „Amelie," sagt er leise, seine Stimme jetzt fast beschwörend. „Ich schütze dich, genauso wie die Brüder. Ich habe dir das erzählt, weil ich finde, dass du ein Recht darauf hast, es zu wissen."

Er zieht mich in eine Umarmung. „Du gehörst hierher. Und sie alle hatten recht: Durch dich ist das Herz meines Bruders wieder in die Familie zurückgekehrt."

Ich bin überfordert von seiner Nähe, von seiner plötzlichen Offenheit. Doch es ist auch angenehm, zu spüren, dass Tommaso das Kriegsbeil zwischen uns begraben hat.

„Danke," sage ich schließlich. „Aber ich muss das jetzt klären."

Er lässt mich los, streicht noch einmal über meine Schultern, bevor er nickt.

Ich sehe ihn schon, wie er mit Salva am Barschränkchen im Wohnzimmer steht. Sie sind allein – perfekt.

„Könnt ihr mir erklären, warum Emilios Leiche nicht gefunden wurde?"

Ihre Unterhaltung verstummt. Salvas Kiefer spannt sich, sein Blick verrät, dass Tommaso die Wahrheit gesagt hat. Matteo hingegen? Sein Pokerface ist so undurchdringlich wie immer.

„Amelie, wir wollten—" beginnt Salva, doch ich lasse ihn nicht ausreden.

„Nein, Salva. Ihr wolltet nicht." Ich gehe auf sie zu, meine Schritte klingen wie ein Echo im Raum.

„Es ist mir egal, was ihr zu sagen habt. Ihr wisst genau, was er mir angetan hat, und trotzdem verschweigt ihr mir, dass mein größter Peiniger da draußen noch frei herumläuft?"

Mein Zeigefinger bohrt sich abwechselnd in ihre Brust, meine Wut brodelt so stark, dass ich sie kaum kontrollieren kann. Salva öffnet den Mund, doch bevor er ein Wort sagen kann, zieht Matteo die Mundwinkel nach oben.

Er *grinst*.

„Was zur Hölle ist so lustig?" Ich fixiere ihn, meine Augen funkeln vor Zorn. Doch seine Mundwinkel ziehen sich nur weiter nach oben, als hätte ich gerade den besten Witz seines Lebens erzählt.

„Du bist einfach süß, wenn du sauer bist," sagt er mit diesem Ton, der mich fast zum Explodieren bringt.

Ist das sein Ernst?

Ich erwidere nichts darauf, bis schließlich meine Hand auf seine Wange trifft. Die Ohrfeige hallt durch den Raum, sein Kopf fliegt zur Seite.

Salva erstarrt. Matteo bleibt einen Moment reglos, und ich sehe, wie seine Wange rot anläuft. Langsam dreht er seinen Kopf zurück, seine Augen fixieren mich, dunkel und gefährlich.

„Das hast du nicht getan," sagt er, seine Stimme tief und leise.

„Doch," antworte ich, ohne zu zögern.

Einen Moment lang starren wir uns an, wie in einem Duell, bei dem keiner nachgeben will. Dann bewegt er sich. Seine Hände greifen nach mir, und bevor ich weiß, wie mir geschieht, hebt er mich hoch, als wäre ich schwerelos.

„Salva, komm mit. Die junge Dame hier muss mal wieder lernen, was Respekt bedeutet."

„Lass mich runter!", schreie ich und schlage auf seinen Rücken ein. „Die hast du dir verdient, Matteo!"

Ich höre Salva leise lachen, und als ich mich über Matteos Schulter umsehe, sehe ich dieses verdammte Grinsen auf seinem Gesicht.

„Du! Du fällst mir jetzt auch in den Rücken?", frage ich empört, doch Salva grinst nur breiter.

Mit schnellen Schritten überqueren sie das Grundstück, Matteo lässt sich von meinen Schlägen und Protesten nicht beeindrucken.

Als wir bei Salvas Lamborghini Urus ankommen, öffnet Matteo die Tür zur Rückbank und setzt mich hinein, ohne ein Wort zu sagen.

Ich versuche sofort, mich aufzurichten, doch er drückt mich zurück in den Sitz. „Fräulein, du bleibst jetzt sitzen. Wir werden dir alles erklären, aber zuerst bekommst du die Quittung für die Ohrfeige."

Seine Stimme ist ruhig, fast zärtlich, aber der drohende Unterton lässt keinen Zweifel daran, dass er es ernst meint.

„Ich bekomme *was?*" Ich funkle ihn an, meine Stimme tropft vor Sarkasmus. „Du hast sie dir verdient, Matteo! Was fällt euch eigentlich ein?"

Salva wirft mir einen Blick über die Schulter zu, während er die Fahrertür schließt. „Amelie, beruhig dich. Wir klären das alles."

„Fahr zu dem Ort, den wir vorbereitet haben," befiehlt Matteo knapp, ohne den Blick von mir zu lösen.

Er setzt sich neben mich, seine Präsenz so schwer, dass sie die Luft im Auto ausfüllt. „Bist du anständig, oder muss ich dich festbinden?", fragt er, sein Lächeln süffisant.

Ich rutsche ein Stück zur Seite, hebe den Finger und fixiere ihn. „Wage es ja nicht!"

Sein Grinsen wird nur breiter, seine Augen funkeln vor Belustigung.

„Was ist eigentlich so kaputt an euch?", frage ich schließlich, meine Stimme zittert vor unterdrückter Wut.

Kapitel 16

Salva

Der Motor des Urus schnurrt leise, während ich uns in Richtung Strand fahre. Der Weg ist ruhig, die Straßen menschenleer – ein perfekter Kontrast zu der Spannung, die sich hinter mir abspielt.

Ihr sitzt auf der Rückbank, und die Atmosphäre zwischen euch beiden ist elektrisch. Matteo lehnt entspannt an der Tür, aber ich sehe, wie seine Augen dich fixieren, er mustert dich, als wollte er jede Einzelne deiner Bewegungen lesen, jede Emotion herausfordern.

Du hältst seinem Blick stand, deine Augen wie Dolche, die seine Provokation durchbohren wollen.

„Ihr zwei werdet irgendwann diese Spannungen entweder austragen oder euch gegenseitig umbringen," murmle ich und werfe euch im Rückspiegel einen Blick zu.

„Niemand wird hier umgebracht," sagt Matteo ruhig, doch seine Stimme trägt diesen typischen Unterton, der keine Widerrede duldet.

„Das war eine Metapher," erwidere ich trocken und schüttle leicht den Kopf.

Du verschränkst die Arme vor der Brust, dein Blick weicht nicht von Matteo ab. „Wenn er mich einfach respektieren würde, wäre das nicht nötig." Matteo hebt eine Augenbraue, ein grimmiges Lächeln spielt um seine Lippen.

„Respekt? Bella, wir respektieren dich. Sonst hätte er dich nach der Ohrfeige einfach erschossen."

„Und was ist mit Ehrlichkeit?" Deine Worte sind scharf, dein Ton gefährlich leise. „Vielleicht fangen wir damit an."

Ich spüre, wie sich mein Magen zusammenzieht. Ich hätte wissen müssen, dass das Gespräch über Emilio nicht einfach enden würde. Doch bevor ich einschreiten kann, lehnt Matteo sich leicht vor, sein Blick wird intensiver.

„Ich war ehrlich mit dir," sagt er langsam, „aber es gibt Dinge, die ich dir nicht direkt erzählen kann. Und das solltest du akzeptieren."

„Akzeptieren?" Du lachst bitter. „Vielleicht, wenn du mich nicht wie ein Kind behandeln würdest."

Ich beschleunige leicht, die Straße dehnt sich vor uns aus. „Ihr zwei seid schlimmer als ein altes Ehepaar," murmle ich, gerade laut genug, dass ihr es hören könnt.

Du drehst dich leicht zu mir, deine Augen schmal. „Und du bist besser?"

„Ich bin derjenige, der gerade verhindert, dass einer von euch beiden aus dem fahrenden Auto springt," sage ich grinsend und lenke den Wagen um eine Kurve.

Matteo lacht leise, dieses gefährlich amüsierte Lachen, das immer andeutet, dass er etwas plant. „Salva hat recht. Vielleicht sollte ich dich hier rauslassen. Ein bisschen kühle Nachtluft könnte deinen Kopf frei machen."

„Wage es," antwortest du sofort, deine Stimme peitscht durch das Auto.

Ich schüttle den Kopf und parke schließlich am Rand einer kleinen Bucht. Der Mond spiegelt sich auf den Wellen, und das Rauschen des Meeres ist das Einzige, was die Stille füllt, als ich den Motor abstelle.

Deine Augen funkeln vor Wut, und dein Blick bleibt stur auf Matteo gerichtet.

„Was soll das jetzt?", fährst du ihn an, während du aus dem Auto steigst. „Noch so eine Spielerei, Matteo? Glaubst du wirklich, das hilft irgendwas?"

Matteo steigt aus, ruhig wie immer, und schließt die Tür hinter sich. Sein Gesicht verrät nichts, außer diesem winzigen, unverkennbaren Hauch von Belustigung, der dich nur noch mehr auf die Palme bringt.

„Amelie," sagt er gelassen, während er um das Auto herum auf dich zugeht. „Manchmal solltest du erst deine Augen öffnen, bevor du urteilst."

Du schnaubst, verschränkst die Arme vor der Brust und schüttelst den Kopf. „Wenn das noch eine deiner dämlichen Theatervorstellungen ist, dann kann ich darauf verzichten. Und du," wendest du dich an mich, deine Stimme vorwurfsvoll, „bist genauso schlimm, weil du da einfach mitmachst."

Ich lehne mich gegen die Motorhaube, ein leises Lachen entweicht mir. „Bella, hör doch einfach mal auf zu reden und schau hin."

„Schau hin?", fragst du ungläubig und machst eine ausladende Geste. „Hier ist nichts außer Sand und Wasser. Ich friere, und ich will endlich wissen, was—"

Matteo tritt hinter dich, seine Hände legen sich sanft auf deine Schultern. „Fiore," murmelt er in einem Ton, der dich widerwillig innehalten lässt, „dreh dich um."

„Was?", fragst du, die Augenbrauen zusammengezogen, noch immer skeptisch.

„Dreh. Dich. Um," wiederholt er.

Du hältst einen Moment inne, deine Wut scheint noch immer wie ein Schutzschild um dich herum zu liegen. Doch dann drehst du dich zögerlich um – und erstarrst.

Das Bild vor dir ist wie aus einem Traum: Direkt am Strand, umrahmt von Fackeln, steht eine kleine, liebevoll gedeckte Tafel. Drei Gläser, eine Flasche Champagner, und auf dem Tisch ein schlichtes Bouquet aus lavendel farbenen Pfingstrosen, die im sanften Schein des Mondes leuchten.

Dein Atem stockt, und ich sehe, wie deine Schultern sich entspannen.

„Was?", flüsterst du, die Worte brechen in deinem Hals ab.

Ich trete näher, mein Ton sanft. „Das ist für dich. Matteo und ich wollten, dass du für einen Moment vergisst, was draußen passiert."

Matteo rückt noch näher an dich heran, seine Stimme ein leises Flüstern. „Manchmal muss man sich daran erinnern, wofür wir kämpfen. Und wofür ich kämpfen würde. Immer."

Du drehst dich leicht zu ihm um, deine Augen suchen die seinen, und für einen Moment scheint alles andere unwichtig. Deine Lippen bewegen sich, als wolltest du etwas sagen, aber du bleibst stumm, überwältigt von dem Moment.

Matteo nimmt deine Hand, führt dich langsam zur Tafel, während ich im Hintergrund stehen bleibe, dir Raum lasse. Du setzt dich, noch immer wie in Trance, während Matteo die Flasche entkorkt und dir ein Glas einschenkt.

„Das ist nicht das, was ich erwartet habe," sagst du schließlich leise, ein Hauch von Rührung in deiner Stimme.

„Gut, ich mag es, dich zu überraschen," erwidert Matteo.

Du nimmst das Glas entgegen, und ich greife in den Korb, um eine schwarze Wolldecke herauszuholen. Behutsam lege ich sie um deine Schultern, die Wärme des Stoffes ein sanfter Kontrast zur kühlen Abendluft. Dein Blick… Dieser Blick. Die Wut, die eben noch in deinen Augen loderte, ist verschwunden, hat Platz gemacht für etwas Tieferes. Etwas, das ich mir einbilde, Liebe nennen zu dürfen.

„Aber ihr müsst mir trotzdem sagen, warum ihr mich wegen Emilio angelogen habt," sagst du schließlich, deine Stimme leise, aber bestimmt.

Matteo tritt vor, zieht einen Stuhl für dich heraus und deutet darauf. „Setz dich."

Du tust es, langsam, während er den Korb öffnet und Bruschetta und Käse hervorholt, die er mit seiner gewohnt ruhigen Eleganz auf dem Tisch arrangiert. „Emilio ist entkommen," beginnt er, ohne den Blick von dir abzuwenden. „Ich habe es auch von Salva erfahren, nachdem ich aus dem Koma erwacht bin. Wir fanden beide, dass es besser wäre, es dir erst nach der Zeremonie zu erzählen. Wir wollten dir Zeit geben, um zu heilen. Dir nicht sofort Angst machen oder deine Fortschritte zerstören. Das war keine Lüge. Wir haben nur … gewartet."

Du nimmst dir ein Brot, kaust und wirfst mir einen Blick zu. „Bei ihm verstehe ich das ja. Aber bei dir?"

Ich nehme deine freie Hand, meine Finger streichen leicht über deine. Plötzlich fällt dir ein Stück Tomate aus dem Mund, und ich kann mir ein Schmunzeln nicht verkneifen.

„Warum werde ich eigentlich immer als Bösewicht dargestellt?", fragt Matteo auf einmal ausdruckslos, während er sich zurücklehnt.

„Weil du einer bist," antworten wir im Chor.

Er hebt eine Augenbraue und fixiert meinen Blick. „Du stehst darauf Amelie."

Du verschluckst dich leicht am Brot, hustest, doch Matteo lacht nur, lehnt sich noch weiter zurück und schlägt ein Bein über das andere. „Sie steht aber auch auf mich," kontere ich.

„Ja weil du ein Softie bist.", fügt er mit einem schelmischen Grinsen hinzu.

Ich schnappe mir ein Stück Käse, werfe es gezielt in seine Richtung. „Ich bin alles, aber kein Softie!"

Dein Blick wandert zwischen uns hin und her. „Du bewirfst mich gerade mit Käse. Das ist dir bewusst, oder?", stichelt Matteo.

Dein Lachen bricht hervor, klar und ansteckend.

Ich sehe dich gespielt böse an. „Findest du, ich bin ein Softie?"

Du schluckst herunter, legst das Brot zur Seite und nimmst einen Schluck Champagner. Langsam stehst du auf, und mein Blick folgt dir automatisch, wie von einer unsichtbaren Kraft gezogen. Du fährst mit deinen Fingern den Tisch entlang. Gehst mit einer Eleganz einer Katze auf mich zu. Dann setzt du dich auf meinen Schoß, so geschmeidig und selbstbewusst, dass ich fast den Atem verliere.

„Nein," sagst du mit einem Lächeln, das meine Nerven wie Feuer entzündet. „Ein Softie könnte mir nicht das Schießen beibringen," du fährst mit deinen Fingern die Linien meiner Tattoos nach.

„Ein Softie könnte mich nicht mit seinen Blicken so verführen, wie du es tust."

Meine Hand wandert deinen Rücken hinab, ruht kurz auf deinem Hüftbogen, bevor sie weiter nach unten auf deinen Oberschenkel gleitet. „Rede weiter," raune ich gegen deine Lippen, die nur noch einen Atemzug von meinen entfernt sind.

„Ein Softie würde mich nicht jedes Mal mit seiner Männlichkeit umhauen, wenn er mich beschützt vor all den Gefahren die dort draußen lauern," deine Finger wandern tiefer zu meinem Hosenbund, bis du fast an meiner Erektion ankommst.

„Ein Softie würde mich nicht jedes Mal feucht machen, wenn er den Raum betritt," flüsterst du, und deine Hand erreicht meinen Schwanz, du drückst gegen meinen Schwanz. Ein Stöhnen entweicht meinen Lippen. So nah war ich dir noch nie. Alles in mir bebt.

„Ein Softie—" Zu mehr kommst du nicht. Meine Hand umfasst dein Kinn, zieht dich zu mir, und meine Lippen finden endlich die deinen.

Unser erster Kuss.

Deine Lippen fühlen sich an wie weiche Seide, und als sich unsere Zungen berühren, spüre ich eine Hitze, die alles übertrifft, was ich je gekannt habe. Es ist kein flüchtiger Moment. Es ist ein leidenschaftlicher Tanz, ein Versprechen, das unausgesprochen zwischen uns liegt. Ich greife in deine Haare, presse dich fester an mich. Deine Hand ist immer noch in meinem Schritt, die andere umfasst meine Schulter. Unsere Zungen spielen miteinander. Ich schmecke dich, deinen perfekten Geschmack. Du bist eine so gute Küsserin.

Als ich mich für einen winzigen Moment von dir löse, flüstere ich gegen deine Lippen, die noch leicht geöffnet sind: „Wie lange ich das schon wollte."

Matteo tritt an deine Seite, seine Hand gleitet durch dein Haar. „Du wirst für immer uns gehören. Und dir wird nie wieder etwas passieren. Ich würde es nicht überleben, wenn dir noch einmal jemand weh tut."

Du siehst ihn an, nickst, fast unsicher, ob du diesen Worten trauen kannst. „Ich hoffe es," murmelst du.

„Du musst nicht hoffen. Wir werden alles tun, um dich zu schützen," antwortet Matteo, und die Stärke in seiner Stimme lässt keinen Raum für Zweifel.

Er reicht dir die Hand, und ich nehme deine andere. Gemeinsam helfen wir dir auf die Beine. Der Wind hat sich gelegt, und die kühle Nachtluft ist fast angenehm geworden.

Wir gehen weiter, an einer felsigen Wand entlang. Meine Lippen kribbeln noch immer von dem Kuss, und ich kann meinen Blick nicht von dir abwenden. Jede Bewegung von dir, die Art, wie dein Körper sich im Mondlicht bewegt, raubt mir den Verstand.

„Womit habe ich euch beide nur verdient?", murmelst du, fast zu dir selbst, doch ich höre jedes Wort.

Als wir die nächste Biegung erreichen, bleibt dir der Atem stehen. Vor uns steht ein großes Luxuszelt, perfekt ausgerichtet mit Blick auf den sternenklaren Himmel. Die Inneneinrichtung in hellen Farben, die weichen Decken und das warme Licht aus den Laternen, die das Zelt erleuchten – alles ist genau so, wie Matteo und ich es geplant haben.

„Heute verbringen wir die Nacht zusammen," sage ich.

Doch bevor du dich setzen kannst, tritt Matteo hinter dich und zieht dir die Decke sanft von den Schultern. „Ich warte hier auf euch," sagt er, und du siehst mich fragend an.

„Was meint er? Wo gehen wir hin?"

Meine Erektion drückt immer noch schmerzhaft gegen meine Hose, und ich schiebe mein Jackett von den Schultern. „Wir gehen eine Runde baden."

„Im Meer?", fragst du, deine Augen weiten sich leicht.

Ich nicke und beginne, meine Hemdknöpfe zu öffnen. Matteo hilft dir währenddessen aus deinem Kleid.

„Hast du Angst?", frage ich, mein Ton herausfordernd.

Du beißt dir auf die Unterlippe, und ich sehe, wie

dein Blick über meinen Körper wandert, von meinen Tattoos bis hinunter … tiefer. „Ein bisschen," gibst du zu.

„Brauchst du nicht," sagt Matteo leise, während dein Kleid zu Boden gleitet. Deine Nippel verhärten sich in der kühlen Luft, und ich bin mir sicher, dass dieser Moment nichts mehr zwischen uns unausgesprochen lässt.

Matteo geht voraus ins Zelt, sein Gang ruhig, fast lässig, bevor er sich auf das imposante Bett legt. Sein Blick verfolgt dich, während du bei mir stehen bleibst. Deine Augen glänzen, doch ein Hauch von Zurückhaltung bleibt in deiner Haltung. Du verschränkst die Arme vor der Brust, und ich sehe, wie sich Gänsehaut über deine Haut ausbreitet.

Du bist eine Vision. Komplett nackt, wie Gott dich schuf, und es kostet mich all meine Selbstbeherrschung, nicht sofort über dich herzufallen. Deine feinen Kurven, deine vollen Brüste, dein süßer, knackiger Hintern – es bringt mich um den Verstand. Du hast etwas an dir, das verführerisch und geheimnisvoll ist. Dieses Verruchte, das dich begleitet, macht dich so einzigartig.

Ich nähere mich dir, mein Atem flach, meine Brust schwer. Du stehst so nah vor mir, dass meine Härte gegen deinen Bauch drückt. Ich spüre, wie dein Atem schneller wird, und ich weiß, dass es dich anheizt.

„Du bist so wunderschön," murmle ich, meine Hände gleiten sanft zu deinem Gesicht, umfassen es, und ich senke meine Lippen auf deine. Der Kuss ist tief, einnehmend, und meine Hände wandern langsam von deinen Schultern hinab zu deiner Hüfte.

Mit einem einzigen, geschmeidigen Griff hebe ich dich auf meine Arme. Dein Körper ist leicht in meinen Armen, doch die Nähe, die Wärme deiner Haut, setzt mich in Flammen.

„Aber renn jetzt bitte nicht einfach ins Wasser," sagst du, als du dich an mich klammerst.

„Warum nicht?", erwidere ich, ein schelmisches Grinsen auf meinen Lippen. „Das ist weniger schlimm, als wenn wir uns langsam nass machen."

Ohne eine weitere Warnung gehe ich tiefer ins Meer. Das Wasser umfängt uns, und ja, es ist kalt, doch der Schock belebt mich. Dein Hintern ist bereits unter Wasser, und ich will dich loslassen, damit du dich um meine Hüften schwingen kannst. Doch du klammerst dich fester an mich, dein Körper zittert leicht.

„Oh, oh, nein," bibberst du, deine Worte brechen mit jedem Atemzug ab. „Es… ist… so… kalt."

Ich lache leise und mit einem Schwung schlinge ich deine Beine um meine Hüften. Dein Griff wird fester, dein Körper presst sich an meinen.

„Du… bist… so… ein… Arsch," murmelst du zwischen klappernden Zähnen, und ich halte deinen Hintern fest in meinen Händen, meine Finger graben sich leicht in deine Haut.

„Warte ein wenig. Die Kälte vergeht," sage ich beruhigend, während ich mich mit dir bewege, das Wasser um uns sanft aufwirbele.

Und ich behalte recht. Langsam entspannt sich dein Körper, deine Muskeln lockern sich, und dein Atem wird ruhiger. Ich drehe uns zur Seite, halte dich sicher, sodass du auf den Horizont blicken kannst. Der Vollmond spiegelt sich im Meer, und die Sterne scheinen heller, klarer als jemals zuvor.

„Oh mein Gott. Ich habe noch nie etwas so Schönes gesehen."

Ich küsse deine Schläfe, meine Lippen verharren einen Moment an deiner Haut. „Ich schon."

Du beginnst zu grinsen, deine Augen glitzern vor Freude. „Ja, ihr seid Milliardäre. Ihr könnt an jeden Ort der Welt reisen, ohne dass euch das im Portemonnaie wehtut."

Meine Augen werden weich, und meine Stimme ist kaum mehr als ein Flüstern. „So meinte ich das gar nicht, Bella. Ich meinte dich. Du bist das Schönste, was ich je gesehen habe. Nicht nur äußerlich – auch in deinem Inneren. Alles an dir ist perfekt. Deine Gedanken, deine Worte, selbst dein Chaos."

Du siehst mich an, und in diesem Moment scheint die Zeit stillzustehen. Ohne ein weiteres Wort ziehst du mich zu dir, deine Lippen finden meine, und der Kuss ist alles, was ich mir je gewünscht habe. Er ist tief, einnehmend, voller Verlangen, und ich verliere mich in dir.

Deine Finger gleiten über meinen Rücken, hinterlassen heiße Spuren auf meiner Haut. „Salva," flüsterst du, deine Stimme bebt vor Lust, und ich kann dir nicht widerstehen.

Mit meiner linken Hand umfasse ich deine Brust, während meine rechte Hand langsam deine Taille entlangfährt, bis sie deine Perle findet. Dein Stöhnen ist wie Musik, deine Lippen öffnen sich, und dein Kopf fällt leicht nach hinten.

Du bist ein Anblick, der mich fast in den Wahnsinn

treibt. Wie eine Königin des Ozeans lässt du dich fallen, dein Körper geschmeidig und hingebungsvoll in meinen Armen.

„Ich will dich in mir spüren," schnurrst du, wie eine ausgehungerte Katze die ihre erste Mahlzeit seit Jahren vor sich hat.

Ich ziehe dich enger an mich, meine Hände an deinen Hüften, während ich mich an dir ausrichte. Langsam gleitet meine Eichel gegen dich, und ich sehe den Moment, in dem dein Körper nach mehr verlangt.

Langsam, aber fest lasse ich mich in dich sinken. Dein scharfer Atemzug, dein leises Aufschreien, und die Art, wie du dich gegen mich drückst, lassen meine Selbstbeherrschung bröckeln.

„Cazzo, du bist so verdammt eng," murmle ich, mein Atem heftig, während ich dich halte und mich langsam bewege. Ich hebe dich auf und ab. Deine Brüste beben im Wasser. So perfekt, ich neige mich vor, und beginne an deinen Nippeln zu saugen, die bereits steif von dem kalten Wasser sind. „Salva, ich komme bald," stöhnst du.

Ich beiße dir in den Nippel und fahre mit meinen Küssen weiter nach oben. „So schnell?" Ich beiße dir grinsend in dein Ohrläppchen. „Ja, ich habe mir das schon so lange gewünscht. Ich halte das nicht länger aus." Ich spüre wie deine Enge sich verkrampft. Du kommst wirklich bald.

Ich beschleunige unseren Rhythmus und auch ich verliere mich in dem Gefühl, dich so nah bei mir zu haben. Deine Fingernägel graben sich in meinen

Rücken, und meine Zähne finden deinen Hals, während unser Tempo immer weiter zunimmt.

Du zerbrichst in meinen Armen, dein Körper bebt gegen meinen, und ich halte dich fest, bis du wieder zu Atem kommst.

„Glaube nicht, dass es jetzt schon vorbei ist," raune ich, meine Stimme dunkel vor Verlangen.

Noch immer tief in dir trage ich dich aus dem Wasser zurück zum Zelt. Matteo hat alles vorbereitet – das Bett, die Wärme, die Handtücher.

„Hallo, Kleines." Mit einer ruhigen Bewegung schiebt Matteo dir eine nasse Strähne aus dem Gesicht.

„Hallo, Großer.", sagst du noch leicht im Rausch.

Matteos Lippen verziehen sich zu einem zufriedenen Lächeln. Er beobachtet dich, seine Augen wandern über deinen Körper, als würde er bereits Pläne schmieden, die nur er kennt.

Ich lege dich behutsam auf dem Bett ab, jede Bewegung von einer präzisen Ruhe durchdrungen. Meine Augen folgen deinen, während Matteo sich mit der Gelassenheit eines Mannes, der absolute Kontrolle besitzt, der kleinen Kommode nähert. Seine Finger gleiten über die Oberfläche, bevor er ein schwarzes Bondage-Band hervorzieht.

„Was soll das werden?" Deine Stimme ist kaum mehr als ein Hauch, ein nervöses Flüstern, das von der Spannung im Raum verschluckt wird.

Er wickelt den Anfang des Bandes langsam um seine Hand, seine Bewegungen hypnotisierend.

Ohne ein Wort packt er deine Beine und schiebt sie vom Bett herunter. „Leg deine Hände auf deinen Schoß," befiehlt er.

Dein Blick huscht zu mir, suchend, prüfend. Doch mein Gesicht bleibt ausdruckslos, ernst, wie eine gemeißelte Statue. „Tu, was er sagt," füge ich ruhig hinzu.

„Nicht, bevor ihr mir sagt, was ihr mit diesem Band vorhabt." Dein Kinn hebt sich, ein flüchtiger Versuch, die Kontrolle zurückzugewinnen.

Matteo lächelt nicht. Stattdessen legt er das Band auf das Bett, greift zu seinem Gürtel und öffnet ihn mit einem einzigen, scharfen Schnalzen, das durch die Luft peitscht. Du zuckst zusammen, deine Hände graben sich in das weiche Material der Tagesdecke. Er tritt näher, umfasst grob dein Kinn, und seine Augen funkeln mit einer dunklen Intensität, die dich innehalten lässt.

„Denk nicht, dass ich die Ohrfeige vergessen habe," murmelt er.

Deine Zähne fangen deine Unterlippe ein, ein verzweifelter Versuch, die Nervosität in dir zu kontrollieren. „Jetzt leg deine Hände auf deine wunderschönen Schenkel, Kleines," fordert er erneut.

Zögernd gehorchst du. Deine Bewegungen sind langsam, fast unsicher, und doch gibt es eine unausgesprochene Erwartung, die in der Luft hängt. Matteo nimmt das Band und beginnt, deine Hände sorgfältig zu verbinden.

Seine Finger gleiten über deine Haut, führen das Band entlang deiner Schultern, bis es deine Brust erreicht. Er arbeitet mit einer fast schon künstlerischen Präzision, als wärst du ein Meisterwerk, das er erschafft.

Deine Brüste bleiben frei, doch das Band umrahmt sie wie ein kunstvoll gewebtes Korsett. Es bildet ein X um deine Taille, bevor es weiter hinter deinen Rücken geführt wird und schließlich deine Oberschenkel erreicht.

Als er fertig ist, tritt er zurück, seine Augen gleiten über dich, als würde er jeden Knoten, jede Linie seines Werkes bewundern. „Denkst du, ich stehe auf Schmerzen?", fragt er, während er ein weiteres Seil durch deinen Rücken zieht.

„Wie meinst du das?", fragst du unsicher.

„Lass mich eines klarstellen," entgegnet er und beugt sich näher zu dir. Seine Stimme wird leiser, eindringlicher. „Ich lasse mich nicht ohrfeigen. Nicht von dir, nicht von irgendjemandem. Schrei mich an, box gegen meine Brust, fick meinen Bruder – aber erhebe nie wieder die Hand gegen mich." Er hält inne, seine Augen bohren sich in deine, während deine Kehle trocken wird. „Ich würde dich niemals anrühren. Außer beim Sex. Denn ich weiß, dass du es liebst, hart genommen zu werden. Du willst, dass wir dich zerreißen, dich in Millionen Stücke brechen, nur um dich wieder zusammenzusetzen. Und genau das wirst du uns jetzt geben – die komplette Kontrolle."

Du nickst während du dir auf deine Unterlippe beißt und gibst uns somit die Bestätigung. Ich erhebe mich vom Bett und trete neben Matteo. Gemeinsam heben wir dich hoch, deine Haut schimmert im warmen Licht der Kerzen. Das Bondage-Seil haken wir in den Rehling an der Decke ein, und langsam schwebst du in der Luft.

Dein Körper hängt rücklings, deine Arme und Beine fixiert, wie ein Vogel, der sich in einem Netz verfangen hat.

„Wir könnten dir die Augen verbinden," flüstere ich an deinem Ohr, meine Lippen berühren beinahe deine Haut, „aber wir wollen deine Augen sehen, sehen, wie nah du dem Abgrund bist, während wir dich verwöhnen. Wir wollen miterleben, wie du springst – und fällst."

Meine Finger gleiten über deinen Körper, streicheln deine Seiten hinab, bis sie an deinem Bauchnabel ankommen. Ich küsse ihn, meine Lippen verweilen einen Moment, bevor ich weitermache. Mit meiner Zunge fahre ich über deine Haut, tiefer, bis ich an deinem Venushügel ankomme. Deine Atmung wird schneller, deine Brust hebt und senkt sich hektisch.

Matteo zwirbelt deine Nippel, zieht an ihnen, und ein Stöhnen entfährt deinen Lippen. Ich beuge mich tiefer, lecke über deine empfindlichste Stelle, während ich deine Beine ein Stück weiter auseinanderschiebe. Dein Duft umhüllt mich, hypnotisiert mich, und ich fahre mit meinen Fingern über deine Spalte. Du versuchst, dein Becken nach oben zu drücken, doch du kannst dich nicht bewegen. Kein Zentimeter.

„Du bist so feucht," raune ich, während meine Finger tiefer in dich gleiten. Mit meiner Zunge umkreise ich deine Perle, während Matteo eine kleine Peitsche hervorholt. Die feinen Lederstreifen kitzeln deine Nippel, treiben ein kehliges Stöhnen aus dir heraus.

„Bist du schon bereit dafür?", fragt Matteo jetzt sanfter, fast fürsorglich.

„Bei euch immer," flüsterst du, dein Ton gehaucht, voller Hingabe.

„Das wollte ich hören," murmelt er zufrieden.

Ich intensiviere meine Bewegungen, meine Finger und Zunge arbeiten in perfekter Harmonie, während Matteo die Peitsche über deine Haut tanzen lässt. Mit jedem Hieb schreist du, deine Stimme zittert vor Lust. Ich schmecke, wie du immer nasser wirst, deine Hitze steigert sich mit jedem Moment, bis ich spüre, wie du zitterst und dich schließlich auflöst, ein atemloser Schrei meinen Namen aus deinem Mund reißt.

„Oh mein Gott, Salva."

Ich wische deinen Nektar von meinen Lippen, richte mich auf und drücke meinen harten, pulsierenden Schwanz ohne Vorwarnung in dich. Du keuchst, deine Stimme bricht, und Matteo umfasst dein Gesicht, zwingt dich, ihm in die Augen zu sehen.

„Zeig mir, wie leid es dir tut," fordert er, und ich spüre, wie sich dein Körper um mich herum zusammenzieht. *Du liebst es.* Du liebst alles daran – die Macht, die wir über dich haben, die Art, wie wir dich zerlegen, um dich neu zu formen.

Deine Augen flackern, suchend, zwischen uns hin und her. Matteo hält deinen Blick, während er seine Finger in dein Haar gleiten lässt. Mit einem leichten Ruck zieht er deinen Kopf nach hinten, seine Augen wie dunkle Abgründe, die dich verschlingen wollen.

„Zeig mir, wie sehr es dir leidtut," wiederholt er, seine Stimme jetzt tiefer, dunkler.

Deine Lippen öffnen sich, zittern leicht, bevor du seine Erektion in deinen Mund nimmst. Dein Blick

bleibt auf ihm, und ich sehe, wie sich seine Züge verhärten, ein leises Knurren seine Kehle verlässt. Meine
Hände umfassen deine Hüften, und ich stoße wieder in
dich hinein – härter, tiefer.

Jeder meiner Stöße drängt Matteo tiefer in deinen
Rachen, und ich sehe, wie deine Kehle arbeitet, um ihn
aufzunehmen. Ich höre ein leichtes Würgen, als sein
Körper dich noch weiter fordert.

„Gott, du bist perfekt," murmelt Matteo, eine Hand in
deinem Haar, die andere streicht über deine Wange,
während er dich kontrolliert, dich lenkt, deinen Rhythmus bestimmt.

Ich greife deine Hüften fester, meine Finger graben
sich in deine Haut, während ich dich immer härter
nehme. Deine Hitze, dein süßes Zittern um mich herum
treiben mich in den Wahnsinn. Mit jedem Stoß wird
mein Atem schwerer, mein Körper elektrisch, als würde
jede Faser in mir vibrieren.

Du bist ein Anblick, der alles andere vergessen lässt.
Die Knoten des Bondage-Bandes, umrahmen deine
Haut wie ein kostbares Geschenk, das nur für uns
gemacht wurde.

Ich ziehe mich fast vollständig aus dir zurück, nur
um dich dann wieder vollständig auszufüllen, bis ich
ganz in dir versinke. Mein Schaft stimuliert immer
abwechselnd deine Perle. Ich lasse meinen Kopf leicht
nach hinten fallen, und stöhne, tief und rau, als die
Spannung in mir sich zu einem unausweichlichen Höhe-
punkt aufbaut.

„Fuck," murmele ich, mein Griff an deinen Hüften
wird härter, als ich mich in dich presse. Mein Orgasmus

durchströmt mich wie ein Schock, und ich spüre, wie ich mich bis zum Anschlag in dir entlade. Mein Atem geht schwer, während ich noch zwei langsame, tiefe Stöße setze, bevor ich mich löse und dich sanft küsse – meinen Mund auf deinem Venushügel, als Zeichen der Verehrung.

Matteo zieht sich aus deinem Mund zurück, seine Bewegungen sanft, fast liebevoll, als er deine Wange streichelt. Deine Lippen sind geschwollen, feucht, und ein kleines Lächeln zuckt über dein Gesicht.

„Wie wäre es, wenn unsere Frau eine kleine Pause bekommt?", sagt Matteo und neigt den Kopf leicht zur Seite, während er dich mustert.

Deine Lider, halb geschlossen, mit einem Funken Unersättlichkeit. „Nein … macht weiter. Bitte."

Matteo und ich tauschen einen Blick, ein kurzes Grinsen zwischen uns, bevor er sich wieder dir zuwendet. „Du bist unersättlich," murmelt er, seine Stimme voller Zuneigung, doch seine Augen blitzen gefährlich.

Wir lösen die Seile vorsichtig und heben dich vom Karabiner. Dein Körper ist feucht von Schweiß, dein Atem immer noch unregelmäßig, doch deine Hingabe ist ungebrochen. Matteo legt dich behutsam auf das Bett, als wärst du aus Porzellan, und drückt einen sanften Kuss auf deine Stirn.

Dann zieht er aus seiner Hosentasche drei Zigaretten hervor. Er reicht mir eine, zündet sie an und gibt dir eine Weitere, bevor er sich ebenfalls eine anzündet. Unter dem Bett holt er ebenfalls eine Flasche Whiskey hervor und nimmt einen großen Schluck.

Der Raum füllt sich mit dem sanften Duft von Tabak, die Atmosphäre schwer, aber aufgeladen mit einem leisen Nachhall von Lust. Das warme Licht der Kerzen wirft immer noch tanzende Schatten an die Wände, und für einen Moment scheint alles in einer perfekten Balance zu sein – Hitze, Hingabe und das unausgesprochene Versprechen, dass dies noch lange nicht vorbei ist.

Kapitel 17

Amelie

Ich liege zwischen den beiden Männern, die meine Welt bedeuten. Salvas tätowierte Bauchmuskeln heben sich leicht. Ich lasse die Asche in den Aschenbecher fallen, der auf seiner Brust liegt, bevor ich mir die Whiskeyflasche greife. Der Alkohol brennt wie ein Feuer durch meine Kehle, doch es fühlt sich genau richtig an – ein Kontrast zu dem warmen Prickeln, das immer noch in meinen Gliedern pulsiert.

„Es tut mir aufrichtig leid, Matteo." Meine Stimme zittert leicht, während ich mich aufsetze und mich zu ihm vorbeuge. Seine dunklen Augen funkeln mir entgegen, doch nicht in der üblichen Lust, sondern aus Enttäuschung und Zorn. Es schmerzt, ihn so anzusehen, ihn so fühlen zu können. Seine Enttäuschung ist wie eine Mauer zwischen uns, eine, die ich verzweifelt einreißen will.

Ich atme tief ein, das Gewicht meiner Worte schwer auf meinen Schultern. „Ich habe mich von meinen Gefühlen treiben lassen. Ich weiß, das entschuldigt nichts, aber vertrau mir, wenn ich dir sage, dass es nie wieder vorkommen wird."

Sein Kiefer mahlt, die Muskeln an seinen Wangen arbeiten, während er die Arme hinter seinen Kopf verschränkt. Die Bewegung lässt seine muskulösen Arme noch mehr zur Geltung kommen, und ich kann nicht anders, als zu bemerken, wie seine Brustmuskeln leicht zucken, als würde er seine Wut in Kontrolle zwingen.

„Lass mich dir eine Ohrfeige geben," sagt er trocken, fast beiläufig.

„Was? Nein!" Ich lehne mich instinktiv zurück, meine Augen weiten sich, während ich versuche, den Ernst in seiner Stimme zu erkennen. Doch bei Matteo weiß man nie.

Bevor ich mehr sagen kann, spüre ich Salvas Arme, die sich fest um meine Taille legen und mich zu ihm ziehen. Seine Stärke ist mühelos, und ich finde mich gegen seinen Brustkorb gedrückt wieder.

„Du wirst *unserer* Bella keine Ohrfeige verpassen," sagt er, ruhig, aber mit einem deutlichen Unterton.

Matteo zuckt nur mit den Schultern. „Dann wären wir quitt."

Ich will aus Salvas Griff heraus, will zu Matteo, will ihn anschreien, ihn boxen, alles, was diese Spannung lösen könnte. Doch Salva hält mich fest, seine Arme wie eiserne Bänder um mich geschlungen.

„Ich habe mich euch gerade komplett ausgeliefert! Ich dachte, wir wären danach quitt?" Meine Stimme bricht sich in einem Wutanfall, während ich mich abmühe, frei zu kommen, zappelnd und strampelnd wie ein Fisch, der gegen die unsichtbaren Fesseln seiner Fänge kämpft.

Matteo rückt näher, langsam, mit dieser unerschütterlichen Ruhe, die mich immer wieder aus der Fassung bringt. Doch er bleibt außer Reichweite, gerade so, dass ich ihn nicht erreichen kann. „Fiore. Du wurdest *verwöhnt* von uns." Seine Stimme ist süß, doch seine Augen verraten, dass er mit mir spielt.

Seine Finger gleiten über meinen Arm, und ich nutze die Gelegenheit, seinen Arm zu packen, doch er ist schneller. In einer fließenden Bewegung zieht er mich zu sich und drückt mich rücklings aufs Bett. Sein Körper ist über mir, fest, schwer, und ich habe keine Chance, mich zu bewegen.

„Vielleicht stehst du ja darauf," knurrt er. Mit einer Hand fixiert er mühelos meine Hände über meinem Kopf, während seine andere Hand meine Wange provozierend streichelt.

Ich verenge meine Augen, blicke zu Salva hinüber, suche nach Unterstützung. „Lässt du das einfach zu?"

Salva zuckt nur mit den Schultern, sein Mund zu einem kleinen, amüsierten Grinsen verzogen. „Vielleicht hat er recht und es gefällt dir wirklich."

Ich verdrehe die Augen. „Ihr seid beide gar nicht so verschieden, wie ihr denkt. Sobald es um Sex geht, seid ihr aus dem gleichen Holz geschnitzt."

Matteo hebt eine Augenbraue, und ein Grinsen schleicht sich auf seine Lippen, das Grübchen in seiner Wange kommt zum Vorschein. Dieses Grübchen – ich habe es in letzter Zeit viel zu selten gesehen. Aber dieses Grinsen? Es kündigt nichts Gutes an.

Seine Hand findet ihren Weg zu meiner Kehle, und sein Griff ist fest, aber nicht schmerzhaft. „Sei so lieb und öffne deine Beine für mich," flüstert er, fast zu liebevoll.

Doch als ich seinen prallen, harten Schwanz gegen meinen Unterkörper spüre, gehorche ich, ohne nachzudenken. Niemals würde ich mir entgehen lassen, von einem der beiden ausgefüllt zu werden.

Matteo positioniert sich und stößt in mich hinein – direkt, hart, ohne erbarmen. Ein scharfer Schmerz durchzuckt mich, doch es dauert nicht lange, bis das Verlangen die Oberhand gewinnt. Sein Griff um meinen Hals wird fester, seine Lippen pressen sich auf meine, und ich erwidere seinen Kuss. Jeder Stoß von ihm treibt mich näher an den Rand, jeder Atemzug wird schwerer.

„Ich dachte, du wüsstest bereits, dass brave Mädchen nicht ihre Augen verdrehen?", flüstert er mir ins Ohr, bevor er in mein Ohrläppchen beißt. Ein Schauer läuft über meinen Rücken, und ich muss schmunzeln, weil ich weiß, dass ihn das immer zur Weißglut bringt.

Sein Griff wird noch fester, und die Luft wird knapp, aber das verstärkt nur die Intensität des Gefühls zwischen meinen Beinen. Mein Körper kribbelt, brennt vor Verlangen, und ich weiß, dass ich jeden Moment explodieren könnte.

„Ms. Moore, Sie finden das also witzig?" Seine Stimme ist ein leises Knurren, das mich vollkommen einnimmt.

„Oh ... ja ... Dr. Russo ..." presse ich hervor, bevor ich spüre, wie er noch tiefer in mich stößt. Ich dachte, das wäre gar nicht möglich gewesen.

Matteo löst seine Hand von meinem Hals, gerade rechtzeitig, als meine Sicht zu verschwimmen droht. Sein Griff wandert zu meinem Kinn, ein weiterer harter Stoß, so heftig, dass mein Körper beinahe vom Bett geschoben wird. „Salva, halt sie fest," befiehlt Matteo mit einem Ton, der keine Widerrede duldet.

Salva rückt näher, greift meine Arme, die Matteo loslässt, und hält sie über meinen Kopf fest. Seine Hände sind warm, seine Berührung nicht weniger fest, aber mit einer vertrauten Zärtlichkeit, die mich immer wieder überrascht. Matteo stützt sich mit einer Hand am Bett ab, seine andere Hand gleitet zurück zu meiner Wange, die er erneut streichelt.

„Was hast du vor?", frage ich atemlos, während seine Bewegungen kurz innehalten, die Spannung unerträglich wird.

„Ich werde dir Manieren beibringen," murmelt er, sein Grinsen ist gefährlich.

Seine Hand hebt sich, und ein leichter Klaps landet auf meiner Wange. Es ist nicht hart, eher eine Warnung, doch meine Haut kribbelt unter der Berührung. Ich sehe ihn herausfordernd an, meine Lippen leicht gespitzt, doch er ignoriert meine stille Rebellion.

Ein zweiter Klaps – diesmal fester. Ich zucke leicht, doch ich halte seinem Blick stand.

Sein Griff wechselt, umfasst mein Kinn, bevor er meinen Kopf zurück in die Matratze drückt. „Du lernst es einfach nicht. Vielleicht hilft das."

Seine Hände packen meine Hüften mit einer Grobheit, die mich zittern lässt. Er hebt mein Becken an, seine Knie stützen mich, während er sich in mich versenkt. Doch er hält mich bewusst davon ab, mich fallen zu lassen.

Mein Körper gehorcht mir nicht mehr, jede Kontrolle gleitet mir aus den Händen. Matteos Körper glänzt im

Kerzenlicht, und ich kann die Kraft und Entschlossenheit in jedem seiner Bewegungen spüren.

Salva beugt sich zu mir, seine Lippen finden meine, und sein Kuss ist heiß, fordernd. Er zieht sich zurück, nur um seinen Körper so zu drehen, dass sein harter Schwanz vor meinem Mund schwebt. Ohne Zögern nehme ich ihn auf, lasse ihn so tief gleiten, wie ich es kann.

Sein Atem beschleunigt sich, seine Finger streichen über mein Gesicht, während er sich meinen Bewegungen anpasst. Ich gebe ihm alles, jede Technik, jedes Wissen, das ich habe, und es dauert nicht lange, bis sein leises Stöhnen sich in einem heftigen Orgasmus entlädt. Der salzige Geschmack seiner Samen füllt meinen Mund, und ich schlucke, ohne ihn aus den Augen zu lassen.

Salva zieht sich zurück, schnappt nach Luft und schwingt seine Beine vom Bett. Mit einem verschmitzten Lächeln greift er nach einer Decke, wirft sie sich über die Schultern und schnappt sich eine Zigarette. „Ich rauch eine. Versuch, sie nicht ganz zu ruinieren," sagt er spielerisch, bevor er den Raum verlässt.

Jetzt bin ich allein mit Matteo. Seine Bewegungen werden ruhiger, seine Finger gleiten über meinen Körper, kneift in alle meine Rundungen bis sie rot anlaufen. Für einen Moment denke ich, er lässt mich endlich los. Doch dann sehe ich das Funkeln in seinen Augen – diese dunkle, intensive Energie, die nie nachlässt.

„Ich liebe dich," keuche ich, meine Stimme kaum hörbar zwischen seinen langsamen, tiefen Stößen.

Matteos Körper versteift sich kurz, dann blickt er mir in die Augen. Seine Hand gleitet zwischen meine Beine, und seine Finger finden den empfindlichsten Teil von mir. „Sag das nochmal," flüstert er, während seine Finger mich genau dort berühren, wo ich es am meisten brauche.

„Ich liebe dich," wiederhole ich, dieses Mal lauter, fast flehend.

Ein zufriedenes Stöhnen verlässt seine Brust, und er beschleunigt seine Bewegungen. Mein Körper explodiert unter seiner Berührung, und ein heftiger Orgasmus bricht wie eine Flutwelle über mich herein. Mein Körper krampft, zittert, und ich schmelze unter seinen Händen.

Kurz darauf spüre ich, wie er selbst kommt, sein heißer Atem auf meiner Haut, während er jeden Tropfen in mich entlädt. Ein raues, tiefes Geräusch entfährt ihm, seine Hände klammern sich an meine Hüften, als würde er mich festhalten wollen, bis die Welt aufhört zu existieren.

Als sein Körper endlich zur Ruhe kommt, lässt er sich auf mich fallen, schwer, warm, aber vertraut. Seine Lippen finden meinen Hals, und er verteilt weiche Küsse entlang meiner Haut, sein Bart kitzelt mich leicht.

„Ich liebe dich auch, du freche Donna," flüstert er gegen meine Haut, bevor er mich mit weiteren Küssen überhäuft.

„Niemals würde ich mich an dir vergehen." Seine Worte sind leise, doch sie hallen in mir wider, stärker als jeder Stoß zuvor. „Niemals, selbst wenn du mir ein Messer ins Herz rammst."

Er hebt seinen Kopf, und seine dunklen Augen, in denen eben noch Leidenschaft tobte, sind jetzt voller Sanftheit, voller Liebe. Seine Lippen finden den Weg zu meiner Brust, seine Zähne ziehen spielerisch an meiner empfindlichen Haut, während er mich ansieht, als wäre ich das Einzige, das zählt.

„Frühstück ist fertig!", ruft Salva von der Küche aus Matteos Loft in New York, seine Stimme dringt durch die halbgeöffnete Badezimmertür.

Ich wickele mein Handtuch um meine noch nassen Haare und steige aus der Dusche. Der Dampf umhüllt mich wie ein Schleier, doch die vertrauten Stimmen in der Küche ziehen mich zurück in die Realität. Nachdem ich in meine Jeans geschlüpft bin und einen bequemen Pullover übergezogen habe, mache ich mich auf den Weg zu ihnen.

Matteo und Salva sitzen an der langen Kücheninsel, eine lässige Eleganz ausstrahlend, als hätten sie soeben ein Fotoshooting für ein Lifestyle-Magazin hinter sich. Matteo hebt seinen Blick von seinem Teller und mustert mich.

„Gut siehst du aus," Er nimmt einen Bissen von seinem Rührei und verpasst mir dabei einen spielerischen Klaps auf den Hintern.

„Zum Anbeißen wie immer," fügt Salva mit einem charmanten Lächeln hinzu, während er mir einen Teller mit Pancakes und Schokoladencreme hinstellt.

„Ihr seht beide ebenfalls unverschämt gut in euren Praxis-Outfits aus," erwidere ich und lasse meinen Blick über die beiden gleiten. Sie tragen perfekt sitzende Chinohosen und weiße Poloshirts, auf denen der Name ihrer Praxis in einer eleganten Stickerei prangt. Die Kleidung betont ihre breiten Schultern und definierten Oberkörper, und für einen Moment frage ich mich, wie sie es schaffen, in allem so mühelos gut auszusehen.

Ich setze mich an die Insel und schneide mir ein Stück Pancake ab. Der süße Duft von Schokolade mischt sich mit dem herben Aroma des Kaffees, der in einer großen Tasse vor mir dampft. Doch kaum habe ich den ersten Bissen genommen, rutscht es aus mir heraus: „Jedes Mal, wenn wir in New York zurück sind, fühle ich mich irgendwie verloren."

Matteo legt seine Gabel ab und mustert mich nachdenklich. „Wir haben uns darüber Gedanken gemacht," beginnt er schließlich.

„Da Camilla in Italien beschäftigt ist, um sich um die Kinder der Verstorbenen zu kümmern, fehlt uns eine Assistentin."

Er nimmt einen Schluck von seinem frisch gepressten Orangensaft, sein Blick bleibt auf mir haften. „Wir hatten an dich gedacht."

Ich blinzele überrascht. *Sie wollen, dass ich bei ihnen anfange?* Der Job im Architekturbüro, den ich nach allem, was passiert ist, gekündigt habe, ist längst Geschichte. Zeit hätte ich, und ehrlich gesagt, würde es mir guttun, wieder unter Leute zu kommen. In den letzten Wochen war ich fast nur von denselben Menschen umgeben.

„Damit ihr mich herumkommandieren könnt?", frage ich, und meine Stimme ist voller gespieltem Misstrauen.

Salva lacht leise, ein warmer, beruhigender Klang. „Nein," sagt er und lehnt sich leicht zu mir vor. „Damit wir dich bei uns haben und du dich wieder unter die Leute mischen kannst."

Ich lege die Gabel ab und betrachte die beiden. „Und wann müsste ich anfangen?"

Matteo schiebt eine weiße Papiertasche mit dem Praxislogo zu mir herüber und lehnt sich zurück, die Arme lässig verschränkt. „Am besten heute natürlich," sagt er und hebt eine Braue. „Sonst müsste ich eine andere Dame einstellen, die uns unterstützt."

Mein Blick bleibt an seinem Gesicht hängen. Ich kenne diesen Ausdruck nur zu gut – er will mich eifersüchtig machen. Und verdammt, es funktioniert.

Ich nehme die Tasche, stehe auf und hole ein langärmliges, dunkelgrünes Wollpoloshirt heraus, das sich weich anfühlt und nach ihnen riecht. Ich halte es an mich und blicke von Matteo zu Salva.

„Auf was warten wir noch? Ich bin bereit!", rufe ich, und beide Männer grinsen. Matteo lehnt sich zurück, zufrieden, während Salva mir meine Tasse Kaffee reicht. „Das dachten wir uns."

Matteo steht auf, streift eine Jacke über seine breiten Schultern und sieht mich mit diesem unverschämten, leicht amüsierten Blick an. „Dann mal los, Fiore. Wir machen aus dir die beste Assistentin, die wir je hatten."

Und in seinem Ton liegt das unausgesprochene Versprechen, dass diese neue Rolle weitaus mehr beinhalten wird als nur Termine und Akten.

„Vielleicht mach ich euch beiden auch zu den besten Ärzten durch meine Anwesenheit," kontere ich.

Nach einer kurzen Fahrt sind wir in der Praxis angekommen. Ich werde von Salva in den Empfangsbereich geführt, wo bereits drei weitere Damen sitzen. Sie sind makellos bis ins kleinste Detail. Sie wirken wie Models: perfekte Frisuren, akkurate Maniküre, das Make-up wie vom Profi.

Salva legt mir eine Hand auf den Rücken und zeigt mir den Tresen. „Hier sind die Termine eingetragen," erklärt er geduldig. „Wie das Telefon funktioniert, muss ich dir wahrscheinlich nicht zeigen, oder?"

Ich sehe zu ihm hoch und runzle die Stirn. „Habt ihr vergessen, dass ich vorher bereits einen Job hatte?"

Er grinst und hebt beschwichtigend die Hände. „Wir wollen nur sicherstellen, dass du gut zurechtkommst."

Ich schnaube, schnappe mir die Liste mit den ersten Terminen und rufe die Patientin auf, die in zehn Minuten erscheinen soll. Mit einem festen Ton lotse ich Matteo und Salva vom Tresen weg. „Ich schaffe das schon alleine. Macht das, was Ärzte vor Terminen machen. Akten durchlesen oder … keine Ahnung. Aber lasst mich in Ruhe meine Arbeit machen."

Matteo hebt nur eine Augenbraue, nimmt einen Stapel Unterlagen vom Tresen und verschwindet in seinem Behandlungszimmer. „Vergiss nicht, die Wasserkaraffen aufzufüllen," ruft er mir mit einem Zwinkern hinterher.

Mein Kiefer spannt sich, er provoziert mich absichtlich, behandelt mich wie eine Praktikantin. *Na, der wird schon sehen, wie gut ich den Laden hier am Laufen halte.*

Neben mir kichern die Frauen. Eine von ihnen – eine Schwarzhaarige mit langem, perfekt glänzendem Haar – wirft mir einen Blick zu. „Ihr scheint euch gut zu kennen?"

Ich sehe zu ihr. Ihre Frage ist harmlos, doch ihr Tonfall lässt mich stutzen. „Ja, so kann man das nennen," antworte ich beiläufig. Wenn sie wüssten, wie es in Wirklichkeit ist, würden sie mich vermutlich sofort aus der Praxis schmeißen.

Der Tresen ist groß, weiß und glänzend, fast schon klinisch steril – wie der Rest der Praxis. Ich greife nach meinem Glas Wasser, trinke einen Schluck, und überlege, wie lange ich diese scheinheilige Freundlichkeit wohl durchhalte.

„Er ist hübsch, nicht wahr?", fragt die Schwarzhaarige plötzlich, wirft ihr Haar über die Schulter und richtet sich dabei auf, als wolle sie ihre Figur betonen.

„Wen meinst du?", frage ich und versuche, meine Neugier zu verbergen.

„Na, Salva," fährt sie fort, ohne mich anzusehen. „Diese vielen einzelnen kleinen Tattoos, sein Nasenpiercing, dieses breite Kreuz. Und dann sein Lächeln." Sie seufzt theatralisch. „Aber Finger weg, er gehört mir."

Mein Griff um das Glas wird fester, doch ich zwinge mich, ruhig zu bleiben. Statt zu antworten, nehme ich einen weiteren Schluck Wasser, doch kaum hat sie das gesagt, fährt die nächste mir über den Mund.

„Und Matteo ist meiner," verkündet eine rothaarige. „Ich habe ihn fast so weit, dass er mich zum Essen einlädt."

Das ist zu viel. Ich verschlucke mich, und das Wasser schwappt über meine Unterlagen. *Toll.* Gerade jetzt klingelt es an der Tür. Die Schwarzhaarige betätigt den Türöffner, während ich noch versuche, meinen Schreibtisch zu retten.

Als die Patientin eintritt, bleibt mir kurz die Luft weg. Sie ist groß, schlank, trägt einen Echtpelzmantel und balanciert einen winzigen Chihuahua auf dem Arm. Sie sieht aus wie ein Model, das auf dem Weg zu einer Gala versehentlich in eine Arztpraxis geraten ist.

„Brooklyn Davis," sagt sie knapp, ohne mir in die Augen zu sehen, als ich nach ihrem Namen frage.

Na klar. Die Tochter des Vizepräsidenten. Perfekt.

Ich stehe auf und führe sie in den Wartebereich. „Kann ich Ihnen etwas zu trinken oder zu lesen anbieten?", frage ich höflich, doch sie ignoriert mich. *Klasse. Das läuft ja großartig.*

Zurück am Tresen sehe ich in den Computer, um nachzuschauen, bei wem sie ihren Termin hat. *Matteo.*

Ich klopfe an seine Tür und trete ein. Sein Blick wandert sofort zu meinem Oberteil, das von meinem kleinen Missgeschick völlig durchnässt ist.

„Feucht geworden?", fragt er mit einem sarkastischen Grinsen.

„Ja, nachdem mir eine von den Tussen erzählt hat, dass du sie fast zum Essen eingeladen hast, war ich so erregt, dass es von meiner Vagina bis zu meiner Brust geschossen ist," sage ich trocken und gehe zum Waschbecken, um Papierhandtücher zu holen. „Amelie das Telefon klingelt," rufen die Zicken.

Sein Lachen ist leise, aber deutlich. „Nimm die Worte von ihnen nicht so ernst. Du bist und bleibst die einzige Frau auf dem Planeten für mich.", sagt er schließlich, während er mich einfach weiter beobachtet.

„Das mache ich auch nicht. Aber muss ich mich hier so behandeln lassen von denen?", fauche ich, während ich die Papierhandtücher in den Mülleimer werfe.

„Du hast doch gesagt, du schaffst das alles alleine," kontert er. „Soll ich eine Ansage machen?"

„Nein." Ich stampfe aus dem Zimmer, werfe die Tür hinter mir zu und spüre Matteos Blick immer noch auf meinem Rücken brennen, während ich mich wieder an den Tresen setze. Die Schwarzhaarige hebt kaum merklich eine perfekt geformte Braue.

„Nächstes Mal solltest du dich vielleicht erst abtrocknen, bevor du dich um eine Patientin kümmerst," schnarrt sie in einem falschen, belehrenden Ton. „Das ist total unprofessionell, hier so halbdurchnässt herumzulaufen."

Ich starre sie einen Moment an, bevor ich meinen Blick zu der Rothaarigen wandern lasse, die zustimmend nickt. „Nächstes Mal könnte sich eine von euch auch um die Patientin kümmern," schieße ich zurück und knalle einen Stapel Unterlagen auf den Tisch.

Die Schwarzhaarige zieht eine Grimasse, ihre perfekt geschwungenen Lippen verzerren sich für einen Moment. „Denk nicht, dass du, nur weil du mit ihnen befreundet bist, hier eine Sonderbehandlung erwarten kannst," zischt sie, während die Rothaarige eifrig nickt und sich über die Unterlagen hermacht, die ich auf den Tisch geschlagen habe.

Mein Blick verengt sich, meine Finger krallen sich in die Tischplatte. „Wenn ich wollte, wärst du deinen Job schneller los, als du ,Entschuldigung' sagen könntest." Meine Stimme ist ruhig, aber das Gewicht meiner Worte lässt die beiden verstummen.

„Das glaube ich nicht," erwidert die Schwarzhaarige nach einer kurzen Pause. Ihre Finger trommeln nervös auf der glänzenden Oberfläche des Tresens. „Wir arbeiten hier schon seit Jahren. Matteo und Salva vertrauen uns. Wenn etwas schiefläuft, wissen sie, dass du der Grund bist – nicht wir." Sie hält inne und wirft mir einen triumphierenden Blick zu. „Außerdem … wir sind so kurz davor, sie zu knacken." Sie hält Daumen und Zeigefinger dicht aneinander, als würde sie ein unsichtbares Haar zwischen ihnen zerquetschen.

„Ava hatte ja schon das Vergnügen," fügt sie mit einem spöttischen Grinsen hinzu und nickt in Richtung der Blondine, die immer noch gedankenverloren eine Strähne ihres Haares zwischen den Fingern dreht. „Matteo und sie, bei der Weihnachtsfeier. Ein One-Night-Stand. Sie war gut genug, um mit nach Hause genommen zu werden."

Mein Körper wird heiß. Nicht vor Verlegenheit – vor Wut. *Wie zum Teufel soll ich hier noch länger arbeiten?*

„Wisst ihr was?" Meine Stimme ist ruhig, viel zu ruhig. „Ich bin hier, um zu arbeiten. Eure Bettgeschichten interessieren mich nicht."

Die Schwarzhaarige rollt ihren Stuhl näher an mich heran, ihre Augen glitzern mit süßer Boshaftigkeit. „Kann es sein, dass du eifersüchtig bist?", fragt sie, ihre Stimme ein singender Hohn.

„Nein," antworte ich knapp und klicke mich durch den Terminkalender. „Ich habe keinen Grund dazu."

Doch meine Hände zittern leicht, während ich die Termine vorbereite, und das Adrenalin, das durch meinen Körper pumpt, verrät mich. *Warum ziehe ich Frauen wie diese immer magisch an?* Frauen, die eifersüchtig auf *mich* sind, aber sich gegenseitig mit offenen Armen empfangen?

Die Türglocke unterbricht den Schlagabtausch, und ich bin dankbar für die Ablenkung. Die nächste Patientin betritt die Praxis, und ich sehe auf meinem Bildschirm, dass es Salvas Termin ist. Ich nicke, führe die Frau direkt in sein Behandlungszimmer und gehe zurück an den Tresen.

Das Telefon klingelt. Keine der Frauen macht Anstalten, dranzugehen. Die Türen öffnen und schließen sich, als würde es hier etwas umsonst geben, und ich bemerke, wie eine Patientin reicher aussieht als die andere. Jede Bewegung, jedes Gespräch hat etwas Oberflächliches, beinahe inszeniert Perfektes.

Doch die Stunden ziehen sich, und bald sind die drei Hochnäsigen weg. Sie arbeiten zum Glück nur halbtags. Ich atme auf.

Kaum ist die Tür hinter ihnen geschlossen, kommen Salva und Matteo aus ihren Praxisräumen, um sich von den letzten Patientinnen zu verabschieden.

Jetzt sind wir nur noch zu dritt.

„Na, wie war dein erster Tag?", fragt Salva und lehnt sich mit einem lässigen Grinsen über den Tresen. Matteo tut es ihm gleich, seine Arme verschränkt, seine Augen auf mich gerichtet, die mehr sagen als tausend Worte.

„Super. Er war erlebnisreich." Meine Stimme ist sachlich, mein Blick bleibt fest auf die Papiere vor mir gerichtet, die ich gerade sortiere.

„Bist du im Stress?", fragt Salva und neigt den Kopf leicht zur Seite, während er mich mustert.

Ich schnaufe, lasse meine Hände auf die glänzende Oberfläche des Tresens fallen und blicke ihn schließlich an. „Ja. Da eure drei Musketiere – Blondi Doof, Schwarzhaarige Hexe und Rothaarige Eingebildete – nichts können, außer andere Leute zu piesacken, muss ich hier noch die Rezepte vorbereiten und Laborergebnisse fertigstellen. Für morgen."

Salva wirft Matteo einen schnellen Blick zu, in dem etwas wie Sorge oder Erheiterung aufblitzt. „Sieht so aus, als hätte sie keinen schönen ersten Arbeitstag gehabt," sagt er mit einem leisen Lächeln.

Matteo legt die restlichen Unterlagen auf den Tresen, sein Blick wandert ruhig zwischen mir und den Papieren. „Sie schießt wie 'ne Eins, ist skrupellos, aber hat ein Problem mit drei Frauen?"

Wollen die beiden mich eigentlich verarschen? Hat Matteo mir nicht zugehört? Ich glaube, es ist ihm vollkommen egal, dass diese dummen Weiber mich den ganzen Tag herumschikanieren.

Mit einem knappen Atemzug schiebe ich den Stuhl zurück, stehe auf und gehe um den Tresen herum. Meine Schritte sind fest, meine Haltung angespannt.

„Ich mache jetzt Überstunden! Damit morgen all eure Termine reibungslos ablaufen können." Meine Stimme hebt sich, ein sarkastischer Unterton schwingt mit. „Und da ich dafür endlich Ruhe brauche, bitte ich euch, mich alleine zu lassen. Ich nehme die U-Bahn, sobald ich fertig bin."

Meine Worte sind hart wie Stein, und die beiden weichen unbewusst einen Schritt zurück. Matteo wirft mir einen langen Blick zu, bevor seine Lippen sich in ein grenzwertig freches Grinsen ziehen. „Bekommst du deine Periode?", fragt er trocken.

Ich bleibe regungslos stehen. Der Raum scheint plötzlich stiller zu werden, nur das leise Summen der Deckenleuchten ist zu hören. „Das hast du nicht gefragt," sage ich leise, meine Stimme gefährlich ruhig.

„Ich bin dein Arzt. Laut deinem Zyklus solltest du sie bald bekommen. Du hast sie doch wieder regelmäßig, oder?"

Ich presse die Lippen zusammen, meine Augen fixieren ihn, während Wut und Frustration in mir aufkochen. „Ja, mein Zyklus hat sich normalisiert. Aber wir wissen beide, dass du nicht deshalb gefragt hast."

Matteo grinst, dieses typische Matteo-Grinsen, das gleichzeitig charmant und unglaublich provokant ist. „Lass dich doch ein bisschen ärgern. Wo ist meine Amelie hin, die immer ein Strahlen im Gesicht hatte?" Seine Stimme wird weicher, fast liebevoll. Doch als er merkt, dass ich heute nicht zum Spaßen aufgelegt bin, gibt er es auf. „Dann fahren wir nach Hause und machen dir was Leckeres zu essen. Wie klingt das?"

Ich atme tief durch und zwinge mich, den Ärger loszulassen. Ich beuge mich leicht zu ihm vor, drücke ihm einen flüchtigen Kuss auf die Wange, dann Salva.

„Klingt gut. Bis später."

Die beiden machen keine Anstalten, länger in der Praxis zu verweilen. Matteo wirft mir einen letzten Blick zu, ein halbes Lächeln, bevor sie die Lichter im gesamten Gebäude ausschalten – bis auf den Empfangsbereich, wo ich noch sitze. Die Glastür fällt leise hinter ihnen ins Schloss, und ich bin allein.

Kapitel 18

Matteo

Ich habe absichtlich nicht eingegriffen, als unsere Angestellten dich provoziert haben. Es war schwer – jede Bemerkung, jede stichelnde Geste der drei hat mir mehr abverlangt, als ich zugeben will. Aber ich musste sehen, wie du reagierst. Musste sehen, ob du dich daran erinnerst, wer du bist.

Du bist Amelie. Du musst nur mit den Fingern schnippen, und sie wären ihren Job los. Du stehst über allen, auch wenn du das manchmal selbst vergisst. Ich hoffe, du merkst das noch und lässt dich nicht von ihnen unterkriegen.

Salva ist zu sich nach Hause gefahren, um mehr über Emilio und Antonia herauszufinden. Er ist beschäftigt, genauso wie ich es sein sollte. Und während ich an der Kochinsel stehe und Brokkoli schneide, gehört meine volle Aufmerksamkeit nicht dem Essen. Sie gehört dir.

Heute Abend gibt es Lachsfilet mit Zitronenbutter-sauce, Kartoffelgratin und Brokkoli. Dein Lieblings-essen. Doch meine Hände arbeiten wie von selbst, während meine Augen ständig zum Bildschirm wandern, auf dem du zu sehen bist. Die Kameras in der Praxis geben mir einen perfekten Blick auf dich. Ich habe sie nicht ohne Grund installiert – sie sind meine Verbindung zu dir, wenn ich nicht bei dir sein kann.

Du sitzt am Tresen, deine Stirn in die Hand gestützt, dein Blick auf den Papieren vor dir. Du blätterst durch die Rezepte, deine Finger gleiten dabei über das Papier, fast zärtlich.

Dann hältst du inne. Ich kenne diesen Moment. Dein Kopf neigt sich leicht zur Seite, und deine Unterlippe verschwindet zwischen deinen Zähnen. Du machst das immer, wenn du gestresst bist oder tief nachdenkst. Es ist eine dieser kleinen Angewohnheiten, wie auch dein Augenrollen, die mich in den Wahnsinn treiben – auf die beste Art.

Dein Blick bleibt auf einem Rezept haften, und ich weiß genau, welches es ist. Es ist meins. Eine Patientin, die eine Fehlgeburt durchleben musste. Ich sehe, wie sich dein Gesichtsausdruck verändert. Wie deine Augen weicher werden, wie deine Stirn sich glättet. Wie du eine Träne nicht zurückhalten kannst, die lautlos über deine Wange rollt und auf das Papier tropft.

Du wischst sie schnell weg, fast hektisch, als würdest du dich dafür schämen. *Warum? Warum schämst du dich dafür, Amelie?* Diese Träne ist ein Beweis für das Herz, das du trägst. Ein Herz, das größer ist als diese ganze verdammte Welt.

Ich liebe diese Seite an dir. Ich habe sie immer geliebt. Aber gleichzeitig macht sie mir Angst. In unserer Welt ist kein Platz für solche Schwäche. Deshalb töte ich die Menschen, die mich hintergehen, ohne zu zögern.

Ich sehe dich, wie du tief durchatmest, dich sammelst

und das Rezept beiseitelegst. Deine Finger zittern leicht, als du zu den nächsten Papieren greifst.

Ich beobachte dich weiter, jede Bewegung, jedes kleine Zucken deiner Finger. Du atmest tief ein und schließt kurz die Augen, bevor du weiterarbeitest. Es ist, als würdest du dich zwingen, stark zu bleiben, selbst wenn du innerlich kämpfst.

Meine Hände arbeiten mechanisch weiter, das Messer gleitet über das Schneidebrett, aber mein Kopf ist bei dir. Du bist alles, was zählt. Alles, was ich jemals brauchen werde.

Du stehst auf, und ich halte den Atem an. Deine Schultern hängen leicht, dein Schritt ist müde, aber da ist immer noch diese Anmut, die du nicht ablegen kannst, selbst in deinen schwächsten Momenten. Du schwingst deine Tasche über die Schulter und wirfst einen letzten Blick auf den Tresen, als würdest du sicherstellen wollen, dass alles in Ordnung ist, bevor du gehst.

Ich sehe, wie du zum Lichtschalter gehst. Deine Finger verweilen kurz auf der Klinke, und dann schaltest du das Licht aus. Du stehst für einen Moment still, dein Gesicht halb im Schatten, halb im Licht, und ich frage mich, was du denkst.

Dann verschwindest du aus meinem Blickfeld, und ich lasse das Messer sinken. Mein Atem ist schwer, meine Hände ruhen auf der Arbeitsplatte. Doch in meinem Kopf bist du noch immer da, jede Bewegung, jedes Geräusch von dir.

Ich liebe dich. Alles an dir. Deine Stärke, deine Schwäche, selbst die Art, wie du mich aus der Fassung bringst oder mir die Kontrolle entziehst. Und heute Abend, wenn du zurückkommst, werde ich dir das zeigen.

Ich werde dir zeigen, dass du niemals allein bist. Ich gehe ins Wohnzimmer, um Kerzen zu holen. Ein Romantiker war ich nie, aber ich weiß, dass du darauf stehst. Also werde ich mein Bestes geben, so untypisch es für mich auch sein mag. Die Kerzen zünde ich mit Bedacht an und dekoriere den Tisch.

In New York ist die Zeit der Pfingstrosen längst vorbei, doch das spielt keine Rolle. Ich lasse sie mir liefern, egal zu welchem Preis, solange du sie bekommst. Ihr Duft breitet sich im Raum aus, füllt die Luft mit einer sanften Süße, die mich jedes Mal an dich erinnert. Der Tisch ist salbeigrün gedeckt, wie die Farbe deiner Augen – eine Hommage, die du wahrscheinlich nicht einmal bemerken wirst, aber das ist in Ordnung. Es reicht, dass ich es tue.

Der Strauß mit den rund fünfzig cremefarbenen Pfingstrosen steht in der Mitte des Tisches, perfekt arrangiert. Sie sind so prachtvoll, so lebendig – ein Symbol für dich.

In der Küche höre ich mein Handy klingeln. Ich stelle die Weingläser schnell ab und eile hinüber. „Pronto," melde ich mich knapp.

„Ciao Matteo, mein Freund. Hier ist Vacchio."

Ich lehne mich gegen den Tresen und stelle das Telefon auf Lautsprecher. „Ich weiß, dass du dran bist. Deine Nummer ist eingespeichert," antworte ich trocken, während meine Finger ungeduldig auf die Arbeitsplatte trommeln.

„Ah, dachte, du lässt mich beschatten und weißt es deshalb."

„Solange es keinen Grund gibt, muss ich dich nicht beschatten lassen. Was brauchst du?" Mein Ton wird schärfer. Ich habe keine Zeit für seine Umwege und seine aufgesetzte Freundlichkeit.

Vacchio schnauft durchs Telefon. „Warum gehst du direkt davon aus, dass ich etwas brauche? Vielleicht wollte ich einfach nur so ein wenig quatschen mit meinem besten Geschäftspartner."

Ich gehe zum Ofen und sehe nach dem Kartoffelgratin. Selbst das ist spannender als sein Gelaber. Diese auf-dumm-tun-Art geht mir gewaltig auf die Nerven. „Warum kannst du nicht einfach sagen, was du willst? Du rufst doch nicht ohne Grund an, oder irre ich mich?"

„Du hast ja recht. Scusi, Matteo. Ich habe gehört, dass du Amelie zurückhast."

Jetzt hat er meine volle Aufmerksamkeit. Mein Griff um die Topfhandschuhe wird fester, und ich lasse das Essen warten.

„Korrekt. Verrate mir, warum dich das interessiert."

„Nun ja, der missratene Bengel Emilio Moretti von Alberto macht mir Ärger."

Ich gehe auf die Terrasse hinaus, für den Fall, dass du bald nach Hause kommst. Diesen Anruf solltest du nicht mitbekommen. Du machst dir ohnehin schon genug Sorgen. „Inwiefern?", frage ich.

„Er wirbt meine Leute ab. Und das ist für mich ein Problem. Ich bin nicht so groß wie du, Matteo. Ich habe euch nie Ärger gemacht, aber wenn das so weitergeht, stehe ich hier alleine."

Ich muss schmunzeln bei der Vorstellung, wie der selbst ernannte Möchtegern-König seine Untertanen verliert. Aber Emilio, dieser Name, dieser Mann ... er ist eine Gefahr. Wenn er weitere Anhänger bekommt, könnte er auch für mich ein Problem werden.

„Daher weht der Wind also."

Ich stelle mir Vacchio vor – seinen kleinen, schmächtigen Körper, seinen schütteren Haaransatz. Ich sehe ihn vor meinem inneren Auge in seiner VIP-Lounge sitzen, umgeben von schäbiger Dekadenz, während er versucht, seine Angst hinter einem falschen Lächeln zu verstecken.

„Du hättest selbst etwas davon, wenn wir ihn ausschalten. Ich weiß, dass ihr ihn sucht. Und ich kann dir sagen, wo er ist."

Ich sehe auf meine Rolex. Du solltest bald zurück sein. Ich muss dieses Gespräch schnell beenden.

„Wo ist er?", frage ich, meine Stimme kühl.

„Versprich mir erst, dass du mit mir zusammenarbeitest."

„Okay, aber du hast nichts zu melden. Damit das klar ist!"

Vacchio lacht. „Du gibst nie das Zepter aus der Hand, was?"

Ich kneife die Augen zusammen. „Hör auf, mich mit deinen Machtspielchen abzufucken, und sag mir, wo er ist."

Es wird still auf der anderen Leitung, so lange, dass ich denke, er hätte aufgelegt. Doch dann spricht er endlich.

„In New York."

Mein Atem wird flach. *Er ist hier.* Das bedeutet, er will das zu Ende bringen, was er zuvor nicht geschafft hat. Und ich nehme an, das ist dein Tod.

„Dann komm nach New York. Wir besprechen den Rest persönlich."

Ich höre, wie deine Schlüssel in der Tür klirren. „Ich melde mich bei dir," sage ich knapp und lege auf. Noch bevor ich zurück in die Wohnung gehe, sende ich die Aufnahme des Gesprächs an Salva. Wir nehmen alles auf. Nichts bleibt unkontrolliert – nicht, was ich sage, und auch nicht, was du an deinem Handy tippst.

Ich schiebe mein Handy in die Hosentasche und sehe, wie du gerade ins Wohnzimmer kommst. „Hey, Kleines," begrüße ich dich, während ich dir die Jacke abnehme.

Du bist komplett durchnässt. Es hat angefangen zu schneien, und du siehst erschöpft aus. Ich hätte dich abholen können, aber ich kenne dich gut genug, um zu wissen, dass du das nicht gewollt hättest.

„Hi. Hier riecht es ja gut," antwortest du und gibst mir einen flüchtigen Kuss.

Egal wie lange wir zusammen sind oder wie hart ein Tag auch sein mag, niemals würde ich mich mit einem kurzen Kuss von deinen traumhaften Lippen abspeisen lassen. Ich ziehe dich näher an mich, drücke deine kalte Haut an meine warme Brust und küsse dich inniger. Du siehst mich an und wirfst deine Arme um meinen Hals. „Ich bin froh, dass der Tag vorbei ist."

„Ich weiß, ich bin stolz auf dich," ich führe dich zum Essbereich, und als du den Tisch siehst, bleibst du überrascht stehen.

„Hast du das alles alleine organisiert?" Deine Stimme klingt sanft, fast ungläubig.

„Ja, ich wollte, dass du zur Ruhe kommen kannst."

Deine Lippen ziehen sich zu einem Lächeln, auch wenn deine Augen vor Müdigkeit nicht ganz mitgehen.

„Ich dachte, du bist kein Romantiker," du gehst zu den Pfingstrosen und riechst an ihnen. „Für dich werde ich zu einem. Auch, wenn ich mich dafür selbst hasse."

„Also mir gefällt es. Danke. Kann ich dir noch in der Küche helfen?"

Ich ziehe einen der schwarzen Samtstühle hervor. „Nein. Du hast heute genug getan, und das Essen ist fertig. Ich hole es."

„Aber du warst auch arbeiten, und dein Job ist anstrengender als meiner," widersprichst du.

„Ist er nicht." Ich lehne mich vor, ein Grinsen schleicht sich wie von selbst auf mein Gesicht. „Und jetzt entspann dich. Die paar Sachen kann ich schon alleine tragen."

Du siehst mich einen Moment an, als würdest du überlegen, ob du weiter argumentieren sollst. Doch dann lehnst du dich in deinem Stuhl zurück, die Hand auf die Tischplatte gestützt, und gibst nach.

Als ich die Teller auf den Tisch stelle und du den Lachs und das Gratin siehst, leuchten deine Augen auf. Es ist, als würde ein kleiner Funken Freude die Müdigkeit durchbrechen, und das macht jede Mühe wert.

Du nimmst deinen ersten Bissen, schließt kurz die Augen, und dann kommt es, wie ich es erwartet habe.

„Also, diese Ava und du, ihr hattet was miteinander?" Du blickst nicht von deinem Teller auf, sondern isst weiter. „Ja, das ist aber schon sehr lange her. Es war eine einmalige Sache. Wir hatten viel getrunken und ich hatte Lust auf Sex. Es ging mir nicht um ihn."

Du kaust, siehst mich an, „okay."

Okay? Nie habe ich eine Frau gewollt wie dich. Komplett, ihre Gedanken beherrschen, jeden Atemzug kennen, jeden Millimeter ihres Körpers auswendig kennen und du bist eifersüchtig auf einen One-Night-Stand. „Es ist ja nicht so, dass du keine Sexpartner vor mir hattest oder?"

Du sagst nichts, nimmst dir die Flasche Wein und schenkst dir ein Glas ein. „Kleines? Warst du Jungfrau, als wir das erste Mal Sex hatten?"

Du schüttelst den Kopf, „nein, aber es ist einfach unangenehm, zu wissen, dass du mit dieser Frau, mit der ich jetzt zusammenarbeiten muss, deren perfekten Körper ich jeden Tag sehe, etwas hattest."

„Mit keiner Frau hatte ich so guten Sex wie mit dir. Und DU bist perfekt, in jeder Hinsicht wann begreifst du das endlich?"

Du legst deine Gabel auf den Tisch ab, „Kannst du nicht die Schicht in der Praxis so einteilen, dass ich nicht mit ihnen arbeiten muss?" Deine Stimme hat einen scharfen Unterton, der nicht zu deinem müden Gesicht passt, aber umso deutlicher zeigt, wie sehr dich die drei Frauen nerven.

Ich seufze, lege ebenfalls mein Besteck ab und lehne mich leicht nach vorne. „Du weißt, dass du die Frau an meiner Seite bist, oder?"

Du nickst, „ja, darum geht es mir nicht. Ich habe nur keine Lust, mit ihnen zu arbeiten."

Ich verschränke meine Finger ineinander und blicke dich an, mein Ton wird ruhiger, tiefer. „Du weißt, dass du meine Frau bist?", frage ich noch einmal, in der Hoffnung, dass du verstehst, was ich dir sagen möchte.

Du siehst mich an, deine Augen leicht verengt. „Jaaa?", antwortest du, ziehst die Silbe in die Länge, und ich weiß, dass du es nicht verstehen willst.

„Was bedeutet das also?"

Du schüttelst den Kopf, als würdest du mich nicht verstehen. Ich reibe mir grinsend über das Gesicht und lehne mich zurück.

„Feuere sie," sage ich trocken, als wäre das die selbstverständlichste Sache der Welt.

Deine Augenbrauen schnellen nach oben, und deine Lippen öffnen sich leicht. „Ich?", wiederholst du, als könntest du nicht glauben, was du gerade gehört hast.

„Natürlich du. Ich rede doch mit dir hier, und nicht mit dem Fisch in der Auflaufform!"

Mein Ton wird lauter, ungeduldiger, und sofort merke ich, dass ich einen Fehler gemacht habe.

Du stellst dein Glas ab, richtest dich gerade auf, und deine Augen funkeln gefährlich. „Sorry, dass ich gefragt habe. Ich wollte nur sichergehen, dass du mir die Erlaubnis gibst, DEINE Mitarbeiter zu kündigen!"

Deine Stimme wird lauter, und ich fühle, wie die Spannung zwischen uns steigt. Ich habe dich zu Unrecht angeschrien, ich weiß es. Aber meine Gedanken sind woanders, und auch das macht es nicht besser. Die Sache mit Emilio, die Tatsache, dass er in der Stadt ist … Er könnte uns hier und jetzt beobachten oder in der nächsten Minute den Erdboden gleichmachen. Ich habe so einen Druck, ich möchte nicht, dass dir etwas zustößt, aber ich kann dich auch nicht einsperren und ich möchte dich auch nicht verunsichern.

Ich atme tief ein, lasse meine Finger auf die Tischplatte sinken und sage leise: „Tut mir leid, Fiore. Ich wollte dich nicht so dumm anmachen."

Du siehst mich an, lange, als müsstest du die Worte die du gleich aussprichst erst gedanklich sortieren.

„Schon okay," sagst du schließlich, aber ich weiß, dass es nicht okay ist. Wenn eine Frau *schon okay* sagt, steht der Weltuntergang kurz bevor.

Aber was soll ich tun? Wenn ich jetzt etwas sage, werde ich nur eine verbale Salve abbekommen – und du schießt präzise, das weiß ich. Wenn ich schweige, brodelt es in dir weiter. Und wenn ich absichtlich provoziere, damit du deinen Frust rauslässt, eskaliert es komplett. Egal, welchen Weg ich wähle, ich stehe schon längst auf verlorenem Posten. „Sicher, dass alles gut ist?", frage ich und versuche, die Schärfe aus meiner Stimme zu nehmen.

Dein Blick schießt zu mir, und deine Augen funkeln. Wenn du Blitze verschießen könntest, wäre ich jetzt wahrscheinlich tot.

„Ich habe doch gesagt ... schon ... okay."

Das ist genau die Antwort, die ich erwartet habe, und obwohl ich es besser wissen sollte, kann ich mich nicht zurückhalten. Ein leises Lächeln schleicht sich auf mein Gesicht, und ich lege meine Hand vor den Mund, tue so, als müsste ich husten, um es zu verbergen.

„Findest du das lustig?", fragst du, deine Stimme ist

gefährlich leise, und ich weiß, dass ich jetzt aufpassen sollte.

„Nein," lüge ich, aber mein Grinsen verrät mich.

„Wollen mich heute eigentlich alle verarschen?", rufst du, schlägst deine Fäuste auf den Tisch, und ich spüre, wie die Luft zwischen uns knistert.

Fuck, ich liebe es, wenn du so bist. Deine temperamentvolle Art, deine Stärke – sie ziehen mich an, machen mich verrückt. Doch ich weiß, dass ich dich nicht weiter reizen kann, ohne die Situation komplett eskalieren zu lassen.

Ich stehe auf, lege meine Serviette auf den Teller, gehe langsam um den Tisch herum und lege meine Hände sanft auf deine Schultern. „Es tut mir wirklich leid, meine Königin," flüstere ich gegen deinen Hals und küsse ihn zärtlich.

Du atmest tief ein und aus, und ich spüre, wie deine Schultern entspannen. Meine Finger beginnen, deinen Nacken zu massieren, und du lehnst dich zurück, lässt dich fallen, lässt endlich los.

„Wenn dich jemand nervt oder dir etwas nicht passt, besitzt du die gleiche Macht wie ich. Du kannst sie kündigen, wenn du möchtest. Du kannst tun und lassen, was du möchtest, Hauptsache du bist glücklich. Aber wir brauchen dann neue Mitarbeiterinnen."

Du schließt die Augen, und für einen Moment herrscht Stille. Dann murmelst du: „MitarbeitER."

Ich halte in meiner Bewegung inne. „Warum Männer?"

Du öffnest ein Auge, und ein freches Lächeln schleicht sich auf deine Lippen. „Weil du nur weibliche

Patientinnen hast. Und ich wette, die kommen lieber, wenn ein paar hübsche männliche Assistenten hier arbeiten, anstatt diese Zicken."

Ich weiche zurück, lehne mich neben dich gegen die Tischkante und verschränke die Arme vor der Brust. „Hübsche männliche Assistenten, hm? Lass mich raten – muskulös, charmant und natürlich braun gebrannt?"

„Oh ja, du hast es erfasst!", antwortest du, und dein Grinsen wird breiter. „Und vielleicht auch mit einem Akzent, weißt du, so ein bisschen französisch oder italienisch …"

„Interessant," murmele ich, schiebe deinen Stuhl in meine Richtung und stütze mich an deinen Stuhllehnen ab. „Aber weißt du, was das Problem ist?"

„Was denn?", fragst du unschuldig, während du dir langsam einen weiteren Bissen Lachs in den Mund schiebst.

„Ich stelle niemanden ein, der besser aussieht als ich. Das ist die Regel."

Du brichst in ein Lachen aus, das fast deinen Lachs ausspuckt. „Dann wird es wohl gar keine Assistenten geben."

„Dann eben keine!" Ich lehne mich vor, mein Gesicht nur Zentimeter von deinem entfernt. „Aber keine Sorge, *Fiore*, selbst wenn wir jemals so einen einstellen würden, wird er wissen, dass du tabu bist."

„Ach, wirklich?" Deine Augen verengen sich, und ich sehe, wie sich ein neues Lächeln auf deinem Gesicht ausbreitet – eines, das nichts Gutes für mich bedeutet.

„Definitiv. Weil du die heißeste Frau bist, die jemals in meine Praxis gekommen ist."

„Netter Versuch," erwiderst du und schiebst deinen Teller ein Stück weg. „Aber ich könnte mich trotzdem mit dem Assistenten anfreunden. Vielleicht ist es ja jemand der ... du weißt schon, jemand, der *sichere Hände* hat."

„Du meinst, du würdest mich gegen einen Assistenten eintauschen?", frage ich gespielt entsetzt.

„Kommt drauf an, wie gut er massieren kann."

Ohne Vorwarnung hebe ich dich hoch. Du kreischst überrascht, deine Hände schlagen gegen meine Brust.

„Matteo, was soll das? Lass mich runter!"

„Nie im Leben!", rufe ich und trage dich Richtung Wohnzimmer. „Weißt du, warum?"

„Weil du ein Kontrollfreak bist?", fauchst du und versuchst, dich zu winden.

„Nein," sage ich und grinse dich an, „weil ich nicht riskieren werde, dass du dir irgendjemanden suchst, der *sichere Hände* hat, denn den hast du bereits!"

Du fängst an zu lachen, diese Art von Lachen, die du immer versuchst zu unterdrücken, wenn du eigentlich sauer sein willst. Ich setze dich sanft auf die Couch ab.

„Bleib sitzen, ich werde dir schon noch zeigen was es bedeutet, sich mit seinen Händen auszukennen. Und übrigens – ich habe Eis besorgt."

„Eis?" Deine Augen leuchten auf, und ich weiß, dass ich den perfekten Joker ausgespielt habe.

Ich gehe in die Küche, hole den Becher deines Lieblingseises Salted Caramel aus dem Gefrierfach und reiche ihn dir, zusammen mit einem Löffel. Du nimmst ihn und streichst dir eine Haarsträhne aus dem Gesicht, während du dich zufrieden zurücklehnst.

„Such dir was aus," sage ich und werfe dir die Fernbedienung zu.

„Eine Liebesschnulze," erwiderst du sofort.

„Natürlich," murmle ich und rolle mit den Augen. Mittlerweile hast du mich mit deiner kleinen Angewohnheit angesteckt. „Kitschiger geht's nicht?"

„Klar geht's!" Du scrollst absichtlich durch die Auswahl und stoppst bei einem Film, dessen Titel allein schon schmerzt – *P.S. Ich liebe Dich.*

„Das meinst du jetzt nicht ernst," sage ich und sehe dich ungläubig an.

„Doch." Dein Gesicht ist unschuldig, aber das Glitzern in deinen Augen sagt etwas anderes.

„Du hast das extra gemacht, um mich zu quälen."

„Vielleicht," erwiderst du und schiebst dir eine großzügige Portion Eis in den Mund.

„Weißt du was?" Ich greife nach deinen Füßen und ziehe sie auf meinen Schoß. „Wenn ich das überlebe, verdiene ich eine Medaille."

Ich beginne, mit meinen Daumen über deinen Fußrücken zu gleiten. Du schließt sofort die Augen, und ein zufriedenes Seufzen entweicht deinen Lippen.

„Wenn du das so weitermachst," murmelst du leise, „werde ich nie wieder jemanden an meine Füße lassen."

Ich schüttle den Kopf und grinse. „Wie großzügig von dir. Also doch keinen neuen männlichen Assistenten?"

Du siehst mich schelmisch an. „Warum nur einen, wenn ich auch zwei haben kann?"

Meine Hände verharren für einen Moment, dann drücke ich absichtlich etwas fester auf deinen Fuß.

„Au," protestierst du und ziehst deinen Fuß leicht zurück, aber dein Grinsen verrät, dass du genau weißt, was du tust.

„Zwei Assistenten?", wiederhole ich. „Hast du jemals darüber nachgedacht, was passieren würde, wenn du tatsächlich so jemanden einstellst?"

Du zuckst mit den Schultern, deine Stimme klingt unschuldig, aber dein Blick ist provokant. „Er könnte mir helfen, die Stimmung in der Praxis zu verbessern. Und wer weiß – vielleicht hätte er sogar noch bessere Fingerfertigkeiten als du."

Ich halte inne, lege deine Füße vorsichtig ab und beuge mich über dich. „Bessere Fingerfertigkeiten als ich?", frage ich mit einer ruhigen, gefährlich tiefen Stimme. „Fiore, wenn du wirklich glaubst, dass irgendjemand auch nur annähernd an mich rankommt, solltest du das besser überdenken."

Dein Lächeln wird breiter, deine Augen funkeln. „Ach, wirklich? Vielleicht stelle ich ihn einfach ein und finde es heraus."

Ich ziehe eine Augenbraue hoch, mein Grinsen wird breiter. „Wenn du das tust, verspreche ich dir eines: Er wird nicht lange genug bleiben, um dich davon zu überzeugen."

„Und warum nicht?"

„Weil niemand, an mich herankommt. Nicht an meine Finger, nicht an meine Hände, und ganz sicher nicht an alles andere was ich mit dir anstelle."

„Das ist unfair," murmelst du.

„Was?", frage ich mit gespielter Unschuld, während ich weiter massiere.

„Dass du dich immer wieder als der Beste beweisen musst."

„Ich bin nicht der Beste," antworte ich leise und beuge mich zu dir, mein Atem streift deine Wange. „Ich bin der Einzige."

Deine Augen öffnen sich, du siehst mich an, und für einen Moment ist alles Spielerische verschwunden aus deinem Blick. „Das bist du," murmelst du schließlich leise, und in deinem Ton liegt eine Sanftheit, die mich innehalten lässt.

Ich küsse dich sanft auf die Stirn, lehne mich dann zurück und massiere weiter, während der kitschige Film über den Bildschirm flimmert. Ich registriere kaum etwas von der Handlung, aber das Lachen, das von dir kommt, bei jeder übertriebenen Szene, macht alles erträglich.

Doch dann vibriert mein Handy in der Hosentasche.

Salva 21:14 Uhr
Treffen wir uns morgen.

Mein Blick bleibt einen Moment auf den Worten hängen, und die Realität kehrt zurück – Emilio, Vacchio, die ständigen Gefahren. Mein Kopf beginnt zu arbeiten, Strategien und Optionen durchzugehen.

Kapitel 19

Salva

Ich löse Matteo ab, während er sich mit Vacchio trifft. Sein Fokus liegt auf dem Geschäft, und meiner liegt auf dir.

Wir sind in der Praxis, und unser Cousin übernimmt Matteos Termine. Während ich die Patientenliste durchgehe, höre ich deine Stimme, klar und bestimmend, wie sie den Empfang unter Kontrolle bringt. Du bist wieder mit deinen Lieblingskolleginnen beschäftigt, aber heute ist etwas anders. Du gibst den Ton an, und die Mädels – widerwillig, aber unmissverständlich – befolgen deine Anweisungen.

„Salva, dein nächster Termin hat abgesagt," sagst du und trittst an meinen Tisch. Bevor ich antworten kann, steht Harper auf – oder wie du sie nennst, die schwarzhaarige. Sie schwebt zu mir herüber, ihre Hand landet auf meinem Oberarm.

Mir entgeht nicht, wie dein Blick kocht.

„Kann ich kurz mit dir sprechen?", fragt sie, ihr Ton eine Spur zu weich, ihre Absichten überdeutlich.

Ich werfe dir einen kurzen Blick zu. Dein Kiefer ist

angespannt, deine Haltung steif. Du sagst nichts, aber dein Blick sagt genug. „Na klar," antworte ich knapp und folge Harper in mein Behandlungszimmer.

Kaum sind wir drin, setzt sie sich auf meinen Tisch, ihr enger Rock rutscht nach oben und enthüllt mehr, als nötig wäre. Sie fährt mit ihren Fingern über meinen Unterarm, ihre künstlichen Wimpern flattern wie die Flügel eines Schmetterlings, der in die falsche Richtung fliegt.

„Was gibt es?", frage ich kühl.

„Die Neue … wie hieß sie gleich nochmal?" Ihr Kopf neigt sich leicht zur Seite, und ein unschuldiger Ausdruck breitet sich auf ihrem Gesicht aus.

„Amelie," antworte ich, meine Stimme kühl. „Und das weißt du."

Sie schüttelt den Kopf, ein Lächeln auf ihren überfüllten Lippen. „Nein, wirklich nicht. Ich würde dich niemals anlügen. Ich wusste, ihr Name fängt mit A an, aber er ist mir gerade nicht eingefallen."

Ihre gespielte Naivität bringt mich nicht aus der Ruhe. „Was willst du?"

„Ich mache so etwas normalerweise nicht, aber ich weiß, dass ihr extra keine Leute aus armen Verhältnissen einstellt, weil es sonst zu Diebstahl kommen könnte."

Ich hebe eine Augenbraue, lasse meine Mimik ansonsten neutral. „Wie kommst du darauf, dass sie arm ist?"

Ich stehe auf und lehne mich lässig gegen die Wand, um Abstand zwischen und zu schaffen.

„Das will ich dir ja sagen." Sie streicht sich theatralisch eine Haarsträhne aus dem Gesicht und kommt näher. „Ich hätte es auch nicht gedacht, ihrer Kleidung nach zu urteilen. Aber ich habe gesehen, wie sie aus dem Safe Geld genommen hat, und keiner von uns hat ihr das angewiesen."

Ihre Schritte werden langsamer, ihre Absichten offensichtlicher. Sie bewegt sich wie eine billige Verführerin, alles an ihr ist künstlich – von den Lippen bis zu den Haaren. Ihre Nähe widert mich an. Auch wenn ich kein Problem damit habe, wenn eine Frau beim Chirurgen nachhelfen lassen hat. Sobald sie sich so billig verhält, ist sie bei mir unten durch.

„Ich will nur eure Praxis schützen," haucht sie, und ihre Stimme ist nichts als ein gekünsteltes Flüstern. Sie steht jetzt so nah, dass ihre Brüste meine Brust streifen und ihr Parfüm übermächtig in der Luft hängt.

Ich hebe meine Hände aus den Hosentaschen, lasse sie über ihren Rücken wandern, bis sie auf ihren Hüften landen.

„Weißt du was?", frage ich leise.

„Ja, Salva?" Ihre Augen glitzern vor Erwartung, ihre Beine öffnen sich, ihre Absichten so offensichtlich.

Ich packe sie fest und hebe sie zurück auf den Tisch. Ihre Beine bleiben gespreizt, sie erwartet, dass ich mich zwischen sie stelle. Stattdessen lasse ich meine Stimme tiefer werden, fester. „Ich habe es ihr aufgetragen."

Ihre Augen weiten sich, und der Ausdruck von Überraschung auf ihrem Gesicht ist fast amüsant. „Oh, das wusste ich nicht."

Ich komme einen Schritt näher, positioniere mich genau da, wo sie mich will, und lasse die Spannung in der Luft wachsen. Ihre Hände legen sich um meinen Nacken, ihr Körper drängt sich mir entgegen.

„Ganz genau," sage ich, meine Stimme kalt. „Und nächstes Mal bist du vorsichtiger mit deinen Anschuldigungen. Vor allem gegenüber Amelie."

Ich sehe, wie ihre Fassade für einen Moment bröckelt, doch sie versucht, die Kontrolle zurückzugewinnen, ihre Finger gleiten tiefer über meinen Rücken.

„Für dich würde ich alles tun, Salva," haucht sie, ihre Stimme ein erbärmlicher Versuch von Verführung.

Ich lasse sie noch einen Moment in ihrer Illusion, bevor ich mich zurückziehe, sie mit einem festen Griff an den Schultern halte und ihr einen einzigen Befehl gebe: „Dann geh wieder an die Arbeit."

Ihre Lippen öffnen sich, als wolle sie protestieren, doch ich mache keine Anstalten, ihr weiter Beachtung zu schenken. Ich befreie mich aus ihrem Griff und öffne die Tür. „Und lass dich nicht nochmal zu solchen Spielchen hinreißen."

Du siehst, wie Harper aus meinem Zimmer geht, und kannst dir ein schmunzelndes Lächeln nicht verkneifen. Als ich auf dich zukomme, ziehe ich dich diskret zur Seite. „Kannst du bitte wie besprochen die Medikamente für unsere ältere Patientin besorgen? Sie kommt in zwei Stunden." Du bestätigst.

„Natürlich, ich mache mich sofort auf den Weg." Tatsächlich haben wir eine demente Patientin, die nicht weiß, wo die Apotheke ist, und der wir als Service die Medikamente besorgen. Doch dieses Mal ist es nur ein Vorwand.

Bevor du gehst, merke ich, dass du plötzlich blass

wirst. Deine Haltung wirkt angespannt, und ich gehe auf dich zu. „Alles in Ordnung?", frage ich besorgt. Doch bevor du richtig antworten kannst, rennst du mit einer Hand vor dem Mund in Richtung der Damentoilette. Ohne zu zögern, folge ich dir, selbst wenn die anderen das mitbekommen. Es ist mir egal.

Die kühle Luft hat den Boden im Bad gekühlt, und ein leichter Geruch nach Desinfektionsmittel mischt sich in die stickige Wärme der Heizung. In der Toilette kniest du dich über die Schüssel und übergibst dich heftig. Ich eile zu dir, schließe die Kabinentür hinter uns und halte deine Haare aus deinem Gesicht. Mit einer Hand streiche ich beruhigend über deinen Rücken. Deine Wangen sind blass, und ein Schweißfilm legt sich auf deine Stirn. Als du fertig bist, reiche ich dir Toilettenpapier.

„Alles gut?", frage ich sanft und fühle vorsichtig deine Temperatur. Deine Haut ist warm, aber langsam kehrt etwas Farbe in dein Gesicht zurück.

„Ja," murmelst du mit einem schwachen Lächeln. „Wie ekelig, dass du das miterleben musst." Du grinst erschöpft und wischst dir den Mund sauber.

„Ich habe schon Schlimmeres erlebt," erwidere ich mit einem leichten Grinsen, während ich deinen Blick einfange. „Hast du etwas Schlechtes gegessen?"

Du stützt deinen Kopf auf deinen Knien ab und murmelst gegen deine Oberschenkel. „Eigentlich nicht."

„Was war es denn?"

„Ein Bagel aus dem Shop gegenüber."

Ich sehe dich besorgt an, wie du kraftlos vor mir sitzt.

„Vielleicht war der Aufstrich schlecht? Soll ich jemand anderen schicken, um die Medikamente zu holen?"

Du schüttelst den Kopf, richtest dich geschwächt auf und streifst dein Pullover glatt. „Nein, das geht schon. Jetzt ist es ja raus."

Ich folge dir aus der Kabine. Du wäschst dir Gesicht und Hände, spülst den Mund aus und machst dir einen Zopf. „Ich habe in meinem Zimmer eine Flasche Wasser. Nimm die bitte mit. Und sollte etwas sein, ruf mich an."

Du nickst und lächelst leicht. „Ich schaffe das schon. Ich bin ja nicht lange weg."

Wenn du wüsstest. Ich sehe dir nach, wie du die Toilette verlässt, und warte einen Moment, bevor ich die Überwachungs-App auf meinem Handy starte, um deinen GPS-Standort zu überprüfen. Als ich sehe, dass du den nächsten Block erreichst, mache ich mich ebenfalls auf den Weg.

Die eisige Luft beißt in mein Gesicht, und der Schnee knirscht unter meinen Schritten, als ich schneller gehe, um dir zu folgen. Die Stadt ist stiller als sonst, gedämpft durch die weiße Decke, die die Straßen und Gehwege bedeckt. In der Ferne höre ich das Echo eines vorbeifahrenden Autos und das gedämpfte Gelächter von Menschen, die den Winter genießen.

Du kommst beim Central Park an. Ich verstecke mich hinter einem Gebüsch, die klirrende Kälte um mich herum ignorierend, und warte auf den richtigen Moment. Matteo müsste auf der anderen Seite sein. Alles läuft nach Plan.

Du gehst durch den Park, ziehst deine Jacke enger und versuchst, nicht auf dem Schnee auszurutschen.

Plötzlich sehe ich sie. Eine Frau mit blonder Perücke, komplett in Schwarz gekleidet, rennt auf dich zu. Du bemerkst sie nicht, gehst einfach weiter. Es ist Antonia. Vacchio hat von einen seiner Leute die Info erhalten, dass sie dich heute angreifen möchte.

Ihre Stiefel hinterlassen tiefe Abdrücke im Schnee, und ihr Atem bildet kleine Wolken in der eisigen Luft. „Du miese Hure!", schreit sie, ihre Finger krallen sich wie Klauen in den Stoff deiner Jacke, reißen dich rückwärts, und die glatte Schneedecke unter deinen Schuhen lässt dich hilflos schlitternd den Halt verlieren. Du versuchst, dich zu drehen, dich zu befreien, doch ihre brutale Kraft drückt dich in eine abgelegene Ecke des Parks, fernab der Hauptwege. Der Wind jagt Schneeflocken durch die kahlen Bäume, und das ferne Knirschen von Schritten verliert sich in der frostigen Luft.

Ein Ast bricht unter deinem Fuß, und du fällst auf die Knie. Dein Atem geht stoßweise. *Du schaffst das, halte nur ein wenig durch.* Antonia bückt sich, packt deine Haare und zieht dich wieder hoch, ihr Gesicht verzerrt vor Wut. „Du hast alles ruiniert! Alles!", zischt sie, ihre Augen glitzern wie blaue Perlen in ihrer hasserfüllten Fratze. Die Perücke verrutscht leicht, doch das stört sie nicht. Sie ist besessen von ihrem Hass.

„Lass mich los," kreischst du, deine Stimme bricht vor Verzweiflung und Schmerz. Du trittst nach hinten, versuchst, sie an den Armen zu packen, doch sie drückt dich mit unerbittlicher Kraft gegen einen Baum. Der raue Stamm bohrt sich in deinen Rücken, und der Schnee, der von den Ästen fällt, schmilzt kalt auf deiner Haut. Meine Finger ballen sich zu Fäusten, als ich beobachte, wie du dich verzweifelt wehrst. Mein Herz rast, aber ich bleibe in Deckung. Noch ist nicht der Moment gekommen, um einzugreifen.

„Ich nähere mich ihnen," höre ich Matteos ruhige, kontrollierte Stimme durch meinen In-Ear-Monitor. „Alles klar, ich komme von der anderen Seite," antworte ich und bewege mich geduckt durch das dichte Gebüsch. Die Zweige kratzen an meiner Kleidung, und der Schnee dämpft meine Schritte. Jeder Atemzug ist sichtbar, jeder Schritt ein Risiko. Ich kann nicht zulassen, dass sie dich weiter verletzt.

Antonia hebt ihre Hand, ihre Finger schlagen hart auf deine Wange. Der stechende Schmerz lässt dich einen Moment benommen zurück, doch dann packst du ihre Kapuze und ziehst sie mit einem Ruck nach unten. Sie strauchelt, ihre Knie sinken in den Schnee, doch sie ist schneller wieder auf den Beinen, als du reagieren kannst. Sie stürzt sich erneut auf dich, ihre Fingernägel graben sich in deinen Arm, und ein dumpfes Keuchen entweicht deinen Lippen.

„Du wirst für alles bezahlen, was du mir angetan hast," knurrt sie, ihre Stimme zittert vor Anstrengung. Aber du gibst nicht auf. Mit einem verzweifelten Schrei hebst du dein Knie, triffst ihre Rippen, und sie lässt dich kurzzeitig los. Du taumelst zurück, deine Schuhe rutschen auf dem eisigen Boden, doch du nutzt den Moment, ziehst deinen Kopf zurück und schleuderst ihn mit voller Wucht gegen ihr Gesicht. Ein dumpfes Knacken hallt durch die eisige Luft. Antonia schreit auf, taumelt ein paar Schritte zurück, ihre Perücke fliegt vom Kopf, und Matteo springt aus seinem Versteck.

Während Matteo sich auf Antonia stürzt, renne ich direkt zu dir. Du schwankst, deine Schritte unsicher, doch ich fange dich auf, bevor du fällst. „Ich hab dich," flüstere ich, während ich dich ins Gebüsch ziehe.

Dann bleibt mir der Atem stehen. Eine weitere schwarz gekleidete Gestalt nähert sich Matteo schnell, die Bewegungen zielgerichtet und voller Bedrohung. Sein Gesicht ist teilweise von einer tief ins Gesicht gezogenen Cap verdeckt, doch die Waffe in seiner Hand ist unübersehbar. Die Mündung reflektiert das schwache Licht der Wintersonne wie ein Versprechen des Todes.

Du drehst dich in meinen Armen, deine Augen weiten sich vor Schock, und Tränen schimmern auf deinen Wangen. „Das ist Emilio," flüsterst du, deine Stimme kaum hörbar. Uns wurde nichts von Emilio erzählt, nur von Antonia war die Rede. „Wenn du jetzt hingehst, bist du tot," sage ich eindringlich und halte dich fest. „Noch hat er uns nicht gesehen."

„Waffe runter, Matteo," knurrt Emilio, seine Stimme ist kalt wie die Luft um uns. „Oder du bist tot."

Du versuchst dich aus meinem Griff zu winden, doch ich halte dich fester. „Du bleibst jetzt hier!" Meine Worte sind ein Befehl, keine Bitte. Dein Blick wandert zwischen mir und Matteo hin und her, deine Verzweiflung greifbar. „Aber ich muss ihm helfen," flüsterst du, dein Atem kommt stoßweise.

„Ja, indem du still bleibst. Ich muss mich beeilen, sonst wird es zu spät sein." Ich sehe dich ein letztes Mal an, dann schleiche ich aus dem Gebüsch. Mein Herz rast, während ich von einem Baum der mir als Tarnung dient zum nächsten sprinte, die kalte Luft brennt in meinen Lungen.

Matteo hält Emilio durch Gespräche hin, obwohl seine Worte ihn provozieren. „Emilio, ich weiß, dass du keine Eier hast, aber mich hinterrücks anzugreifen ist nicht charmant."

„Wie du Antonia geschnappt hast, war auch nicht gerade charmant," entgegnet Emilio. Matteo lacht, *wie kann dieser Idiot vor nichts Angst haben?*

„Bin gleich da," flüstere ich durch den In-Ear-Monitor.

„Ihr habt beide keinen Respekt von mir verdient. Und jetzt nimm deine Waffe von meinem Kopf."

Emilio lacht jetzt ebenfalls. „Ich bin auch nicht froh, dass ich dir die Waffe hinhalte und nicht deiner süßen Amelie mit ihrer engen Fotze.", er macht eine Pause. „Ich vermisse sie jetzt schon."

Matteo lacht erneut, „schön, dass du sie vermisst. Es bringt dir nur nichts, wenn du deinen mickrigen Schwanz in meine Frau steckst und einfach nur beschissen darin warst."

Warum provoziert er ihn so? Will er sterben? Ich laufe zum nächsten Baum, noch ein paar Meter.

„Wenn du wüsstest, wie feucht sie war. Sie hat es geliebt."

Die Spannung in der Luft ist greifbar, als ich mich hinter Emilio positioniere. Ich gebe Matteo das Signal. „Jetzt."

In einem fließenden Moment schubst Matteo Antonia nach vorne. Sie landet hart im Schnee, ihr Mantel mit glitzernden Flocken bedeckt, und sie rennt davon, ohne zurückzusehen. Emilio zögert einen Moment, und ich nutze die Gelegenheit. Mit einem präzisen Schlag meiner Handkante gegen sein Hinterhauptbein am Hinterkopf sackt er wie ein gefällter Baum zu Boden.

Ich beuge mich zu ihm, fixiere seine Hände mit Handschellen hinter seinem Rücken und richte mich auf, gerade als zwei Passanten näherkommen. „Wir haben hier alles unter Kontrolle. Bitte gehen Sie weiter," rufe ich und zeige eine Polizeimarke. Sie nicken und ziehen sich zurück.

Du rennst aus dem Gebüsch, dein Atem stoßweise, deine Augen voller Tränen. „Woher wusstet ihr das," flüsterst du, als du in unsere Arme fällst.

Kapitel 20

Amelie

Der alte Autohof liegt trostlos und verlassen vor uns. Die flackernden Lampen werfen unruhige Schatten auf den ölverschmierten Asphalt. Das Hämmern aus dem Kofferraum des Rolls-Royce ist dröhnend, durchsetzt mit Emilios wüsten Flüchen auf Italienisch. Jeder Schlag klingt, als wolle er das Auto auseinanderreißen. Mein Rücken ist feucht von kaltem Schweiß, die Luft um mich herum fühlt sich plötzlich stickig an. Gleich werde ich ihm in die Augen sehen müssen.

Matteos Arm liegt schwer und beruhigend um meine Schultern. Ich werfe ihm einen schnellen Blick zu, sein Gesicht bleibt unbewegt, seine Augen sind jedoch scharf auf die Gestalt gerichtet, die sich uns nähert. Der Mann im grün-weiß gestreiften Anzug sieht aus, als hätte er eine alte Filmrolle gestohlen – weißer Mantel, Fedora-Hut, ein dünner Schnurrbart und ein Gehstock, den er offenbar nur aus Stilgründen nutzt.

„Matteo!", ruft der Mann, seine Arme weit ausgebreitet, ein breites Grinsen auf den Lippen als wäre er Matteos bester Verbündete. Matteo zieht mich enger an sich und flüstert: „Das ist Vacchio."

Ich spüre, wie sich meine Schultern straffen. Mein Instinkt sagt mir sofort, dass diesem Mann keine Sekunde lang zu trauen ist. Nach allem, was Matteo über ihn erzählt hat, weiß ich, dass er genauso gefährlich wie charismatisch ist – ein Wolf, der darauf wartet, zuzuschlagen.

Vacchio bleibt vor uns stehen, sein Gehstock klopft sanft auf den Boden, bevor er mir die Hand reicht. „Du musst Amelie sein," sagt er mit einem breiten Grinsen. Seine Finger schließen sich um meine, und ich spüre, wie er meinen Handrücken zu seinen Lippen führt.

„Und du bist Vacchio," antworte ich kühl, ziehe meine Hand mit einer kleinen Bewegung zurück.

Er verbeugt sich leicht, der Gehstock ein Accessoire seiner kleinen Show. „Richtig. Roberto Vacchio eigentlich, aber alle nennen mich nur bei meinem Nachnamen – als wäre ich der Bösewicht. Dabei bin ich eigentlich ganz nett." Sein Zwinkern ist so offensichtlich gespielt, dass es mir schwerfällt, nicht die Augen zu verdrehen.

Autos fahren auf den Platz, eines nach dem anderen, ihre Scheinwerfer leuchten kurz auf, bevor die Motoren verstummen. Matteo löst sich von mir und geht zum Rolls-Royce. Sein Gang ist ruhig, fast entspannt, doch ich sehe, wie sich seine Kiefermuskeln anspannen. Mit einer flüssigen Bewegung öffnet er den Kofferraum.

Von Weitem sehe ich ihn. Emilio liegt gefesselt darin, die Hände und Füße zusammengebunden. Sein Hemd ist zerknittert, sein Gesicht schweißbedeckt, und in seinen Augen glimmt derselbe Hohn, den ich schon so oft gesehen habe. Als seine Augen auf mich treffen, verzieht sich sein Gesicht zu einem spöttischen Grinsen.

„Amelie," ruft Matteo, seine Stimme ruhig, aber bestimmend.

Ich trete näher an den Wagen, meine Schritte sind schwer, doch ich halte meinen Kopf hoch. Mein Butterflymesser gleitet lautlos aus meiner Jackentasche. Das Klicken, als ich es öffne, hallt für mich lauter, als es tatsächlich ist.

Emilios Lächeln wird breiter. „Hey, Fiore," sagt er, und die Verachtung in seiner Stimme lässt meinen Magen verkrampfen.

Ich halte das Messer an seine Kehle, und er bewegt sich nicht zurück – im Gegenteil. Langsam drückt er seinen Hals gegen die scharfe Klinge, bis ein dünner Blutfaden an seiner Haut entlangläuft.

„Du bist in einer ganz schwierigen Lage, du kleiner Wichser," sage ich leise. „Daher wäre ich an deiner Stelle vorsichtig mit meinen Aussagen."

Seine braunen Augen glitzern vor Trotz, und sein Lächeln verschwindet nicht. „Ihr werdet mich sowieso töten," sagt er gelangweilt.

Matteo beugt sich zu ihm, bis seine Nase fast die von Emilio berührt. „Richtig," flüstert er mit einem Hauch von Kälte, „aber wir werden es so langsam machen, dass du es dir wünschst, schneller zu sterben. Und bei dir wird im Vergleich zu deinem armseligen Vater nicht mal dein verdammter Torso übrig bleiben."

Der Geruch von Zigarrenrauch kündigt Vacchios Anwesenheit an, bevor ich ihn sehe.

„Und deine Familie," beginnt Vacchio, mit seiner Zigarre zwischen den Zähnen, „wird ausgelöscht. Jeder Einzelne. Auch die Kinder."

Er zieht an seiner Zigarre, und der Rauch schwebt in Richtung Emilios Gesicht. „Alle werden sterben. Niemand, der den Namen Moretti trägt oder mit dieser Familie zusammenarbeitet, wird überleben."

Vacchio pustet einen Rauchring aus, „Puff." Er fängt ihn mit der Hand auf. Noch ein Ring. „Puff." Er hebt seine Augenbraue, als er die Spitze seiner Zigarre gegen Emilios Bein drückt.

Emilios Schrei bricht durch die Nacht, und er windet sich unter der Qual, doch die Fesseln lassen ihm keinen Spielraum. „Puff" haucht Vacchio.

„Macht euch bereit," ruft Matteo, und die Männer beginnen, sich zu bewegen.

Matteo und Salva ziehen Emilio aus dem Kofferraum, während Giuliano ein Stück Panzertape abreißt und es fest über seinen Mund klebt. Er tritt um sich, sein Körper wie das eines wilden Tieres, seine Schreie gedämpft, doch der Hass in seinen Augen bleibt.

Vacchio tritt an meine Seite, sein Gehstock leise auf dem Boden. „Es freut mich, dass du es so weit geschafft hast."

Ich werfe ihm einen schrägen Blick zu, „äh, danke.", entgegne ich trocken.

Die Werkstatthalle ist kalt, der Geruch von Öl und Metall liegt in der Luft. Die Hebebühnen und Werkzeugkästen sind verstaubt. Ich sehe zu, wie Emilio an schwere Ketten gefesselt wird, die an einer der Hebebühnen befestigt sind.

„Müssen die Kinder wirklich sterben?", frage ich.

Vacchio bleibt stehen, zieht einen tiefen Zug aus seiner Zigarre und sieht mich an. „Kindchen, weißt du, was Rache bedeutet? Es bedeutet, dass du jede Wurzel herausreißt, damit sie nicht mehr wächst."

Er zeigt mit seiner Zigarre auf Emilio. „Jedes dieser Kinder ist ein potenzieller Racheengel. Sie sind wie ein Tumor – du kannst ihn nur besiegen, wenn du alles entfernst."

Matteos Augen suchen meine, und ich sehe die Spannung in seinem Blick. „Ich werde mit Matteo darüber sprechen."

Vacchio lächelt, seine Mundwinkel scharf. „Mach das. Aber er wird das Gleiche tun wie ich."

Von hinten nähert sich Tommaso. „Amelie, können wir kurz sprechen?" Seine Hände sind hinter seinem Rücken eingehakt, sein Blick fest auf mich gerichtet. Vacchio schaut zu Tommaso, als wäre es respektlos, unser Gespräch zu unterbrechen. Doch Tommaso lässt sich davon nicht beirren. Seine Haltung ist unbeirrt, fast majestätisch. Er könnte Vacchio mit einem einzigen Schlag erledigen, wenn er wollte.

Jeder der Russo-Männer ist braun gebrannt, breit gebaut und voller stiller Bedrohung. Tommaso jedoch ist kleiner, vielleicht zehn Zentimeter größer als ich mit seinen 1,77 Metern. Trotzdem tut das seiner Autorität keinen Abbruch. Sein perfekt sitzender Anzug und die graumelierten Haare und der Bart lassen ihn wie einen unangefochtenen Patriarchen wirken. Seine Präsenz ist so stark, dass Vacchio schließlich nachgibt. Es ist ein unausgesprochener Machtkampf, den Tommaso mit einem einzigen Blick gewinnt.

Er reicht mir die Hand, und ich nehme sie, während wir ein paar Schritte durch die Halle gehen. Mir entgeht nicht, dass Matteo und Salva mich beobachten, während sie die Folterinstrumente für Emilio vorbereiten. Ihre Blicke ruhen schwer auf mir, wie ein unsichtbares Netz, das mich schützen soll.

Draußen reicht Tommaso mir eine Zigarette, die ich wortlos annehme.

„Ich will dir wirklich nicht zu nahe treten," beginnt Tommaso, seine Stimme ist ruhig, fast nachdenklich. Er zieht den Kragen seines Mantels tiefer ins Gesicht.

„Aber ich würde nicht mit Matteo verhandeln, ob ihr die Kinder verschont."

Ich drehe mich zu ihm. „Warum? Was wäre daran so schlimm?" Mein Tonfall ist neutral, doch innerlich bin ich alarmiert. Ich weiß nicht, ob ich ihm trauen kann.

Er hat mich gehasst, doch in letzter Zeit zeigt er sich unerwartet freundlich, als wollte er mich beschützen. *Aber warum?* Ich werde vorsichtig sein.

„So nett er zu dir ist, Amelie, vergiss nicht, wer er ist." Sein Blick wird stahlhart. „Er ist der gefürchtetste Mann Italiens. Nicht umsonst hat er Emilios Vater gnadenlos geschlachtet. Matteo liebt es zu morden. Nicht, weil er muss, sondern weil er will. Es gibt ihm das Gefühl, Gott zu sein."

Meine Stiefel schieben den Schnee unter mir hin und her. „Ich weiß, wer er ist. Aber er hat sich geändert. Für mich."

Tommaso lacht leise, sein Gesicht wirkt dabei fast herzlich. Eine Seltenheit. „Er unterdrückt seinen Drang, ja. Aber glaub mir, früher oder später wird er ausbrechen. Das hier ist deine erste Folter, oder?"

Ich nicke langsam. Seine Worte wiegen schwer.

„Dann wirst du es heute sehen. Achte darauf, wie sich dein liebevoller Matteo in ein blutrünstiges Monster verwandelt." Er legt eine Hand auf meine Schulter. „Ich will dich nur warnen. Nicht, dass du enttäuscht wirst. Du bist zu weich für diese Welt, Amelie."

„Das stimmt nicht," widerspreche ich. Ich ziehe an der Zigarette und spüre den Rauch tief in meiner Lunge. „Wenn jemand es verdient hat, würde ich alles tun, um ihn für seine Taten leiden zu lassen. Emilio hat so viele Unschuldige getötet. Er hat Menschenhandel betrieben, Vergewaltigungsdrogen hergestellt. Solche Menschen verdienen keine Gnade." Wut brodelt in mir. „Ich werde ihm die Schmerzen zufügen, die er verdient. Bis er darum bettelt, dass ich aufhöre."

Tommaso sieht mich lange an, bevor er ehrfürchtig nickt. „Ich habe mich in dir getäuscht. In dir steckt mehr, als ich dachte."

Ich sage nichts. Seine Worte hallen in meinem Kopf wider, aber ich bin entschlossen. Matteo hat sich für mich geändert. Und ich werde ihn nicht verlieren.

„Hey, ihr zwei Turteltauben!" Salvas Stimme hallt über den Platz.

„Turteltauben?" Ich drehe mich zu ihm, ein schmunzelndes Lächeln auf meinen Lippen.

„So, wie ihr da steht, in der Winterlandschaft, könnte man meinen, ihr seid ein Pärchen." Salva grinst breit, während er sich an den Rahmen der Halle lehnt.

„Er hat mir Tipps gegeben, wie ich die Folter erfolgreich durchführe," lüge ich und gehe auf ihn zu.

Seine Augen verengen sich leicht, doch ein Lächeln spielt um seine Lippen. „Dann bin ich aber gespannt, Bella. Komm, wir haben alles vorbereitet."

Gemeinsam gehen wir in die Halle zurück. Dreißig Augenpaare folgen uns, alle gespannt, was gleich passieren wird. Emilio hängt an einer Art Defibrillator, seine Hände und Beine mit schweren Ketten fixiert. Der Mechanismus ist so eingestellt, dass er ihn ins Leben zurückholen kann, falls wir es zu weit treiben.

Matteo tritt vor, die Ruhe in seiner Bewegung wirkt wie die Stille vor einem Sturm.

„Meine Teuerste, ich würde dir den Vortritt erweisen." Seine Stimme ist glatt, beinahe liebevoll, als er mir einen Baseballschläger aus Metall reicht.

Das Gewicht des Schlägers zieht meine Hand leicht nach unten, doch ich spüre die Kälte des Metalls, die sich mit meiner eigenen kühlen Entschlossenheit verbindet. Emilio, sein Gesicht gezeichnet von Blutergüssen und Wut, richtet seine Augen auf mich.

„Zeig mir, was du kannst," zischt er, während seine Zunge über die rissigen Lippen fährt. Er hängt leicht in der Luft, seine Beine gespreizt wie an einem Andreaskreuz. Trotz seiner Lage trägt er dieses überhebliche Grinsen.

Ich lasse mich nicht beeindrucken. Meine Schritte hallen auf dem Betonboden wider, als ich mich ihm nähere. „Ist dein mickriger Schwanz wieder heile, oder warum spuckst du so große Töne?", fauche ich.

Der erste Schlag landet direkt zwischen seinen Beinen. Die Ketten klirren laut, als er an ihnen zerrt, doch es gibt kein Entkommen. Sein Gesicht verzieht sich vor Schmerz, doch er gibt keinen Laut von sich. Noch nicht. Ich hole erneut aus, der Schläger trifft ihn seitlich an den Rippen. Ein dumpfer Aufprall, gefolgt von einem erstickten Keuchen.

„Fottiti! Figlia di puttana!" Flucht Emilio, seine Stimme bricht unter der Intensität der Schmerzens-schreie.

Ich lasse nicht locker. Wieder und wieder treffe ich ihn. Jeder Schlag lässt seine Ketten lauter klirren, seine Schreie hallen durch die Halle, doch ich höre nicht auf. Mein Atem geht schneller, meine Brust hebt und senkt sich heftig. Ich bin wie in einem Rausch, meine Gedanken verschwimmen. Ich verstehe jetzt, warum Matteo es liebt, diesen Abschaum zu richten.

Der Baseballschläger gleitet mir fast aus den Händen, als ich ihn mit einem lauten Poltern zu Boden fallen lasse. Emilio hängt schlaff in den Ketten, sein Körper zittert, doch sein Blick ist immer noch voller Hass. Ich drehe mich um, meine Lippen zu einem stolzen Grinsen verzogen, während die Männer applaudieren. Der Bei-fall donnert in meinen Ohren, das Gefühl von Triumph durchflutet mich.

Giuliano tritt vor, eine Whiskeyflasche in der Hand. Er reicht sie mir mit einem anerkennenden Nicken. „Sehr gut gemacht."

Ich nehme einen großen Schluck, der Alkohol brennt in meiner Kehle und lässt mich leicht zusammenzucken. „Danke," murmele ich und reiche die Flasche weiter. Mein Blick bleibt auf Emilio, dessen Brust sich langsam hebt und senkt. Er ist nicht tot, aber weit davon entfernt, bei Bewusstsein zu sein.

Matteo tritt näher, ein Hauch von Belustigung in seinen Augen. „Na, du kleiner Hurensohn," sagt er trocken und verpasst Emilio eine Backpfeife. Der Aufprall bringt ihn halb zu sich.

„Worauf hast du Lust, Emilio?" fragt Salva, während er mit einer Hand an den Knöpfen eines Apparats spielt.

„Darauf, eure kleine Schlampe da hinten zu ficken," spuckt Emilio aus, seine Worte triefen vor Gift. Sein irrer Blick trifft meine Augen, doch diesmal halte ich stand. Ich werde ihm nicht die Befriedigung eines Reizes geben.

„Nun ja, das wird nichts," sagt Matteo trocken, während er eine Tüte aus seiner Tasche zieht. „Worauf noch?"

„Fang endlich an und fuck mich nicht ab!", brüllt Emilio, seine Stimme überschlägt sich, während er den Kopf nach hinten wirft.

Matteo reagiert nicht sofort. Er krempelt die Ärmel seines makellos geschnittenen Sakkos langsam nach oben, als sei er dabei, einen kunstvollen Akt vorzubereiten. Seine Bewegungen sind ruhig, fast methodisch, während die Spannung im Raum ins Unermessliche steigt. Mit einem schnellen Ruck zieht Matteo Emilio eine schwarze Tüte über den Kopf. Der Stoff raschelt bedrohlich, als Matteo die Kanten eng an seinem Hals zusammenzieht und Emilios Kopf nach hinten reißt.

Ein Würgen ist zu hören, gefolgt von erstickten Lauten. Emilios Körper beginnt zu zappeln, wild um sich schlagend, doch die Ketten, die ihn halten, sind unerbittlich. Salva steht an der Konsole, sein Gesicht ausdruckslos, als er einen Knopf drückt. Der Sattelzug, an dem Emilios Ketten befestigt sind, setzt sich langsam in Bewegung. Metallische Geräusche hallen von den Wänden wider, die Ketten spannen sich mit jeder Sekunde mehr.

Matteo nimmt die Tüte ab, abrupt, wie ein Henker, der sein Opfer für einen Moment Luft holen lässt. Emilio keucht laut, seine Brust hebt und senkt sich ruckartig, während er verzweifelt nach Sauerstoff schnappt.

„Sag uns, wer alles mit dir zusammenarbeitet," fordert Matteo, seine Stimme ist so kalt, dass selbst die Männer im Raum instinktiv die Schultern straffen.

„Niemals," keucht Emilio.

Matteos Blick ist wie aus Stein gemeißelt, keine Spur von Geduld oder Gnade. Ein kurzes Nicken zu Salva genügt, und dieser dreht ein kleines Rädchen an der Konsole. Die Ketten bewegen sich schneller, die Spannung in Emilios Körper wird unerträglich. Seine Arme und Beine werden weiter auseinandergezogen, bis seine Schreie die Luft erfüllen.

„Stopp! Hört auf!", brüllt Emilio schließlich, seine Stimme voller Schmerz, seine Augen weit aufgerissen vor Panik.

Matteo bleibt unbeeindruckt. Er dreht sich zu den Männern im Raum, spricht mit kühler Gelassenheit. „So habe ich deinem Vater die Gliedmaßen abgetrennt."

In aller Ruhe lässt Matteo sich in einen schwarzen Ohrensessel sinken, der strategisch vor Emilio positioniert wurde. Er überschlägt lässig ein Bein über das andere, seine Hände ruhen auf den Armlehnen, während er Emilio mit einem Blick fixiert, der jede Illusion von Kontrolle zerstört.

„Rede," befiehlt Matteo, während Salva die Maschine weiter antreibt. Das mechanische Stöhnen der Ketten vermischt sich mit Emilios Schreien, während sein Körper zunehmend gegen die Belastung nachgibt. Seine Schultern stehen bereits unnatürlich hoch, als ob die Gelenke jeden Moment nachgeben könnten.

„Okay! Okay! Stoppt die Scheiße!" schreit Emilio schließlich, seine Stimme ist kaum mehr als ein verzweifeltes Winseln.

Salva wirft Matteo einen Blick zu, doch Matteo hebt nur eine Hand, ein Zeichen, dass die Maschine noch ein wenig weitermachen soll. Ein sadistisches, schiefes Lächeln spielt um seine Lippen, während er die Kontrolle genießt, die er über Emilios Schicksal hat.

„Salva, stoppe bitte die Zugmaschine," sagt Matteo schließlich, mit einer Stimme, die beinahe gelangweilt klingt. Er lehnt sich entspannt zurück, während Salva das Rädchen langsam zurückdreht. Das metallische Ziehen der Ketten wird schwächer.

Emilio keucht, sein Körper zittert unkontrolliert, während er versucht, die Schmerzen zu verarbeiten. Doch seine Augen, blutunterlaufen und voller Hass, lassen sich nicht brechen.

„Ich höre," sagt Matteo, seine Stimme unbarmherzig ruhig.

„Deine Männer sind treu," keucht Emilio. Doch in seinen Augen blitzt etwas auf, eine Spur von List, die nicht unbemerkt bleibt.

„Vacchios Männer sind bis zur Hälfte auf meiner Seite," gesteht Emilio mit einem stolzen Unterton. „Ich habe keine Liste geführt, aber ich kann sie euch nennen."

„Du kannst nicht," erwidert Matteo mit unnachgiebiger Ruhe. „Du wirst."

Emilio nickt hastig, doch die Erleichterung, die sich in seinem Gesicht zeigt, wird von Matteo mit einem kalten, scharfen Blick zunichtegemacht.

„Und wo ist Antonia?" Matteos Frage spaltet die Stille. Emilio schüttelt den Kopf, „das weiß ich nicht."

Matteos Schritte donnern wider, ein bedrohliches Echo, als er sich ihm nähert. Dann plötzlich, ohne Vorwarnung, holt Matteo aus. Seine Faust trifft Emilio mitten ins Gesicht. Der Aufprall ist ein dumpfer Schlag, gefolgt vom Geräusch, wie Blut aus Emilios Nase strömt und auf den Beton tropft.

„Lüg mich nicht an." Matteos Worte sind kaum mehr als ein Knurren, seine Augen voller unbändiger Wut. Emilios Kopf sackt nach unten, Blut rinnt aus seinem Mundwinkel, doch sein Lächeln, schief und abgrundtief höhnisch, kehrt zurück.

„Tue ich nicht," feixt er, seine Stimme brüchig, aber immer noch provokant. „Wir haben keinen geheimen Treffpunkt vereinbart. Wenn einen von uns etwas zustößt, sind wir auf uns allein gestellt. Was denkst du, warum du mich nie kriegen konntest? Weil ich jeden in mein Versteck hole? Ganz sicher nicht."

Er beginnt zu lachen, dieses grausige, wahnsinnige Lachen, das selbst die härtesten Männer in der Halle zusammenzucken lässt.

„Ihr lernt es nie, oder?" Matteo schüttelt enttäuscht den Kopf, sein Blick ruht auf Emilio wie auf einem ungezogenen Hund, der noch immer nicht begreift, wer das Sagen hat. Seine Augen verengen sich, während er zu einem Tisch geht, auf dem diverse Apparate und Werkzeuge ordentlich angeordnet liegen. Seine Finger streichen beiläufig über die Geräte, ein langsames, bedrohliches Spiel.

„Weißt du ... die Wahrheit würde euch so viel ersparen. So viele Schmerzen, so viel Geheule. Aber ihr wollt nie auf mich hören. Ihr sehnt euch, danach zu bluten." Seine Hand schließt sich um eine Flex, und das leise Geräusch des Motors, der aufheult, erfüllt die Halle. Matteo wirft Salva einen kurzen Blick zu.

„Du den linken Arm, ich den rechten."

Salva nickt und greift nach einer weiteren Flex. Beide Männer schalten die Geräte ein, das Kreischen der Säge-blätter wird zu einem schaurigen Chor. Emilios Augen weiten sich, sein Kopf schnellt panisch zwischen Matteo und Salva hin und her.

„Ich habe euch die Wahrheit gesagt!" Seine Stimme überschlägt sich, doch seine Worte gehen in dem ohren-betäubenden Lärm der Maschinen unter.

Matteo beugt sich leicht zu ihm vor, sein Gesicht ungerührt, seine Stimme ruhig wie eine bevorstehende Naturgewalt. „Ich hätte dir wirklich gerne die Chance gegeben."

Langsam, quälend langsam, führen Matteo und Salva die Flexen in Richtung von Emilios Armen. Das Säge-blatt nähert sich seinem Hemd, das Gewebe zerreißt, als ob es dem Schmerz vorausfühlt, der folgen wird. Der erste Schnitt ritzt seine Haut, eine feine Linie von Blut quillt hervor. Emilios Atem geht stoßweise, sein Körper zittert.

„Ich sags euch! Ich sags euch!", schreit er plötzlich, seine Stimme bricht unter der Mischung aus Angst und Schmerz.

Matteo hebt eine Braue, doch die Flex bleibt in Bewegung. „Nur zu," murmelt er, seine Worte eine eiskalte Einladung.

„Sie ist noch in New York," stößt Emilio hervor, die Panik in seiner Stimme unüberhörbar. „In dem Gefängnis, in dem Amelie festgehalten wurde. Wir dachten, da würdet ihr nie suchen."

Matteo hält inne. Seine Augen durchbohren Emilio, als ob er die Wahrheit aus ihm herausziehen könnte. Dann schaltet er die Flex aus und legt sie langsam zurück auf den Tisch. Der Lärm verstummt, und eine gespenstische Stille breitet sich aus.

„Ich hoffe für dich, dass du die Wahrheit sagst," sagt Matteo schließlich. Sein Ton ist ruhig, beinahe beiläufig, doch die Drohung dahinter ist unverkennbar.

Emilio atmet erleichtert auf, seine Brust hebt und senkt sich hektisch. Doch Matteo tritt näher, „du brauchst noch nicht so erleichtert zu sein. Wir sind noch lange nicht fertig."

Emilio keucht, spuckt Blut, doch er hebt sein Kinn. Matteo reicht mir einen Bolzenschneider. Sein Blick trifft meinen, dunkel und voller stummer Erwartung. „Zeig ihm, was du kannst," sagt er leise, fast zärtlich.

Ich schließe meine Hände um den kalten Stahl, spüre die Schwere des Bolzenschneiders, als wäre es ein Teil von mir. Salva tritt hinter Emilio und zwingt seinen

Kopf nach hinten, damit er mir direkt in die Augen sehen muss.

„Du glaubst wirklich, dass du das hier durchziehst, hm?" Emilios Stimme ist rau, doch die Überheblichkeit in seinen Worten wird von einem zittrigen Unterton untergraben. „Kleines Mädchen, das sich hinter Matteo versteckt und so tut, als hätte es Eier."

Ich trete näher, mein Griff um den Bolzenschneider wird fester. „Du denkst, ich würde zögern, als ob ich dir irgendetwas schuldig bin?"

Sein Körper versteift sich, als ich die Klingen des Bolzenschneiders an seinem Daumen ansetze. „Warte ... wir können doch über alles reden ..." Seine Stimme überschlägt sich, doch ich unterbreche ihn mit einem kalten Lachen.

„Reden?" Mein Ton tropft vor Verachtung. „Du hast mir nie die Chance gelassen, zu reden. Nicht, als du mich gefesselt hast. Nicht, als du ..." Ich halte inne, zwinge die Erinnerung zurück. „Jetzt wirst du still sein. Jetzt wirst du nur noch zuhören."

„Du bist nicht dazu in der Lage."

Der Bolzenschneider schnappt zusammen. Emilio schreit auf, laut, hoch, verzweifelt. Blut spritzt, warm und dick, auf meine Hände und Arme. Doch ich lasse den Bolzenschneider nicht los.

Ich lasse den Bolzenschneider sinken. Der Anblick ist unerträglich. Emilios Daumen liegt auf dem kalten Betonboden, eine groteske Erinnerung an das, was gerade passiert ist. Mein Magen dreht sich um, und bevor ich es zurückhalten kann, laufe ich zum Wasch-becken auf der anderen Seite der Halle. Mein Körper beugt sich nach vorne, und ich übergebe mich heftig. Die Säure brennt in meiner Kehle, und für einen Moment ist alles, was ich hören kann, mein eigenes Keuchen und das Echo in der Halle.

„Guliano, Luigi! Sperrt Emilio ein. Alle anderen raus!" Befiehlt Matteo seinen Anhängern. Die Männer zögern nicht. Ohne ein weiteres Wort verlassen sie die Halle, als wüssten sie, dass es jetzt keinen Platz mehr für Zuschauer gibt.

Ich höre Schritte hinter mir, dann spüre ich Salvas Hände, die meine Haare sanft zurückhalten. „Das war viel auf einmal," murmelt er zu Matteo, der sich neben ihn stellt und meinen Rücken streichelt.

„Ich habe gesagt, sie ist noch nicht bereit dafür." Matteos Stimme ist leise, aber angespannt. Es ist, als würde er sich Vorwürfe machen.

„Nein." Meine Stimme klingt rau, ich schüttle den Kopf und stütze mich mit zitternden Händen auf das Waschbecken. „Mir geht es gut." Ich richte mich auf und wische mir mit dem Handrücken den Mund ab.

Salva reicht mir ein Taschentuch, seine Fingerspitzen berühren kurz meine Haut. „Das war nur … der Daumen," sage ich und versuche, nicht über den Geschmack in meinem Mund nachzudenken. „Der Rest hat mich nicht gestört, aber ich habe so etwas noch nie gesehen."

Salva schnaubt, sein Blick ist unergründlich. „In der Praxis hast du dich auch schon übergeben. Nicht, dass du dir einen Virus eingefangen hast." Matteos Stirn legt sich in Falten, während er mich prüfend mustert.

Ich lache kurz, ein nervöses, fast hysterisches Geräusch, das die Spannung bricht. „Ich bin nicht krank. Es war einfach ..." Meine Worte verblassen, und ich finde keinen Abschluss für diesen Satz.

Er kommt näher, sein Blick bleibt auf mir, als wäre ich das Einzige, was in diesem Moment existiert. „Komm, wir bringen dich nach Hause. Da kannst du dich ausruhen."

Ich will protestieren, doch Matteo hebt eine Hand, bevor ich etwas sagen kann. „Keine Widerrede. Du hast heute genug durchgemacht."

Salva nickt zustimmend, seine Hand streicht kurz über meinen Rücken, ein beruhigender, fester Druck, der mich auf die Beine zurückholt. „Er hat recht, Bella. Ein bisschen Ruhe wird dir guttun."

Ich nicke schließlich, lasse die beiden mich stützen, während wir die Halle verlassen.

Kapitel 21

Matteo

Der dröhnende Bass der Musik vibriert durch den Asphalt, noch bevor wir die schwere Tür des Clubs erreicht haben. In New York ist das Geschäft ein ständiges Treiben, und heute steht ein Stripclub auf meiner Liste – nicht, um Spaß zu haben, sondern um die Grundlage für den nächsten exklusiven High-Society-Club zu schaffen. Der Ort hat Potenzial, auch wenn er aktuell nur als Rückzugsort für Männer mit mehr Geld als Anstand dient.

Der Eingang ist in kaltes, blaues Licht getaucht, das von pinken Neonröhren durchbrochen wird. Die massiven Türsteher nicken uns zu, als würden sie wissen, dass sie besser keine Fragen stellen. Kaum haben wir die Schwelle übertreten, umfängt uns ein intensiver Duft nach teurem Parfüm, Alkohol und ein Hauch von Rauch, der von den Zigarren im VIP-Bereich stammt. Die Einrichtung überrascht mich. Schwarzes Leder, glänzende Oberflächen, alles makellos sauber – keine Spur von den billigen Accessoires, die man sonst in diesen Läden findet. Große Kronleuchter hängen von der Decke, werfen sanftes Licht auf die makellosen Marmorböden.

Der Hauptbereich des Clubs wirkt elegant und dekadent. Der große Raum wird von einer Bühne dominiert, auf der Tänzerinnen sich kunstvoll bewegen. Drumherum sind kleine Tische mit tiefen Sesseln verteilt, jeder so arrangiert, dass die Gäste von allen Seiten die perfekte Sicht haben. An der Bar aus dunklem Onyx arbeiten Männer in perfekt sitzenden Anzügen, die mehr wie Butler wirken als Barkeeper.

Doch meine Augen streifen nur kurz die Umgebung. In diesem Moment interessiert mich mehr, dass du mit Lucia unterwegs bist, um die Einladungen für unsere Gala zu verteilen. Emilio bleibt unter strenger Bewachung, und Vacchio ist immer noch in der Stadt, bereit für die nächsten Verhandlungen. Ich habe keinen Zweifel, dass wir diese Woche sowohl Emilio als auch die Deals, die anstehen, unter Kontrolle bringen werden.

Meine engsten Männer und Salva begleiten mich heute. Giuliano, Luigi, Tommaso und Lorenzo. Der Clubbesuch dient nicht nur dazu, den Ort zu begutachten – es geht auch darum, ihnen eine kleine Pause zu gönnen, bevor die nächsten Herausforderungen anstehen.

Kaum betreten wir den Club, sind sie da – Tänzerinnen, die wie Raubkatzen um ihre Beute streifen. Eine schwarzhaarige Tänzerin mit intensiv geschminkten Smokey Eyes tritt vor. „Wir hätten gerne einen Tisch und zwei Flaschen Ace of Spades," sage ich knapp. Sie nickt, führt uns zu einer erhöhten Lounge, die einen guten Blick auf die Bühne bietet, aber gleichzeitig diskret genug für unsere Gespräche ist.

Die Lounge ist mit tiefen Ledersesseln ausgestattet, die im Kreis um einen niedrigen Glastisch angeordnet sind. Zwei Tänzerinnen in funkelnden Outfits warten bereits.

„Habt ihr Lust auf die Frauen?", frage ich Giuliano, Luigi, Tommaso und Lorenzo. Mein Ton ist neutral, aber ich merke, wie sie sich entspannen.

„Ein kleiner Striptease wäre genau das Richtige," sagt Giuliano und öffnet sein Jackett.

„Ich geh zur Bar," murmelt Lorenzo, legt seinen Schal ab und verschwindet.

Luigi und Tommaso grinsen. „Wir haben nichts dagegen."

Mein Blick wandert zu der schwarzhaarigen Tänzerin, und ich drücke ihr ein dickes Bündel Scheine in die Hand. „Gib dir Mühe. Diese Männer haben hart gearbeitet, und ich will, dass sie vollkommen entspannt sind, wenn ich zurückkomme."

Ihr Mund öffnet sich leicht vor Überraschung, doch sie beginnt sich sofort zu bewegen, ihre Hüften wiegen sich im Takt der Musik.

Salva und ich verlassen die Lounge und gehen nach oben zur Dachterrasse. Hier, fernab des lauten Clublebens, ist die Atmosphäre ruhiger. Der Bereich ist modern gestaltet, mit einem Glasdach, das den Blick auf die Skyline von New York freigibt. Ein Tischkamin in der Mitte des Raums leuchtet sanft, während die schweren Sessel um ihn herum dazu einladen, die Kälte des Winters zu vergessen.

Ich bestelle zwei Whiskey. Salva lässt sich auf einer Lounge nieder. Ich nehme in einem Hängesessel Platz.

„Salva, ich wollte mal in Ruhe mit dir sprechen," beginne ich.

Er hebt eine Augenbraue und nimmt einen Schluck aus seinem Glas. „Was gibt's?"

Ich lehne mich vor, stütze die Ellbogen auf meine Knie. „Dir sollte mittlerweile klar sein, dass ich kein Problem damit habe, dass wir uns Amelie teilen. Aber ich wollte es nochmal direkt sagen, damit du weißt, dass du freie Bahn hast. Ich merke, dass du dich zurück-hältst."

Er schnauft, stellt sein Glas auf den Tisch und sieht mich direkt an. „Ich wollte sicher gehen, dass ich es mir mit dir nicht versaue."

„Warum? Ihr hattet Sex miteinander, und ich habe es zugelassen. Brauchst du noch mehr Bestätigung?"

„Es geht nicht nur ums Ficken, Matteo," sagt er leise, sein Tonfall ernst. „Ich will mehr."

Ein Lächeln zieht über mein Gesicht. „Denkst du, ich hätte das nicht gemerkt? Seit Monaten bist du wie ein verliebter Welpe. Du hattest nur nicht die Eier, es mir zu sagen."

Er schüttelt den Kopf und grinst halb. „Natürlich hatte ich sie. Aber ich wollte nicht riskieren, dass du mich verstößt."

Ich schüttle den Kopf. „Deshalb wollte ich mit dir sprechen. Zeig ihr, was du fühlst. Sei offen. Ich will, dass sie glücklich ist, und ich spüre, dass sie dich auch liebt. Aber eine Sache ist klar: Die Hochzeit und das erste Kind gehören mir."

Er lehnt sich zurück und lacht leise. „Über die Hochzeit müssen wir nochmal reden, ich will nicht unverheiratet sterben. Aber das mit dem Kind ist okay."

„Vergiss es," widerspreche ich ihm.

Er zückt plötzlich sein Handy. „Was machst du?", frage ich misstrauisch.

„Ich rufe sie an. Soll sie uns sagen, wen sie eher heiraten würde." Bevor ich etwas sagen kann, höre ich schon deine Stimme.

„Hey, du Schönheit," sagt Salva mit einem Grinsen, während ich mich in den Hängesessel zurückziehe, außerhalb des Kamerawinkels.

„Hi, Salva. Ist Matteo nicht bei dir? Ich dachte, ihr seid gemeinsam im Club?" Deine Stimme ist klar, fast ein wenig skeptisch, und ich signalisiere Salva mit einem knappen Handzeichen, dass er lügen soll. Ich bin gespannt, was du in meiner Abwesenheit so zu ihm sagst – und wie sehr du uns beide in deinem Bann hältst.

Ich sehe von der Seite in Salvas Handy. Du siehst umwerfend aus. Deine Locken fallen weich über deine Schultern, und der Lidstrich verleiht deinem Blick diese Tiefe, die mich immer wieder aus der Fassung bringt. Der rosafarbene Lipgloss lässt deine Lippen wie gemacht für Küsse wirken. Deine Nase und deine Wangen sind leicht gerötet von der Kälte, und der beigefarbene Mantel in Kombination mit dem Burberry-Schal gibt dir diesen klassisch-eleganten Look, der fast so gefährlich ist wie deine Intelligenz. Perfektion, und du hast keine Ahnung, wie sehr du uns beide den Kopf verdrehst.

„Doch... also, nein. Er ist gerade unten," antwortet Salva mit einem scheinbar beiläufigen Ton. „Ich bin kurz hochgekommen, um die Aussicht zu begutachten. Schau mal." Er dreht das Handy, zeigt dir die nächtliche Skyline von New York, die durch das Glasdach unserer Lounge wie ein Kunstwerk aussieht. Kein Anzeichen von mir, denn ich sitze strategisch außerhalb des Kamerabereichs.

„Wow, den Club müsst ihr unbedingt kaufen," sagst du, und obwohl ich dein Gesicht nicht sehen kann, weiß ich, dass deine Augen leuchten. Ich höre es in deiner Stimme.

„Aber Finger weg von den Stripperinnen." Dein Ton ist so ernst, dass ich fast lachen muss.

Salva grinst selbstgefällig. „Ich bin brav. Matteo ist unten bei den Stripperinnen."

Ich trete Salva unauffällig gegen das Schienbein, und für einen kurzen Moment verzieht er das Gesicht, doch du merkst nichts.

„Ich meine es ernst, wenn er sich mit einer Stripperin einlässt," drohst du, „kannst du ihm sagen, dass er den Striptease, den ich seit Tagen für euch beide einstudiert habe, vergessen kann."

Salvas Grinsen wird noch breiter. „Du kannst auch gerne nur für mich strippen," erwidert er glatt, während sein Blick kurz zu mir huscht, als wollte er sehen, wie ich darauf reagiere. *Das kann er vergessen!* Dein erster Striptease gehört mir.

„Das hättest du wohl gerne." Du lachst, und der Klang bringt mich zum Schmunzeln. Du bist so leicht zu provozieren, wenn es um uns beide geht.

Doch dann ruft Lucia aus dem Hintergrund: „Ich kann dich auch hören, Bruderherz!"

„Du bist alt genug, um zu wissen, dass Erwachsene so etwas machen," kontert Salva unbeeindruckt.

„Ja, aber ich möchte mir das nicht bildlich vorstellen müssen."

„Keiner zwingt dich dazu," trällert Salva, seine Stimme vor Sarkasmus triefend.

„Nein, aber ernsthaft, Salva." Dein Ton wird plötzlich schärfer, und ich spüre die unterschwellige Eifersucht, die du nicht ganz verbergen kannst. „Matteo soll sich bloß von denen fernhalten. Und du auch."

Ich lächle. Du kannst es nicht vor mir verbergen. Nicht nur wegen mir bist du eifersüchtig, sondern auch wegen Salva. Du liebst ihn, genau wie ich es ihm vorhin gesagt habe.

„Keine Angst, Bella," sagt Salva mit einer fast zärtlichen Note in der Stimme. „Keine Frau der Welt kommt an dich ran."

Es folgt eine kurze Pause, und ich weiß, dass du verlegen bist. Du weißt nicht, wie du darauf reagieren sollst. Schließlich flüsterst du leise: „Das kann ich nur zurückgeben."

Ich kann nicht länger abwarten und trete von hinten ins Bild. „Hey, Kleines," sage ich und lehne mich leicht in die Kamera.

Deine Augen leuchten schüchtern, als du mich siehst. „Hi, und wie ist der Club?" Deine Neugier bringt mich zum Grinsen.

„Gut bisher. Ich kann mich nicht beschweren. Wie läuft es bei euch mit den Einladungen?"

Lucia tritt ins Bild, hebt beide Daumen hoch. „Sehr gut," sagst du, deine Stimme fröhlich. Es ist, als hättest du die stressigen Tage zuvor vergessen.

„Wir müssen jetzt aber weitermachen," meldet sich Lucia. „Wir sind gleich beim Senator William Harrington."

Ich nicke. „Amelie, kommst du danach zu uns in den Club? Wir haben noch eine kleine Überraschung für dich."

Dein Lächeln wird breiter, und das Leuchten in deinen Augen, das ich vorhin nur erahnen konnte, ist jetzt unübersehbar. „Natürlich. Ich freue mich schon darauf. Bis später."

Salva legt auf, und ich lasse mich mit einem Seufzen neben ihm auf die Lounge sinken. Sein Gesicht strahlt vor Zufriedenheit, als hätte er gerade den Deal seines Lebens abgeschlossen.

„Also bekommen wir einen Striptease," sage ich mit einer hochgezogenen Augenbraue.

„Nein, Matteo," entgegnet er mit einem Grinsen. „Ich bekomme einen Striptease."

Ich boxe ihn spielerisch in den Oberarm. „Das kannst du knicken! Nimm du dir hier eine aus dem Club und ich bekomme Amelie."

Salva dreht sich zu mir, seine Augen funkeln vor Übermut. „Matteo, hör mal zu. Ich habe eine brillante Idee."

Ich lehne mich zurück, mein Blick skeptisch. „Das ist selten ein gutes Zeichen."

Er legt den Kopf leicht schräg, als überlege er, wie er

es am besten formuliert. „Was, wenn wir sie überraschen – und für sie strippen?"

Für einen Moment bin ich sprachlos. Dann bricht ein Lachen aus mir heraus, so laut, dass ein paar Gäste an der Bar ihre Köpfe drehen. „Du willst mich auf den Arm nehmen, oder? Glaubst du wirklich, ich mache hier einen auf *Magic Mike?*"

„Ja, genau das," sagt er, und zu meiner Überraschung meint er es ernst. Sein Grinsen verschwindet nicht, stattdessen sieht er mich herausfordernd an. „Stell dir mal ihr Gesicht vor. Sie würde ihre Augen nicht mehr von uns lassen können."

Ich schüttle den Kopf, kippe den Rest meines Whiskeys hinunter und stelle das Glas auf den Tisch. „Du hast sie nicht mehr alle. Und außerdem – wie willst du das überhaupt umsetzen? Mit einer Video-Anleitung?"

Er zuckt mit den Schultern. „Wir könnten eine der Tänzerinnen fragen. Die helfen uns sicher."

Ich reibe mir die Stirn. „Salva, es reicht. Lass uns einfach wieder runtergehen."

Doch er lehnt sich zurück, seine Hände hinter dem Kopf verschränkt, als wäre er der König der Welt. „Sag mal ehrlich: Glaubst du nicht, dass sie sich darüber freuen würde?"

„Vielleicht," murmele ich widerwillig. Ich stelle mir vor, wie du die Augen vor Überraschung aufreißt, wie dein Lachen durch den Raum hallt, und muss mir ein Grinsen verkneifen. „Aber wenn wir das machen, dann nur auf unsere Art. Kein billig inszenierter Mist."

„Natürlich," sagt Salva mit einem Nicken, als wäre er längst überzeugt. „Aber erst mal – gehen wir nachsehen, wie es unten läuft."

Wir machen uns auf den Weg in den Hauptbereich des Clubs. Der Laden ist voll, die Musik dröhnt aus den Boxen, und die Tänzerinnen bewegen sich immer noch elegant über die Bühne.

Giuliano und Luigi sitzen entspannt in der Lounge, mit einem Lächeln, das sagt, dass sie sich bestens amüsieren. Die zwei Tänzerinnen bewegen sich geschmeidig vor ihnen, ihre Bewegungen hypnotisierend.

„Alles gut bei euch?", frage ich, während ich mich mit verschränkten Armen neben die Gruppe stelle.

„Perfekt," sagt Giuliano und hebt sein Glas. „Das Leben könnte schlechter sein."

Ich lehne mich zu Salva und spreche so leise, dass nur er es hören kann. „Wenn wir das durchziehen, dann müssen wir das richtig machen. Kein Halbherziges. Aber nicht jetzt. Heute Abend machen wir etwas anderes."

Er sieht mich neugierig an. „Was schwebt dir vor?"

„Ich will, dass sie heute die Kontrolle hat. Wir lassen sie entscheiden, was sie will. Keine Shows, keine Spielchen – nur sie. Der Striptease kann warten."

Salva nickt langsam, sein Blick ernst. „Okay, Matteo. Aber vergiss nicht – ich werde ihr auch alles geben, was sie will."

„Gut," sage ich trocken. „Das wird sie brauchen. Denn sobald sie hier aufkreuzt, schalten wir alle mal ab und denken nicht an das, was die letzten Monate passiert ist."

Ich bestelle noch eine Runde Drinks, während die Tänzerinnen sich zu neuen Gästen umorientieren.

Kapitel 22

Amelie

Lucia betätigt den Aufzugknopf, und wir steigen ein. Ihr Outfit ist atemberaubend. Sie trägt einen dunkelgrauen perfekt sitzenden Hosenanzug, der ihre schmale Taille betont, kombiniert mit einem hellgrauen Mantel, der in elegante Falten fällt. In ihrer Hand trägt sie eine schwarze Hermès Kelly-Tasche, deren Leder im Aufzuglicht schimmert. Ihr Auftritt strahlt Macht und Selbstbewusstsein aus. Ihre rehbraunen Augen wirken ruhig, aber aufmerksam, ihre langen dunkelbraunen glatten Haare fallen makellos über ihre Schultern.

Ich sehe sie an und versuche, meine losen Strähnen zu richten, als die Tür mit einem leisen Klingeln aufgeht. Wir treten in das große Foyer der Kanzlei. Die gesamte Einrichtung ist ein Zusammenspiel aus Moderne und zeitloser Eleganz: Hochglanzböden reflektieren die großen Leuchten an der Decke. Mehrere antike Chesterfield-Sofas aus hellblauem Samt bilden einen charmanten Kontrast zu den minimalistischen, schwarzen Regalen, die mit dicken juristischen Wälzern bestückt sind. In einer Ecke thront eine große Skulptur, die wie eine Fusion aus einem griechischen Gott und moderner Kunst wirkt. Der Duft von Leder, teurem Parfüm und frischem Kaffee liegt in der Luft.

Am Empfang sitzen drei Frauen, die ununterbrochen mit Headsets telefonieren, während sie in gleichmäßigen Abständen Notizen machen oder die Anrufer weiterleiten. Ihr Lächeln wirkt einstudiert, fast mechanisch.

„Wir befinden uns in der Kanzlei des bekanntesten und gefürchtetsten Anwalts in New York," erklärt mir Lucia leise, während wir uns dem Tresen nähern. Ihre Stimme ist ruhig, aber ihre Augen funkeln. „Man fürchtet ihn nicht, weil er bösartig ist, sondern weil er jeden Prozess gewinnt – egal, wie aussichtslos er anfangs wirkt."

Ich schlucke schwer. Meine Aufregung steigt mit jedem Schritt. Ich schaue keine Nachrichten, daher ist mir sein Name zuvor nicht geläufig gewesen, doch allein Lucias Beschreibung reicht aus, um mir eine Gänsehaut zu bereiten.

„Guten Tag. Wir möchten zu Mr. García," sagt Lucia, ihre Stimme fest, fast befehlend. Doch keine der Empfangsdamen würdigt uns eines Blickes. Ihre Finger fliegen weiterhin über die Tastaturen, während sie monoton in die Headsets sprechen.

Lucias Augen verengen sich. Mit einer betonten Bewegung legt sie ihre Tasche auf den Tresen, wartet eine Sekunde und zieht dann den Stecker aus dem Telefonapparat der Dame direkt vor uns.

„Das können Sie doch nicht einfach machen!" Die Frau springt empört auf und reißt das Headset von ihrem Kopf.

„Doch, das kann ich!" Lucias Tonfall ist eiskalt, ihre Haltung unerschütterlich. Die Empfangsdame, sichtlich irritiert, presst ihre Lippen aufeinander und zieht ihren Zopf fester, bevor sie zur Stahltreppe geht, die in die obere Etage führt. „Ich hole meinen Chef. Das können Sie ihm erklären." Sie fuchtelt tadelnd mit ihrem Zeigefinger in der Luft, bevor sie sich abwendet.

„Sehr gerne! Ich wollte sowieso mit ihm sprechen," ruft Lucia ihr hinterher, während sie ihre Tasche aufnimmt und sich mit einer eleganten Bewegung auf das Chesterfield-Sofa setzt. Ich folge ihr, staunend über ihre Entschlossenheit.

„Hast du gesehen, wie sie ausgeflippt ist?", Lucia beginnt zu lachen und imitiert die Empfangsdame mit hoher, theatralischer Stimme: „Mimimi, das dürfen Sie nicht."

Ich kann nicht anders, als mitzulachen. „Was ist, wenn sie jetzt Ärger wegen uns bekommt?", frage ich, während ich meine Hände in den Manteltaschen vergrabe.

Lucia zieht ihren Lippenstift aus der Tasche, geht zu einem Fenster und nutzt ihr Spiegelbild, um ihre Lippen nachzuziehen. „Ach, das passiert nicht. Ich rede mit ihrem Chef. Außerdem – hast du gesehen, dass sie nicht das geringste Interesse hatte, uns zu bedienen? Den Ärger hätte sie verdient."

Bevor ich antworten kann, höre ich Schritte auf der Treppe. Die Empfangsdame kehrt zurück, gefolgt von einem Mann. Er ist groß, muskulös, hat schwarze, glänzende Haare, die glatt nach hinten gekämmt sind, und ein markantes Kinn, das seine Stärke unterstreicht. Seine dunklen Augen fixieren Lucia.

„Das ist in Ordnung. Kümmern Sie sich wieder um die Anrufe," sagt er zu der Empfangsdame, bevor sein Blick zurück zu Lucia gleitet. Seine ernste Mimik weicht einem breiten Lächeln.

„Ms. Dr. Lucia Russo!" Seine Stimme hat einen warmen, melodischen Unterton. Die förmliche Begrüßung wirkt fast wie ein Flirt.

Lucia dreht sich und reicht ihm die Hand. „Hallo, Mr. García. Es ist lange her."

„Das stimmt. Eine Schande." Seine Stimme klingt ehrlich bedauernd. Lucia stößt ihn spielerisch mit dem Ellenbogen an. „Sie hätten mich ruhig mal anrufen können."

Er fährt sich mit der Hand durch seine Haare. „Sie wissen doch, wie es ist. Es gibt zu viele Verbrecher, die mir die Zeit rauben." Sein Blick fällt auf mich, und ich bemerke das Glitzern in seinen Augen. „Und wen haben Sie mir hier mitgebracht?"

Lucia legt ihre Hand auf meinen Arm. „Das ist Amelie Moore, die zukünftige Frau meines Bruders Matteo Russo."

Seine Augen weiten sich kurz. „Es ist mir eine Ehre, Sie kennenzulernen. Dr. Matteo Russo leistet beeindruckende Arbeit."

Ob er wirklich weiß, womit Matteo sein Geld verdient? Ich muss unbedingt ein Coaching von Matteo bekommen, welche seiner Geschäftspartner involviert sind und welche nicht. „Die Ehre ist ganz meinerseits."

Mr. García wirft einen Blick auf seine Rolex. „Wollen

Sie vielleicht mit mir hochkommen? Ein Glas Champagner? Ich habe bis zu meinem nächsten Termin noch etwas Zeit."

Lucia schüttelt den Kopf und zieht einen eleganten Umschlag aus ihrer Tasche. „Das ist sehr nett, aber wir sind auf dem Sprung. Ich wollte Sie nur schnell zu unserer Spenden-Gala einladen."

Er nimmt die Einladung entgegen. Schwarz, mit goldenem Schriftzug – eine Kombination, die pure Eleganz ausstrahlt. „Das ist schade. Aber ich werde sehr gerne kommen. Wissen Sie bereits, wohin die Spenden gehen?"

„Ja," antwortet Lucia. „Unter anderem an den Safe Harbor Relief Fund und die New Dawn Children's Initiative."

Er nickt anerkennend. „Das sind großartige Organisationen. Wenn ich noch eine Empfehlung einbringen darf: Eine Organisation, die sich für Tiere einsetzt, könnte ebenfalls berücksichtigt werden. Ich werde das mit Dr. Russo besprechen."

Lucia lächelt charmant. „Das können Sie gerne tun. Vielen Dank, dass Sie sich die Zeit genommen haben."

„Für Sie doch immer," antwortet er mit einem charmanten Lächeln und einem Hauch von Wärme in der Stimme, während er Lucia nicht aus den Augen lässt. Dann wendet er sich an mich. „Es war mir eine Freude, Sie kennenzulernen, Ms. Moore."

Dieser Mann weiß genau, wie er mit Menschen umgehen muss. Jede Bewegung, jedes Wort ist perfekt platziert, als würde er vor Gericht argumentieren. Kein Wunder, dass er der beste Anwalt der Stadt ist. Sein

Auftreten hat nichts Übertriebenes, aber eine solche Selbstsicherheit strahlt nur jemand aus, der sich seiner Macht bewusst ist.

Lucia und ich verabschieden uns höflich, aber natürlich gehört Lucia der letzte Auftritt. Als wir bereits Richtung Aufzug gehen, dreht sie sich noch einmal um. „Ach, eine Sache noch, Mr. García."

Er bleibt stehen und wendet sich zu ihr, der Blick interessiert. „Ja?"

Lucias Haltung verändert sich minimal, ihre Präsenz wirkt plötzlich noch selbstbewusster, ihre Worte präzise. „Sie sollten Ihren Angestellten klarmachen, dass sie, wenn der Aufzug klingelt und neue Besucher eintreten, diese auch angemessen empfangen."

Sein Ausdruck bleibt ungerührt, doch der Funken Belustigung in seinen dunklen Augen ist nicht zu übersehen. Er tritt einen Schritt näher an sie heran, und seine Stimme sinkt um eine Oktave. „Nur, wenn Sie das nächste Mal nicht meine Telefonapparate manipulieren."

Diese Spannung, die plötzlich zwischen ihnen aufblitzt, ist beinahe greifbar. *Meine Güte, könnte ich das aufnehmen!* Die Art, wie er spricht, wie er sich bewegt, jedes kleine Detail signalisiert Macht und Kontrolle – und Lucia? Sie strahlt das Gleiche aus, nur auf ihre ganz eigene, elegante Art.

Lucia lässt sich davon nicht beeindrucken. Mit einem charmanten Lächeln, das ihre Lippen umspielt, hebt sie die Schultern. „Abgemacht."

Doch García scheint noch nicht fertig zu sein. Sein Blick bleibt auf ihrem Gesicht ruhen, und er neigt den

Kopf leicht, als würde er überlegen, wie weit er gehen kann. „Ich hätte auch eine Bitte an Sie."

„Die wäre?"

Er lässt sich Zeit mit der Antwort. „Ich habe noch zwei Termine. Danach schließt meine Kanzlei für den Abend. Hätten Sie Lust auf ein Abendessen?"

Für einen Moment wirkt Lucia fast überrascht, doch dann funkeln ihre Augen, als sie ihm mit einem beinahe neckischen Lächeln antwortet. „Mit Ihnen? Gerne doch. Schicken Sie mir einen Wagen? Ich sende Ihnen die Daten von meinem Penthouse."

Diese Frau ist unglaublich. Mit welcher Leichtigkeit sie so etwas sagt, als sei es das Natürlichste der Welt. Ich könnte so etwas nie aussprechen. Sein rechter Mundwinkel hebt sich, ein deutliches Zeichen seines Amüsements, und vielleicht auch Bewunderung.

„Für eine Frau wie Sie doch immer," sagt er.

Das Knistern zwischen den beiden füllt den Raum förmlich mit Elektrizität, und ich stehe direkt daneben, unfähig, meine Faszination zu verbergen. Wenn Blicke und Worte Funken schlagen könnten, wäre die Kanzlei längst in Flammen aufgegangen.

Lucia dreht sich schließlich um, ihre Schritte federleicht und doch bestimmt. Sie lässt keinen Zweifel daran, dass sie hier diejenige ist, die die Kontrolle über das Gespräch hatte. Ich folge ihr in den Aufzug, der sich leise schließt. Mein Herz klopft immer noch leicht schneller, und ich kann mich nicht zurückhalten.

„Lucia," beginne ich und sehe sie aus dem Augenwinkel an. „Wie machst du das?"

Sie schaut mich an, ihre Augen glitzern vor Freude. „Was denn?"

„So mächtig auftreten. Und dann noch ihm sagen, er soll dir einen Wagen schicken?"

Ein kleines Lachen entweicht ihren Lippen, als sie mich mit einem wissenden Blick mustert. „Du lernst das noch, Amelie. Es ist keine Zauberei. Nur die richtige Mischung aus Selbstbewusstsein und dem Wissen, dass man nichts zu verlieren hat."

Ich nicke langsam, unsicher, ob ich das jemals so hinkriegen werde. Doch eines ist klar: Lucia hat eine Fähigkeit, die ihresgleichen sucht, und ich bewundere sie dafür.

Der nächste Partner ist ein Architekt. Nicht Mr. Miller, mein alter Chef – nein, die Familie Russo arbeitet mit mehreren Architekten zusammen, je nachdem, was gerade gebaut wird. Als wir vor den großen Glastüren stehen, steigen ungewollt Erinnerungen an meine alte Arbeit hoch. Diese stickige Routine, die ewigen Deadlines, das Gefühl, nicht wirklich gehört zu werden. Aber ich reiße mich zusammen. Ich bin stark. Ich war es schon lange.

„Bereit? Das ist unser letzter," sagt Lucia und sieht mich an, ihr Gesicht wie immer makellos und voller Zuversicht.

Ich nicke, und wir treten ein. Sofort umfängt uns die wohlige Wärme des Büros. Das moderne Ambiente ist gleichzeitig einladend und beeindruckend.

„Ah, da ist sie schon." Lucia deutet auf eine hochgewachsene, ältere Frau mit schmaler Statur und silbernem Haar, das zu einem eleganten Knoten gesteckt ist. Ihre Haltung ist aufrecht, und ihre graublauen Augen funkeln, als sie uns bemerkt.

„Ms. Stone!", ruft Lucia aus und geht auf sie zu, ein charmantes Lächeln auf den Lippen.

„Lucia Russo. Was für eine Freude," antwortet die Frau mit einer Stimme, die Autorität und Herzlichkeit zugleich ausstrahlt. Sie umarmen sich kurz.

Lucia wendet sich zu mir. „Das ist Amelie Moore, die Zukünftige Frau von Matteo."

Ms. Stone mustert mich überrascht, ein Lächeln kräuselt ihre Lippen. „Das gibt es doch nicht. Ich hätte nie gedacht, dass es jemals eine Frau geben wird, die Matteo um den Finger wickelt, sodass er eine Beziehung eingehen möchte."

„Amelie?", höre ich plötzlich eine vertraute Stimme hinter mir. Mein Herz setzt einen Schlag aus.

„Abby?", frage ich ungläubig, als ich Abigail aus einem Nebenraum treten sehe.

„Ihr kennt euch?" Ms. Stone wirkt interessiert, und auch Lucia sieht mich mit gehobenen Augenbrauen an.

„Ja, von unserem vorherigen Arbeitgeber," erkläre ich schnell und versuche, die Überraschung aus meiner Stimme zu nehmen.

„Wollt ihr euch unterhalten? Ich kann das auch alleine mit Ms. Stone besprechen," bietet Lucia an und beginnt, in ihrer Tasche nach der letzten Einladung zu suchen.

Mein Blick trifft Abigails. Mein Inneres ist ein einziges Chaos – Wut und Unsicherheit treffen aufeinander und kämpfen jeweils um die Oberhand. Ich weiß nicht, ob ich bereit bin, mich ihr zu stellen.

„Ich würde sehr gerne mit dir sprechen," sagt Abigail leise, beinahe flehend.

Ich schlucke schwer und nicke schließlich. „Okay."
Sie führt mich in ein Büro am Ende des Flurs. Der Raum ist schlicht, aber stilvoll eingerichtet, mit einem großen Schreibtisch aus dunklem Holz und einem Bücherregal, das bis zur Decke reicht. Abigail reicht mir ein Glas Wasser und lehnt sich dann gegen den Schreibtisch, die Arme vor der Brust verschränkt.

„Wie geht es dir?", fragt sie schließlich, ihre Stimme zögernd, fast unsicher.

„Sehr gut. Und dir?" Meine Antwort ist höflich, aber distanziert.

„Auch. Es ist viel passiert." Sie zögert, bevor sie weiterspricht. „Hast du das von Mikes Tod mitbekommen?"

Ich hatte gehofft, dass sie dieses Thema nicht anspricht. Ein Knoten zieht sich in meinem Bauch zusammen. „Ja, habe ich," antworte ich trocken.

„Hat Matteo etwas damit zu tun? Valentin ist auch tot," fragt sie, und ihr Blick wird bohrend.

Ich stehe abrupt auf, das Wasser in meinem Glas schwappt leicht über. „Wenn das hier ein Verhör werden soll, gehe ich."

„Nein, warte, bitte!" Sie hebt die Hände. „So war das nicht gemeint. Ich vermisse dich. Ich habe mir einfach nur Sorgen gemacht. Aber wie ich sehe, ohne Grund."

Ihre Worte treffen mich, doch sie bringen auch alte Wunden hoch. „Weißt du, das war immer das Problem in unserer Freundschaft," sage ich schließlich, und meine Stimme zittert leicht. „Du hattest nie Vertrauen in mich oder meine Entscheidungen. Du hast mich immer dargestellt, als wäre ich ein naives Dummerchen, das keine eigene Meinung haben darf."

Tränen sammeln sich in ihren Augen, und sie wischt sie schnell mit dem Handrücken weg. „Das wollte ich nie. Du darfst sehr wohl eine eigene Meinung haben. Ich hatte nur so Angst, dass Matteo dir etwas antut. Oder dass er dich in etwas hineinzieht, was zu gefährlich für dich ist."

Ich schnaufe und setze mich wieder. „Wenn du wüsstest, was ich in den letzten Monaten alles über mich selbst gelernt habe. Durch ihn bin ich weit über mich hinausgewachsen. Ich halte mich nicht mehr in dieser Sicherheitsblase gefangen, die alle um mich gebaut haben. Und weißt du was? Es hat mir gutgetan. Ich bin wirklich glücklich."

Abigail nickt und ein schwaches Lächeln bricht durch ihre Tränen. „Das freut mich. Dann habe ich wohl den falschen Mann ausgewählt und nicht du."

„Wie meinst du das? Habt ihr euch getrennt?"

Sie nickt, und ich zögere keine Sekunde, sie in den Arm zu nehmen. „Das tut mir leid," sage ich ehrlich.

Sie lacht leise unter ihren Tränen. „Ist schon irgendwie komisch, oder? Ich habe den komplett falschen Mann gedatet, und du hast einen, der dich glücklich macht – obwohl ich dich mit allen Mitteln von ihm fernhalten wollte. Aber ich sehe, wie gut es dir geht. Du strahlst richtig."

Ich lächle schwach. „Wärst du bereit, irgendwann mit mir zu reden? Über das, was geschehen ist?"

„Gerne." Abigail löst die Umarmung und wischt sich die Tränen weg. „Hast du noch meine Nummer?"

„Ja," antworte ich.

In diesem Moment geht ein Anruf auf meinem Handy ein. *Wie gruselig ist das denn bitte?* Wir sehen uns an und lachen kurz auf. Ich schaue auf das Display: eine unterdrückte Nummer.

„Kann ich hier irgendwo ungestört telefonieren?", frage ich.

„Natürlich. Bleib einfach hier, ich gehe solange zu den anderen." Sie verlässt das Büro, und ich nehme den Anruf an.

„Hallo?" Stille. Gerade als ich auflegen will, höre ich ein leises Atmen.

„Amelie." Ich friere ein. Diese Stimme …

„Wer ist da?", frage ich, doch ein ungutes Gefühl macht sich in mir breit.

„Rate mal?" Die Stimme ist süffisant, kalt. Die Erkenntnis trifft mich wie ein Schlag.

„Antonia."

„Ding, ding, ding. Richtig!"

„Was willst du von mir?" Ich versuche, meine Stimme fest klingen zu lassen, doch mein Herz rast.

„Ich wollte dir nur sagen, dass ich von Matteo auch mal einen Burberry-Schal geschenkt bekommen habe."

Sie beobachtet mich. Panik steigt in mir auf. Ich sehe mich hektisch im Raum um und entdecke schließlich eine Kamera in der linken Ecke.

„Weißt du, dass mich das einen Scheiß interessiert?", fauche ich.

„Oh, so frech?" Ihre Stimme wird gefährlich leise.

„Warte nur. Ich bekomme dich schon noch. Und glaub mir, du wirst sterben. Ich brauche keine Machtspiele wie Emilio oder Matteo. Mein Ziel ist dein Tod. Mehr möchte ich nicht – und den werde ich mir holen."

Sie legt auf, und im selben Moment stürmen meine Bodyguards und Lucia ins Büro. Die Tür fliegt fast gegen die Wand, als vier Männer in schwarzen Anzügen sich in Position bringen.

„Amelie, wir müssen sofort gehen," sagt einer von ihnen mit fester Stimme. Seine Augen huschen zu den Kameras in den Ecken des Raums, dann zurück zu mir. Die Anspannung ist ihm anzusehen.

Ich schüttle den Kopf und lasse ein trockenes Lachen hören. „Das sind nur leere Drohungen. Was soll sie mir schon antun? Sie ist doch nichts weiter als eine dumme Göre, die glaubt, mich einschüchtern zu können."

Lucia verschränkt die Arme vor der Brust, ihre Augen funkeln vor Unnachgiebigkeit. „Amelie, hör auf, das zu unterschätzen. Wenn sie die Kameras hier anzapfen konnte, dann hat sie definitiv Leute, die ihr dabei helfen. Das ist kein harmloser Streich. Wir bringen dich jetzt zu Matteo. Er wurde bereits informiert."

Ich spüre, wie meine Wut kocht. Warum sollte ich mich von ihr in die Ecke treiben lassen? Warum sollte ich mich verstecken, als wäre ich irgendein hilfloses Opfer? „Ich werde mich wegen dieser Psychopathin nicht einsperren lassen!", sage ich und balle die Fäuste.

Lucia tritt einen Schritt näher, ihre Stimme senkt sich, wird fast flehend. „Amelie, komm. Wir sind für heute sowieso fertig. Und alleine kannst du sie nicht aufhalten. Matteo erwartet dich schon. Vertraue uns."

Ein genervter Seufzer entweicht mir, bevor ich mein Handy in die Tasche schiebe und Abigail einen letzten Blick zuwerfe. Ich merke, wie die Bodyguards sich enger um mich formieren, ein stummes Zeichen, dass keine Diskussion geduldet wird. Als ich aus dem Büro trete, spüre ich Abigails forschenden Blick in meinem Rücken.

„Alles in Ordnung?", fragt sie mit leiser Stimme, als ich an ihr vorbeigehe.

Ich schüttle den Kopf und halte inne, um sie kurz anzusehen. „Nein. Aber ich kann mit dir nicht darüber sprechen."

Abigail mustert mich, ihre Augen voller Sorge. Dann zieht sie mich ohne Vorwarnung in eine feste Umarmung. „Pass auf dich auf. Und bitte, melde dich." Ihre Worte hallen in meinem Kopf nach, als die Bodyguards mit einer Hand auf meiner Schulter ein klares Signal geben, dass es Zeit ist zu gehen. Ich löse mich aus der Umarmung, ohne ein weiteres Wort, und folge ihnen durch die Tür hinaus.

In meinem Inneren tobt ein Sturm, während wir das Gebäude verlassen. Wut. Stolz. Und irgendwo dazwischen ein Hauch von Angst. Aber eines weiß ich sicher: Ich werde mich niemals in eine Ecke drängen lassen – nicht von Antonia, und nicht von sonst jemandem.

Kapitel 23

Matteo

Ich gebe den Tänzerinnen ein unmissverständliches Zeichen, dass sie für heute fertig sind. Ohne ein Wort sammeln sie ihre wenigen Utensilien und verlassen den Loungebereich. Der Raum ist plötzlich still, das Licht der Neonröhren wirft harte Schatten auf die Wände, während wir uns alle hinsetzen. Es fühlt sich an, als wäre dies der wahre Beginn unseres Treffens. Kein unnötiges Geplänkel, keine Ablenkungen mehr.

„Ich habe euch nicht nur hierhergerufen, um den Club zu begutachten," beginne ich und lasse meinen Blick über die Gesichter meiner Männer wandern. „Wir nutzen diese Gelegenheit, um die nächsten Schritte zu planen. Die Anschläge auf unsere Leute können nicht unbeantwortet bleiben."

Tommaso ergreift als erster das Wort. „Ich habe mit Camilla gesprochen," meldet er sich und zündet sich eine Zigarre an. „Die Kinder der getöteten Serviceangestellten wurden bereits auf Verwandte verteilt. Diejenigen, die keine Familie haben, wurden vorübergehend in der Villa untergebracht. Dort erhalten sie psychologische Betreuung, und sobald sie mental stabiler sind, ziehen sie in eines unserer Waisenhäuser."

Die Worte sickern in mein Bewusstsein. „Sehr gut," sage ich mit einem knappen Nicken. „Ich will, dass es ihnen an nichts fehlt. Keines dieser Kinder soll das Gefühl haben, allein zu sein. Wie steht es um den Wiederaufbau des Anwesens?"

Tommaso zieht sein Handy hervor und überprüft eine Nachricht. „So gut wie fertig. Zwei Wochen, vielleicht etwas mehr, dann sollten wir zurückziehen können."

Zwei Wochen, in denen wir uns noch an einem anderen Ort verschanzen müssen, in denen ich mir weiter anhören muss, wie diese Bastarde uns angreifen und uns provozieren. Sie glauben, sie könnten uns brechen, aber sie irren sich gewaltig. Für jeden, den sie töten, werde ich dreimal so viele ihrer Männer bluten lassen. Ich werde ihr schlimmster Albtraum sein, und sie werden sich wünschen, selbst anstelle unserer Leute gefallen zu sein.

„Ich habe einige Männer aus Norditalien abgezogen," sage ich und lehne mich zurück. „Ich habe sie nach Süditalien geschickt – Ärzte, Hacker, Spione. Wir brauchen eine stärkere Präsenz dort. Und was Vacchio betrifft, er wird überwacht. Wir wissen nicht, was er im Schilde führt. Er mag uns geholfen haben, aber so nah wie jetzt war er uns noch nie."

Giuliano reicht uns allen Zigarren, und ich nehme eine, doch meine Gedanken bleiben bei Vacchio. „Vielleicht wollte er wirklich nur helfen," murmelt Giuliano, als er eine Flamme an den Tabak hält. „Ohne ihn hätten wir nie erfahren, dass Antonia Amelie im Park abfangen wollte."

„Das war kein altruistischer Akt," sage ich scharf und stoße den Rauch meiner Zigarre aus. Es gibt einen Grund, warum so viele Clanmitglieder nie an die Spitze kommen: Sie sind zu weich. Sie denken in alle Richtungen, wollen jedem eine zweite Chance geben. Aber nicht ich. Niemand in unserer Welt will dir etwas Gutes tun. Wenn sie sich das nicht einprägen, werden sie alle enden wie die anderen, die versucht haben uns anzugreifen – blutend im Dreck.

„Vacchio gehört nicht zu uns," sage ich mit Nachdruck. „Er hat uns nicht geholfen, weil er Amelie schützen wollte. Er wollte nur seinen eigenen knochigen Arsch retten. Das ist der einzige Grund. Es war nichts weiter als ein Geschäft. Emilio hatte auch seine Leute bedroht, weshalb der Großteil von ihnen Vacchio den Rücken zugekehrt haben. Er ist hinterfotzig und wird uns hinterrücks angreifen, sobald es ihm passt."

Salva nickt zustimmend. „Vacchio ist mit Vorsicht zu genießen. Jeder, der ihm traut, ist ein verdammter Idiot."

Ich lehne mich zurück, meine Gedanken schwirren um die kommenden Tage. Wenn ich die Anhänger von Emilio ausfindig mache, wird fast ganz Italien mir gehören. Vacchio bleibt ein Hindernis, aber ich werde mich nicht um ihn kümmern, solange er seine Grenzen wahrt. Mein Ziel ist nicht, ganz Italien zu regieren – ich will die Familie schützen und die Geschäfte stabil halten. Doch wenn sie uns angreifen, werde ich sie vernichten.

„Und was ist mit Antonia?", fragt Tommaso schließlich.

„Sie wird einen Angriff starten. Das ist nur eine Frage der Zeit."

Ich blicke in die Runde, meine Stimme wird kälter. „Die Familie, die Frauen, die Kinder – alle werden rund um die Uhr geschützt. Das ist nicht verhandelbar. Selbst hier, auf dem Dach des Clubs, haben wir Scharfschützen positioniert. Sobald sich etwas Ungewöhnliches tut, werden sie alarmiert. Keiner macht mehr einen Schritt, ohne dass ich es weiß."

Lorenzo hebt eine Augenbraue, seine Stimme ist vorsichtig, aber bestimmt. „Bei allem Respekt, Boss... aber Sie wissen doch, wem Sie vertrauen können. Ich würde Ihnen nie etwas antun. Doch der Gedanke, ständig ein Auge von einem unserer Männer im Nacken zu haben – das fühlt sich... unangenehm an."

Ich schlage mit der flachen Hand auf den Tisch. „Nein, Lorenzo. Ich kann niemandem mehr bedingungslos vertrauen! Auch euch nicht. So schwer es mir fällt, aber *jeder* wird überwacht."

Mein Blick bohrt sich in seine Augen, und ich sehe, wie sehr ihn meine Worte treffen. Sein Stolz steht ihm ins Gesicht geschrieben. „Gut," murmelt er schließlich, seine Stimme eine Oktave tiefer. „Das verstehe ich natürlich."

Tommaso bricht die Anspannung mit einem trockenen Kommentar. „Also kann ich nicht mal mehr in Ruhe scheißen gehen, ohne dass ihr mein Handy überwacht?"

Ich schüttle den Kopf und ziehe an meiner Zigarre. „Nein, du kannst in Ruhe deine privaten Geschäfte erledigen," antworte ich ruhig, aber innerlich amüsiert. Die Wahrheit ist: Ich habe alles organisiert. Jeder Anruf, jede Nachricht, jeder verdammte Schritt wird überwacht. Unsere Hacker haben Zugriff auf Kameras weltweit, Gesichtserkennungssoftware, *alles*. Wenn jemand auch nur daran denkt, mit Antonia oder einem anderen Feind zu kooperieren, werde ich es wissen. Selbst wenn sie … nun ja, auf dem Klo sind.

„Wie sieht es mit der Befragung von Emilio aus, Luigi?", wende ich mich an den Mann, der gedankenverloren eine der Tänzerinnen auf der großen Tanzfläche beobachtet. Seine Augen gleiten träge von der Frau zu mir, und dann schenkt er mir seine volle Aufmerksamkeit.

Luigi ist ein Mann, der sich von nichts beeindrucken lässt. Er könnte in Blut baden und sich mit dem Arm eines Opfers den Rücken bürsten – es wäre ihm scheißegal. Diese Kaltblütigkeit ist es, die ihn zu meinem gefürchtetsten Mann macht. Darum sehe ich auch darüber hinweg, wenn er ab und zu mal abschweift und seine Gedanken einer der Tänzerinnen auf der Tanzfläche gelten lässt. Er ist der Blutrünstigste von uns allen – schlimmer noch als ich.

In seiner Kindheit hat er seine eigenen Eltern getötet, nachdem sie ihn jahrelang misshandelt hatten. Mein Vater hat ihn damals blutüberströmt vor unserer Tür gefunden, ein Junge von neun Jahren, dessen Augen nichts als Leere zeigten. Mein Vater nahm ihn auf, zog ihn groß und formte ihn zu dem Mann, der er heute ist – dem blutrünstigsten von uns allen.

„Er hat noch nichts preisgegeben," meldet Luigi trocken. Seine Stimme hat den Klang von geschliffenem Stahl. „Er ruft aber immer wieder nach Amelie. Keine Ahnung warum. Vielleicht steht er auf sie. Aber ich glaube, er wird seinen Mund nur aufmachen, wenn er mit ihr spricht."

Seine Worte lassen mich aufhorchen. *Emilio ruft nach dir? Warum?* Er wird gefoltert, bis an die Grenzen dessen, was ein Mensch ertragen kann, und dennoch bleibt er stur. Standhaft. *Was für ein Spiel spielt dieser Bastard?*

„Interessant," murmele ich und drücke meine Zigarre aus. Der Geruch von verbranntem Tabak mischt sich mit dem Hauch von Parfüm, den die Tänzerinnen hinterlassen haben. „Ich werde mir etwas überlegen."

Ich erhebe mich langsam und lasse meinen Blick ein letztes Mal durch den Raum gleiten. In den Augen meiner Männer spiegelt sich Entschlossenheit, aber auch Unbehagen. Sie wissen, dass der Krieg, den wir führen, keine Gnade kennt – weder für unsere Feinde noch für uns selbst.

„Wir sind fertig für heute. Ich sehe mir den Rest des Clubs mit Salva an. Ihr könnt hier bleiben und entspannen. Die Rechnungen gehen auf mich," sage ich, bevor ich mein Glas hebe.

Die Männer stoßen an und lassen sich zurücksinken, die Zigarren qualmen träge vor sich hin. Nur Salva folgt mir, als wir die breite Treppe hinaufsteigen und den VIP-Bereich betreten.

Die schweren Vorhänge, die jeden Raum abschirmen, verleihen dem oberen Bereich etwas Geheimnisvolles. Gedämpftes Licht in warmen Farben, eine edle Bar und die verglasten Wände, die einen perfekten Blick auf die Tanzfläche darunter bieten, machen den Club zu einem idealen Ort für die Reichen und Mächtigen.

„Ganz schön edel hier oben," murmelt Salva, während er einen Blick in einen der privaten Räume wirft. Ein luxuriöses Sofa, ein kleiner Tisch mit einer Flasche Champagner und diskret platzierte Kameras – dieser Raum wurde eindeutig für diskrete Geschäftsabschlüsse eingerichtet.

„Der Besitzer weiß, was er tut," sage ich, lasse meinen Blick über die Einrichtung gleiten und mache mir innerlich Notizen über Schwachstellen. „Aber dass er unser Treffen heute platzen ließ, spricht nicht gerade für ihn."

Salva öffnet einen schweren schwarzen Samtvorhang und schließt ihn genauso schnell wieder mit einem leisen „Madonna mia."

„Was war da?", frage ich.

„Ein uralter Mann, der kaum noch alleine atmen kann, während ihm eine Tänzerin einen Blowjob gibt," murmelt Salva, als hätte er gerade eine Leiche entdeckt.

„Stell dich nicht so an," sage ich und sehe selbst kurz hinein. „Irgendwann wirst du hier auch sitzen und dir einen Blowjob von einer Jüngeren holen."

Salva funkelt mich an. „Vergiss es. Ich habe ja Amelie."

„Süß, wie du daran denkst, alt mit ihr zu werden," sage ich und schließe den Vorhang. „Vergiss nie, dass ich sie zuerst hatte."

„Das werde ich mir jetzt immer anhören müssen, oder?", fragt Salva genervt, während wir weitergehen.

„Natürlich," sage ich und grinse schief. „Ohne mich würdest du sie nicht mal kennen."

Salva bleibt abrupt stehen und dreht sich zu mir um. Sein Gesicht ist ernst, seine Kiefer mahlen. „Es ist Amelies Entscheidung, Matteo. Nicht deine. Du solltest dein Mafia-Boss-Getue mal zur Seite schieben, wenn es um sie geht."

Ich klopfe ihm auf die Schulter, mein Grinsen herausfordernd. „Ich muss gar nichts. Und ich weiß, was sie will, was sie denkt. Bis du so weit bist, hast du noch einiges vor dir."

Salvas Augen verengen sich, seine Kiefermuskeln arbeiten sichtbar. „Du hast sie nicht alle, Matteo," zischt er. Dann, bevor ich reagieren kann, holt er mit der Faust aus. Ich weiche aus und greife sein Handgelenk, halte ihn davon ab, zuzuschlagen.

„Bruder, willst du mir wirklich eine verpassen?" Meine Stimme bleibt ruhig, aber da ist ein scharfer Unterton, der zeigt, dass ich es ernst meine.

„Ja!", faucht er und reißt an seinem Arm, um sich zu befreien. „Damit du endlich zu Sinnen kommst! Hör auf, mich ständig so zu behandeln, als wäre ich nicht gut genug für sie. Oder als hättest du allein die Zügel in der Hand."

Ich drehe ihn geschickt, seine Arme hinter seinem Rücken festhaltend. „Das habe ich nie behauptet, Salva. Und wir teilen sie uns, oder? Du weißt, dass ich das respektiere. Ich wollte dich nur ein wenig provozieren, das weißt du."

Provozieren? Das nennst du provozieren?", Er lacht bitter. „Deine Sticheleien, Matteo, sind nicht erst heute so. Du machst das ständig. Immer diese Bemerkungen, die zeigen sollen, dass du mir überlegen bist. Fang endlich an, mich zu respektieren ... und respektiere Amelie!"

Ich sehe die Securities, die zögernd näherkommen, und die Tänzerinnen, die sich diskret zurückziehen. Salvas Zorn kocht über, und obwohl ich ihn noch festhalte, spüre ich die Kraft in seinem Körper, die gegen meinen Griff ankämpft. Schließlich lasse ich ihn los.

„Na los," sage ich, meine Stimme herausfordernd und deute auf meine rechte Wange.

Salva dreht sich zu mir, seine Wut kocht über, und bevor ich mich versehe, landet seine Faust direkt auf meinem Kiefer. Der Schmerz schießt durch mein Gesicht, und ich schmecke das Metall von Blut auf meiner Zunge.

„Cazzo!", entfährt es mir, während ich meinen Kopf zur Seite drehe. „Das hast du nicht getan!"

Er tritt einen Schritt zurück, schüttelt seine Hand aus, als hätte der Schlag ihm selbst mehr wehgetan als mir. Blut tropft von seiner Lippe, die er sich offenbar beim Schlag aufgebissen hat.

„Ich hab dir gesagt, hör auf, mich wie deinen kleinen Bruder zu behandeln!", schreit er.

Ich richte mich auf, meine Faust ballt sich instinktiv, aber ich halte mich zurück. „Wage es nicht nochmal, mir zu sagen, dass ich Amelie nicht respektiere," sage ich, meine Stimme so leise, dass sie bedrohlicher wirkt als jedes Geschrei.

Das Handy in meiner Tasche beginnt zu vibrieren, doch ich ignoriere es. Mein Blick bleibt auf Salva fixiert.

„Ich respektiere, dich Salva," sage ich langsam, „aber ich sage dir das alles nur immer wieder, damit dir bewusst ist was du damit eingehst wenn du dich in Amelie verliebst. Du wirst sie niemals verletzen dürfen."

Bevor er etwas erwidern kann, vibriert mein Handy wieder, und diesmal greife ich danach. Es ist einer von Amelies Bodyguards. Ich reiße den Blick von Salva los und nehme den Anruf an.

„Was ist?", frage ich scharf, während ich Salvas Blick spüre, der auf mir brennt.

„Boss, wir haben eine Situation. Antonia hat wieder zugeschlagen."

Kapitel 24

Salva

Matteo legt auf, ohne ein Wort zu verlieren, eilt er zum Ausgang, und ich folge ihm dicht auf den Fersen.

„Was ist passiert?", frage ich, während wir unsere Schritte beschleunigen.

„Amelie wurde von Antonia angerufen. Sie sind bereits auf dem Weg hierher," antwortet Matteo, ohne den Blick von der Tür zu nehmen.

Ich bleibe abrupt stehen, die Wut kocht in mir hoch. „Wie kann diese Fotze es wagen?! Wenn ich sie das nächste Mal in die Finger bekomme, drehe ich ihr den verdammten Hals um, und dann ist endlich Ruhe!" Meine Stimme hallt durch den Club, und mehrere Köpfe drehen sich in unsere Richtung.

Matteo verlangsamt seinen Schritt, dreht sich aber nicht zu mir um. „Das kannst du gerne machen," sagt er ruhig. „Aber wir werden Amelie jetzt nicht in Watte packen. Sie ist stark genug, um damit klarzukommen. Ihre Bodyguards haben mir gesagt, dass sie stinksauer ist, weil sie zu uns gebracht wird. Sie denkt, wir fahren sie nach Hause."

Er bleibt kurz an der Bar stehen und legt einen dicken Bündel Geldscheine auf den Tresen. „Das ist für die Rechnung der Männer da hinten," sagt er zum Barkeeper, bevor er sich wieder in Bewegung setzt.

Wir informieren die anderen. Tommaso, Luigi, Lorenzo und Giuliano stehen auf, ihre Haltung sofort angespannt, als Matteo ihnen die Neuigkeiten mitteilt. Seine Befehle folgen schnell und genau.

„Luigi, Giuliano – befragt Emilio. Findet heraus, ob er von diesem Anruf wusste."

Die beiden nicken und gehen sofort Richtung Ausgang.

„Tommaso, ich will, dass die Hacker den Anruf zurückverfolgen. Jede verdammte Spur ist wichtig."

„Wird erledigt." Tommaso zückt bereits sein Handy und beginnt, die entsprechenden Befehle zu geben.

Matteos Blick wandert zu Lorenzo. „Du bleibst bei uns. Eigentlich wollte ich dir heute freigeben, aber wir brauchen den besten Fahrer. Und das bist du."

„Natürlich, Boss." Lorenzo nickt, ohne eine Sekunde zu zögern.

Während die Männer sich in Bewegung setzen, hält Matteo mich am Arm zurück. Seine Stimme ist tiefer, fast sanft, „warte. Bevor wir auf Amelie treffen …"

Ich sehe ihn überrascht an. Seine Augen sind ernster, als ich sie jemals gesehen habe.

„Es war nie meine Absicht, dich schlechtzumachen, Salva. Ich bin stolz auf dich, und ich hoffe, dass du das weißt." Er atmet tief durch, als kämpfe er mit den nächsten Worten. „Ich weiß, dass ich mit meinen Provokationen oft zu weit gehe. Es ist nicht fair. Ich habe kein

Problem damit, dass du ebenfalls mit Amelie zusammen bist. Vielleicht …" Seine Stimme bricht, und er zögert, als müsste er sich zu dem Geständnis zwingen. „Vielleicht habe ich einfach Angst, dass du sie mir wegnimmst."

Für einen Moment bin ich sprachlos. Matteo, der immer so stark und unantastbar wirkt, zeigt hier eine Seite, die ich nur selten sehe. Eine, die ich fast vergessen hatte.

Ich lege meine Hand auf seine Schulter. „Das wird nicht passieren, Matteo. Sie liebt dich. Das wird sie immer. Sie hat sich nicht nur dafür entschieden, dich zu lieben, sondern auch für die Konsequenzen, die dein Leben mit sich zieht."

Er sieht mich einen Moment lang an, bevor er mich plötzlich in eine Umarmung zieht. „Dann kümmern wir uns jetzt gemeinsam darum, dass sie wegen diesem beschissenen Anruf nicht ängstlich wird. Wir werden ihr zeigen, dass wir ihr Leben bereichern, nicht einschränken."

Ein Grinsen breitet sich auf seinem Gesicht aus. Es ist, als ob ein Teil des alten Matteo wieder zurückkehrt.

Draußen empfängt uns die kalte Nachtluft. Eine schwarze Limousine fährt vor, der Motor brummt leise. Der Fahrer steigt aus, öffnet die hintere Tür, und da bist du.

Du steigst aus, elegant und selbstbewusst, aber in deinen Augen sehe ich den unterschwelligen Ärger.

Ich trete auf dich zu, ein schelmisches Lächeln auf meinen Lippen. „Bekommen wir keinen Wiedersehens-Kuss?", frage ich, während mein Blick in deinen trifft.

Du beißt dir auf die Unterlippe, deine Augen huschen kurz zu Matteo. Aber ich lasse dir keine Zeit, um seine Zustimmung zu suchen. Ich nehme dein Gesicht in meine Hände, und bevor du protestieren kannst, küsse ich dich.

Meine Lippen treffen auf deine, und für einen Moment spüre ich, wie du dich in meine Berührung fallen lässt. Deine Arme legen sich um meinen Hals, und ich ziehe dich enger an mich. Unsere Lippen lösen sich, und ich sehe dir in die Augen – Augen, die mich immer wieder in ihren Bann ziehen. *Ich wäre ein verdammter Idiot, wenn ich mich nicht in dich verliebt hätte.*

Du drehst dich zu Matteo, und er zieht dich genauso bestimmt zu sich. Seine Hand fährt durch dein Haar, während die andere dein Kinn hält und dich zu ihm zieht. Er beugt sich leicht zu dir hinunter, während du dich auf die Zehenspitzen stellst und dich an seinen Hals klammerst.

„Was ist mit deinem Gesicht passiert?" Du tastest sein linkes Kiefer ab, das bereits rot anläuft von meiner Faust, die ich dir vorhin verpasst habe.

„Ach nur ein kleiner Streit zwischen zwei Brüdern," Matteo zuckt mit den Schultern.

Du siehst zu mir, „du warst das?" Deine Augen weiten sich, „es ist nicht schlimm alles gut, das kommt manchmal vor." Matteo küsst dich und du gibst dich mit der Antwort zufrieden.

Für einen Moment stehen wir beide da und sehen dich an – du, das Zentrum unseres Universums.

„Lust auf ein bisschen Spaß?", fragt Matteo.

Dein Blick wandert zwischen uns hin und her,

suchend, neugierig. „Wie, kein Hausarrest wegen Antonia?", fragst du, deine Stirn leicht gerunzelt, aber ein Hauch von Neugier liegt in deiner Stimme.

Ich strecke dir meinen Arm hin, den Ellbogen leicht angewinkelt, damit du dich einhaken kannst. Matteo tut es mir gleich.

„Nein, wir haben doch gesagt, wir haben eine Überraschung für dich," sagt Matteo, seine Augen funkeln verschmitzt.

Deine Augen leuchten auf, und ich spüre, wie ein wohliges Gefühl in meiner Brust aufsteigt. Es ist dieses Leuchten, dieses pure, ungespielte Strahlen, das dich so einzigartig macht. Wie sehr ich es liebe, dich so zu sehen – unbeschwert, voller Vorfreude.

„Die habe ich fast vergessen," gibst du zu und hakst dich bei uns ein. „Ich bin bereit."

Matteo und ich tauschen einen schnellen Blick, ein stummes Einverständnis, bevor wir dich durch die Straßen führen. Der Duft von Tannen, gerösteten Kastanien und der leichten Süße von Zimt weht uns entgegen.

Zu dritt schlendern wir durch die festlich geschmückten Straßen, die Lichterketten über unseren Köpfen tanzen in den Farben von Rot, Gold und Grün. Kleine Stände mit dampfenden Tassen und funkelnden Weihnachtsdekorationen säumen den Weg.

„Wollt ihr auch einen Kaffee?", fragst du, während du auf einen der Stände zeigst.

Matteo und ich bleiben stehen, fast synchron, und sehen dich an. „Du glaubst doch nicht ernsthaft, dass wir als Italiener uns einen Kaffee von einem Stand mitten auf der Straße in Amerika holen?", frage ich, mein Blick auf die Preistafel gerichtet.

„Und erst recht nicht für diesen Preis!" Matteo schüttelt mich, als müsste er mich wachrütteln. Er lässt los in deiner Nähe, scheut sich vor nichts. Der Verkäufer wirft uns einen finsteren Blick zu, doch Matteo ignoriert ihn gekonnt.

„Also, ich hole mir einen," sagst du und gehst auf den Stand zu. Deine Stimme hat diesen spielerisch-sturen Unterton, den ich insgeheim bewundere – niemand bringt dich von etwas ab, wenn du dir etwas in den Kopf gesetzt hast.

Du bestellst einen Latte, zahlst – natürlich mit einem großzügigen Trinkgeld – und drehst dich triumphierend zu uns um.

„Salva, es ist so weit," seufzt Matteo dramatisch. „Sie geht uns fremd. Vor unseren Augen. Ohne Scham!"

Er legt eine Hand auf sein Herz, als hätte jemand ihm ein Messer hineingestoßen, und sieht zum Himmel, als suche er Trost.

„Ignorieren Sie die beiden," sagst du trocken zum Verkäufer und funkelst uns an. „Die haben heute ein wenig zu viel getrunken."

Du hältst den Becher hoch „probiert doch wenigstens mal. Der ist wirklich lecker."

Matteo sieht dich skeptisch an, als würdest du ihm einen Gifttrank reichen. „Dir zuliebe," murmelt er und nimmt einen Schluck.

Er schmatzt absichtlich laut, als würde das helfen, die Aromen besser zu analysieren. „Er ist … okay," gibt er schließlich zu und reicht dir den Becher zurück. „Aber nicht ansatzweise so gut wie der bei uns zu Hause."

Ein kleines Lächeln schleicht sich auf deine Lippen, und du hältst mir den Becher hin. „Habe ich euch doch gesagt!"

Ich nehme einen Schluck, während Matteo mich beobachtet. Der Becher ist warm in meinen Händen, und ich kann den süßen, milchigen Duft riechen, bevor der Geschmack meine Zunge trifft. „Ich hätte eher Angst, dass der Typ da hinten die Hygieneregeln nicht eingehalten hat," sage ich und schüttele leicht den Kopf, während ich den Becher wieder an dich zurückgebe.

„Ihr könnt einem echt alles vermiesen, wenn ihr wollt," sagst du gespielt beleidigt und rollst mit den Augen, doch das Lächeln auf deinen Lippen verrät, dass du unsere Sticheleien mit Humor nimmst.

Wir gehen weiter, die Gespräche fließen mühelos, unterbrochen von deinem gelegentlichen Lachen, das wie eine Melodie in der winterlichen Nacht klingt.

Als wir in der Upper East Side ankommen gehen wir an einem Mann und einer Frau vorbei. Er spielt Violine, und sie singt „Lover" von Taylor Swift. Ihre Stimme ist klar, warm, und die Melodie scheint die Winterluft zu umarmen, sie in etwas Magisches zu verwandeln. Die Straßen um uns herum leuchten in den sanften Farben der Weihnachtsbeleuchtung, und der Schnee unter unseren Füßen knirscht leise.

Ich bleibe stehen, verbeuge mich leicht vor dir und stelle deinen Kaffee vorsichtig auf den Boden ab. „Darf ich um diesen Tanz bitten?" Meine Stimme ist sanft, aber sie trägt einen Unterton von Ernsthaftigkeit, der dich innehalten lässt.

Du zögerst, ein kleines, schelmisches Lächeln huscht über dein Gesicht. „Hier? Mitten auf der Straße?", fragst du, aber deine Augen verraten, dass du den Moment genauso fühlst wie ich.

„Hier. Mitten auf der Straße," antworte ich, meine Hand dir entgegenstreckend.

Du nimmst sie, deine Berührung sendet einen Stromschlag durch meinen Körper. Meine andere Hand lege ich behutsam um deine Taille, und du platzierst deine linke Hand auf meiner Schulter. In gleichmäßigen, beinahe schwebenden Schritten führe ich dich durch einen Tanz, der nur uns gehört. Die Musik, das Licht, der sanfte Wind – alles scheint nur für uns zu existieren.

Ich drehe dich, lasse dich für einen Augenblick los. Matteo tritt an deine Seite, greift nach deiner Hand und lässt dich rückwärts in seine Arme fallen. Dein Lachen, hell und rein, bricht durch die Luft wie ein Sonnenstrahl. Es ist das schönste Geräusch, das ich jemals gehört habe.

Mit einer fließenden Bewegung zieht Matteo dich wieder hoch, und dein Lachen wird lauter, freier. Du drehst dich leichtfüßig in einer Pirouette, deine Haare wirbeln mit, bevor du wieder in meinen Armen landest.

„Du bist so wunderschön, wenn du lachst," murmle ich, meine Stimme ist kaum mehr als ein Hauch. Meine Stirn lehnt sich sanft an deine, meine Nase stupst spielerisch gegen deine, und dein Lächeln wächst.

Die Lichterketten über uns spiegeln sich in deinen Augen, und ich verliere mich in ihnen. Es ist, als ob sie ein ganzes Universum in sich tragen, ein Universum, das mir gehört. Matteo lehnt sich gegen die Hauswand, verschränkt die Arme vor der Brust, ein wissendes Lächeln auf den Lippen. Er überlässt dich mir, und ich nehme diesen Moment wie einen kostbaren Schatz.

Deine Hand, die meine umfasst, drückt fester. Dein Blick bleibt an meinem hängen, und ich lasse meinen über dein Gesicht wandern, als würde ich es zum ersten Mal sehen.

Die feinen Linien deiner Lachfältchen an den Augen, die von all den Momenten erzählen, in denen du so gelacht hast, dass die Welt stillstand. Die sanfte Kurve deiner Wangenknochen, die wie gemeißelt wirken und doch von einer zarten Weichheit umgeben sind. Deine Nase, so süß und perfekt geformt, dass ich sie am liebsten immer wieder küssen würde. Und deine Lippen – sie sind weich, leicht glänzend vom Kaffee, und in einem zarten Rosaton, der die Kälte vergessen lässt.

Ein Lächeln schleicht sich auf meine Lippen, und ich spüre, wie mein Herz schneller schlägt, unkontrollierbar, wie ein Echo deines Lachens.

„Amelie …" Meine Stimme bricht leicht, getragen von einer Emotion, die ich nicht länger zurückhalten kann. Unsere Schritte werden langsamer, und die Welt um uns herum verblasst. Es gibt nur noch dich.

„Ja, Salva?", flüsterst du, deine Stimme ist weich, fast wie ein Lied, und sie bricht durch die Stille wie ein Versprechen.

Deine Augen wandern über mein Gesicht, verweilen einen Moment an meinem Nasenring, dann auf meinem Mund, bevor sie sich wieder mit meinen treffen. Dein

Blick ist warm, tief, und ich sehe darin etwas, das ich nicht zu hoffen gewagt habe.

„Du hast eine Ausstrahlung wie kein anderer Mensch auf diesem Planeten," beginne ich, und meine Stimme zittert leicht, während ich spreche. „Du bist stark, mutig, und du trägst eine Positivität in dir, die alles um dich heller macht. Selbst damals, bei Emilio … selbst da hattest du diesen Glanz. Ein Glanz, der dich immer umgibt."

Ich mache eine Pause, weil mir die Worte schwer über die Lippen kommen. Nicht, weil ich sie nicht meine, sondern weil sie so groß sind, dass sie mir fast Angst machen.

„Bella, ich liebe dich," flüstere ich schließlich, und in diesen drei Worten steckt alles – meine Hoffnung, meine Angst, meine ganze Seele.

Deine Augen füllen sich mit Tränen, aber du lächelst – ein Lächeln, das mein Herz endgültig in Flammen setzt. Du springst plötzlich auf meine Hüften, und ich fange dich auf. Deine Arme schlingen sich um meinen Hals, und ich spüre, wie dein Herz genauso wild schlägt wie meines.

„Ich liebe dich auch," hauchst du, deine Stimme ist kaum mehr als ein Windhauch, aber sie trifft mich wie ein Donnerschlag.

Und dann küsst du mich. Deine Lippen treffen meine, und es ist, als hätte die Welt endlich ihren Sinn gefunden. Jede Unsicherheit, jede Angst fällt von mir ab, und alles, was bleibt, bist du. Der Schnee fällt leise um uns herum, die Lichter glitzern wie Sterne, und die

Musik trägt uns, als würden wir tanzen, auch wenn wir längst stehen geblieben sind.

Unsere Lippen lösen sich, und dein Blick wandert zu Matteo, der sich mittlerweile wieder zu uns gesellt hat. „Bereit für die Überraschung?", fragt er dich mit einem leicht amüsierten Ton, während sein Blick kurz zu mir gleitet, als würden wir uns wortlos abstimmen.

Ohne weitere Worte hakst du dich bei uns ein. Matteo links, ich rechts. Gemeinsam machen wir uns auf den Weg, unsere Schritte synchron, als hätten wir das Leben nie anders gekannt.

„Wohin geht's?", fragst du, aber deine Stimme hat diesen erwartungsvollen Unterton, der uns beide zum Schmunzeln bringt. Matteo antwortet nicht sofort, sondern schiebt dir eine Strähne aus dem Gesicht. „Geduld, Fiore," sagt er schließlich, während er einen schnellen Blick auf sein Handy wirft.

Ein paar Minuten später stehen wir vor einer edlen Boutique. Matteo hält dir galant die Tür auf, und du trittst ein, während ich hinter dir bleibe und die Szenerie genieße – dich, wie du dich umblickst, neugierig und voller Vorfreude.

„Ciao, ich hatte ein Abendkleid bestellt," sagt Matteo an die junge Verkäuferin gewandt, die uns mit einem höflichen, aber wissenden Lächeln begrüßt. Sie nickt knapp und verschwindet hinter einem schweren Vorhang.

Matteo geht währenddessen zu einem Regal mit Schuhen, er greift nach einem Paar dunkelroter Louboutins und einer passenden Fellstola. „Perfekt," murmelt er und wirft mir einen schnellen Blick zu, bevor er dir die Sachen reicht.

„Hier, Ms. Moore," sagt die Verkäuferin, die mit einem prachtvollen Kleid zurückkommt. Sie führt dich zu einer Umkleidekabine. „Kommen Sie mit mir, ich helfe Ihnen."

„Woher kennt sie meinen Namen?", fragst du leise und siehst mich an, während du die Schuhe von Matteo entgegennimmst.

„Sie gehört zu uns," antworte ich knapp, aber mit einem Anflug von Stolz.

Du ziehst eine Augenbraue hoch, bist aber offensichtlich nicht ganz zufrieden mit der Antwort. „Achso. Ich hätte übrigens gerne eine Liste mit allen Namen, die zu uns gehören," sagst du.

Matteo schiebt dich sanft in die Kabine und schließt den Vorhang. „Wofür brauchst du diese Liste?", fragt er durch den Stoff.

„Weil ich nie weiß, was ich zu wem sagen darf, wer Bescheid weiß und wer nicht," rufst du zurück, während wir draußen die Spannung kaum aushalten können. Matteo grinst, während er die Stola betrachtet, und ich lehne mich lässig gegen die Wand.

Dann öffnet sich die Tür der Kabine – langsam, zu langsam. Jeder Zentimeter, den du sichtbar wirst, ist wie ein Schlag in die Magengrube. Du trittst heraus, und ich halte inne.

Das Kleid, dunkelrot wie flüssiges Feuer, umfließt dich in einer Perfektion, die fast unwirklich erscheint. Der Stoff glänzt im Licht der Boutique, betont jede Linie deines Körpers und lässt gleichzeitig genügend Raum für die Fantasie. Die glitzernden Applikationen auf dem Kleid scheinen das Licht zu fangen und wieder abzugeben, als ob sie dich erleuchten wollten.

Matteo, der vor mir steht, lässt seine Hände in die Hosentaschen gleiten, aber ich sehe, wie seine Finger sich anspannen. Sein Blick wandert forschend über dich, von deinen nackten Schultern bis zu den hohen Schuhen, die deine Haltung noch eleganter machen.

„Dio mio," höre ich mich selbst murmeln, bevor ich es zurückhalten kann. Mein Blick bleibt auf dir haften, unfähig, auch nur eine Sekunde wegzusehen. „Du bist verboten heiß."

Du drehst dich langsam um, die Röte des Kleides ein fließender Kontrast zu deinem strahlenden Lächeln. „Ist das nicht zu viel für mich?" , fragst du unsicher.

„Zu viel?" Matteo tritt einen Schritt vor, seine Stimme tief und ruhig, aber mit einem Unterton, der dich innehalten lässt. „Du bist perfekt. Absolut perfekt."

Ich löse mich von der Wand und verschränke meine Arme vor der Brust, um meine innere Unruhe zu verbergen. Mein Blick bleibt bei dir, jeder Schritt, den du machst, ein weiterer Moment, in dem ich mein Gleichgewicht verliere. „Wenn das zu viel ist, dann ist die Welt nicht bereit für dich," sage ich mit einem schiefen Lächeln, das weit weniger von meiner inneren Unruhe verrät, als ich fühle.

Matteo tritt näher, die dunkelrote Stola in der Hand, die er mit einer fließenden Bewegung um deine Schultern legt. Der weiche Stoff streift deinen Hals, und seine Hände verweilen einen Moment länger, als notwendig wäre. Sein Blick trifft deinen, ein leises Lächeln spielt um seine Lippen. „Perfekt," murmelt er, fast für sich selbst, bevor er dir den Arm hinhält.

„Bereit?", fragt er mit diesem unverwechselbaren Ton, der zwischen Herausforderung und Zärtlichkeit liegt. Zusammen führen wir dich hinaus.

Matteo wirft einen Blick auf die Uhr und beschleunigt leicht seine Schritte. „Wir haben nur noch ein paar Minuten, bevor es beginnt. Wir müssen uns ein wenig beeilen," wir beschleunigen unsere Schritte.

Als wir schließlich vor der Metropolitan Opera stehen, bleibt Matteo stehen, sieht kurz zu mir und dann zu dir. Die monumentalen Säulen und die warm beleuchteten Fenster des Opernhauses bilden eine majestätische Kulisse. „Du hast noch nie eine Vorstellung hier gesehen, oder?", fragt er.

„Nein," flüsterst du, deine Augen wandern über die beeindruckende Architektur, und für einen Moment bist du sprachlos.

Ich lehne mich zu dir, meine Stimme ein leises Flüstern, das nur du hören kannst. „Du wirst es lieben. Genau wie alles andere, was wir heute noch für dich geplant haben."

Kapitel 25

Amelie

Die Metropolitan Opera raubt mir den Atem, noch bevor wir überhaupt die Stufen betreten. Der majestätische Eingang, flankiert von hohen Säulen und beleuchtet von warmem Licht, scheint wie ein Tor zu einer anderen Welt. Die Glasfassade reflektiert die funkelnden Kronleuchter im Inneren, und die riesigen Wandgemälde über dem Eingang erzählen Geschichten von Eleganz und Kunst. Es fühlt sich an, als würde man in ein lebendiges Gemälde eintreten.

„Si, vorremmo la loge di fronte, che offre più privacy." Matteos Stimme klingt ruhig und entschieden am Ticketschalter, und ich bemerke, wie der Verkäufer sofort mit einem respektvollen Nicken reagiert. Mein Italienisch ist seit meinen häufigen Aufenthalten in Italien besser geworden, und ich verstehe genug, um zu wissen, dass Matteo nach einer privateren Loge auf der anderen Seite fragt.

„Gehört der Verkäufer auch zum Clan?", frage ich Salva, der gerade mit geübten Bewegungen seine Fliege richtet.

„Nein," antwortet er beiläufig, während er sich im

Spiegel begutachtet. „Er kennt nur Matteo." Seine Stimme ist ruhig, aber ich sehe das Schmunzeln in seinen Augen, als ich zu ihm aufblicke.

Ich lache leise. „Nun, das ist mal etwas anderes."

„Grazie," höre ich Matteo sagen, bevor er mit einem zufriedenen Lächeln auf uns zukommt. „Alles geklärt. Wollt ihr noch etwas essen? Zur Not haben wir auch eine eigene Servicekraft."

„Nein, danke," sagen Salva und ich gleichzeitig. Er sagt nichts weiter, sondern deutet auf den breiten, mit rotem Teppich ausgelegten Weg, der ins Innere des Theaters führt.

Drinnen schlägt mir eine Atmosphäre entgegen, die vor Opulenz und Eleganz strotzt. Überall glitzert es – die Kristallkronleuchter, die goldenen Verzierungen an den Wänden und der funkelnde Schmuck der Besucher. Das leise Murmeln der Gäste, das Klirren von Champagnergläsern und die sanften Klänge eines Streichquartetts, das im Hintergrund spielt, verschmelzen zu einer Melodie aus Raffinesse.

Die Menschen sind makellos gekleidet: Männer in perfekt sitzenden Smokings, Frauen in bodenlangen Kleidern, deren Stoffe bei jeder Bewegung schimmern. Der Duft von teurem Parfum hängt in der Luft, gemischt mit dem feinen Aroma von frisch servierten Horsd'œuvres.

Viele Gäste erkennen Matteo und Salva, und fast alle wollen sie begrüßen. Matteo wird mit Respekt und Neugierde betrachtet. Salva wirkt gewohnt gelassen, aber sein scharfer Blick durchdringt jeden, der ihm zu lange in die Augen sieht. Einige Gäste blicken auch zu mir, und ich spüre die neugierigen Augenpaare auf meiner Haut. Matteo stellt mich als „die zukünftige Mrs. Russo" vor, und ich kann die versteckten Reaktionen in den Blicken der anderen lesen: Erstaunen, Neid, vielleicht sogar ein Hauch von Bewunderung.

Einige laden uns ein, uns zu ihnen zu setzen, aber Matteo lehnt höflich ab. „Danke aber wir haben bereits einen Platz in einer VIP Loge," sagt er mit einem charmanten Lächeln, das jede Enttäuschung im Keim erstickt.

Wir steigen eine breite, geschwungene Treppe hinauf, die zu den Logen führt. Der rote Teppich dämpft unsere Schritte, und ich spüre, wie die Spannung in der Luft dichter wird. Unsere Loge ist durch einen goldenen, kunstvoll verzierten Vorhang abgetrennt, der den Raum mit einem Gefühl von Exklusivität umhüllt.

Als Matteo den Vorhang beiseiteschiebt, offenbart sich eine private Welt der Eleganz. Die Loge ist großzügig geschnitten, mit weichen, samtigen Sitzpolstern in tiefem Rot und goldenen Armlehnen. Ein kleiner Tisch aus poliertem Mahagoni steht in der Mitte, darauf ein Silberkühler mit Champagner und drei fein geschliffenen Gläsern. An der Wand hängt ein Spiegel mit einem kunstvoll verzierten Rahmen, der das Licht der Kronleuchter reflektiert und den Raum noch luxuriöser wirken lässt.

Der Blick von der Loge auf die Bühne ist perfekt. Wir sind nah genug, um jede Bewegung der Sänger zu sehen, aber hoch genug, um das gesamte Orchester und die kunstvollen Details der Bühne zu bewundern. Der

Vorhang ist noch geschlossen, aber die ersten Klänge der Instrumente dringen bereits leise zu uns herauf.

„Was meinst du?", fragt Matteo, während er eine Hand in die Hosentasche steckt und sich lässig gegen die Wand lehnt. Seine Stimme ist ruhig, aber ich sehe das Funkeln in seinen Augen, das verrät, wie sehr er sich auf diesen Moment freut.

Ich nicke, noch immer überwältigt von der Atmosphäre. „Es ist atemberaubend."

Salva grinst, während er uns ein Glas Champagner einschenkt. „So wie du! Auf uns."

Hier sitze ich nun mit den angesehensten Männern Italiens – ein Moment, der sowohl Ehrfurcht als auch eine seltsame Ruhe in mir auslöst. Matteo sitzt rechts von mir, Salva links, und beide strahlen auf ihre ganz eigene Weise eine Präsenz aus, die den Raum beherrscht, selbst in einer Loge voller Opulenz.

Matteo, so nah bei mir, dass ich die Wärme seines Körpers spüre, er hat eine konzentrierte Haltung eingenommen, sein Körper nach vorne gerichtet. Seine Ellbogen ruhen auf den Knien, die Hände um das schlanke Champagnerglas geschlossen, dessen Inhalt bei jeder Bewegung in sanften Wellen schwappt. Ab und zu höre ich das leise Klimpern seiner Ringe, ein metallischer Kontrast zu der weichen Eleganz des Raumes. Sein Blick – intensiv, feurig – ist in die Ferne gerichtet, doch ich weiß, dass er alles wahrnimmt. Einige Strähnen seiner dunkelbraunen Haare, vom Wind leicht zerzaust, fallen ihm lässig ins Gesicht, und die Schatten des gedämpften Lichts betonen die markante Linie seines Kiefers und die Schärfe seiner Wangenknochen. Sein

Bart, kurz und akkurat, scheint den Ausdruck von Stärke und Autorität zu unterstreichen.

Salva, links von mir, ist das perfekte Gegenstück zu Matteos ungezügelter Intensität. Während Matteo wie eine lodernde Flamme wirkt, ist Salva die Ruhe vor dem Sturm – entspannt, aber nicht weniger dominant. Er hat sich lässig in den roten Samtsessel zurückgelehnt, die Beine ausgestreckt, während er das Glas in seiner Hand kreisen lässt. Seine Ärmel hat er locker hochgekrempelt, wodurch seine tätowierten Unterarme sichtbar werden. Kleine, detailreiche Tattoos – Symbole, Worte, vielleicht Erinnerungen – scheinen Geschichten zu erzählen, die ich noch nicht kenne, die ich aber unbedingt erfahren möchte. Sein brauner Blick ist weich, fast warmherzig, und doch scheint er mich zu durchdringen, als könne er alles sehen, was ich zu verbergen versuche. Die Silhouette seiner Muskeln zeichnet sich unter dem Stoff seines weißen Hemdes ab, das er, anders als Matteo, mittlerweile oben etwas weiter geöffnet trägt. Seine silberne Kreuzkette ruht auf seiner Brust und hebt sich leicht gegen den Stoff ab, ein einfaches, aber bedeutungsvolles Detail, das ihm eine unaufdringliche Tiefe verleiht.

Mich überkommt ein Gefühl, das schwer in Worte zu fassen ist. Zwischen den beiden zu sitzen, die so unterschiedlich und doch auf eine untrennbare Weise verbunden sind, ist überwältigend. Matteos Kontrolle zieht mich an, sie gibt mir Sicherheit und lässt mich gleichzeitig ständig meinen eigenen Mut hinterfragen. Salvas Sanftheit hingegen ist wie eine Einladung, meine Barrieren zu senken und einfach ich selbst zu sein. Ich bemerke, wie meine Hände plötzlich schwerer auf meinem Schoß liegen, wie mein Atem sich für einen Moment vertieft.

Ich lasse meinen Blick zwischen ihnen wandern, sehe, wie Matteos Augenbraue sich leicht hebt, als er mich dabei erwischt, ihn anzusehen, und wie Salva ein kleines Lächeln um die Lippen spielt, als würde er genau wissen, was ich gerade fühle. Der Gedanke, dass ich nicht zwischen ihnen wählen muss, dass sie beide für mich da sind – so unterschiedlich ihre Wege, ihre Gedanken, ihre Blicke auch sein mögen – ist fast zu viel, um es zu begreifen.

Die Kombination aus ihrer Präsenz, den scharfen Linien ihrer Gesichter, dem Gewicht ihrer Blicke und den kleinen, beiläufigen Gesten – Matteos Ringe, die leise gegen das Glas klirren, Salvas Finger, die rhythmisch über die Armlehne des Sessels klopfen – bringt mein Herz aus dem Takt. Es ist, als hätte der Moment die Realität gestoppt, mich in einem Kokon aus ihrem Duft – Holznoten von Matteo, ein Hauch von Moschus bei Salva – und ihrer puren Anziehungskraft eingefangen.

Und ich weiß, dass egal, wie stark ich mich selbst halte, es nichts gibt, was mich mehr stärkt und gleichzeitig schwächer macht als ihre Nähe.

Die Vorhänge gehen auf, und die Vorstellung beginnt. Doch die Magie der Oper, die fesselnde Ouvertüre und das aufwändige Bühnenbild verschwinden hinter der Macht ihrer Nähe. Matteo zieht mich sanft zu sich, seine Arme umschließen meinen Körper, und ich lehne mich gegen seine Brust. Sein Kinn ruht auf meinem Scheitel, ein schützendes Gewicht, das mich in die Sicherheit seiner Umarmung zieht. Sein Duft unverwechselbarer Duft von Zedernholz hüllt mich ein, betäubt meine Sinne.

Ich kann mich kaum auf die Oper konzentrieren, so sehr spüre ich die präsente Wirkung der beiden Männer neben mir. Matteo's Finger fahren über meinen Unterarm, ein beinahe beiläufiger Streichelkontakt, der sich wie elektrische Impulse durch meinen Körper zieht. Meine Augen schließen sich von selbst, um diesen Moment ganz zu fühlen, die Sanftheit seiner Berührung und die stille Dominanz, die dahinter liegt.

Als ich sie wieder öffne, fängt mein Blick Salvas ein. Er beobachtet mich mit einem schiefen Grinsen, sein Ausdruck zwischen Zärtlichkeit und einer unterschwelligen Wildheit. Er hebt sein Glas, nippt daran, und dann stellt er es langsam auf den Tisch vor uns ab. Ohne den Augenkontakt zu brechen, tritt er näher an mich heran. In einer flüssigen Bewegung zieht er den Vorhang der Loge zu. Der sanfte Klang der Musik wird leiser, gefiltert durch die dicken Samtstoffe.

Zwischen meinen Beinen beginnt ein Feuerwerk auszubrechen, noch bevor Salva sich hinunterkniet und seine Hände sanft meine Beine auseinanderziehen. Mein Atem wird schwerer, als Matteo's Finger höher wandern, über meinen Arm hinweg zu meiner Schulter. Liebevoll schiebt er die Träger meines Kleides zur Seite, sein Blick dunkel und voller Verlangen. Die seidigen Stoffe gleiten über meine Haut, entblößen meine Brüste, und die kühle Luft des Raums kitzelt meine erhitzte Haut.

Salvas Lippen finden den Weg zu meinen Innenschenkeln. Seine Küsse sind sanft, doch hinter ihnen lauert ein Verlangen, das jeden Gedanken an die Oper löschen könnte. Eine Gänsehaut läuft über meinen Körper, und als Matteo's Hände meine Brüste umschließen, wird mein Atem unkontrolliert.

Salva zieht meinen Slip mit einer langsamen, unerträglichen Sorgfalt herunter, die mich beinahe wahnsinnig macht. Sein Blick trifft meinen, ein schiefes Lächeln auf seinen Lippen. „Du musst ganz still sein, Fiore, sonst stören wir die anderen Gäste," haucht Matteo an mein Ohr, sein warmer Atem jagt mir Schauer über den Hals. Er lässt seine Hand über meine Lippen gleiten, eine stumme Erinnerung, still zu bleiben.

Salvas Bart streift meine Haut, seine Lippen küssen meinen inneren Oberschenkel, bis sie die empfindlichste Stelle zwischen meinen Beinen erreichen. Seine Zunge bewegt sich in einem Rhythmus, der mich über den Rand der Selbstkontrolle bringt. Meine Hüften heben sich ihm entgegen, ein leises Stöhnen entfährt mir, und Matteo reagiert sofort, indem er seine Hand sanft über meinen Mund legt. „Pssst," ermahnt er mich leise, seine Stimme ein raues Flüstern direkt an meinem Ohr.

Salva führt seine Finger in mich ein, langsam, fast provokativ, während seine Zunge meinen Kitzler umkreist. Meine Gedanken verflüchtigen sich, ich existiere nur noch in diesem Moment, zwischen den beiden. Als Salva sich erhebt, sehe ich, wie er sich über die Lippen leckt und seinen Gürtel öffnet. Sein Blick verrät eine Besessenheit, die mich einerseits erschreckt und andererseits tief in ihren Bann zieht.

„Auf alle viere, meine Schöne," befiehlt Matteo mit tiefer Stimme. Ich gehorche, fast automatisch, und lasse meinen Körper von ihrem Willen lenken. Salva nimmt das Ende von Matteos Gürtel, den Matteo in einer Schlaufe um meinen Hals gelegt hat. Kurz flammt ein Gedanke an Emilio auf, ein flüchtiger Schatten der Vergangenheit, doch Matteo's Hand hebt mein Gesicht an. Sein Blick fixiert mich, ein sanftes Lächeln umspielt seine Lippen, bevor er mich küsst, tief und verlangend. Die Vergangenheit löst sich auf, ihre Schatten verschwinden in der Hitze dieses Augenblicks.

Matteo öffnet seine Hose und kniet sich neben mich. Seine Länge schiebt sich an meinen Lippen entlang, und ich lasse ihn bereitwillig hinein. Mein Mund umschließt ihn, meine Zunge tastet sich über seine Eichel, erkundet ihn mit einer Hingabe, die keine Worte braucht. Der salzige Geschmack seiner Lust auf meiner Zunge lässt meine Sinne explodieren, während ich meinen Kopf auf und ab bewege.

Hinter mir positioniert sich Salva, sein Griff fest auf meinen Hintern, und in einem hungrigen Stoß dringt er in mich ein. Die Intensität, das Feuer, das er in mir entzündet, ist beinahe zu viel. Als mir ein kleines, unkontrolliertes Stöhnen entfährt, zieht er an dem Gürtel, eine stumme Mahnung, meine Lautstärke zu kontrollieren.

Matteos Hände liegen fest auf meinem Kopf, lenken meine Bewegungen, während Salva mit jedem Stoß tiefer in mich eindringt. Es ist Matteo, der das erste tiefe, heisere Stöhnen von sich gibt, doch bald folgt Salva, seine Stimme rau und voller Verlangen. Wir sind gefangen in einem Strudel aus Lust und Leidenschaft, einem Moment, der die Welt um uns herum bedeutungslos macht. Matteo zieht sich aus meinem Mund zurück, sein harter Schaft glänzt von meiner Zunge, und sein Blick brennt sich in meinen, als würde er jede Faser meiner Seele besitzen. „Brava," murmelt er mit einem schiefen Grinsen, während sein Daumen meine Unterlippe entlang streicht, die leicht geschwollen sind. Salva zieht mit einer langsamen Bewegung den Gürtel fester, und das Leder streift sanft meine Haut, während ich unter ihm beben kann. Das Prickeln, das von meinem Hals ausgeht, kriecht meinen Rücken hinab, direkt in die Hitze zwischen meinen Beinen.

„Du bist unglaublich Bella," flüstert Salva. Seine Hände umklammern meine Hüften, seine Finger graben sich in meine Haut, während er sich noch tiefer in mich schiebt. Ein leises, unkontrolliertes Keuchen entweicht mir, und Matteo hebt sofort eine Augenbraue, legt seinen Zeigefinger über meine Lippen. „Still, Kleines. Wir können nicht riskieren, dass uns jemand hört, oder?"

Ich nicke hastig, meine Wangen brennen, und Matteo neigt sich vor, seine Lippen streifen kaum meine, bevor er flüstert: „Braves Mädchen."

Salva zieht sich kurz zurück, nur um mit einem schnellen Stoß wieder in mich hineinzustoßen, seine Hüften finden einen Rhythmus, der meine Beine zittern lässt.

Matteo nimmt meinen Kopf in seine Hände, seine Daumen streichen über meine Wangen, während ich mich vollkommen hingebe. „Du bist so verdammt wunderschön, wenn du dich uns hingibst," murmelt er, bevor er seinen harten Schaft erneut an meine Lippen führt. Ohne zu zögern nehme ich ihn in meinen Mund, umarme ihn mit meiner Zunge, während ich spüre, wie Salva hinter mir tiefer wird, härter. Sein Atem wird schwerer, und ich kann fühlen, wie seine Kontrolle langsam zu bröckeln beginnt.

„Amelie … Dio," flüstert Salva hinter mir. Seine Hände gleiten über meinen Rücken, finden den Reißverschluss meines Kleides, und mit einem schnellen Ruck lässt er es von meinen Schultern gleiten. Matteo hebt meinen Kopf, sodass mein Blick direkt in seine flammenden Augen fällt.

„Du liebst das, nicht wahr?", fragt er, seine Stimme ist tief und heiser, während seine Hände meinen Hals umfassen. „Zwei Männer, die alles für dich tun würden, die dich verehren, die dich besitzen."

Ich kann nicht sprechen, ich nicke nur, meine Wangen glühen, und Matteo lächelt triumphierend, bevor er seine Lippen auf meine presst. Salva legt seine Hände auf meine Hüften, zieht mich noch enger an sich, während er sich mit einem tiefen Stöhnen vollständig in mich versenkt. Seine Bewegungen werden fordernder, und ich merke, dass ich jeden Funken Kontrolle verliere.

„Du machst mich verrückt," murmelt Salva, seine Finger wandern meinen Rücken hinauf, seine Berührung ist heiß, brennend. „Du bist alles, was ich je wollte."

Ich spüre, wie meine Sinne explodieren, jeder Stoß, jede Berührung bringt mich näher an den Rand. Matteo zieht sich zurück, sein Blick wandert zwischen uns hin und her, bevor er sich hinter mich kniet. „Jetzt bin ich dran." Sein Tonfall ist tief und bestimmt, und Salva weicht langsam zurück, lässt mich kurz aufseufzen, bevor Matteo übernimmt.

Seine Hände gleiten über meinen Rücken, sein Griff ist fest, besitzergreifend, während er mich in Position bringt. „Du gehörst uns," flüstert er, während er sich in mich schiebt, jeder Zentimeter bringt mich weiter an den Rand des Wahnsinns. Salva tritt vor mich, hebt mein Gesicht mit einer Hand an, sein Blick ist intensiv, fast sanft, während er seine Lippen auf meine legt. „Wir lieben dich," flüstert er, und seine Stimme ist so ehrlich, so roh, dass mir Tränen in die Augen steigen.

Auf einmal erschüttert ein lauter Knall die Luft, gefolgt von einer gewaltigen Druckwelle, die die schweren Vorhänge unserer Loge zerreißt. Splitter von den tieferen Balkonen regnen wie rasiermesserscharfe Geschosse auf uns herab. Bevor ich mich versehe, werfen sich Salva und Matteo auf mich, ihre Körper ein schützender Schild. Schreie hallen durch den Raum, ein ohrenbetäubendes Kreischen von Frauen, das wie Nadeln in meinen Ohren sticht. Rauch breitet sich in Sekundenschnelle aus, ein beißender, erstickender Schleier. Die Hitze ist plötzlich allgegenwärtig, drückt sich gegen meine Haut, brennt in meiner Lunge.

Ich versuche, mich zu orientieren, aber mein Kopf dröhnt. Alles ist dumpf, ein anhaltendes Piepen, das meine Sinne betäubt. Matteo und Salva ziehen mich hastig auf die Beine. Matteo greift nach den Trägern meines Kleides, zieht sie hoch und legt mir mit festen Händen sein Jackett um die Schultern. „Salva, wir müssen sie hier rausbringen!", schreit er, doch seine Worte dringen nur gedämpft zu mir durch.

Mit schwankenden Beinen trete ich an den Rand der Loge und werfe einen Blick nach unten. Das, was ich sehe, lässt mir das Blut in den Adern gefrieren. Der gesamte Saal auf der gegenüberliegenden Seite steht in Flammen. Glassplitter und Trümmer bedecken den Boden wie tödliche Schneeflocken. Menschen stolpern panisch durcheinander. In einer Loge auf der anderen Seite klammert sich eine Frau an die Brüstung, ihr Gesicht schmerzverzerrt, während sie verzweifelt nach Hilfe ruft.

„Wir müssen ihr helfen!", schreie ich, die Worte brechen fast in meiner Kehle. Doch Salva schüttelt entschieden den Kopf, seine Stimme hart wie Stahl. „Das geht nicht! Wir müssen hier raus! Jetzt!"

Die schweren, langen Vorhänge der Bühne stehen bereits in Flammen, das Feuer frisst sich hungrig vorwärts, jede Sekunde näher zu uns. Die Hitze wird unerträglich, der Sauerstoff im Raum scheint aufgebraucht. Die Menschenmassen versperren die Ausgänge, eine chaotische Welle der Panik. Schreie mischen sich mit dem Knirschen von Holz, das unter der Gewalt der Flammen nachgibt.

„Was sollen wir tun?", frage ich Matteo, meine Stimme bricht, meine Augen suchen verzweifelt nach einem Fluchtweg. Matteo sucht hastig in der Innentasche des Jacketts, das er mir übergelegt hat, und zieht seinen Revolver hervor. Salva tut es ihm gleich, sein Gesicht angespannt wie nie zuvor.

„ZUR SEITE, SOFORT!", brüllt Matteo, seine Stimme

durchdringt die panischen Schreie der anderen Besucher wie ein Peitschenhieb. Bevor ich reagieren kann, wirft mich Salva über seine Schulter, seine Arme fest um meine Beine, als wäre ich eine Feder. Matteo bahnt uns mit gezückter Waffe den Weg, die Menschenmassen teilen sich widerwillig. Einige schauen uns wütend an, andere taumeln blutüberströmt, ihre Gesichter entstellt von Schrecken und Schmerz.

Der Rauch kriecht in meine Kehle, beißt sich fest, zwingt mich zum Husten. Salva blickt kurz über seine Schulter, seine Stimme dröhnt über das Chaos hinweg. „Halt dir das Sakko vor Mund und Nase, Amelie!" Ich presse den Stoff gegen mein Gesicht, der Geruch von verbranntem Fleisch und verschmortem Holz dringt dennoch durch, dreht mir fast den Magen um.

Hinter uns tobt die Hölle. Menschen stolpern übereinander, Blut und Schweiß mischen sich auf dem Boden. Ein Mann mit verbrannter Kleidung rennt an uns vorbei, Flammen züngeln an seinem Rücken. Splitter von Glas und Holz regnen weiter herab, schneiden in die Haut derer, die es nicht rechtzeitig aus der Gefahrenzone schaffen.

„Wir bringen dich hier raus. Ich schwöre es!" Matteo wirft mir einen schnellen Blick zu, seine Stimme ein Anker inmitten des Chaos. Doch ich sehe den Schmerz in seinen Augen, die Last seiner Verantwortung. Salva hält mich weiterhin fest, sein Griff wie ein Schraubstock, während wir uns durch die zerstörte Oper kämpfen.

Ich will schreien, will weinen, doch die Panik hat meine Kehle zugeschnürt.

Ein Kind schreit irgendwo hinter uns, der durchdringende Ton kriecht mir bis ins Mark. Mein Herz zieht sich schmerzhaft zusammen, und ich winde mich in Salvas Griff. „Wir müssen helfen! Bitte, Matteo!" Doch sein Blick ist eiskalt, sein Griff um seinen Revolver fester. „Du bist unsere Priorität. Sie haben es auf uns abgesehen – auf dich."

Die Masse drängt uns weiter Richtung Ausgang, aber der Weg ist blockiert. Die Türen sind von panischen Menschen eingekeilt, der Rauch wird dichter, und meine Sicht verschwimmt. Salva zieht mich enger an sich, während Matteo die Richtung wechselt, ein Nebenausgang in Sichtweite. „Dort lang!", ruft er, seine Stimme ist wie ein Anker, der mich aus der Hölle zieht.

Salva stößt die Tür auf, und frische, kalte Nachtluft trifft mein Gesicht wie ein Schlag. Ich atme hastig ein, meine Beine zittern, als Salva mich absetzt. Matteo tritt hinter uns durch die Tür, und fixiert sie mit einem Holzkeil, um den weiteren Menschen die Flucht zu ermöglichen. Sein Hemd ist zerfetzt, Ruß bedeckt seine Wangen, und sein Blick ist tödlich. „Wer auch immer das war, wird für jeden Schrei dort drin bezahlen."

Ich klammere mich an Salvas Arm, mein Körper bebt, aber ich halte mich aufrecht. „Das war für uns, oder?" Meine Stimme ist kaum ein Flüstern, aber Matteo nickt langsam. „Ja. Ursprünglich hatte ich die Loge auf der anderen Seite reserviert."

Meine Gedanken rasen. Wir sind dem Tod nur um Haaresbreite entkommen. Alles an diesem Angriff war geplant, jeder Schachzug, jede Sekunde. Das Chaos, das wir hinter uns gelassen haben, hätte auch unser Ende sein können.

„Lasst uns nach Hause gehen," murmelt Matteo und zückt sein Handy. „Ich rufe Lorenzo."

Wir gehen durch die rauchgeschwängerte Gasse in Richtung Haupteingang. Meine Knie fühlen sich an, als könnten sie jeden Moment nachgeben, doch Salvas starker Griff an meiner Taille hält mich aufrecht. Matteo bleibt wachsam, seine Hand umklammert immer noch den Revolver, bereit, ihn bei der geringsten Bedrohung zu heben.

Als wir den Platz des Haupteingangs erreichen, ist der gesamte Bereich bereits abgesperrt. Blaulichter leuchten in der Dunkelheit, werfen gespenstische Schatten auf die verletzten. Policeofficers und Feuerwehrleute arbeiten fieberhaft, ein Wirrwarr aus Stimmen und Kommandos erfüllt die Luft.

Ich atme tief ein, der kalte Sauerstoff brennt in meiner Lunge, doch etwas an der Szenerie hält mich auf der Stelle fest. Von Weitem fällt mein Blick auf eine Frau. Sie steht ruhig, fast unnatürlich ruhig, zwischen den Einsatzkräften, ihre blonden Haare fallen stumpf über ihre Schultern.

Meine Augen weiten sich, als ich die glänzende Oberfläche in ihrer Hand erkenne. *Eine Waffe.*

Und sie ist direkt auf mich gerichtet.

„Salva …" Meine Stimme ist kaum hörbar, ein erstickter Laut, der in meiner Kehle stecken bleibt. Doch er folgt meinem starren Blick, seine Augen blitzen gefährlich auf, als er die Situation erfasst.

„Matteo!" Salvas Ruf ist kurz, knapp. Matteo dreht sich blitzschnell um, sein Blick trifft die blonde Frau, dann mich. Ohne zu zögern, zieht er mich hinter sich und hebt seine Waffe.

„Runter!", brüllt Matteo, seine Stimme durchdringt den Lärm um uns herum. Alle Passanten gehen in Deckung.

Salva schiebt mich hinter eine der großen Marmorsäulen, sein Griff fest, seine Bewegungen präzise. „Bleib hier, Amelie!", zischt er, seine braunen Augen funkeln vor Entschlossenheit. „Beweg dich keinen Zentimeter!"

Ich presse mich gegen den kühlen Stein, mein Herz hämmert so laut, dass es alles andere übertönt. Matteo bewegt sich langsam zur Seite, die Waffe in seiner Hand fixiert auf die Frau, deren Gesicht nun ein schiefes Lächeln ziert.

„Antonia." Matteos Stimme tropft vor kaltem Zorn.

Kapitel 26

Matteo

Ein lauter Knall hallt durch die Nacht, als ich den Abzug betätige. Der Schuss trifft sie an der Schulter, doch Antonia rennt, taumelnd, aber schnell. „Halt, keinen Schritt weiter!", höre ich plötzlich eine männliche Stimme hinter mir. Ich drehe mich ruckartig um, und mehrere Policeofficers richten ihre Waffen auf mich. *Ihr Ernst? Diese Wichser stehen mir jetzt im Weg?* Ich muss mich beeilen, sonst kann Antonia entkommen.

Mein Blick schweift zu Salva, der bereits eifrig telefoniert, sein Gesicht angespannt, während er Anweisungen an unsere Leute gibt. „Rufen Sie Ihren Vorgesetzten an!", brülle ich die Officers an und richte meine Waffe demonstrativ auf den Boden. „Sagen Sie ihm, dass Matteo Russo vor Ihnen steht. Ich muss diese Frau fassen! SIE ist verantwortlich für das alles!" Meine Hand deutet auf die lodernden Flammen der Oper hinter uns. Die Officers weichen einen Schritt zurück, unsicher, doch sie halten ihre Waffen auf mich gerichtet. Die meisten Officers sind korrupt. Ich habe sehr viele von ihnen auf meiner Seite.

Der Captain des Einsatzkommandos tritt vor, seine

Augen fixieren mich. Er nickt kurz seinen Männern zu, die zögerlich ihre Waffen senken. „Sie können gehen," sagt er schließlich, seine Stimme sachlich. „Bitte entschuldigen Sie das Missverständnis, Mr. Russo." Ich verschwende keine Zeit auf eine Antwort, packe deine Hand und ziehe dich durch die schreienden Menschenmassen und die gierigen Reporter, die sich wie Geier um die Absperrungen drängen.

„*Accidenti!* Sie ist weg!", entfährt es mir, als wir den Straßenrand erreichen. Wütend fahre ich mir mit einer Hand durch die Haare, während ich die Umgebung nach einem Hinweis absuche. In diesem Moment fährt Lorenzo mit dem Rolls Royce vor. Doch noch bevor wir einsteigen können, sehe ich es – ein roter Punkt auf deiner Stirn.

„Scheiße!", rufe ich und reiße die Tür des Wagens auf. Mit einem kräftigen Stoß schiebe ich dich ins Innere, während der Schuss durch die Luft pfeift und knapp ins Leere schlägt. Reifen quietschen, und Motorengeräusche dröhnen, als zwei schwarze G-Klassen vor uns quer auf die Straße fahren. Ihre Türen schwingen auf, und Männer mit Maschinengewehren stürmen heraus.

„In Deckung," Salva und ich steigen in den kugelsicheren Rolls Royce. Ohne zu zögern, greife ich ins Handschuhfach und ziehe eine Schnellschusswaffe heraus. Salva schiebt einen Waffenkoffer unter den Rückbänken hervor und reicht dir eine AK-47. „Hier, nimm die!", sagt er knapp zu dir. Sein Blick ist konzentriert, doch ich sehe das leichte Zucken in seinem Kiefer. „Lorenzo, öffne die Fenster – nur einen Spalt!"

Die ersten Kugeln schlagen in die Umgebung ein, Splitter fliegen durch die Luft, und das Kreischen der Menschen wird durch das ohrenbetäubende Rattern der Waffen übertönt. Die Policeofficers sind inzwischen vorgerückt und eröffneten das Feuer, was uns einen Moment zum Atmen gibt.

„Scheiße, diese Typen sind gut ausgestattet," knurre ich und richte meine Waffe auf die nächstgelegene G-Klasse. Ihre Wagen sind nicht kugelsicher wie unserer, und ich sehe, wie die Patronen sich in den Lack und das Metall graben. Einer nach dem anderen fällt, ihre Schreie hallen durch die Straßenschlucht.

„Matteo! Unsere Scharfschützen haben die Angreifer auf den Dächern erledigt," ruft Lorenzo, während er weiter die Umgebung im Visier hat. Patronenhülsen klirren auf den Boden des Wagens.

„Sehr gut," antworte ich scharf und greife nach dem Funkgerät. Mein Blick wandert kurz zu dir, wie du kniest, dein funkelndes rotes Kleid und deine Heels ein Kontrast zu der AK-47 in deinen Händen. Du wirkst wie eine Göttin des Krieges, die sich mit all ihrer Macht erhebt, um das Chaos zu beherrschen. In deinen Augen lodert der gleiche unbändige Kampfgeist, der mich antreibt, und ich muss mich zusammenreißen, um nicht zu grinsen.

„Du bist unfassbar," murmle ich, doch du hörst mich nicht. Deine Aufmerksamkeit ist auf die Angreifer gerichtet, während du eine Salve nach der anderen abfeuerst.

Antonia. Mein Blick verengt sich, als ich sie sehe. Sie kriecht aus dem Inneren einer der G-Klassen hervor, ihre Bewegungen hektisch, als sie die Tür zuzieht. „Hier spricht Matteo Russo! Wir starten die Verfolgung," sage ich ins Funkgerät. Die Bestätigung kommt sofort.

„Alles klar. Benötigen Sie Verstärkung oder einen Hubschrauber?", fragt der Captain. „Ja, schicken Sie einen Hubschrauber, der das Fahrzeug verfolgt, und weitere Männer, um ihnen den Weg abzuschneiden.", antworte ich, während Lorenzo das Auto in Bewegung setzt.

„Alles in Ordnung bei euch da hinten?", frage ich, ohne den Blick von der Straße zu nehmen. Salva ist schweißbedeckt, kleine Schnittwunden von Glassplittern zeichnen sich auf seiner Brust ab. Du hingegen bist das Ebenbild von Chaos und Kontrolle – deine Haare noch mit Asche bedeckt, deine Lippen fest zusammengepresst, während du deine Waffe nachlädst.

„Ja," antwortest du knapp. „Wir müssen sie fassen. Sie schreckt vor nichts zurück, wie wir gesehen haben!" Salva legt eine Hand auf dein Knie, seine Stimme sanft, aber bestimmt. „Das werden wir. Sie hat keine Ahnung, mit wem sie sich angelegt hat."

Ich nicke, mein Blick kehrt nach vorne zurück. „Ich habe keine Ahnung, wie sie wusste, dass wir in der Oper sind," sage ich, meine Stimme rau vor Wut. „Vielleicht kennt sie jemanden dort, oder sie hat das Buchungssystem gehackt."

„Können wir nicht mal einen Abend in Ruhe verbringen, ohne dass sie aufkreuzt und uns töten will?" Deine Stimme zittert vor unterdrückter Wut. „Wegen ihr sind so viele Menschen gestorben. Wie kann ein Mensch nur so grausam sein?" Deine Augen glitzern vor Zorn, und ich erkenne, dass diese Wut das Einzige ist, was dich jetzt noch aufrecht hält.

„Wir werden jeden Einzelnen rächen," sage ich ruhig und lade meine Waffe nach.

Lorenzo steuert den Wagen geschickt durch die Straßen, weicht Hindernissen aus wie ein Profi. „Hier spricht Matteo Russo," sage ich erneut ins Funkgerät. „Wehe, irgendetwas hiervon landet in den Nachrichten." Mein Blick gleitet zum Himmel, wo ein Hubschrauber von Fox News über uns schwebt. Innerhalb von Sekunden verschwindet er aus der Sicht – ein Zeichen, dass meine Kontakte bereits greifen.

Antonia hat sich inzwischen in eine der G-Klassen zurückgezogen, doch ich verliere sie nicht aus den Augen. Meine Zähne mahlen, während ich die Waffe wieder ansetze. Wenn ich sie in die Finger bekomme, werde ich sie nicht foltern. Ich werde sie töten. Nicht mit einer Kugel. Nein, sie wird in Säure ertrinken – in demselben Gift, das in ihrem Herzen pulsiert.

Der Rolls Royce rast durch die nächtlichen Straßen von New York, bis wir an einem Tunnel ankommen. Wir fahren mitten in einen Stau. Meine Gedanken rasen. Die Hitze meiner Wut und der Klang deiner gleichmäßigen Atemzüge halten mich fokussiert. Wir sind noch nicht fertig. Nicht, solange Antonia noch atmet.

„Jetzt haben wir eine Chance. Amelie, du bleibst im Wagen!" Deine Augen verengen sich und Trotz zeichnet sich in deinem Gesicht ab.

„Nein! Ich will euch helfen!" Deine Stimme ist fest, deine Haltung entschlossen, aber ich spüre die unterschwellige Angst. Ich beuge mich zu dir nach hinten, lege eine Hand auf deine Wange, zwinge dich, mir in die Augen zu sehen.

„Du bist das Wichtigste in meinem Leben. Und Antonia will dich, nicht mich oder Salva. Sie wird mit einer ganz anderen Stärke gegen dich schießen als gegen uns. Sie hat alles verloren und schreckt vor nichts mehr zurück. Selbst das Risiko, von der amerikanischen Behörde eingesperrt zu werden, ist ihr egal. Sie sieht nur noch rot. Wenn ich dich da rausschicke, wäre es das Dümmste, was ich in meinem Leben getan habe – nachdem ich dich schon einmal fast verloren hätte."

Du atmest tief ein und aus. Deine Lippen beben leicht, als wolltest du widersprechen, aber du sammelst dich, suchst nach Worten. Schließlich flüsterst du: „Bitte... ich schaffe das. Du musst lernen, mir zu vertrauen, so wie ich dir. Ich schaffe das, ich bin nicht sicherer, wenn du mich hier im Auto allein zurücklässt."

Ich spüre den Schlag deiner Worte, die mich zwingen, nachzugeben. Ich darf dich nicht wie ein zerbrechliches Etwas behandeln, das ich um jeden Preis beschützen muss. Aber der Gedanke, dich erneut zu verlieren, schürt eine Panik in mir, die ich kaum in Worte fassen kann.

„Bleib aber hinter uns!" Ich streiche mit meinem Daumen über deine Wange, bevor ich mich abwende. Ich ziehe dich dicht an mich, während Salva die Lage prüft.

„Los, wir gehen Stück für Stück vor," flüstere ich. Wir nutzen die anderen Autos als Schutzschild und bewegen uns leise und schnell. Die G-Klasse steht noch, die Angreifer haben uns nicht bemerkt. Doch der Verkehr setzt sich langsam wieder in Bewegung, was unsere Tarnung gefährdet.

Salva feuert den ersten Schuss ab, der direkt durch die Rückscheibe der G-Klasse gleitet und einen der Schützen trifft.

Schreie durchdringen die Luft, Passanten beginnen in Panik aus den Notausgängen zu strömen. Türen schlagen auf, und Antonia steigt aus. Ihre Jacke ist blutdurchtränkt, doch sie ignoriert den Schmerz. Ihre Augen sind glühende Kohlen, aber sie sehen nicht mich an, nicht Salva – nur dich.

Du stehst hinter mir, deine Waffe fest in den Händen. Ich spüre deinen zitternden Atem in meinem Nacken. „Darf ich schießen?", flüsterst du, deine Stimme ruhig, aber mit einer gefährlichen Kante.

Ich nicke, und du nutzt meine Schulter als Halterung, um so präzise wie möglich zu zielen. Deine Finger umklammern den Abzug, und ich höre, wie du leise zählst: „Drei… zwei… eins…"

Doch plötzlich bewegt sich Antonia. Ihre Hände greifen hektisch nach etwas, das ihr von einem ihrer Männer gereicht wird. „Warte, irgendwas stimmt nicht," sage ich und halte deine Waffe zurück.

Dann sehe ich es – eine Bazooka. Mein Herz setzt aus, und in meinem Kopf überschlagen sich die Gedanken. Die Waffe ist noch nicht geladen, aber ich erkenne die geübten Handgriffe.

„Sie hat eine Bazooka! Alle raus, schnell!", brülle ich, so laut ich kann.

Du zögerst nicht, sondern folgst meinem Befehl, ebenso wie Salva. Die wenigen Passanten, die noch in der Nähe sind, gehen in Deckung, während Antonia die Waffe lädt. Meine Gedanken rasen. Wir haben vielleicht 40 Sekunden, vielleicht weniger, bis sie bereit ist zu schießen. Der Tunnel wird zu einer tödlichen Falle.

Ich höre das metallische Klicken, das mir eiskalt durch die Knochen fährt. *Der Safety Lock.* Sie überprüft die Sicherung der Panzerfaust. Mein Puls hämmert in meinen Ohren, doch ich zwinge mich, ruhig zu bleiben. „Los, bewegt euch!", rufe ich dir, Salva und Lorenzo zu, während ich selbst geduckt bleibe. Der Notausgang ist nur wenige Schritte entfernt, aber es fühlt sich an, als wäre er auf der anderen Seite des Tunnels.

Salva packt dich am Arm und zieht dich hinter das nächste Auto. Seine Stimme ist rau, aber bestimmt. „Bleib dicht hinter mir!" Ich folge euch, mein Blick bleibt auf Antonia geheftet. Ihre Hände arbeiten hektisch, fast verzweifelt. Sie holt das Projektil aus ihrer Tasche, es gleitet aus ihrem Griff, doch sie fängt es wieder auf. *Noch 30 Sekunden.*

„Verdammt, Matteo, wir werden das nicht schaffen. Hier sind zu viele Menschen!", ruft Salva, als Antonia den Blick hebt. Ihre Augen fixieren dich wie ein Raubtier, das seine Beute wittert. Du bleibst dicht hinter Salva, dein Atem stoßweise, aber deine Waffe zittert nicht. Du bist stärker, als ich es manchmal glaube.

„Los schneller. Drückt euch durch!" Brülle ich, als Antonia das Projektil in das Rohr einführt. *Noch 20 Sekunden.* Ich ziehe an deiner Hand, während Salva eine Tür des Notausgangs aufstößt. Ein paar Passanten quetschen sich an uns vorbei, Panik in ihren Gesichtern. Der nächste Schritt ist entscheidend.

Klick. Das Projektil rastet ein, und ich erkenne das Geräusch, als hätte ich es schon tausendmal gehört. Antonia hebt die Panzerfaust langsam an. Ihre Finger zittern, doch ihre Augen sind unerschütterlich. *Noch 15 Sekunden.*

„Los, Matteo!" Salva drängt mich, doch ich drehe mich um. Ich sehe dich, wie du einen letzten Blick über deine Schulter wirfst, bevor du durch die Notausgangstür verschwindest. Die Angst in deinen Augen ist wie ein Dolch in meiner Brust, aber es gibt keine Zeit für Zweifel. „Ich komme!", rufe ich, meine Stimme kaum mehr als ein Knurren, während ich hinter dir herstürze.

Noch 15 Sekunden. Antonia hat die Sicherung gelöst. Ich höre das leise Klicken und das Schaben, als sie die Bazooka auf uns richtet. Salva drückt die Tür hinter uns zu, gerade als ein ohrenbetäubendes Zischen den Tunnel erfüllt.

Die Rakete fliegt. Ein gleißender Blitz erhellt den Tunnel, gefolgt von einer Druckwelle, die wie ein Faustschlag gegen meinen Rücken donnert. Ich spüre die Hitze, selbst durch die Tür hindurch, und das metallische Kreischen von zerberstendem Stahl füllt die Luft. Ich ziehe dich instinktiv näher zu mir, schirme dich mit meinem Körper ab. Salva steht an der Wand, sein Gesicht angespannt, aber konzentriert.

„Alles in Ordnung?", frage ich dich, meine Stimme rau und heiser. Du nickst, doch ich sehe den Schock in deinem Gesicht. „Matteo, sie wird nicht aufhören, oder?", flüsterst du.

Ich balle die Fäuste, mein Blick wandert zurück zur

Tür, hinter der Antonia immer noch irgendwo ist. „Nein, aber ich auch nicht."

Wir bewegen uns nach oben zu der nächsten Tür. Der kalte Metallgriff der Notausgangstür drückt gegen meine Hand, als ich sie aufstoße. Die Luft dahinter ist kaum besser als die im Tunnel – stickig, feucht, und voller Angst. Passanten drängen sich durch die engen Fluchtkorridore, ihre Gesichter aschfahl, ihre Bewegungen hektisch. Schreie hallen von den Betonwänden wider, vermischen sich mit dem Dröhnen der Explosion, die hinter uns nachhallt.

„Schneller!", rufe ich, drehe mich kurz um, um sicherzugehen, dass du dicht hinter Salva bleibst. Lorenzo hat den Arm schützend vor deinen Rücken gelegt, sein Blick springt von dir zu den Menschenmassen.

Wir schieben uns durch die Menge, während der Flur immer enger wird. Eine Frau stolpert vor uns, ihr kleiner Junge klammert sich weinend an ihren Rock. Lorenzo greift zu, hebt sie hoch, ohne eine Sekunde zu zögern, und drängt sie vorwärts. „Los, gehen Sie!"

Du atmest schwer, deine Schritte stolpernd, doch du bleibst stark. Dein Blick sucht meinen, und für einen Moment sehe ich die Frage in deinen Augen: *Werden wir das schaffen?* Ich will dir antworten, will dir die Angst nehmen, aber die Zeit drängt. Die Explosion der Rakete hat weitere Explosionen verursacht. Immer wieder hören wir wie Autos in die Luft gehen. Der schmale Notausgangtunnel füllt sich immer mehr mit Rauch. „Weiter! Bleib bei uns!", flüstere ich nur, während ich die nächste Ecke nehme.

Der Korridor biegt scharf ab, die Decke ist niedrig, und die Neonröhren schwingen in der Luft, als könnten sie dem Chaos nicht standhalten. Die Schreie werden lauter, gemischt mit dem Klang von hastigen Schritten, quietschenden Schuhsohlen und der tiefen, grollenden Erschütterung, die immer noch aus dem Tunnel kommt. Ein Mann rennt an uns vorbei, stößt dich fast gegen die Wand. Ich packe seinen Arm, halte ihn kurz fest. „Pass auf, verdammt nochmal!", fauche ich. Er sieht mich an, sein Gesicht verzerrt aus Angst und Verzweiflung, bevor er weiterhetzt.

Salva öffnet die nächste Tür, ein schweres, grünes Metalltor, das zum Treppenhaus führt. Der Griff quietscht, und ich höre ihn fluchen. „Verdammte Panik hier. Wir müssen schneller raus!" Er drückt dich durch die Öffnung, Lorenzo folgt dicht hinter euch, während ich zurückbleibe, um sicherzugehen, dass niemand zurückfällt.

„Lorenzo, bring sie weiter nach oben! Ich komme nach!", rufe ich, und er nickt, schiebt dich sanft vorwärts. Deine Hände zittern, doch du hältst dich an der Metallstange der Treppe fest, deine Schritte schnell, aber unsicher.

Plötzlich ein Knall. Ein schwerer Metallgegenstand fällt irgendwo hinter uns auf den Boden. Mein Kopf fährt herum, die Hand an meiner Waffe. „Hier bricht gleich alles zusammen" rufe ich.

Der nächste Flur ist menschenleer. Nur das grelle Licht der Notausgangsschilder zeigt uns den Weg. Die Stille hier ist beängstigend, ein unheilvolles Vorzeichen, während die Explosionen und Schreie aus der Ferne wie ein Echo klingen. Lorenzo schiebt die letzte Tür auf, die zum freien Ausgang führt. Ein Hauch frische Luft schlägt uns entgegen, und für einen Moment fühlt es sich an wie Erlösung.

Doch draußen ist die Welt nicht besser. Menschen drängen sich auf dem Parkplatz des Tunnels, einige stehen schreiend am Rand, andere sitzen auf dem Boden, ihre Gesichter vom Schock gezeichnet. Blaulicht leuchtet in der Ferne, die Sirenen der Officers und der Feuerwehr werden lauter.

„Matteo!" Deine Stimme reißt mich aus meinen Gedanken. Du stehst vor mir, deine Hände zittern immer noch, doch in deinen Augen sehe ich Stärke. „Wir müssen weiter." Du hast recht, das weiß ich. Aber für einen Moment kann ich nicht anders, als deine Hände in meine zu nehmen, sie zu spüren, um sicherzugehen, dass du wirklich hier bist.

„Besorgt einen Wagen" sage ich zu Salva und Lorenzo. „Wir haben ein Wörtchen mit Emilio zu reden."

Kapitel 27

Amelie

Der Autohof gleicht einem Kriegsschauplatz. Männer laufen hektisch hin und her, ihre Stimmen überlagern sich durch Befehle und Telefonate. Bewaffnete Männer bewachen die Eingänge, und auf den Dächern der Werkstätten blitzen Gewehrläufe im Mondlicht auf. Das Chaos ist erdrückend.

„So etwas habe ich noch nie erlebt," murmelt Tommaso neben mir. Sein Blick ist schwer, seine Stimme rau. „Dass jemand aus unserem eigenen Clan so weit geht, dass er unbeteiligte Bürger angreift. Es freut mich, dass euch nichts passiert ist."

Ich ziehe die AK-47 von meiner Schulter und lasse sie locker um meinen Hals hängen. Meine Schritte führen mich in die Werkstatt, während ich die Männer um uns herum beobachte, die in gehetzten Bewegungen versuchen, die Kontrolle über die Situation zu bewahren.

„Wir müssen sie aufhalten," sage ich mehr zu mir selbst als zu Tommaso. „So viele Menschen sind heute gestorben."

Tommaso folgt mir, die Spannung in seinen Schultern so deutlich wie die Narben, die ihn zeichnen. „Es wird schwierig für Matteo, das alles zu erklären. Dieser Anschlag hat für enorme Unruhe gesorgt. Ich bin gespannt, was er sich einfallen lässt."

Seine Worte stoßen mir bitter auf. *Wie kann er jetzt an Erklärungen denken?* Er war nicht dort, hat nicht die Schreie der Kinder gehört oder die verletzten, blutenden Menschen gesehen – Schwangere, ältere Leute, alle völlig unschuldig. Matteo hat alles getan, um diejenigen zu retten, die noch gerettet werden konnten. Doch für viele kam jede Hilfe zu spät.

„Amelie?" Matteos Stimme durchbricht meine Gedanken. Sein Tonfall ist ruhig, aber ich erkenne den unterschwelligen Druck darin. „Ich brauche dich hier bei uns."

Er führt mich durch die Werkstatt zu einer schweren Tür mit einem kleinen Fenster. Dahinter sehe ich Emilio, der auf einem Feldbett sitzt. Sein Kopf ist gesenkt, eine genähte Platzwunde zieht sich über seine linke Schläfe, und eine Infusion hängt an seinem Arm. Nicht, um ihn zu heilen – sondern nur, damit er lange genug lebt, um das zu sagen, was Matteo aus ihm herauspressen will.

Matteo bleibt vor der Tür stehen, sein Hemd zerknittert, seine Wunden notdürftig versorgt. Der Stoff ist an einigen Stellen rot getränkt, und seine Augen glimmen mit einer dunklen Intensität. Er nimmt mir sein Jackett von den Schultern und wischt vorsichtig einige Flecken von meinem Dekolleté, seine Finger so sanft, dass es fast ironisch ist.

„Was machst du da?" Ich halte seine Hände an, mein Blick fest auf ihn gerichtet.

Er sieht mich an, seine Stirn leicht gerunzelt, bevor er

spricht. „So schwer es mir fällt, ich muss dich allein zu ihm reinlassen." Seine Stimme ist leise, aber die Worte tragen das Gewicht von etwas, das ihm widerstrebt. „Ich weiß nicht, was genau zwischen dir und ihm passiert ist, als du in seiner Gefangenschaft warst, aber es war wohl genug, dass er sich wahrscheinlich in dich verguckt hat. Einen anderen Grund kann ich mir nicht vorstellen, warum er nur mit dir sprechen will."

Für einen Moment glaube ich, Eifersucht in seinen Worten zu hören. „Zwischen uns ist gar nichts passiert," sage ich bestimmt, doch die Unsicherheit darüber, wie Emilio mich in dieser Situation manipulieren konnte, schleicht sich ein. „Was ist, wenn er denkt, er könnte mich wieder brechen? Mich als Druckmittel benutzen, mich manipulieren?"

Matteo verzieht den Mund zu einer schmalen Linie. „Das kann er nicht. Außerdem wird der Raum überwacht. Wir sehen und hören alles." Er hält kurz inne, bevor er weiterspricht, seine Stimme noch leiser. „Wenn er dir einen Wunsch nennt, den du erfüllen musst, um Informationen zu bekommen, dann tu es."

Ich nicke langsam. Seine Hand hebt sich, und er drückt mir einen Kuss auf die Stirn. „Sollte irgendetwas sein, hole ich dich sofort da raus." Seine Worte sind ein Versprechen, das sich wie ein Anker in meine Brust senkt.

Ein letzter Blick von ihm, ein kurzes Nicken, und ich gehe durch die Tür. Emilio hebt seinen Kopf, und sein Blick trifft meinen. Seine Augen leuchten auf, als sähe er ein verlorenes Juwel wieder.

„Amelie, meine kleine *Lacrima*," murmelt er, seine

Stimme ein erschreckender Cocktail aus Zärtlichkeit und Besessenheit. Sein Gesicht ist gezeichnet von Wunden, doch sein Pokerface sitzt wie gemeißelt.

Ich setze mich auf den Boden, weit entfernt von ihm, und versuche, mein Kleid so zu drapieren, dass es keine Angriffsfläche bietet. Seine Augen folgen jeder meiner Bewegungen wie ein Jäger, der seine Beute studiert.

„Du siehst schlimm aus. Was ist passiert?", fragt er, doch sein Tonfall ist heuchlerisch, fast belustigt. Ich erkenne die Maske in seinem Gesicht, die nur darauf wartet, dass ich einen Fehler mache.

Die Atmosphäre im Raum ist unerträglich schwer, wie ein Schleier aus Lügen und versteckten Drohungen, der alles erstickt. Emilios Lächeln ist trügerisch, seine Worte sind wie Gift, das langsam durch die Adern kriecht. Ich werde ihm nicht die Antwort geben, die er hören will.

„Ich wüsste nicht, warum wir schon so weit sind, dass du mir einen Spitznamen gibst," sage ich kühl, meine Stimme eine Nuance härter als zuvor.

Er lehnt sich lässig gegen die kalte Wand, sein Kopf zur Decke gerichtet. Der Jogginganzug, den Matteos Männer ihm gegeben haben, sitzt locker, aber das enge, dunkelgraue T-Shirt darunter lässt die Muskeln seiner Brust und Schultern erahnen. Eine frische Narbe zieht sich quer über seine Wange, und obwohl seine Haare nachgewachsen und leicht lockig geworden sind, verleihen sie ihm keine Sanftheit. Emilio sieht aus wie eine Statue eines griechischen Gottes, geschaffen aus Marmor – und doch, innerlich ist er der Tod selbst.

„Weil du meine kleine *Lacrima* bist," sagt er, und

seine Stimme ist so sanft, dass sie fast wie ein Liebeslied klingt. „Meine Träne. Du hältst dich für das Gesicht der Gerechtigkeit, aber in Wahrheit bist du der Schmerz selbst, der diese Tränen hervorruft. Ohne dich wären wir niemals so weit gegangen."

Seine Worte treffen mich, scharf wie eine Klinge, und ich brauche einen Moment, um meinen Atem zu kontrollieren. „Ich bin nicht schuld an eurem Krieg!", keife ich zurück und stehe auf, presse die Pistole gegen seine Schläfe.

Emilio zuckt nicht einmal mit der Wimper. „Anfangs nicht, das stimmt," gibt er zu. „Aber jetzt bist du der Grund, warum Matteo nicht aufhört, warum er immer weiter macht. Weißt du, warum das alles überhaupt passiert ist? Warum mein Vater Franco getötet hat? Hat er dir das jemals erzählt?"

Seine Worte hängen schwer in der Luft, und ich starre ihn an, versuche, auch nur die kleinste Regung in seinem Gesicht zu erkennen – einen Hinweis, dass er lügt. Aber da ist nichts. Absolut nichts. Sein Blick ist ernst, fast tragisch.

„Leg die Waffe zur Seite und setz dich zu mir," fordert er mit einem leichten Zucken seiner Lippen. „Ich werde dich schon nicht beißen."

Ich zögere, aber dann schiebe ich die Pistole in die Ecke des Raumes, weil ich weiß wie schnell er sie mir aus der Hand reißen kann. Ich lasse mich vorsichtig auf das Feldbett sinken.

„So mutig," flüstert er, seine Stimme tief und samtig. „Genau das macht dich so … besonders."

„Ich habe mich nicht zu dir gesetzt, um Komplimente

zu erhalten," entgegne ich mit fester Stimme. „Erzähl mir, was du mir zu sagen hast."

Er richtet sich auf, verschränkt die Beine im Schneidersitz und lehnt sich leicht nach vorne, sodass unsere Gesichter nur noch eine Handbreit voneinander entfernt sind. Seine dunklen Augen bohren sich in meine.

„Ich werde dir nun meine Version erzählen, von dem, was passiert ist," beginnt er, seine Stimme leise, aber eindringlich. „Mein Vater, Alberto Moretti, war nie ein Heiliger, das kann ich dir gleich sagen. Aber die Russos …" Er lacht trocken. „Die Russos tun immer so, als wären sie die Guten. Die Gerechten. Dabei sind sie genauso schmutzig wie alle anderen. Weißt du, was sie tun? Sie verkaufen Drogen. Und weißt du, wer die Opfer sind? Kinder. Jugendliche, die ihr Leben verlieren."

Ich sehe ihn stumm an, aber mein Herz beginnt schneller zu schlagen.

„Diese Kinder werden abhängig gemacht. Sie driften ab, verlieren alles. Und dann klopfen sie an die Tore der Russo-Villa. Franco nimmt sie auf, gibt ihnen Schutz – oder das, was sie dafür halten – und macht sie zu Soldaten."

„Du willst mir sagen, dass sie bewusst Kinder drogenabhängig machen?" Meine Stimme ist ein Flüstern, aber Emilio nickt langsam.

„Ganz genau. Sie holen die Schwächsten, die Verlorensten, und versprechen ihnen ein Zuhause. Und wenn diese Kinder nicht das tun wollen, was die Russos von ihnen verlangen, werden sie ausgestoßen. Ihr Leben ist dann vorbei. Sie dürfen nie wieder einen Fuß nach Italien setzen."

Mein Atem stockt, und meine Hände verkrampfen sich in meinem Schoß. Ich spüre, wie Emilio meine Reaktion bemerkt, sein Blick wandert zu meinen Lippen, und ich sehe aus den Augenwinkeln, wie sich eine Erregung in seinem Schritt abzeichnet.

„Und was hat das mit euch zu tun?", frage ich schließlich, meine Stimme rau.

Emilio beugt sich vor, seine Hand gleitet über meine Wange, bevor ich sie wegschlage. „Ungeduldig wie immer," murmelt er mit einem lüsternen Grinsen. „Aber genau das macht dich so unwiderstehlich."

Seine Worte und seine Nähe bringen meinen Puls zum Rasen – aus Angst, aus Wut. Mit einer plötzlichen Bewegung greife ich nach seinem Schritt, drücke fest zu. Sein Kopf fällt zurück, ein leises Stöhnen entweicht ihm. „Oh, fuck," keucht er. „Du kannst mich nicht bestrafen, solange deine Hand an meinem Schwanz ist," sagt er, ein Lächeln auf seinen Lippen.

Ich ziehe meine Hand weg und schmettere ihm eine Ohrfeige ins Gesicht. Sein Kopf zuckt zur Seite. Emilio reibt sich über die gerötete Wange, sein Lächeln wirkt gleichzeitig amüsiert und gefährlich. „So viel Feuer. *Dio Santo.*"

Ich rutsche ein Stück von ihm weg, aber er ignoriert es. Stattdessen erzählt er weiter, jedes Wort ein weiterer Nagel in den Sarg meiner Überzeugungen.

„Na gut, ich werde dir erzählen, was du so dringend wissen willst." Er lehnt sich zurück, stützt die Arme hinter sich ab, als wollte er demonstrieren, dass er immer noch eine Erektion hat – selbst in Ketten, selbst in dieser Situation. „Mein kleiner Bruder war damals genauso wie diese Kinder, von denen ich dir erzählt habe. Ein verlorenes Kind, das die Russos in ihre Fänge gezogen haben. Es begann mit den Drogen, weißt du? Ein paar kleine Experimente hier und da, nichts, was er nicht hätte kontrollieren können – bis er es nicht mehr konnte."

Ich presse meine Lippen zusammen, spüre, wie ein Knoten in meinem Magen wächst. Seine Stimme schwingt mit einer Ehrlichkeit, die ich nicht von ihm erwartet hätte.

„Irgendwann stritt er sich mit meinem Vater," fährt Emilio fort. „Mein Bruder war gerade sechzehn, ein Kind, das von dieser Familie weggelaufen ist, zu Franco Russo. Weißt du, was er bei Franco fand?" Emilio lacht trocken, ohne Humor. „Er fand nichts außer einer Falle."

Er beugt sich wieder vor, „Franco bot ihm Sicherheit, eine Familie – solange er für ihn arbeitete. Doch mit der Zeit wollte mein Bruder zurück zu uns. Er hatte genug von den Russos, aber Franco konnte das nicht riskieren. Er wusste, dass mein Bruder uns alles erzählen würde, was hinter den Fassaden ihres ‚ehrenwerten' Clans vor sich ging."

Ich sehe ihn an, fühle, wie die Worte langsam in meinen Verstand sickern. „Was ist passiert?", frage ich, obwohl ich die Antwort schon ahne.

„Franco gab ihm eine Wahl, entweder bleibst du hier und arbeitest für uns – oder du stirbst."

Seine Hände ballen sich zu Fäusten, und ich sehe, wie

sich seine Haltung anspannt, seine Muskeln zittern unter der dünnen Stoffschicht seines T-Shirts. „Er war sechzehn, Amelie. Ein verdammtes Kind. Und weißt du, was sie getan haben?" Seine Stimme bricht, und ich sehe es – die Träne, die er so lange zurückgehalten hat, rollt über seine Wange.

„Sie haben ihn getötet," sagt er, jedes Wort eine Explosion von Schmerz. „Und dann haben sie es wie eine Überdosis aussehen lassen. Jahrelang hat mein Vater versucht, die Wahrheit herauszufinden. Und als er es schließlich tat, schwor er, Franco Russo zu vernichten. Und er hat es getan. Franco hat bekommen, was er verdient hat."

„Das kann nicht wahr sein, Matteo würde so etwas nie tun…"

„Matteo war nicht dabei," gibt Emilio zurück. „Aber er verteidigt seine Familie, nicht wahr? Er weiß, was sie getan haben. Und er hat keine Sekunde gezögert, *meinen* Vater zu töten, um seinen eigenen Clan zu schützen. Die Familie Russo hat meinem Vater seinen jüngsten Sohn genommen. Er hat sich nur gerächt. Mein Zorn galt nie dir, sondern immer nur Matteo."

Ich weiß nicht, was ich sagen soll, was ich glauben soll. Ein Teil von mir will Emilio sofort widersprechen, ihn Lügner nennen. Doch ein anderer Teil – ein dunklerer Teil – flüstert, dass er die Wahrheit sagen könnte.

Ich kneife meine Augen zusammen und weiche ein Stück zurück. „Du bist kein bisschen besser. Was heute passiert ist, hat mehr Menschenleben gekostet, mehr Eltern ihre Kinder genommen, als du dir je vorstellen kannst. IHR betreibt Menschenhandel! DU hast diese widerliche Vergewaltigungsdroge entwickelt und mir verabreicht! Also erzähl mir nicht, dass die Russos die Bösen sind. Du bist mindestens genauso brutal." Meine Stimme zittert vor Wut, aber ich halte meinen Blick fest auf ihn gerichtet.

Emilio lehnt sich zurück, ein Schatten von Unruhe in seinen Augen, doch er schüttelt langsam den Kopf. „Du hast recht, ich bin nicht der feine Prinz in deinem Märchen. Aber ich schmücke mich auch nicht mit falscher Gerechtigkeit und Liebe, wie sie es tun."

Seine Worte sind ein Schlag in die Magengrube, roh und ehrlich. „Ich bin kein guter Mensch, das weiß ich. Aber eines kann ich dir versprechen – ich würde dich niemals anlügen. Nie. Und ich bin der Einzige, der Antonia dazu bringen kann, euch in Frieden zu lassen."

Ich lache bitter, ein scharfes Geräusch in der bedrückenden Stille des Raumes. „Du würdest Antonia nicht aus reinster Nächstenliebe aufhalten. Was willst du?" Ein Lächeln huscht über seine Lippen, eines, das mir das Blut in den Adern gefrieren lässt.

„Du hast dazu gelernt," sagt er leise, bewundernd. „Natürlich möchte ich etwas dafür."

Mein Herz schlägt schneller, eine kalte Vorahnung kriecht über meine Haut. „Und was?" Er öffnet langsam den Zipper seiner Jacke, zieht sie aus, und seine Brustmuskeln spannen sich, als er die Jacke achtlos auf das Feldbett wirft. „Küss mich."

Meine Gedanken wirbeln. *Was zur Hölle? Glaubt dieser Mann tatsächlich, dass hier irgendetwas zwischen uns existiert?* „Komm schon," drängt er. „So schlimm ist es nicht. Du hast selbst gesagt, wie sehr du mich bewunderst. Dass du mich intelligenter findest als Matteo. Erinnerst du dich? Als du mich das letzte Mal geküsst hast."

Seine Worte brennen wie Säure, doch ich sage nichts. Mein Verstand arbeitet fieberhaft. Was ist ein Kuss gegen den Frieden, den ich damit vielleicht erkaufen könnte? Was ist mein Stolz gegen die Leben, die auf dem Spiel stehen? Mit einem resignierten Atemzug lehne ich mich langsam vor. Seine Hände finden sofort meine Taille, fahren meine Hüften hinab.

„Übertreib es nicht," raune ich, als seine Finger immer tiefer wandern. Seine Nähe erstickt mich beinahe, doch ich zwinge mich, ruhig zu bleiben. Meine linke Hand streicht über seine Wange, dort, wo ich ihn zuvor geohrfeigt habe. Er lächelt herausfordernd, seine dunklen Augen glühen. Ich sehe ihm direkt in die Augen, bevor ich meine Lippen auf seine lege.

Sein Mund öffnet sich, seine Zunge streift über meine Lippen, und ich gewähre ihr Zugang. Unsere Zungen tanzen einen verlogenen Tanz der Leidenschaft, einer, den ich meisterhaft spiele. Innerlich brodelt der Zorn, doch ich lasse es nicht nach außen dringen. Alles, was zählt, ist, dass er glaubt, ich sei schwach, verführbar – und dass er Antonia stoppt.

Langsam ziehe ich mich zurück, atme tief durch, als ich ihm noch einen letzten Blick zuwerfe. Ich beiße mir auf die Unterlippe, halte den Schein aufrecht. „Ich habe fast vergessen, wie gut deine Lippen schmecken," murmelt er, sein Kopf leicht geneigt. Seine Hand gleitet zu einem Ring an seinem Finger – ein Ring mit einem verschnörkelten Siegel. Er drückt darauf, und ein leises Piepen erfüllt den Raum.

„Das ist mein Signal an Antonia," sagt er triumphierend. „Es bedeutet, dass sie sich zurückziehen soll."

Ein leises „Danke" entweicht meinen Lippen, während ich mich vom Feldbett erhebe. Doch Emilio hebt eine Hand, um mich aufzuhalten.

„Amelie. Das war noch nicht alles." Seine Stimme hat einen kalten Unterton, und ich bleibe stehen, den Griff meiner AK-47 fest in der Hand.

„Was willst du noch?", frage ich, meine Geduld ist fast am Ende.

„Ich will, dass du mich besuchst. Ich brauche deine Gesellschaft hier. Sonst werde ich sie wieder mobilisieren."

Ich schnaube verächtlich. „Wie willst du das anstellen, wenn ich dir alle deine Ringe abnehme?" Doch Emilio grinst breit, selbstgefällig.

„Es wäre nicht so klug, sie mir alle abzunehmen.", erklärt er leise. „Ich werde dir nicht verraten warum, aber wenn du mich nicht besuchst, werde ich ihr das Signal geben weiter zu machen."

Mein Atem stockt. „Du bist ein Monster," flüstere ich.

„Vielleicht," sagt er mit einem Schulterzucken. „Aber ich bin ein Monster, das dich bewundert, Lacrima. Und ein Monster, das dir helfen kann."

Kapitel 28

Salva

Wir sitzen im Überwachungsraum und lauschen, wie Emilio jedes einzelne Wort mit Bedacht wählt. Matteo und ich hören zu, stumm, bis das letzte Wort fällt. Dann stehen wir beide wie auf Kommando auf. Ohne zu zögern rennen wir los. Als wir dich sehen, stockt mir kurz der Atem. Tränen laufen über deine Wangen, deine Schultern beben vor Emotionen, und ich weiß, dass Worte jetzt nichts bringen werden.

„Amelie," beginne ich vorsichtig und strecke eine Hand nach dir aus. Doch bevor ich dich berühren kann, reißt du dich los. „Fasst. mich. nicht. an!", schreist du, und deine Stimme ist so voller Schmerz und Wut, dass selbst die Männer um uns herum in Bewegung innehalten und ihre Blicke zu uns wenden.

Du gehst, rempelst Matteo an, als du dich durch die Menge drängst, doch er folgt dir mit festem Blick. „Beruhig dich!", schreit er dir nach und packt dein Handgelenk mit eiserner Stärke. „Lass mich los!" Deine Stimme ist wie ein Peitschenhieb. „Ich will mit keinem von euch ein Wort wechseln! Ich muss verarbeiten, was ich gerade erfahren habe." Du zerrst an deinem Arm, doch Matteo gibt dich nicht frei.

„Und ich muss verarbeiten, was ich gesehen habe," kontert er, seine Stimme dunkel vor unterdrückter Wut.

Deine Bewegungen stoppen, als ob seine Worte dich körperlich getroffen hätten. „Ist das dein Ernst?" Du wirfst einen Blick um dich, bemerkst, wie alle uns beobachten, und deine Stimme hebt sich erneut. „Was glotzt ihr so blöd? Habt ihr nichts Besseres zu tun?", keifst du und verschreckst selbst die härtesten Männer in der Halle.

Ich mache einen Schritt auf euch zu, will schlichten, doch du lässt es nicht zu. Matteo zieht dich ein Stück näher, sein Griff noch immer fest um dein Handgelenk. „Amelie, ich weiß, dass heute viel passiert ist. Aber lass uns nach Hause gehen. Lass uns in Ruhe darüber reden." Meine Stimme klingt ruhiger, doch auch ich spüre die Spannung in der Luft.

„Lass mich verdammt nochmal los!" Deine Worte sind wie ein Dolch, so ernst, dass selbst mir ein Schauer über den Rücken läuft. Doch Matteo bleibt unbeeindruckt. Ohne ein weiteres Wort setzt er sich in Bewegung, zerrt dich aus der Halle und zu seinem Aston Martin. Du wehrst dich, trittst mit den Füßen, doch Matteo ist unerbittlich. Als wir am Wagen ankommen, drückt er dich auf die Rückbank.

„Wir fahren nach Hause," sagt er kühl und blickt kurz zu mir. Ich setze mich neben dich, während Matteo sofort aufs Gaspedal drückt, um sicherzustellen, dass du keine Chance hast, auszusteigen.

Du sitzt stumm mit verschränkten Armen auf der

Rückbank, die AK-47 noch immer um deinen Hals geschlungen. „Kann ich dir die Waffe abnehmen?", frage ich vorsichtig und drehe mich zu dir um. Ohne ein Wort ziehst du sie über deinen Kopf und drückst sie mir in die Hände – fest, fast aggressiv.

Deine Augen treffen Matteos Blick im Rückspiegel, kalt und voller Enttäuschung. „Ich dachte, wir wären ehrlich zueinander," sagst du, und deine Stimme ist schwer vor Vorwurf.

„Wir sind ehrlich zu dir," entgegnet Matteo, doch du schnaubst verächtlich.

„Nein! Nur weil ihr Details verschweigt, heißt das nicht, dass ihr ehrlich seid! Das hatten wir schon mal!" Deine Wut flammt erneut auf, und ich sehe, wie Matteo den Kiefer anspannt, während er das Tempo noch weiter erhöht. Der Wagen fliegt beinahe über die Straßen, bis wir schließlich vor seinem Penthouse ankommen.

Matteo steigt aus und öffnet dir die Tür. „Lass uns das alles erklären." Doch du ignorierst ihn, schwingst die Beine aus dem Wagen und gehst direkt in Richtung der Treppe. „Willst du nicht den Aufzug nehmen?", fragt Matteo, der sichtlich angeschlagen ist, mit den Händen tief in den Hosentaschen.

„Nein. Ich will ALLEINE zu Fuß gehen. Gib mir wenigstens die paar Minuten ohne euch."

Matteo malt mit dem Kiefer, ein Ausdruck von Frustration und Ohnmacht in seinem Gesicht, bevor er den Knopf für den Aufzug drückt. „Aber hau ja nicht ab. Es ist zu gefährlich, jetzt zu verschwinden." Seine Stimme ist fest, aber du reagierst nicht. Stattdessen ziehst du

dich stumm zurück und beginnst, die Treppen hinauf-
zusteigen.

Im Aufzug herrscht Stille. Matteo lehnt sich gegen die
Wand und zieht ein kleines Döschen Koks aus der
Tasche, schiebt sich eine Line. Ich sehe ihn an, wütend.
„Hör auf damit. Du weißt, dass ich das hasse. Und es
wird dir jetzt auch nicht helfen."

Er wischt sich die Nase ab, nickt knapp. „Ich weiß.
Aber Emilio hat sie komplett um den Finger gewickelt.
Glaubst du, da läuft was zwischen den beiden?" Seine
Stimme klingt hohl, fast flehend.

Ich schüttele den Kopf, genervt. „Nein. Hör auf, so zu
denken er macht das doch mit Absicht. Er wusste, dass
wir die beiden beobachten. Aber wir müssen ihr alles
erzählen - was wirklich passiert ist."

Als wir im Penthouse ankommen, höre ich dich
bereits eine Etage tiefer. Deine schweren Atemzüge
hallen im Flur wider, und ich gehe dir entgegen. „Geht
schon," murmelst du, als ich dich stützen will, doch ich
ignoriere deinen Widerstand. „Jetzt hör auf, so zu tun,
als wäre alles in Ordnung. Ich sehe, dass es das nicht
ist," sage ich, bevor ich dich in meine Arme hebe.

„Denk bloß nicht, dass ich dir dafür jetzt dankbar bin,
Salva." Deine Stimme ist scharf, doch ich grinse nur.
„Das musst du auch nicht sein."

Matteo wartet mit einem Inhalator in der Hand, als
ich dich auf das Sofa sinken lasse. „Hier, nimm das,"
sagt er, seine Stimme sanft, aber besorgt. „Du brauchst
es. Du bist gesundheitlich angeschlagen, du hast viel
Rauch eingeatmet."

Du schnappst dir den Inhalator, benutzt ihn widerwillig, und deine Atmung beruhigt sich langsam. Wir beobachten dich beide, stumm, jeder von uns mit seinen eigenen Gedanken, während die Spannung zwischen uns Dreien greifbar bleibt.

„Können wir uns auch unter der Dusche unterhalten?" Matteo zieht ein paar Handtücher aus der Kommode. Er beginnt, die verdreckte Kleidung von seinem Körper zu streifen, Schicht für Schicht.

Du hebst eine Augenbraue, sichtlich irritiert. „Wirklich Matteo?"

Er lässt sein Hemd zu Boden fallen und sieht dich an, sein Blick fest und unnachgiebig. „Ja wirklich. Emilio hat gelogen. Nicht ganz, aber in vielen Punkten. Ich verstehe, dass du wütend bist, aber ob wir uns hier oder im Badezimmer unterhalten, spielt keine Rolle. Außerdem stinken wir nach Ruß, Blut und Schweiß. Das Wasser wird dir guttun, glaub mir."

Er reicht mir ein Handtuch, dann dir. Für einen Moment hältst du inne, als würdest du überlegen, doch schließlich gibst du nach. Deine Schultern sinken ein wenig, und du nickst knapp.

Wir gehen ins Badezimmer, der Raum ist erfüllt von gedämpftem Licht, das durch die schimmernden Fliesen reflektiert wird. Der Duft von frischem Zitrus-Duschgel vermischt sich mit der feuchten Wärme, die bereits aus der Dusche strömt. Ich stelle die Wassertemperatur ein und lasse das Wasser laufen, während Matteo sich neben dich stellt. Er öffnet den Reißverschluss deines Kleides, lässt es sanft über deine Schultern gleiten.

„Wir sind nicht die Bösen," haucht er gegen deine

Schulter, bevor er dir einen zarten Kuss auf die Schläfe gibt. Seine Worte klingen wie ein leises Flehen.

„Dann erklärt mir endlich, was wirklich passiert ist," forderst du, und in deiner Stimme liegt ein Zittern, das du nicht ganz verbergen kannst.

Ich trete unter das warme Wasser, das über meinen Rücken läuft, und halte die Handbrause, um das Wasser über deinen Oberkörper zu führen. Langsam gleitet es über deine Haut, reinigt den Ruß und die Spuren des Chaos des heutigen Tages. Matteo nimmt das Duschgel in seine Hände und beginnt, dich vorne vorsichtig einzuschäumen.

„Dass Morettis Sohn bei uns aufgewachsen ist, stimmt. Und dass unser Vater ihn getötet hat, nur so halb." Matteos Stimme ist leise, aber eindringlich. Ich sehe, wie sich dein Atem beschleunigt, dein Brustkorb hebt und senkt, während du dich von hinten an mich lehnst und versuchst, dich auf die Berührungen und die Worte gleichermaßen zu konzentrieren.

„Aber es gab Gründe. Unser Vater war ein guter Mensch, genauso wie der Rest von uns. Glaubst du wirklich, unsere Mutter hätte es zugelassen, dass Kinder absichtlich drogenabhängig gemacht werden, nur um einen Vorteil daraus zu ziehen?"

Du schüttelst den Kopf, während du beginnst, Matteos Brust einzuseifen, vorsichtig, um die Wunden zu meiden. „Emilios Bruder ist von allein auf die schiefe Bahn geraten. Die Behauptung, dass wir Kinder missbrauchen, ist eine Lüge. Sie wurde von einem Ex-Mitglied unseres Clans in die Welt gesetzt. Solche Gerüchte entstehen, wenn niemand miteinander spricht!" Matteo dreht dich in meine Richtung. Seine Finger gleiten durch dein Haar, während er Shampoo aufträgt.

„Sein Bruder war bereits drogensüchtig, als er zu uns kam. Er wusste, dass viele Menschen ihre Drogen von uns erhalten, also suchte er uns nicht wegen Schutzes, sondern nur wegen der Drogen auf. Aber unser Vater war zu gut für diese Welt. Er wollte ihn retten. Deshalb gab er ihm Methadon – ein schrittweiser Entzug, ohne dass er es selbst bemerkt."

Ich gebe Matteo die Brause, damit er das Shampoo aus deinem Haar spülen kann. Seine Hände bewegen sich sanft, als würde er dich beruhigen wollen. Du beginnst meine Brust zu reinigen, das Wasser unter uns färbt sich schwarz.

„Und wie ist er gestorben?" Deine Stimme zittert, bricht fast.

Matteo holt tief Luft. „Eines Nachts ging der Alarm in unserer Fabrik los. Unser Vater wusste sofort, dass etwas nicht stimmte, und eilte hin. Aber es war zu spät. Er hatte sich einen goldenen Schuss gesetzt, weil ihm das Methadon nicht gereicht hat."

Ich sehe die Traurigkeit in Matteos geweiteten Pupillen, die Schuld, die unser Vater sich bis zu seinem Tod aufgebürdet hat. Das ist auch der Grund, warum wir uns von Heroin fernhalten – zumindest so weit wie möglich.

Du bist still, aber deine Augen suchen Antworten. „Warum habt ihr das dem Vater von Emilio nie erzählt?"

Matteo tritt aus der Dusche, nimmt sich ein Handtuch und beginnt, sich abzutrocknen. „Weil unser Vater sich selbst die Schuld gegeben hat. Hätte Moretti davon erfahren, hätte er uns alle umgebracht. Er hätte die Wahrheit nicht akzeptiert. Er wollte nur Rache. Und ich denke ... wenn mein Vater heute sprechen könnte, würde er sagen, dass er seine gerechte Strafe durch den Tod erhalten hat. Er hat sich um ihn kümmern wollen und ihn dadurch schneller in den Tod getrieben, indem er die Quelle seiner Sucht war."

Ich reiche dir meine Hand und führe dich zur Badewanne. „Doch genauso falsch wäre das. Unser Vater wollte helfen, nicht schaden."

Matteo kniet sich vor die Wanne, während ich das Wasser teste, bevor du hineinsteigst. Die Wärme umhüllt dich, und ich platziere ein Tablet am Ende der Wanne, damit du dich ablenken kannst. Matteos Finger streichen kurz über dein Haar, und ich sehe, wie er versucht, die richtigen Worte zu finden.

„Fiore, wir haben dich nie belogen. Wir hatten einfach nie den richtigen Moment, um dir alles zu erzählen. Vielleicht war das ein Fehler, aber es war nie unsere Absicht, dich im Dunkeln zu lassen. Jetzt wissen wir, dass Emilio nicht die ganze Wahrheit kennt – oder sie absichtlich verdreht hat. Wir können das klären. Vielleicht kann dieser Krieg dann endlich enden."

Du nickst, lässt dich in die Wärme des Wassers sinken, doch in deinen Augen glimmt noch immer der Rest einer Flamme. Und für einen Moment bleibt der Raum still, nur das leise Plätschern des Wassers ist zu hören.

Du lehnst dich zurück, schließt die Augen und lässt den Duft des Schaums in deine Sinne dringen. Zum ersten Mal seit Stunden spürst du eine Spur von Entspannung, als das Badewasser die Anspannung aus deinem Körper zu ziehen scheint. „Wir müssen ihm das sagen, er ist zu Unrecht so wütend auf eure Familie."

Ich stehe in der Tür und beobachte dich einen Moment lang. Matteo lehnt mit verschränkten Armen an der Wand, sein Hemd über die Schultern geworfen, der Blick ernst. „Das überlegen wir uns noch. Wichtiger ist Antonia. Sie ist wie ein Tier, das in die Ecke gedrängt wurde," beginnt er, leise, aber eindringlich. „Sie hat nichts mehr zu verlieren. Solche Menschen sind die gefährlichsten. Und sie wird weitermachen, bis sie entweder alles hat, was sie will, oder es sie selbst zerreißt."

Ich nicke zustimmend und lasse meinen Blick über dich gleiten. „Die Presse muss das genauso sehen. Eine wahnsinnige Verbrecherin, die vor kurzem ausgebrochen ist. Sie ist der perfekte Sündenbock, um die Aufmerksamkeit von unserer Familie abzulenken."

Matteo schnauft und fährt sich mit der Hand durch sein dunkles, noch feuchtes Haar. „Genau. Wir drehen das Narrativ. Die Anschläge – ihre. Das Chaos – ihr Werk. Es gibt keine Verbindung zu uns, weil sie eine Einzelgängerin ist, eine tickende Zeitbombe, die nichts mit der Russo-Familie zu tun hat. Das müssen wir allen klarmachen."

„Und was ist, wenn sie uns ein weiteres Mal angreift? Oder schlimmer – wenn sie dich oder Amelie ins Visier nimmt?" Mein Blick verfinstert sich, als ich mich zu ihm umdrehe.

„Das wird sie nicht," antwortet Matteo entschlossen. „Wir sind einen Schritt voraus. Unsere Leute sind bereits hinter ihr her. Sie wird keine Chance haben, uns erneut zu überraschen." Doch in seinem Tonfall liegt ein Hauch von Müdigkeit, den er zu verbergen versucht.

Du öffnest die Augen und hebst den Kopf. „Ihr könnt euch gegenseitig weiter Mut machen, aber ich will nicht, dass wir uns ständig verteidigen müssen. Wir müssen sie finden und das beenden."

Matteo lächelt schwach. „Das werden wir, Fiore."

Er wirft mir einen Blick zu und deutet mit dem Kopf zur Tür. „Lass sie sich ausruhen. Ich nehme die Couch."

Ich sehe Matteo nach, wie er schwerfällig den Raum verlässt, seine Schritte klingen gedämpft auf dem Teppich des Flurs. Seine Haltung verrät mehr, als er zugeben würde – die Anspannung, die Müdigkeit, und doch bleibt er wie immer der, der sich nichts anmerken lässt. Aber das heute, war selbst für ihn zu viel.

Ich drehe mich zurück zu dir, wie du noch in der Wanne sitzt, die Knie angezogen, deine Arme um sie geschlungen. Dein Blick ist leer, deine Lippen fest aufeinandergepresst, und doch sehe ich, dass deine Gedanken rasen. Vorsichtig gehe ich in die Hocke neben dir und lege meine Hand sachte auf deine Schulter.

„Wir bekommen das alles schon wieder hin."

„Mir geht es nicht um uns, sondern um die Opfer. Die Menschen die gelitten haben wegen unseren Kämpfen." Eine Träne rinnt deine Wange hinunter.

Ich nehme das Handtuch von meinen Hüften und setze mich dir gegenüber in die Wanne. Es ist als wäre das unser neues eigenes Ding. „Wir werden alles tun, damit so etwas nicht nochmal passiert. Was ist Antonia schon gegen uns? Wir haben so viele Mitglieder und sogar Vacchio arbeitet jetzt voerst mir uns zusammen," ich streichel deine angewinkelten Beine entlang. „Wir arbeiten gemeinsam unsere Leute und Vacchios ab, okay? Wir befragen sie gemeinsam und bieten ihnen Schutz, damit Antonia und Emilio alleine dastehen. Dann haben sie nichts mehr zu melden." Du siehst zu mir auf und nimmst meine Hände. „Okay."

„Komm. Lass uns rausgehen und nicht darüber nachdenken, was passiert ist. Du brauchst eine Pause. Wir können ins Wohnzimmer gehen und uns hinlegen. Es muss nicht immer alles auf einmal gelöst werden." Meine Stimme ist leise, aber bestimmend.

Du schaust zu mir, deine Augen schimmern im weichen Licht des Badezimmers. „Meinst du, es geht ihm gut?" Deine Stimme ist kaum mehr als ein Flüstern, voller Sorge.

Ich nicke. „Er wird sich sammeln. Matteo tut immer so, als wäre er unbesiegbar, aber auch er braucht Momente der Ruhe. Manchmal muss man ihn dazu zwingen, die Fassade abzulegen, selbst wenn er es nie zugeben würde."

Langsam stehe ich auf und reiche dir ein Handtuch. Du greifst danach, wickelst es um dich und lässt dich von mir aus der Wanne helfen. Ich warte, bis du dir den Bademantel überziehst, und lege eine Hand auf deinen unteren Rücken, während wir in Richtung des Wohnzimmers gehen.

Die Couch im Wohnzimmer wirkt, als hätte sie nur auf uns gewartet. Matteo liegt bereits darauf, den Arm über die Augen gelegt, sein Atem gleichmäßig, doch seine Stirn ist in Falten gelegt – selbst im Schlaf lässt ihn der Stress nicht los. Du schaust kurz zu ihm, dann setzt du dich an den Rand der Couch. Ich folge dir und lege eine Hand auf deine Schulter.

„Matteo braucht das," sage ich leise. „Er muss mal loslassen können. Er macht immer auf stark, aber selbst der Stärkste braucht Momente, um wieder zu Kräften zu kommen."

Du nickst leicht und ziehst deine Beine auf die Couch, schiebst dich ein Stück zur Seite, sodass wir Platz finden. „Und du?", fragst du plötzlich. „Wann nimmst du dir mal eine Auszeit, Salva?"

Ich schmunzle und setze mich neben dich. „Ich? Ich habe meine Auszeit genau hier." Mit einem sanften Druck massiere ich deinen Rücken, und du lässt den Kopf nach vorne sinken, ein leises Seufzen entweicht dir.

„Du bist wirklich stur," murmelst du, doch ich höre das Lächeln in deiner Stimme.

„Stur genug, um sicherzugehen, dass es dir und Matteo gut geht," entgegne ich.

Nachdem ich deinen Rücken massiert habe, lehnst du dich langsam an meine Seite. Deine Wangen glühen leicht, und deine Augen beginnen, sich zu schließen. Ich greife nach dem Buch, das ich aus dem Regal genommen hatte, und zeige es dir.

„Etwas zum Runterkommen?", frage ich, und du nickst. Matteo, der sich halb aufrichtet, beobachtet uns mit einem halbwachen Blick.

„Was lest ihr da?", fragt er, seine Stimme rau vom Schlaf.

„Nur eine Geschichte, die beweist, dass selbst im Chaos Schönheit existieren kann," sage ich und öffne das Buch. Matteo nickt, legt seinen Kopf auf deinen Schoß, und seine Hand ruht leicht auf deinem Knie.

Ich beginne vorzulesen. Meine Stimme ist ruhig, und nach und nach verschwindet die Spannung aus deinem Körper. Matteo hebt kurz den Kopf, murmelnd, „Macht nicht so viel Lärm," bevor er seinen Platz auf deinem Schoß wieder einnimmt. Wir lachen leise, du schüttelst nur den Kopf und fährst sanft mit den Fingern durch seine Haare.

Es ist ein Bild der Ruhe, ein kurzer Moment des Friedens. Die Nacht umhüllt uns, und für einen Augenblick existiert nichts außerhalb dieser Couch – nur wir drei, zusammen, sicher.

Kapitel 29

Amelie

Meine Augen öffnen sich, und die beiden schlafen noch. Das Sofa ist zum Glück groß genug für uns drei. Matteo liegt auf der langen Seite, mein Kopf ruht auf seiner Brust. Salva am anderen Ende, meine Füße sanft auf seiner Brust abgelegt. Die beiden haben das Gleiche durchgemacht wie ich, doch sie waren es, die die gesamte Verantwortung getragen haben, die alles organisiert haben, um den Menschen Schutz zu bieten. Vorsichtig ziehe ich die Decke zur Seite, um sie nicht zu wecken, und stehe auf. Heute bin ich an der Reihe, die beiden zu verwöhnen.

Während ich mich zur Küche bewege, denke ich über alles nach, was passiert ist. Ich bin erleichtert, dass Emilio nicht die ganze Wahrheit kannte oder nicht alles erzählt hat und ich mich auf die beiden verlassen kann. Vielleicht kommt eines Tages der Moment, an dem alle Rivalen das Kriegsbeil begraben und ohne Konflikte zusammenarbeiten. Es ist ein schöner Gedanke, einer, der Hoffnung schenkt.

Ich nehme ein paar Eier aus dem Kühlschrank und beginne, Omeletts zuzubereiten. Als ich ein Ei aufschlage, fällt es mir auf den Boden. „Verdammt," murmele ich und schnappe mir Küchenpapier, um die Sauerei zu beseitigen. Doch während ich mich aufrichte, stoße ich mir den Kopf an der Kochinsel. „Fuck," fluche ich leise und reibe die schmerzende Stelle. *Warum muss ich nur so tollpatschig sein?* Ich gehe zum Gefrierschrank und hole mir eine Tüte Erbsen, um den Hinterkopf zu kühlen – besser eine improvisierte Lösung als eine Beule.

Ich schlage die Eier auf, würze sie und presse frische Orangen aus. Der Raum füllt sich mit dem Duft von Kräutern und gekochten Eiern. Noch ein bisschen Petersilie über die Omeletts streuen, und in diesem Moment betritt Matteo die Küche. Er trägt eine dunkelblau karierte Schlafanzughose, sein Oberkörper ist nackt, und die Muskeln seines makellosen Körpers lassen mich innehalten. Sein Schlangentattoo wirkt hypnotisierend, als würde es mich rufen. Er sieht umwerfend aus.

„Guten Morgen, meine Schöne," sagt er mit einem Gähnen, bevor er mir einen sanften Kuss auf die Wange gibt. Dann verschwindet er kurz aus der Küche, nur um mit etwas in den Händen zurückzukommen, das er hinter seinem Rücken versteckt hält.

„Hast du gut geschlafen?", fragt er, während er sich mit einer Hand gegen die Kochinsel lehnt.

„Ja, wie ein Baby. Und du?", frage ich zurück, bemüht, den Blick nicht zu lange auf seiner Brust verweilen zu lassen.

„Mit dir an meiner Seite schlafe ich immer gut." Matteo lächelt, bevor er einen Strauß rosa Pfingstrosen hervorholt und mir unter die Nase hält. Mein Herz macht einen Sprung. Genau das ist einer der Gründe, warum ich ihm immer wieder nachgebe, auch wenn ich manchmal zu schnell an die Decke gehe. Seine Wärme und Gesten machen alles wett. Ich lasse alles stehen und liegen, falle ihm um den Hals und drücke meine Lippen auf seine. „Danke. Ich liebe dich so unglaublich. Das kannst du dir gar nicht vorstellen," flüstere ich zwischen den unzähligen Küssen, die ich ihm gebe.

„Das will ich doch schwer hoffen. Nicht, dass du noch zu meinem Rivalen Emilio gehst," neckt er mich mit hochgezogener Braue. „Der Kuss gestern ..." Seine Stimme wird leiser, doch seine Augen halten meinen Blick. „Er sah ziemlich echt aus. Ich kann nicht leugnen, dass mich das verletzt hat."

Ich nehme die Pfingstrosen und stelle sie in eine Vase. „Ich bin vielleicht keine gute Lügnerin, aber eine gute Schauspielerin." Matteo grinst und gibt mir einen leichten Klaps auf den Hintern. „Das habe ich bemerkt."

„Was riecht hier so gut?" Salva betritt die Küche.

„Ich habe euch Frühstück gemacht," sage ich stolz und reiche ihm und Matteo die Teller. „Und wozu sind die Erbsen?", fragt Salva mit einem schiefen Grinsen.

Ich kichere und tippe mir auf den Hinterkopf. „Ich habe mir den Kopf gestoßen. Und da ihr zwar zig Verbandsmaterialien habt, aber nichts zum Kühlen, mussten sie herhalten."

Matteo beginnt laut zu lachen. „Ist dir nicht aufgefallen, wie viele Erbsentüten wir im Gefrierschrank haben?"

Ich öffne den Gefrierschrank neugierig und bin erstaunt, wie ordentlich die Tüten gestapelt sind.

„Damit könntet ihr das ganze Viertel versorgen!" Ich schließe die Tür und schüttle den Kopf lachend.

„Die sind nur zum Kühlen da, nicht zum Essen. Sind effektiver als alles andere," erklärt Matteo grinsend, während er einen Bissen seines Omeletts nimmt.

„Dann habe ich ja alles richtig gemacht," ich setze mich an den Tisch und wir essen gemeinsam, die Unterhaltung ist leicht, durchzogen von kleinen Neckereien. Matteo und Salva werfen sich hin und wieder belustigte Blicke zu, während ich die Teller abräume.

Als Matteo seinen Teller zur Seite schiebt, zieht er seine Arbeitskleidung an. Ich runzle die Stirn. „Du gehst wirklich arbeiten? Nach allem, was gestern passiert ist?"

Matteo tritt zu mir, legt seine Hände auf meine Schultern und gibt mir einen Kuss auf die Stirn. „Nicht nur ich. Wir gehen heute arbeiten. Zusammen." Sein Blick wandert zu Salva, der nickt. „Salva kümmert sich um die anderen Geschäfte."

Ein Moment des Schweigens folgt, bevor Matteo wieder spricht. „Wir haben gestern vieles durchgemacht, aber wir stehen das zusammen durch. Das schaffen wir. Zusammen."

Ich nicke und spüre, wie seine Worte in mir nachhallen. Wir drei sind ein Team, und mit ihnen an meiner Seite fühle ich mich bereit für alles, was kommen mag.

In der Praxis angekommen, herrscht eine fast ungewöhnliche Ruhe. Es ist Freitag, die Praxis ist nur halbtags geöffnet. Nur Harper, die Schwarzhaarige, die ein Auge auf Salva geworfen hat, arbeitet heute mit mir. Ich nehme die Telefonate entgegen, sortiere Unterlagen und kümmere mich um die Patienten. Harper hilft mir, wobei sie sich auffällig unauffällig gibt. Ich bin mir sicher, dass Matteo und Salva ihr eine klare Ansage gemacht haben. Es läuft alles einfach viel zu normal ab – fast schon verdächtig normal.

Die Türklingel ertönt, und ich drücke auf den Schalter, um sie zu öffnen. Lucia kommt herein, ihr Lächeln so strahlend wie immer. Es steckt sofort an und zaubert auch mir ein Lächeln ins Gesicht. Sie geht direkt um den Tresen herum, ihre Bewegungen geschmeidig und selbstsicher, und umarmt mich herzlich.

„Hey, Amelie," sagt sie, ihre Stimme voller Wärme.

„Lucia!" Ich erwidere ihre Umarmung fest. „Was machst du denn hier? Ich dachte, du bist schon wieder in Italien?"

Sie zieht einen Hocker unter dem Tisch hervor und setzt sich neben mich. „Nein, ich wollte nach dir sehen und mich persönlich vergewissern, dass es dir gut geht, bevor ich abreise."

Ich lege eine Hand auf ihre Schulter und lächle sie dankbar an. „Das ist so lieb von dir. Mir geht's gut, wirklich. Und wie war dein Essen mit Mr. García?" Ein freches Grinsen huscht über mein Gesicht, und ich knuffe sie spielerisch in den Oberarm.

Lucias Augen beginnen vor Freude zu funkeln, als sie ihr Handy aus ihrer Tasche holt. „Ach, das Essen war traumhaft! Auch wenn das, was ich von euch gehört habe, mich fast dazu gebracht hätte, das Essen abzubrechen und zu euch zu fahren. Aber ich wusste, dass ihr das schafft. Ich habe die ganze Zeit an euch gedacht!"

Ich schüttele den Kopf und lache. „Wir haben es überlebt, und ich wäre stinksauer auf dich gewesen, wenn du zu uns gekommen wärst!"

Lucia nickt ernst, obwohl ein schiefes Lächeln auf ihren Lippen spielt. „Deshalb hatte ich so ein schlechtes Gewissen und musste euch sehen. Salva habe ich bereits besucht. Er hat nur ein paar kleine Schnittwunden. Und du? Wie sieht es bei dir aus?"

Ich rolle mit meinem Stuhl etwas vom Tisch weg und ziehe meinen Rock ein Stück hoch, um ihr meine Beine und Oberschenkel zu zeigen. „Auch ein paar kleine Schnittwunden, aber nichts Wildes. Matteo hat es am schlimmsten getroffen. Er hat auch Verbrennungen am Rücken."

Lucia seufzt leise und mustert mich mit besorgtem Blick. „Hoffentlich bekommst du keine Narben davon. Du hast die schönsten Beine auf diesem Planeten! Und Matteo? Der steckt das schon weg. Der ist Schlimmeres gewohnt. Mach dir da keine Sorgen."

Ich merke, wie Harper in unserer Nähe lauert, und bevor ich etwas sagen kann, richtet Lucia ihren durchdringenden Blick auf sie. „Kannst du vielleicht die Toiletten reinigen, wenn dir langweilig ist und du unsere Gespräche belauschen musst?" Lucias Ton ist scharf, und Harper zuckt zusammen.

Mit einem tödlichen Blick in meine Richtung schnappt Harper sich die Reinigungstücher und verschwindet mit einem empörten Schnauben im Badezimmer.

„Diese Zicken hier habe ich noch nie gemocht," murmelt Lucia und wendet sich wieder mir zu. „Aber sie sind zuverlässig. Deshalb behalten die beiden sie hier."

Ich zucke mit den Schultern und nicke. „Ja, weil sie alle auf Salva und Matteo stehen, nur deshalb sind sie zuverlässig."

Lucia lacht und lehnt sich zurück. „Nur werden sie nie an die beiden rankommen."

Sie entsperrt ihr Handy und zeigt mir Bilder von ihrem Abendessen. Das Lokal sieht aus wie ein kleines Stück Himmel auf Erden. „Wow," sage ich beeindruckt.

„Und wie ist er sonst so?"

Lucia steht auf und richtet ihren Mantel. „Ein wahrer Gentleman," sagt sie mit einem verschwörerischen Zwinkern. „Aber kein Wort zu meinen Brüdern. Nicht, dass sie ihn noch vergraulen."

Sie greift in ihre Tasche und holt eine kleine Tüte heraus, die sie mir reicht. „Ich habe dir Macarons besorgt. Ich fliege jetzt direkt nach Italien. Die Villa ist zum Großteil wieder aufgebaut, und ich hoffe, ihr kommt bald nach."

Ich nehme die Tüte und ziehe sie in eine letzte Umarmung. „Danke, Lucia. Wir sehen uns bald."

Sie drückt mir einen Kuss auf die Wange und verschwindet so elegant, wie sie gekommen ist. Ich sehe ihr nach, bis die Tür hinter ihr ins Schloss fällt. Dann wende ich mich wieder meiner Arbeit zu, während ein warmes Gefühl in meiner Brust bleibt.

Mein Handy vibriert, nachdem die Patientin von Matteos Behandlungszimmer gegangen ist.

Matteo 12:16 Uhr
Leckere Macarons. Bekomme ich auch einen?

Amelie 12:16 Uhr
Hast du hier auch überall Kameras, oder warum weißt du das schon wieder?

Matteo 12:16 Uhr
Ich habe dort Kameras, wo du dich aufhältst, Kleines.

Amelie 12:17 Uhr
Also kann ich wirklich keinen Schritt machen, den du nicht mitbekommst?

Matteo 12:17 Uhr
Richtig, ich weiß alles über dich.

Matteo 12:17 Uhr
Macht dir das Angst?

Amelie 12:19 Uhr
Nein. Im Gegenteil, es erregt mich.

Matteo 12:19 Uhr
Mhm, ich wusste schon immer, dass du eine ganz dunkle Seele hast. Ich habe sogar unter deinem Tisch eine Kamera.

Matteo 12:19 Uhr
Ich vermisse deine Vagina.

Ich starre für einen Moment auf die Nachricht, mein Herz schlägt schneller. Ohne wirklich nachzudenken, öffne ich meine Beine leicht unter dem Tisch, mein Atem wird flacher.

Matteo 12:21 Uhr
Brava, ich kann nicht aufhören daran zu denken, wie süß du schmeckst. Berühre dich Kleines. Mein harter schwerer Schwanz pulsiert auch in meiner Hand.

Amelie 12:21 Uhr
Spinnst du? Was, wenn jemand kommt?

Matteo 12:21 Uhr
Mir gehört die Praxis. Das ist mir doch egal. Ich weiß, du willst es auch oder soll ich dich in mein Zimmer zerren?

Die Worte setzen einen Nerv in mir frei, und ehe ich es realisiere, gleitet meine Hand langsam zwischen meine Beine. Doch plötzlich reißt Harper die Tür der Toiletten auf. Blitzschnell presse ich meine Beine zusammen, springe auf und gehe eilig ins Wartezimmer, versuche krampfhaft, so zu tun, als ob ich die Magazine anordne.

Harper kommt direkt auf mich zu, und ohne Vorwarnung rempelt sie mich mit voller Wucht an der Seite, sodass ich hart auf dem Boden lande. „Was soll das!", schreie ich sie an, der Schmerz und die Demütigung schießen durch meinen Körper.

Die Tür von Matteos Zimmer fliegt auf, und er kommt mit schnellen, entschlossenen Schritten auf uns zu. Seine Augen sind vor Wut verengt. „Was ist hier los?", brüllt er, seine Stimme lässt die Wände der Praxis erzittern.

Harper hebt die Hände in einer gespielten Geste der Unschuld. „Sie ist zu blöd zum Laufen und voll in mich reingelaufen!", sagt sie mit gespieltem Entsetzen.

Ich sitze immer noch auf dem Boden und sehe zu Matteo auf, er geht in die Knie, nimmt meine Hand und hilft mir sanft hoch. Dann richtet er sich zu voller Größe auf, seine Präsenz allein zwingt Harper dazu, einen Schritt zurückzuweichen.

„Harper, du bist gefeuert!", knurrt er.

„Aber ...", stammelt sie, doch Matteo hebt die Hand, um sie zum Schweigen zu bringen. „Nichts aber! Du verlässt sofort meine Praxis!" Sein Tonfall ist endgültig, keine Diskussion möglich. Harper schnappt sich ihre Jacke von der Garderobe und stampft hinaus, ihre Wut über die Erniedrigung ist deutlich spürbar. Matteo wendet sich mir zu, seine Augen suchen mein Gesicht. „Ist dir etwas passiert?", fragt er, seine Stimme ist jetzt weich.

„Nein, alles gut." Ich kreise meine Schultern, um ihm zu zeigen, dass ich unverletzt bin.

Er nickt, seine Kiefermuskeln entspannen sich leicht. „Sehr gut. Mein letzter Termin sollte bald kommen. Ich sehe mir die Akten in meinem Zimmer an." Mit diesen Worten dreht er sich um und geht zurück in sein Behandlungszimmer. Die Tür fällt hinter ihm zu, ein leises Klacken.

Ich setze mich an meinen Platz, mein Herz beruhigt sich allmählich. Ich nehme mir einen der Macarons, beiße hinein und lege einen weiteren auf eine Serviette für Matteo. Der Rest verschwindet in meiner Tasche. Doch als der nächste Termin ausbleibt, werde ich stutzig.

Ich stehe auf und gehe zur Tür, prüfe, ob die Klingel vielleicht defekt ist. Ich drücke den Knopf, das Geräusch ertönt klar und deutlich. Irritiert gehe ich zurück an meinen Schreibtisch, öffne den Terminkalender und blättere durch die Einträge, bis ich bei dem Termin für heute Nachmittag ankomme. Mein Blick bleibt an einem Namen hängen. *Mein Name.*

„Amelie Moore," flüstere ich, verwirrt. *Warum stehe ich in seinem Kalender?* Neugierde und Nervosität machen sich breit. Ich nehme den Macaron von der Serviette und mache mich auf den Weg zu Matteo.

Ich klopfe an seine Tür, und seine vertraute, tiefe Stimme ruft: „Herein."

„Hallo, Ms. Moore," begrüßt er mich, seine Stimme weich, doch sie trägt diesen unverkennbaren Ton, der mein Herz schneller schlagen lässt. Ein Lächeln umspielt seine Lippen, das genau die richtige Balance aus Sanftheit und Schalk enthält. Es setzt etwas in mir in Bewegung, das ich nicht kontrollieren kann.

„Hallo, Dr. Russo," antworte ich, meine Stimme klingt unsicher, beinahe wie ein Flüstern. Meine Hände klammern sich an den Rand der Tür, als könnten sie mir Halt geben. „Ich wusste nicht, dass wir heute einen Termin haben."

Sein Lächeln vertieft sich, und ich sehe, wie seine Augen einen Moment auf mir verweilen, länger als nötig. Etwas in seinem Blick glimmt auf – ist es Stolz?

Neugier? Nein, es wirkt wie Vorfreude. „Den haben wir aber. Bitte legen Sie sich auf die Liege."

Ein heißer Schauer durchläuft mich. Seine Worte, seine Stimme – sie sind zu gleichmäßig, zu sicher. Ich beiße mir auf die Unterlippe, meine Wangen werden heiß, und mein Kopf beginnt zu rasen. *Was hat er vor?* Warum fühle ich mich plötzlich so ausgesetzt?

„Soll ich mich ausziehen?", frage ich schließlich, meine Stimme brüchig. Ich versuche, ihn einzuschätzen, seinen nächsten Schritt zu erahnen, aber sein Lächeln bleibt undurchdringlich.

„Nein. Ich mache das schon."

Er greift nach einem Paar Handschuhen und zieht sie langsam an, während seine Augen sich für einen Moment in meine bohren. Etwas in seinem Blick sagt mir, dass dies mehr ist als eine medizinische Untersuchung. Vorsichtig zieht er einen kleinen Wagen mit einem Gerät heran und hebt meinen Pullover ein Stück nach oben und schiebt meinen Rock ein stück nach unten. Seine Fingerspitzen streifen dabei meine Haut – eine flüchtige, kühle Berührung, die trotzdem ein Feuer in mir entfacht. Das Gel ist kalt, als es meine Haut berührt, und ich zucke leicht zusammen. „Matteo," beginne ich, mein Atem geht schneller. „Was soll das werden?"

Er sagt nichts. Sein Blick ist jetzt ausschließlich auf den Bildschirm gerichtet. Seine Stirn ist leicht gerunzelt, seine Bewegungen präzise, fast schon andächtig, als er das Ultraschallgerät langsam über meinen Unterbauch führt.

Die Stille im Raum wird drückend. Der leichte Piepton des Geräts ist das einzige Geräusch, abgesehen von meinem immer hektischer werdenden Atem. Seine Augen bleiben fixiert auf den Bildschirm, seine Kiefermuskeln spannen sich an. Dann – plötzlich – hält er inne. Seine Hand verharrt, seine Schultern sinken, und ich sehe, wie seine Augen sich weiten.

„Matteo?" Meine Stimme zittert, als ich versuche, das Zittern in seinen Händen zu verstehen. „Was ist los? Bin ich krank?"

Er dreht den Kopf zu mir, seine Augen glänzen verdächtig, und seine Lippen öffnen sich, doch für einen Moment scheint er keine Worte zu finden. Dann beugt er sich langsam nach vorne und drückt einen zarten Kuss auf meinen Bauch. Der Kuss ist so voller Ehrfurcht, dass mir die Luft wegbleibt.

„Nein, Kleines. Du bist nicht krank," sagt er schließlich, seine Stimme belegt vor Emotion. „Du bist schwanger."

Seine Worte hallen in mir nach, sie durchdringen mich mit einer solchen Kraft, dass ich sie erst nicht begreife.

„Was?", flüstere ich, mein Atem stockt.

„Zwillinge," fügt er hinzu, seine Stimme kaum mehr als ein Hauch.

Meine Hände zittern, als sie unwillkürlich auf meinen Bauch wandern. Tränen steigen in meine Augen, und ein Lächeln, das ich nicht kontrollieren kann, breitet sich auf meinem Gesicht aus. „Bist du dir sicher?", frage ich, meine Stimme erstickt von den Gefühlen, die über mich hereinbrechen.

Er nickt, diesmal heftiger, seine Augen strahlen vor purer Freude. „So sicher wie das Amen in der Kirche."

Er legt das Ultraschallgerät beiseite, als ob es jetzt keine Bedeutung mehr hätte, und zieht mich in seine Arme. Sein Griff ist fest, seine Wärme umhüllt mich vollständig. Sein Kuss ist tief und voller Hingabe, und ich verliere mich in ihm. Seine Lippen sind weich, doch seine Bewegungen fordernd, als wolle er mich mit jedem Atemzug daran erinnern, dass dies kein Traum ist. Seine Hände umfassen mein Gesicht, seine Daumen streichen zärtlich über meine Wangen, wo die Tränen längst ihre Spuren hinterlassen haben.

„Ich liebe dich, Amelie," murmelt er gegen meine Lippen, seine Stimme zittert vor Gefühlen.

„Ich liebe dich auch, Matteo," flüstere ich zurück, meine Stirn lehnt sich gegen seine.

Seine Hand gleitet wieder zu meinem Bauch, seine Finger ruhen dort sanft, als wolle er die Leben darunter spüren. Sein Blick sucht meinen, und ich sehe darin eine Tiefe, die ich vorher nie bemerkt habe – eine unerschütterliche Liebe, eine Freude, die er nicht in Worte fassen kann, und ein unausgesprochenes Versprechen, dass er uns immer beschützen wird.

Ich lege meine Hand über seine, und für einen Moment gibt es nur uns vier. Unsere kleine Welt hat sich gerade für immer verändert.

Danksagung

Zuallererst möchte ich meinen herzlichsten Dank an all meine Leserinnen und Leser aussprechen. Besonders berührt hat mich das Feedback von jenen, die sich die Zeit genommen haben, das Buch zu bewerten und mir persönlich auf Instagram ihre Gedanken mitzuteilen. Eure Worte haben es mir ermöglicht, als Autorin zu wachsen und zu lernen. Dank euch konnte ich den Mut fassen, dieses Mal mit einem sanfteren Cliffhanger zu enden, anstatt eines so tragischen wie im ersten Teil.

Ich danke ebenfalls meinem Ehemann Adrian.
Du hast es mir ermöglicht, meinen gesamten Urlaub und viele Wochenenden dem Schreiben zu widmen, und standest mir immer mit voller Unterstützung zur Seite, auch wenn das bedeutete, dass wir weniger Zeit miteinander verbringen konnten.

Nicht zu vergessen sind meine wunderbaren Testleser: Krissi, Sandra, Steffi, Rojda, Sarah, Petra, Grace und Gabi. Jeder von euch hat auf seine eigene Art und Weise dazu beigetragen, dass dieses Buch das Licht der Welt erblicken konnte. Eure Anregungen und eure Unterstützung waren unverzichtbar für den Entstehungsprozess dieses Werkes. Ihr habt mich angespornt und mir geholfen, durch eure einzigartigen Perspektiven das Beste aus meiner Geschichte herauszuholen. Ihr alle seid Teil dieser Reise, und für das verneige ich mich in tiefer Dankbarkeit.

Dieses Buch ist aus der gleichen dunklen Faszination für menschliche Abgründe und unzerbrechliche Liebe entstanden, die bereits den ersten Teil prägten. Vielen Dank, dass du dich erneut auf diese emotionale Achterbahn eingelassen hast.

Die Reise ist noch lange nicht vorbei. Auch wenn sich manche Fragen geklärt haben, so bleiben doch wesentliche Geheimnisse unentdeckt, und die Schatten der Vergangenheit hüllen unsere Charaktere weiterhin in Dunkelheit.

Doch was wartet im nächsten Band auf euch?

Wird Matteo die Herausforderungen überwinden, die seine Feinde ihm stellen?

Kann Amelie die inneren Dämonen besiegen, die sie in der Dunkelheit zu verschlingen drohen?

Wie geht es mit der Schwangerschaft weiter und wer ist der Vater?

Und wie wird sich die Beziehung zwischen Salva und Amelie weiterentwickeln?